박태원연구 – 소설가 구보씨의 시간

구보학회

21세기는 다양한 문화 컨텐츠의 시대입니다. 소설이 소설 이상의 다양한 장르 넘나들기를 통해서, 혹은 소설이 다양한 컨텐츠의 자원(source) 역할을 하면서 그 영역을 스스로 넓히기도 했고 전혀 다른 시각이나 방법에 의해 넓혀지기도 했습니다. 근현대 한국소설가 가운데서 구보 박태원은 그러한 다양성을 운위할 때 현대와 문화라는 코드와 호흡이 맞아서 우선적으로 빼놓지 않고 거론되는 작가입니다.

지난 논문집을 발간하면서 <구보학회>는 구보학회만의 특징과 개성을 지니고 있어야 하고 적어도 구보 박태원에 대한 논문이나 연구에 관한 한 구보학보가 가장 알차고 믿을 만하다는 공감이 형성될 수 있도록 학회지의 성격을 그에 맞게 강화하겠다는 의지를 밝힌 바 있습니다.

이번 논문집은 그에 걸맞은 특집을 기획하여 수록하게 되었습니다. '기획의 변'에서 볼 수 있듯이 박태원 선생의 차남 박재영 선생과의 대담을 통해서 그동안 발표되거나 언급되었던 자료들 외에 구보 문학 연구자의 시각에서 궁금하게 생각해 왔던 여러 가지를 정리했습니다. 정호웅 교수 연구실에서 진행된 이 대담을 위해 많은 자료를 가지고 오셔서 성실하고 적극적으로 대담해 주신 박재영 선생님과 대담자 권은 선생에게 감사함을 전합니다. 또 박태원의 「명랑한 전망」 누락분은 관련 연구자들에게 반가운 자료가 될 것이고, 80여 년 전의 결혼식 방명록은 또 다른 흥미로움과 상상력의 원천이 될 만합니다. 그리고 지난 연말에 두산 아트센터에서 성황리에—표가 없어 못 본 경우도 있었습니다.—공연(재공연)을 마친 극작가 성기웅 선생의 <소설가 구보씨의 일일>의 대본을 전재하였습니다. 대본 전재를 기꺼이 수락해 주신 데 대해 감사의 말씀을 드립니다.

이번 논문집에 수록된 주제 논문은 지난 2012년 여름 제 14회 정기 학술대회에서 발표되었던 논문들입니다. 김동환 교수는 박태원의 소설이 문학교과서에서 여러 단원에 골고루 배치되어 있는 점에 주목하여 박태원 소설의 문학교육적 효용성 제고를 위한 연구를 발표해 주셨습니다. 방민호 교수는 작가의 창작 과정을 통해 현대적 개인의 개체적 특성을 풍부하게 드러내고 있는 점에 주목한 논문을 발표하고 논문을 완성하여 보내주셨습니다. 어렵게 부탁드린 기조 발제와 논문 게재에 기꺼이 응해주신 데 대해 감사 인사를 드립니다. 한편 주제 논문에서 해방기 박태원이 다양한 형태의 역사 서사를 실험하면서 기존의 관점인 역사소설 등 문학의 범주를 넘어 역사서술의 방법론 자체에 주목한 점을 강조한 유승환의 논문도 박태원을 이해하는 새로운 시각입니다. 아울러 자유 주제 논문을 투고해 주신 성현경, 김지혜 두 분에게도 감사의 마음을 전합니다.

현대문학과 관련된 많은 학회지 가운데 학회지의 정체성을 드러내기가 쉽지 않은 현실에서 <구보학보>만이 가질 수 있는 알찬 학회지를 발간하기 위해 수차례 편집회의를 거듭한 편집위원회의 노고도 함께 전하면서 회원 여러분들의 건필을 기대합니다.

2013년 4월
구보학회 회장 이정숙

● 목 차 ●

박태원 주제 논문

박태원 문학과 문학교육

박태원 소설에 나타난 개체성의 인식과 표현

해방기 박태원 역사서사의 의미 – 상호텍스트 전략을 중심으로

박태원 문학과 문학교육[*]

목 차

김 동 환[**]

Ⅰ. 문제제기

이 글에서는 다음 두 가지 논점을 중심으로 논의를 진행하고자 한다.

첫째, 근대 국어교육이 시작된 이후 중등학교 문학교육의 현장에서 박태원 문학은 어떤 위상을 차지하고 있고, 그 교육적 접근 방향은 어떠했는가를 살피는 일이다. 한 사회의 문학 향유층이 형성되는데 지대한 영향을 미치는 중등학교 문학교육이기에 한 작가나 작품이 어떤 식

* 본 연구는 한성대학교 교내연구비 지원과제임.

** 한성대학교

으로 교육적 대상이 되고 있는가를 살피는 일은 중요한 의미를 지닌다. 우리 사회에서는 교육현장에서 다루어지는 작품들이 대체로 정전으로 인식되는 경향이 강하고, 해당 작품에서 어떤 영향을 받는가에 따라 독자층의 문학 향유양상이 달라질 수 있기 때문이다. 즉 이 교육적 경험과 영향에 의해 창작과 비평을 아우르는 문학사적 지형도의 형성과 변화의 요인이 생성된다고 보는 셈이다.

둘째, 박태원의 문학이 지속적으로 문학사적 위상을 유지하고 향유층에 의해 생산적으로 향유되도록 해야 한다면 중등학교 교육현장에서 교육적 대상으로서의 가치와 효용성을 유지할 수 있도록 하기 위한 연구자들의 노력이 필요하다는 점이다. 특히 관련 학회의 입장에서 교육현장에 제공할 콘텐츠를 생성해내는 일은 그 존재 기반을 공고히 하고 확대할 수 있다는 점에서 그러하다. 문학교육을 통해 향유자들의 관심이 지속되고 확대될 때 해당 작가의 작품에 기반한 다양한 변용 텍스트들이 생산될 수 있을 것이고 그에 따라 보다 넓고 다양한 접근 통로가 마련되어 연구 활동도 활성화될 수 있을 것이기 때문이다.

이런 논점에 따라 이 논의에서는 우선 군정기교육과정기부터 현재의 교육과정기까지의 국어과 교과서에서 다루어진 박태원 문학 교육의 양상을 살펴보고자 한다. 그 양상은 현상과 문제의 두 측면으로 나누어 보기로 한다. 다음에는 문제 해결의 측면에서 대안 마련을 위해 연구자 및 학회에 제언을 해보고자 한다.

Ⅱ. 교과서 속의 박태원 문학의 존재 양상과 그 의미

1. 교과서 수록 양상

광복 이후의 근대 교육에서 본격적이고 공식적인 국어과교교과서가 제작된 것은 1947년 군정청문교부에서 발행한 국어교본이래 2009년 개정 국어교육과정에 의한 교과서 제작까지 모두 10차례에 이른다. 그 교육과정기(국어과 교과 설정 기준)를 정리하면 다음과 같다.

교육과정기	교육과정 개시년도	교육과정기	교육과정 개시년도
군정기	1946	5차 교육과정기	1988
1차 교육과정기	1955	6차 교육과정기	1992
2차 교육과정기	1963	7차 교육과정기	1997
3차 교육과정기	1973	2007 개정 교육과정기	2007(국어)
4차 교육과정기	1981	2009 개정 교육과정기	2009(문학)

1) 군정기~5차 교육과정기

박태원의 글이 등장하는 첫 교과서는 군정청문교부에서 1947년에 발행한 <중등국어교본>이다. 이 교본은 '상'·'중'·'하' 세권으로 발행되었다. '상'은 '1·2학년 소용', '중'은 '3·4학년 소용', '중'은 '5·6학년 소용'이라 구분되어 있다.

각 권의 서지 사항과 박태원 글의 수록 양상을 간단하게 정리하면 다음과 같다.

학년	총 면수	게재 글 수	주요 필자(근대 작가)	박태원 글
1·2학년	169쪽	53	방정환, 채만식, 박태원, 김광섭, 한용운, 김동명(2), 정지용, 이선희, 노자영, 이기영, 이태준, 김소월, 이병기(2), 박찬모, 이은상, 변영로(2), 이원조, 김기림, 홍명희, 임화,	첫여름 (2.5쪽)
3·4학년	199쪽	40	이희승, 심훈, 이효석, 이태준, 이병기(3), 김광섭, 정지용, 이원조, 홍벽초, 박화성, 양주동, 박태원,	아름다운 풍경(2쪽)
5·6학년	174쪽	28	정지용, 김진섭, 오장환, 이은상, 김소월, 조지훈, 이희승, 정인보,	

　박태원은 상·중·하 세 권에 실린 근대 작가 들 중 이병기, 변영로, 김동명, 이은상, 이희승, 이원조, 이태준, 정지용, 홍명희와 더불어 복수로 글이 수록된 작가에 속한다.[1] 물론 그 글이 본격적인 문학 작품이 아닌 소품의 성격을 띤 글들이기는 하지만 초기 교과서에서 중요한 역할을 한 글쓴이임을 확인할 수 있는 대목이다.

　박태원의 글은 '상'과 '중' 두 권에 걸쳐 실려 있다. 상권에는 '첫여름'이라는 제목의 글이 실려 있고, 중권에는 '아름다운 풍경'이라는 제목의 글이 실려 있다. 두 글 모두 소품으로 2쪽 내외의 분량이다. '첫여름'은 '하늘-빨래터-태극선-냉면-맥고자' 등의 소제목이 달린, 여름날의 정취를 다룬 짧은 글들로 구성되어 있다. '아름다운 풍경'은 밤 전차역의 정경을 다루고 있다. 이 글들은 교과서에 싣기 위해 따로 작성한 것으로 보이는데, "천병풍경"(빨래터)이나 "소설가 구보씨의 일일"(전차)의 한 대

---

1) 이런 필자 구성은 초기 교과서 편수 업무의 중심 역할을 한 이병기의 영향력이 반영된 것으로 보인다. 이 맥락에 대해서는 다음 글 참조.
　졸고, 「<문장>지와 국어교육」, 『근대문학연구』20집, 2009.

목을 연상시킨다. 상권에 실린 채만식의 글('금강')이 "탁류"의 일부이고, 이기영의 '원터'가 "고향"의 일부인 것과 비교되는 장면이다.

군정기 교과서 이후 박태원의 이름은 교과서에서 자취를 감추게 된다. 군정기 이후 1차 교육과정기인 1955년 사이에 발행된 전시 교과서 등에서 박태원은 다른 월북 또는 납북 문인들과 함께 교과서 속의 필자 이름에서 배제되고 있다. 이는 당연히 당시의 지배적인 이데올로기였던 반공이데올로기의 영향일 것으로 추측된다.

이러한 상황은 5차 교육과정기 교과서에까지 이르게 된다. 5차 교육과정기에서는 국어과에서 <문학>이 독립 교과서로 설정된 첫 시기이다. 그리고 그 교육과정에 따른 문학교과서는 1989년에 제작되는데 여기에서도 박태원의 이름은 발견되지 않는다. 박태원 등 월북 작가들의 해금 조치가 이루어 진 것이 1988년임을 감안하면 1989년의 <문학> 교과서에는 월북 작가가 등장할 여지가 있었지만 실제로는 그리 되지 않았다. 이는 아마도 교과서 편찬자들의 '자기검열'의 기제가 작동한 것으로 판단된다. 정치적인 해금은 이루어졌지만 사회적인 정서상으로는 아직 해금 작가들을 받아들이기에는 시기상조인 것으로 판단했을 것으로 보인다. 2)

2) 6차~2009 개정 교육과정기

박태원의 작품이 다시 국어과 교과서에 실리게 되는 것은 6차 문학 교과서이다. 6차 교육과정기에서는 19종 중 3종("소설가 구보씨의 일일" 2종/ "천변풍경" 1종)에서, 7차 교육과정기에서는 18종 중 7종("소설가

---

2) 1988년 7월 19일의 해금조치는 정확히는 '월북 작가의 해방 전 작품 출간 제한 조치 해제'이며 정부의 발표대로 '월북 작가들의 정치적 사상적 복권을 의미하는 것은 아니' 기에 교과서에 해금 작가의 작품을 수록하는 데는 어려움이 많았을 것으로 판단된다. 『동아일보』, 「월북작가 120여명 해금」, 1988년 7월 19일자 기사.

구보씨의 일일" 6종 / "천변풍경" 1종), 2009 교육과정기에서는 15종 중 5종("소설가 구보씨의 일일")에 박태원의 작품이 실려 있다.3) <문학> 교과서를 중심으로 전체적인 현대소설 작품 수록 양상을 빈도수별로 표로 보이면 다음과 같다.

6차 교육과정		7차 교육과정		2009 개정 교육과정	
수록 수	작품	수록 수	작품	수록 수	작품
15	광장	15	광장	7	만세전 토지(변용 포함)
11	무정 메밀꽃 필 무렵	13	메밀꽃 필 무렵	6	광장
10	운수좋은 날	11	난·쏘·공	5	무정 소설가 구보씨의 ~ 난·쏘·공
6	동백꽃 만세전 태평천하	10	금수회의록 동백꽃 삼포가는 길	4	고향(현진건) 삼포가는 길 사평역
5	고향(현진건) 배따라기/ 붉은 산 봄봄 무녀도	9	고향(현진건) 날개 태평천하	3	봄봄 / 동백꽃 미스터 방 역마 외딴방 나마스테(박범신) 잉여인간
4	탁류 / 논이야기 무진기행 수난 이대 역마 유예	8	무정 운수좋은 날 비오는 날	2	운수좋은 날 태평천하 메밀꽃 필 무렵 날개 모래톱이야기 복덕방 비오는 날

---

3) <문학> 교과서 외에 처음으로 <국어>교과서에도 박태원의 작품이 실린다. 2007개정 교육과정에 따른 고등학교 검인정 국어교과서 중 1종에 <천변풍경>이 실려 있다. 이 교과서에서는 <천변풍경>을 대상으로 '언어와 표현의 다양성'이라는 측면에서 접근하고 있다. 엄밀하게 말하면 문학 작품으로서의 접근은 아니지만 국어교과서의 일반 제재로서 적절하다는 평가를 내리고 있는 셈이어서 주목된다.

3	날개 사랑손님과 어머니 삼대 / 두 파산 꺼삐딴 리 목넘이 마을의 개 불꽃 서울, 1964년 겨울	7	무녀도 역마 수난이대 꺼삐딴 리 무진기행 1964년 겨울		꺼삐딴 리 관촌수필 흐르는 북 당신들의 천국 / 줄 유년의 뜰 출라체 비오는 날에는 가리봉~ 자전거 도둑 황만근은 이렇게~ 남한산성 타인의 방 역사 유년의 뜰
2	홍염 소설가 구보씨의~ 치숙 화수분 사하촌 / 모래톱~ 오발탄 별 / 학 병신과 머저리	6	혈의 누 홍염 만세전 소설가 구보씨의 ~ 치숙 학		
1	천변풍경 (기타 제외)	1	천변풍경 (기타 제외)		

이 수록 양상을 보면 박태원은 교과서 수록이 실질적으로 가능했던 6차 교육과정기부터 그 비중(수록 빈도)이 점차 커지고 있다. 그리고 같은 맥락에 놓여 있던 해금작가들의 작품이 거의 보이지 않는데 비해 현저히 다른 양상을 보이고 있다. 그것은 박태원의 작품이 '월북'이라는 정치적 행위와는 거리를 두고 접근할 수 있는 '모더니즘'이라는 외피를 단단하게 두르고 있기 때문으로 보인다. 이는 다음에 살펴 볼 작가 소개에서도 드러나는 바, 그의 이력이 광복 후 행적은 거의 감추고 일제강점기 시기 중에서도 구인회 활동을 중심으로 구성되어 있음을 통해서도 확인할 수 있다. 이러한 특성은 박태원의 작품이 앞서 언급한 바 있는 교과서 편찬자들의 '자기검열'을 통과할 수 있는 여지를 충분히 지니고 있기 때문인 것으로 해석할 수 있다.

2009 교육과정기 교과서 수록 작품 빈도에서 볼 수 있듯이 "소설가 구보씨의 일일"이 "광장"이나 "무정" "메밀꽃 필무렵" "난장이가 쏘아올린 작은 공" 등과 거의 비슷한 비중으로 자리잡고 있는 양상은 문예

사조의 측면과 이론적 측면에서 설명이 가능하다.

문학사를 다루되 간략하게 다루어야 하는 교과서 속의 문학사 기술 양상의 특성 상 모더니즘과 리얼리즘이라는 이분법적 기술은 매우 매력적인 것이 아닐 수 없다. 그런데 이런 두드러진 이분법적 구도를 설명하기는 쉽지만 막상 모더니즘적 경향의 작품으로 교과서에 실을 수 있는 작품은 매우 한정적이다. "날개" 정도가 대표작으로 선정될 수 있고 실제로도 그랬지만 사실 중등학교 학습자에게는 난해하고 흥미도 떨어지는 작품이다. "소설가 구보씨의 일일"은 난이도와 흥미 면에서 "날개"보다 유리한 성격을 지닌 작품이다. 이런 측면에서 "소설가 구보씨의 일일"이 앞으로도 교과서 내에서 중요한 위상을 차지할 가능성은 상당히 높아 보인다.

또다른 측면을 보면 "소설가 구보씨의 일일"이나 "천변풍경"은 소설의 구성이나 시점 등을 학습하는데 필요한 자료로서 타 작품들보다 우위를 지니고 있다는 판단도 가능하다. 주인공의 공간 배회라는 이동 경로가 그대로 작품의 구조가 된다는 점과 관찰의 행위를 토대로 시점을 설명할 수 있다는 점이 소설적 접근에 용이하기 때문이다. 그렇다면 이러한 판단들이 실제적으로 교과서에서 확인 가능한 것인지를 살펴보기로 한다.

2. 접근 양상의 분석

이 장에서는 박태원 소설은 구체적으로 교과서에서 어떤 맥락으로 접근되고 있는지를 살펴보기로 한다. 논의의 편의를 위해 가장 최근의 교과서들, 즉 2009 교육과정기 검인정 문학교과서들을 대상으로 삼기로 한다. 수록 빈도가 가장 높게 나타난 교육과정기이고, 현재의 문학교육의 양상을 살필 수 있어 의미있는 방향 제시의 토대가 될 수 있을 것이기 때문이다.

1) 수록 단원

먼저 5종의 교과서에서 "소설가 구보씨의 일일"이 어떤 단원에 편성되어 있는지를 표로 정리해 보기로 한다.

교과서	대단원	소단원
A	한국 문학이 걸어 온길	근대 문학
B	전환기 한국문학과 근대 문학	근대 문학의 확립과 위기
C	문학 활동의 방법	문학의 수용
D	문학의 수용과 생산	문학 작품의 재구성 및 생산 / 작품의 생산
E	문학 활동의 실제	서사 문학의 활동 / 시점과 사건

현행 문학 교과서의 단원 체계는 크게 세 범주로 나눌 수 있다. 문학 양식, 문학사, 문학 활동이 그것이다. 문학 양식에서는 갈래별로 이론적인 학습을 하는 부분이고 문학사는 한국 문학의 흐름을 개괄적으로 이해하는 부분, 문학 활동은 문학의 생산-유통-수용에 이르는 과정에서 이루어지는 제반 활동을 경험하고 학습하는 부분이다.

"소설가 구보씨의 일일"은 2009 교육과정기 <문학> 교과서에서는 문학사 단원(2종) - 문학 활동 단원(2종) - 문학 양식 단원(1종) 등 세 범주 모두에 편성되는 양상을 보이고 있다. 이런 양상으로 나타나는 것은 문학교육의 측면에서는 이 작품이 풍부한 함량을 지녔음을 의미한다. 즉 다양한 접근 통로가 열려있다는 의미이기 때문이다.

2) 작품 소개

이제 "소설가 구보씨의 일일"을 수록한 교과서에서 이 작품을 어떻게 학습자에게 소개하고 있는지를 살펴보기로 한다. 작품에 대한 소개는

18

흔히 '작품의 이해와 감상' '작품의 수용' '작품 읽기' 등으로 나타나는데 해당 내용은 이 작품에 대한 문학교육적 접근 시각을 보여주는 부분이다. 이는 달리 말하면 '교과서 정전'으로서의 "소설가 구보씨의 일일"에 대한 '교과서 내 비평'이라는 측면에서 주목할 필요가 있다. 이 '교과서 내 비평'은 해당 작품의 연구사의 귀결이거나 압축적 제시로 볼 수 있기 때문이다.

이 비평의 양상이 다양하면서도 설득력 있게 제시되고 있다면 이는 해당 작품에 대한 연구가 풍부하고 폭넓게 이루어지고 있음을 의미하기 때문이다. 그렇다면 교과서에 구현된 내용을 적시해 보기로 한다.[4] 먼저 몇 개의 비평적 텍스트들을 보기로 한다.

<A>

'소설가 구보씨의 일일'은 제목이 시사하는 것처럼, 직장이 없는 지식인 소설가의 무료한 하루를 서술하고 있는 작품이다. 주인공인 '구보'가 집을 나서서 다시 집으로 돌아오기까지 하루 동안 일어난 여러 가지 일에 대한 개인적 반응을 주로 다루고 있다. 그런데 이는 일정한 의식의 기준에 의해 통일되게 나타나는 것이 아니고, 도중에 우연히 부딪히게 되는 단편적인 사실들에 의해 일어나는 두서없는 생각들뿐이다. 그러므로 이 소설에서는 전통적인 소설 갈래 중에서 중시하는 사건이나 행위, 갈등은 중요한 의미를 지니지 못한다. 소설을 이끌어가는 것은 '구보'의 지각과 의식의 흐름이기 때문이다. 작품 속에서 '산책'이라는 배회의 형식은 '관찰'과 '의식의 흐

---

4) 이 글에서 작품 및 작가 부분 기술을 위해 주로 참고한 박태원 관련 연구물들은 다음과 같다.
   강진호 외, 『박태원 소설 연구』, 깊은샘, 1995.
   구보학회 편, 『박태원 문학과 창작방법론』, 깊은샘, 2011.
   구보학회 편, 『박태원 문학의 현재와 미래』, 깊은샘, 2010.
   방민호 편, 『박태원 문학 연구의 재인식』, 예옥, 2010.
   김윤식·정호웅 편, 『한국문학의 리얼리즘과 모더니즘』, 민음사, 1989.
   김윤식·정호웅, 『한국소설사』, 예하, 1993.
   이재선, 『한국소설사』, 민음사, 2000.

름'을 효과적으로 드러내기 위한 장치이다. '구보'가 우선 관찰하고 있는 것은 당시 경성의 여러 풍물이지만, 보다 중요한 것은 구보의 내면 의식이다. 그것은 여러 풍경에서 발견되고 있는, 그러나 자신에게는 결여된 '일상적인 행복'과 지식인의 '고독'을 축으로 하여 이루어지고 있다.

<B>

이 작품은 전통적인 소설 문체나 형식과는 다른 파격적 형식으로 인해 문학사에서 주목을 받았던 모더니즘 소설이다. 이 작품의 형식 실험은, 사건 중심의 인과적이고 통일된 서술과 달리 인물의 주관적 의식 흐름에 따른 전개, 과거와 현재의 병치, 창작 과정을 노출하는 자기 반영성을 들 수 있다. 또 쉼표를 자주 사용하거나, 활자의 크기에 변화를 주거나, 신문 광고와 약 처방전 숫자, 음식점의 차림표 등을 소설 속에 그대로 삽입하는 등의 비일상적 표현으로 충격을 주었다.

<C>

이 작품은 1934년 8월 1일부터 9월 19일 까지 '조선중앙일보'에 연재된 소설토, 소설가 '구보'가 집을 나섰다가 돌아오기까지의 하루 행적과 의식의 추이를 서술한 작품이다. 전통적인 소설 갈래에서 중시하는 사건의 인과 관계나 인물의 행동, 갈등보다는 주인공 '구보'의 의식의 흐름과 서술자의 시선에 포착된 거리의 풍경이나 주변 인물들의 묘사에 초점을 두고 있다. 현재와 과거가 교차하는 형식을 통해 주인공의 복합적인 내면 의식을 드러낸 작품이다.

<D>

1934년 '조선중앙일보'에 연재된 중편 소설로 문우였던 이상이 하융이란 필명으로 삽화를 그렸다. 제목에서도 알 수 있듯이 이 작품은 소설가인 주인공이 하루 동안 서울 시내를 돌아다니며 경험한 내용을 담고 있다. 사건이나 인물 간의 갈등을 중시하던 기존 소설과 달리 주인공의 시선에 포착된 현실의 모습과 그에 대한 주인공의 의식의 흐름이 작품의 중심을 이루고 있다. 주인공이 도시를 배회하고 사람들과 만나는 일련의 사건들은 어

떤 서사구조 속에서 인과 관계로 맺어진 것이 아니라, 다만 일상 속에서 이루어지는 우연의 연속일 뿐이다. 이와 같은 전개 방식은 이 소설의 본문에서도 언급되고 있는 조이스의 '율리시즈'와 연결되는 것으로 당시의 일반적인 독자들이 수용하기 어려운 매우 실험적인 시도였다.

<E>
이 소설은 제목에서 알 수 있듯이 주인공 구보가 하루 동안 한 일을 연속적으로 보여주고 있다. 일제 강점기의 지식인인 소설가 구보는 글감을 찾기 위해 광교를 거쳐 남대문, 장곡천정, 종로 네거리 등을 배회한다. 독자는 이를 통해 구보가 거닐고 있는 그 당시 서울의 근대적 풍경을 엿볼 수 있고, 카페 문화를 접하기도 한다. 이때 <u>서술자는 의식의 흐름 기법으로 구보의 내면 심리에 따라 현실을 포착하여 보여 주고 있어, 독자가 보는 풍경은 주관적이라고도 할 수 있다.</u> 그러나 <u>서술자는 구보가 아닌 작품 외부의 전지적 작가인</u> 만큼 구보와도 일정한 거리를 유지하고 있기 때문에 독자들로 하여금 <u>당시 지식인의 내면과 사회의 현실을 통찰력있게 관찰할 수 있도록</u> 만든다.

이 비평 텍스트들은 대체로 이 소설이 전통적인 소설과는 다른 소설적 특성을 보여주고 있음에 초점을 맞추고 있다. 파격적이거나 실험적인 구성이나 형식을 보여주는 모더니즘 소설이라는 맥락에서 기술하고 있는 셈이다. 그런데 이러한 기술에 대한 교사와 학습자의 반응은 엇갈린다. 소설이 여러 가지 양상으로 서술되고 있다는 점을 보여주어 소설 양식에 대한 이해에 도움이 된다는 반응과 전통적인 소설이라는 것이 무엇인지(구체적으로 어느 시기의 어떤 소설들을 전통적인 소설로 보아야 하는지)에 대한 인식이 충분치 않은 상태에서는 이해하기 어렵다는 반응이 그것이다.[5] 좀더 세부적으로는 사건이나 갈등이 어떠할 때 전통적인 또는 기존의 소설의 범주에 드느냐 하는 것이다. 특히 학습자들은

---

5) 이 반응은 발표자가 이 발표와 관련해서 가졌던 현장 교사와의 면담 및 해당 교사들이 가르치고 있는 학생들을 대상으로 이루어진 구두 조사를 정리해서 얻은 것이다.

인물의 내면 갈등이나 현실 묘사는 소설에서는 거의 필수적으로 나타
나는 것인데 특별히 다른 것이라 보는 이유에 대해 동의하기 어렵다는
반응을 보인다. 사건 역시 '왜 다른가'라는 점에 의문을 가지고 있었다.
차별성을 드러내는데 초점을 둠으로써 발생한 문제라고 볼 수 있는 대
목이다.

　이런 반응들에 주목하면서 이 서술 내용들을 면밀히 분석해 보면 교
과서 간에 상당한 차이가 노출되고 있다. 그 핵심적인 차이는 다음과
같은 부분에서 드러난다.

　　　'산책'이라는 배회의 형식은 '관찰'과 '의식의 흐름'을 효과적으로 드러내
　　기 위한 장치

　　　사건 중심의 인과적이고 통일된 서술과 달리 인물의 주관적 의식 흐름
　　에 따른 전개, 과거와 현재의 병치, 창작 과정을 노출하는 자기 반영성

　　　'구보'의 의식의 흐름과 서술자의 시선에 포착된 거리의 풍경이나 주변
　　인물들의 묘사에 초점

　　　사건이나 인물 간의 갈등을 중시하던 기존 소설과 달리 주인공의 시선
　　에 포착된 현실의 모습과 그에 대한 주인공의 의식의 흐름이 작품의 중심

　　　서술자는 의식의 흐름 기법으로 구보의 내면 심리에 따라 현실을 포착

　이 구절들을 보면 '의식의 흐름'이라는- 학습자들에게는 학습의 결과
로 수용해야 할 개념인 표지 개념으로 인식될- 용어의 사용 양상이 학
습자들에게는 혼란스럽게 받아들여질 여지들을 안고 있다. 그 핵심은
'의식의 흐름'을 서술의 대상 또는 초점으로 보는 것인지, 서술의 기법
으로 보는 것인지에 놓여 있다. '의식의 흐름을 보여준다'와 '의식의 흐

름을 통해 보여준다'는 학습자들에게는 상당한 편차로 다가갈 것이기 때문이다.

또한 '서술자는 구보가 아닌 작품 외부에 잇는 전지적 작가'라는 표현 또한 혼란스러움을 줄 수 있는 대목이다. 이러한 양상들은 편찬자의 문제이기에 앞서 박태원 문학 연구자 및 소설 연구자들의 몫이라 할 수 있을 것이다. 교과서를 제작하는 시기가 그리 넉넉하지 않은 환경에서 해당 연구자들의 연구 결과에 전적으로 기댈 수 있는 상황이어야 하는데 앞서 살펴 본 바와 같이 그와 같은 여건이 마련되지 못하고 있다고 보기 때문이다. 적어도 교과서 편찬 시에 믿고 기댈 수 있는 연구 결과들이 부족하다는 판단이다. 물론 이는 박태원 문학 연구 현황 자체에 대한 판단은 아니다. 교육현장에서 활용 가능한 연구 결과가 부족하다는 판단이다. 최소한의 사회적 합의가 이루어진 연구 결과가 존재하지 않는다는 지적이다.[6]

3) 작가 소개

여전히 우리 국어과 교과서에서는 '작가 부재'에 가까운 양상이 지속되고 있지만 그래도 최근에는 형편이 나아지고 있는 상황이다.[7] 3~4줄로 압축되어 소개되는 작가는 거의 무화된 존재에 가까워 학습자들에게는 장식에 불과한 것으로 인식되기 십상이다. 최근에 이르러서 분량도 늘어나고 서술 양상도 달라졌지만 대부분의 경우 아직 학습들에게는 형해화된 정보로 받아들여지고 있는 정도이다. 해당 내용들을 제시해 보기로 한다.

---

6) 이런 점에서 적어도 교과서 정전 작가로 인정받고 있는 작가들을 연구하는 학회 등의 연구단체에서는 문학교육을 위한 '공동의 연구' 결과들을 제시할 필요가 있다고 본다.
7) 이 양상에 대해서는 다음 글에서 살펴본 바 있다.
  졸고, 「작가론과 소설 텍스트 읽기 전략」, 『독서연구』25. 2011.

[B] (1910-1987) 호는 구보. 초기에는 시를 쓰기도 하였으나, 1933년 동아일보에 중편 '적멸'을 발표하면서 소설 창작에 주력하였다. 문체, 기법, 주제 등에서 실험성이 강한 작품을 많이 발표하였으며, 구인회 동인으로 활동하기도 하였다. 대표작으로 단편 '성탄제' '골목 안' 장편으로 '천변풍경' 등이 있다.

[C] (1909~1986) 소설가. 호는 구보. 구인회의 회원으로 활동하였으며 문체와 표현 기교를 중시하면서도 조선의 사회 현실에 대한 날카로운 인식을 보여주는 소설을 썼다. 주요 작품으로 '수염' 소설가 구보 씨의 일일', '천변풍경', ''피로' 등이 있다.

[D] (1909~1986) 소설가. 호는 구보. 1926년 '조선문단'에 시 '누님'이 당선되었고, 1930년 '신생'에 단편 소설 '수명'을 발표하였다. 1933년 구인회에 가담한 이후 반계몽·반계급주의 문학의 입장에서 세태 풍속을 묘사한 '소설가 구보씨의 일일'과 '천변 풍경' 등을 발표하였다. 기존의 소설 형식에서 벗어나는 새로운 실험적 기법의 활용과 문체의 변화 등을 통해 자신만의 작품 세계를 개척하였다.

[E] (1909~1986)
소설가. 서민의 생활을 소재로 삼아 독특한 문체를 사용하여 심리 소설과 세태 소설을 썼다. 주요 작품으로 '피로' '천변풍경' 등이 있다.

[A] (1909~1986) 구보 박태원은 서울에서 태어났다. 그는 당시로서는 유행의 첨단을 달렸던 인물로, 우스꽝스러운 머리 모양과 함께 기억된다. 그가 작가로서 지위를 인정받기 시작한 때는 1933년에 구인회에 가입하면서부터이다. '구인회'는 순수 문학을 지향하는 문단의 중견급 작가 아홉 명에 의하여 결성된 문학 동인회이다. 이후 그는 '소설가 구보씨의 일일' '천변풍경' 등의 작품을 발표한다.

그의 문학 세계를 이야기할 때 빠트릴 수 없는 것이 이상과 함께 한국 모더니즘 소설을 이끌어 갔다는 것이다. 한국 문학에서 모더니즘이 중요한

24

의미를 갖는 이유는 그것이 한국의 근대 문학에 새로운 지평을 열어 주었기 때문이다. 그는 작품의 이데올로기보다는 문장 그 자체의 예술성을 중시했다. 새로운 소설적 기법을 시도하는 한편, 내면 의식의 묘사를 강조하는 등 독특한 실험 정신을 보여주었다. (중략-작가의 평문) 1950년 월복하기 이전까지 그의 문학 활동 시기는 1933년부터 1938년까지 대략 4~5년에 불과했다. 그럼에도 박태원이 한국 문학사에서 오래도록 기억되는 이유는, 짧은 시간에 남긴 강렬한 모더니즘의 면모 때문이다.[8]

이 내용들은 [A]를 제외하고는 매우 건조한 기술이라는 점에서 유사하다. 학습자들이 흥미를 가질만한 요소가 없어 보인다. 그리고 '문체' '기법' '실험' 등이 핵심어로 자리잡고 있는 것도 유사하다. 차이점으로는 생몰연대([B]의 경우가 다름), 등단이나 작품 활동 시작 단계, 대표작 제시 등을 들 수 있다. 문체의 새로움이나 실험적 기법 등은 학습자들로서는 사실 변별적으로 이해하기 어려운 용어에 가깝다. 일부 교과서에서는 이 용어들에 대해 설명을 하고 있기는 하지만 기술 내용이 적거나 구체적이지 않아 학습자들은 여전히 충분한 이해에 도달하기 어려운 형편이라고 한다.[9] 이중 [A]는 여타의 기술 내용이나 방식과는 다른 새로운 작가 소개의 면모를 보이고 있어 주목된다.

---

8) 이 교과서는 파격적으로 한 쪽에 걸쳐 작가 소개를 하고 있다. 현역 작가들이 저자로 참여하고 현장 교사들이 중심을 이루는 경우이다.

9) 교사들은 다음과 같은 예를 들어 교과서 기술 내용의 어려움을 호소하고 있다.
"모더니즘-사상, 형식, 문체 따위가 전통적인 기반에서 급진적으로 벗어난 창작 태도를 말한다 20세기 서구 문학·예술상의 한 경향으로 현실에 대한 주관적인 표착과 그 묘사를 강조한다. 우리나라에서는 김기림과 최재서가 모더니즘 이론을 소개했으며, 대표적인 문인들로는 정지용, 김광균, 이상, 박태원 등이 있다."
"의식의 흐름-개인의 의식 속에 감각·상념·기억·연상 등이 계속하여 떠오르는 것을 가리키는 말. 인물의 이성적인 사고에만 국한하지 않고 그 의식의 흐름 전체를 포착하여 드러내고자 하였다. 의식의 흐름을 충분히 표현하기 위해 일관성 없는 생각의 나열, 비문법적인 구문, 언표 이전 단계에 속하는 사고, 언어의 자유 연상 등을 도입하였다."

4) 접근 통로(학습 활동)

이제 각 교과서들이 박태원의 작품에 어떤 맥락에서 접근해 가고 있는지를 간략하게 정리해 보기로 한다.

교과서	단원 속성	주요 학습 활동
A	문학사	- 공간 이동의 순서 / 인물의 갈등과 사건 진행 양상 - '탁류'와 비교, 인물의 행동과 심리가 차지하는 비중 판단 - 다른 소설과 다른 점을 내용과 형식 면에서 정리하기
B	문학사	- 공간의 이동에 따른 심리 변화 / 배회하는 의식의 특징 분석 - '감자'의 서술과 비교하면서 이 소설의 새로움에 대해 분석 - 구보는 작가의 호, 이런 사소설적 주인공 설정의 효과 - 자신의 일을 '00씨의 일일'로 써보기
C	문학 활동	- 당시 전차 노선도. 구보의 이동 경로 / 서술자는 누구의 입장에 초점을 맞추어 이야기를 전개? / 구보의 주된 심리 상태 - 의식의 흐름 기법 활용. 설명하기 / 구보의 생각 정리하기 / 문체적 특징과 소설의 내용 및 형식과의 관계 설명 - 구보의 인생관에 주목 / 물질과 행복의 관계 생각 - '청소년 00의 하루'라는 글쓰기
D	문학 활동	- 구보가 바라본 대상과 대상에 대한 구보의 의식 파악 - 인과적으로 전개되는 일반적인 소설과 이 소설의 차이점 - 서술 시점의 특징 - 당시 신문기사/ 구보의 한숨의 의미 / 당시의 시대상황과 연결 - '학생 000의 일일'이라는 제목의 소설 쓰기하기
E	문학 양식	- 주인공이 관찰하는 대상은 무엇이며 주인공은 어떻게 생각? - 소설의 시점과 서술상 특징 파악 / 서술방식을 선택한 이유 - 오늘날 서울 거리를 배회한다면 어떤 생각을 할지 생각해보기 - 시점 하나를 선택하여 '21세기 소설가 구보씨의 하루' 써보기

이들 학습활동을 보면 대체로 공간 이동, 서술상 특징, 의식의 흐름 등이 주를 이루고 있다. 이는 문학사 단원이나 문학 활동 또는 양식 단원에 걸쳐 비슷한 양상으로 나타난다. 그러니까 박태원 소설의 특성은 어느 범주에서나 일정한 접근 통로를 형성하고 있다는 뜻이 된다. 이러한 특성은 교과서 정전으로 자리잡는데 유리한 측면도 있고 불리한 측면도 있다. 하지만 접근 통로가 상당히 제한적이라는 측면에서 보면 이후 문학교육의 지형도가 변화하게 될 경우 불리한 쪽에 가까울 것으로 전망된다. 특히 재생산 활동이 '000씨의 일일'이라는 제목이나 형식으로 글쓰기에 국한되고 있다는 점에서 그 제한성이 두드러지게 나타난다고 할 수 있다.

III. 문학교육을 위한 박태원 문학연구의 방향성 제안

1. 풍부한 자료의 제공

현재의 문학교육은 매우 동태적이다. 작품을 제시하고 읽고 감상하는 정태적인 접근법에서 벗어나 다양한 활동들을 통해 문화 양식으로서의 문학에 대한 접근을 기본적인 범주로 설정하고 있다. 그런데 박태원 문학의 경우 작품에 접근하는 다양한 활동들이 상당히 제한적으로 이루어지고 있는 텍스트군에 속한다. 즉 작품이 지닌 내적 속성에 대한 이해에 치중되고 있는 상황이다. 그런 상황에서 학습자들은 상당히 무겁고 어려운 작품으로 수용하고 있다. 교과서의 접근 방향이 실험적 문학에, 기법의 낯섦에 놓이다보니 학습자들로서는 자신들의 주체적인 활동을 통해 접근해 갈 수 있는 작품이 아닌, 수동적은 이해하고 받아들여야 하는 작품으로 인식하는 경향이 강하다. 그래서 주로 정태적인 활동이 이루어지는 쪽에 속한다. 이는 다른 작품들에 비해 작품을 둘러싼 다양한 자료들이 부족한 여건에서 비롯되는 것으로 판단된다. 작품의 생산과 유통, 공시적이고 통시적인 수용 과정에서 도출되는 자료들이 제시된다면 교과서에서의 박태원 문학의 존재 양상은 보다 풍부해지리라 본다. 이를 위한 연구자들의 관심이 필요하다.

교과서 제작의 현실로 볼 때 풍부한 자료를 제공하는 일은 물리적으로 어려운 측면이 있기는 하다. 특히 기존에 두 권으로 편제되던 데서 한권으로 줄어든 양상(2011 교육과정에 따른 교과서 편찬)을 놓고 보면 풍부한 자료의 제공은 수월하지 않을 것으로 판단된다. 그럼에도 불구하고 학습자들에게 문학에 대한 다양한 접근 통로를 제공하고 흥미를 유발할 수 있는 자료들을 제공할 수 있는 장치들을 개발해야 할 것이고 관련 연구자들이나 학회들은 해당 자료들을 제공할 필요가 있다. 교사용 지도서는 그 한 장치가 될 것인데, 문단사적, 문학사적, 생활사적 자료들이 다양한 유형의 텍스트로 제공될 수 있을 것이다.[10] 그리고 이 자료들은 작가와 작품에 걸쳐 적절히 안배될 필요가 있다고 본다.

2. 문학사적 위상에 대한 사회적 합의

앞에서도 살핀바 있듯이 박태원 문학의 문학사적 위상에 대한 문학교육적 접근은 보다 다양하게 이루어져야 하리라 본다. 물론 모더니즘이라는 강력한 개념이 있기는 하지만 아직 형성 중에 있는 독자들인 학습자들에게는 이러한 사조에 중점을 둔 문학 현상의 학습 결과는 지식으로 남을 가능성이 크고, 학습의 결과가 이상적인 독자로 나아가는데

---

10) 작품이 창작될 당시의 문단과 관련된 작가 및 작품 관련 텍스트를 문단사적 텍스트, 이후 문학사적으로 평가가 이루어지는 과정을 살필 수 있는 텍스트들은 문학사적 텍스트, 작가의 개인사나 독자의 수용과 관련된 텍스트들은 생활사적 텍스트라 보았다. 크게는 문학 활동과 관련된 맥락 자료들에 해당한다.

필요한 능력의 형성으로 이어지기에는 어려움이 따른다. 그래서 보다 보편적인 측면에서의 위상 확보에도 관심을 가질 필요가 있다. 문학교육에서의 문학사적 접근은 일반적인 문학사적 접근과는 다른 양상을 띠는 것이 바람직하다고 본다. 학습자들은 매우 제한적인 작품과 설명을 통해 문학사의 흐름을 이해하고 그것을 바탕으로 문학사를 통해 얻을 수 있는 문학능력을 함양해 가야 하기에 해당 문학사 시기의 대표작으로 제시된 작품들에 대해 보다 다양한 통로를 통해 접근해 갈 수 있도록 해줄 필요가 있기 때문이다. 그래서 '차별성' 중심의 사적 접근보다는 '일반성' 및 '다양성'을 아우르는 접근이 이루어질 수 있도록 지원하는 연구가 필요하다고 본다. 그리고 그 연구는 교과서 간의 편차, 시각의 차이보다는 모순이나 오류에 가까운 편차가 노출되지 않도록 사회적 합의가 뒷받침되는 연구가 되어야 할 것이다. 학회 차원의 연구가 필요한 대목이다.

작가의 경우 미래의 독자들을 위한 유익하고 흥미로운 작가 관련 정보를 제공할 필요가 있다. 그런데 이런 정보는 많은 자료를 바탕으로 압축적이면서도 평이하게 재생산해야 하는 기술적인 텍스트이다. 이런 텍스트는 개인 연구자들보다는 학회 차원의 노력들이 필요하리라 본다. 단순히 교과서를 위한 연구물이 아닌 독자 대중을 위한, 즉 대중화를 위한 텍스트의 개념으로 접근해 가는 일이 필요할 것이다. 결코 용이하지 않은 작업일 터이므로 공동 작업의 필요성이 제기되는 것이다. 지금 당장 일반 독자들에게 박태원을 소개하는 짧은 글을 작성해 본다면 그 어려움을 이해할 수 있을 것이다.

3. 재생산의 원천으로서의 가치 발견

박태원의 소설이 현재의 검인정 교과서에서는 높은 빈도수를 보이고 있지만 다른 잠재적 경쟁 작품들에 비해 큰 약점을 지니고 있다. 그것은 매체를 통한 변용 텍스트가 존재하지 않고, 학습자들의 입장에서 매체 변용이라는 재생한 활동을 하기에도 적절하지 않은 작품으로 인식되고 있다는 점이다. 잠재적인 문학 독자들인 중등학교 학습자들이나 일반 독자들은 현재의 문화적 지형도에서 문학의 존재 방식이 좀더 다변화되기를 원하고 있으며 그러한 양상에 능동적일 수 있는 능력을 소유할 수 있기를 기대하고 있다.

따라서 박태원 문학이 지속적으로 문학교육의 자장에서 그 위상을 유지하고 진전시켜 나가도록 하기 위해서는 다양한 재생산의 원천으로서의 가치를 재발견해 갈 필요가 있다고 본다. 박태원의 작품들이 어떤 매체 변용의 가능성과 잠재력을 지니고 있는지에 대한 접근에서부터, 학습자들이 문화적인 맥락에서 박태원 문학에 다가갈 수 있도록 매체의 속성을 빌린 문학 활동의 가능성과 구체적인 방향을 제시하는 접근에 이르기까지 연구자들의 관심이 필요하다고 본다.

4. 분석 틀의 생성

앞에서 살폈듯이 박태원 소설에 대한 접근은 학습자들에게 차별적인 분석틀을 제공해야 하는 필요성이 대두된다. 기법, 서술, 문체 등의 범주에 접근하는데 필요한 도구적 개념이나 이론이 제공되어야 한다는 뜻이다. 사실 현재의 문학교육에서는 교육을 위한 정제된 성격의 필수적인 문학이론들이 부재한다. 교과서 편찬자들이 교과서 제작에 즈음하여 기존의 이론들을 정리하거나 적절히 조합하여 제시하고 있는 형편이다. 그러다보니 학습자들에게 매우 중요한 이론들이 때로는 오류에 가깝게, 때로는 혼란스럽게 제공되고 있다. 대표적인 경우가 소설에서 3인칭 시점을 제시하면서 '전지적 작가 시점' '작가 관찰자 시점' 등의 용어를 사용한다든가, 인물론에서 '입체적 인물'을 '사건의 진행에 따라 성격이 변하는 인물'로 설명하는 경우 등이다.[11]

　박태원 문학에 학습자들이 주체적으로 접근하고 수용해 내는데 필요한 개념이나 이론들을 정제되고 효율적인 방식으로 제공하기 위한 연구가 진행되어야 한다고 생각한다. 모더니즘, 의식의 흐름 등의 용어를 생경하게 제시하는 것이 아니라 학습자(일반 독자)들이 그것을 활용하여 작품에 접근할 수 있도록 도울 수 있는 장치 차원에서 개념과 이론을 제시해야 한다고 본다. 그러기 위해서는 관련 연구자들의 특수 목적 연구가 필요할 것이다. 연구자들 간의 상호소통이 아닌 일반 독자, 잠재적 독자들과 소통을 겨냥하여 그들이 박태원 문학에 보다 용이하고 생산적으로 접근할 수 있도록 할 수 있도록 조력자로서 작용하자는 제안이다. 무엇보다도 박태원 소설의 경우 '서술'과 관련된 다양한 이론적 틀을 학습자들이 쉽게 이해하고 분석과 비평에 활용할 수 있도록 정련하여 제공해 줄 필요가 있을 것이다. 이 역시 상당한 시간과 노력을 필요로 하는 작업이 될 것이다.[12]

　마지막으로 '문학' 교과서가 아닌 '국어' 교과서에서도 박태원의 작품들이 자리잡을 수 있도록 하는 연구도 필요하다고 본다. 말하기, 읽기, 쓰기 등의 활동에 필요한 언어자료로서 활용될 수 있도록 또 다른 차원의 분석들이 이루어지기를 기대한다. 박태원의 작품들이 언어활동의 보편적인 결과로서 인식될 때 가치는 더욱 높아질 수 있을 것이다. 문학은 문학으로서 존재해야 한다는 생각대신에 창조적인 언어활동의 결과이기에 그 창조적인 언어활동 능력을 학습자들이 습득할 수 있도록 한다는 생각을 할 수 있다면 우리는 보다 풍요로운 문학적 자산을 보유하게 될 것이다. 박태원 연구자들의 발상의 전환을 기대해 본다.

---

11) 문학교육에서의 이론의 문제점에 대해서는 다음 참조.
　　졸고, 「소설교육에서의 시점 이론에 대한 반성적 고찰」, 『문학교육학』30, 2009.
12) 이와 관련하여 다음 논의는 '소설가 구보씨의 일일'의 교육적 함의를 서사 전략의 측면에서 다루고 있다는 점에서 주목되나 문학교육의 현장에서 활용하기에는 내용이 소략하여 아쉬움을 준다.
　　김명석, 「작가 연구와 문학교육」, 『돈암어문학』24, 2011.

Ⅳ. 맺음말

박태원 문학은 6차 교육과정기의 교과서에서 본격적으로 교육적 대상으로 등장하면서 상당한 비중의 교과서 텍스트로 자리잡아 왔으며 이제 교과서 정전으로서의 위상을 지니는 것으로 볼 수 있을 정도가 되었다. 그간의 국어교육사에서 월북 문인이라는 작가적 조건은 금기에 해당하는 것이었지만 그러한 금기를 극복하고 지속적인 수록 양상을 보이는 것은 다른 텍스트에 비해 교육적으로 유리한 요소를 지니고 있었기 때문이다. 그 요소는 '소설가 구보씨의 일일'이나 '천변풍경'이 일제 강점기에 발표되었으며, 한국의 문학교육의 토양 상 리얼리즘보다 유리한 환경 속에 놓인 모더니즘이라는 외피를 단단하게 두르고 있다는 점으로 요약할 수 있을 것이다.

그렇지단 박태원 문학이 보다 유기적이고 의미있게 문학교육의 현장 속에서 자리매김을 하려면 박태원 연구가 보다 특정한 방향으로, 최소한의 사회적 합의에 기댄 형태로 목적적으로 이루어질 필요가 있다고 본다. 특히 수용자인 학습자들이 보다 풍부하고 생산적인 방향에서 텍스트에 접근할 수 있도록 발상과 분석이 필요하다고 본다. 현재의 수록 양상에서 드러나는 바와 같이 매우 제한된 접근 통로와 활동이 지속된다면 학습자의 기대치는 약화될 가능성이 크기 때문이다. 그런 측면에서 관련 학회와 연구자들의 관심이 필요하다고 본다. 교과서 편찬 시에 활용될 수 있는 신뢰할만하고 유용한 분석틀이나 자료들을 발굴하고 생산해서 제공할 수 있는 연구활동과 결과가 공동 연구의 형태로 이루어지다면 박태원 문학의 문학교육적 의미와 함량은 더욱 확대될 수 있을 것으로 판단된다. 이는 '구보학회'의 정체성확보와도 밀접히 연관되는 대목이라 본다.

■ 참고문헌

국어과 교육과정, 한국교육과정평가원 홈페이지
5차, 6차, 7차 국정 국어교과서
2007 검인정 고등학교 국어 교과서
5차, 6차, 7차, 2009 검인정 문학 교과서

강진호 외, 『박태원 소설 연구』, 깊은샘, 1995.
구보학회, 『박태원 문학과 창작방법론』, 깊은샘, 2011.
________, 『박태원 문학의 현재와 미래』, 깊은샘, 2010.
김근호, 「문학 문화론적 실천으로서 소설교육의 한 방법」, 『문학교육학』24, 2007.
김대행, 『국어교과학의 지평』, 서울대출판부, 1995.
______ 외, 『문학교육원론』, 서울대출판부, 2000.
김동환, 「<문장>지와 국어교육」, 『한국근대문학연구』20, 2009.
______, 「소설교육에서의 시점 이론에 대한 반성적 고찰」, 『문학교육학』30, 2009.
______, 「비 동시대적 소설 텍스트의 독서교육」, 『국어교육』50, 국어교육학회,
        2011.
______, 「작가론과 소설 텍스트 읽기 전략」, 『독서연구』25, 2011.
김명석, 「작가 연구와 문학교육」, 『돈암어문학』24, 2011.
김윤식·정호웅, 『한국소설사』, 예하, 1993.
__________ 편, 『한국문학의 리얼리즘과 모더니즘』, 민음사, 1989.
김성진, 『문학교육론의 쟁점과 전망』, 삼지원, 2004.
박인기, 『문학을 통한 교육』, 삼지원, 2005.
방민호 엮음, 『박태원 문학 연구의 재인식』, 예옥, 2010.
우한용, 『문학교육과 문화론』, 서울대출판부, 1997.
윤여탁, 『현대시교육론』, 사회평론, 2010.
이재선, 『한국소설사』, 민음사, 2000.
정재찬, 『문학교육의 현상과 인식』, 역락, 2004.
정현선, 「모더니즘 시에 대한 문화교육적 접근」, 『다매체 시대의 국어교육과 문화
        교육』, 역락, 2004.

■ 국문초록

박태원의 소설은 6차 교육과정기부터 문학교육에서 상당한 비중을 차지하는 대상이 되었다. 특히 "소설가 구보씨의 일일"이나 "천변풍경"은 전체 문학 교과서에서 빈도수가 높은 작품 들 중에 속한다. 그리고 문학 교과서의 여러 단원 범주에 고루 배치되고 있어 그 효용성이 인정되고 있다.

박태원 소설에 대한 문학교육적 접근 양상을 구체적으로 살펴보면 다른 작품들에 비해 제한적이라고 판단되는데 대체로 '모더니즘' '의식의 흐름'이라는 개념으로 귀결되고 있다. 학습 활동 역시 재구성이라는 맥락에 집중되고 있다. 이런 제한적 접근은 교과서 정전으로서의 박태원 소설의 위상에 긍정적이지 않을 것으로 판단된다.

박태원 소설의 문학교육적 효용성의 제고를 위해서는 사회적 합의 형식의 공동 연구가 필요하다. 그리고 그 방향은 풍부한 자료의 제공, 문학사적 위상에 대한 평가, 재생산의 원천으로서의 가치 발견, 교육적 분석 틀의 생성 등이 될 것이다. 그리고 이러한 연구는 학회 등의 차원에서 공동의 연구 형태로 이루어지는 것이 바람직하다고 본다.

주제어 : 문학교육, 교과서 정전, 공동 연구, 풍부한 자료 제공, 재생산의 원천, 분석 틀의 생성

■ Abstract

Works of Park Tae-Won and Literary Education

Kim Dong-Hoan(Hansung University)

The works of Korean modern novelist Park Tae-Won take on a important role in the category of literature education since 6th curriculum period. Especially "One Day of Novelist Gubo" and "Scenery of Riverside"are frequently issued on literature textbooks. And these novels juxtaposed evenly in the various unit of literature textbook. This fact shows the weight of works of Park Tae-Won on Literature Education.

But the way of approach as the text for literature education is limited in comparison with other competition. Concretely speaking, the central concept focused on works of Park Tae-Won in textbooks is revealed within two words, 'modernism' 'stream of consciousness'. Also Learning Activities in textbook are concentrated at the activity of reframing. This aspect of approach is judged by disadvantage to the status of Park's works in textbooks.

For improving the effectiveness of Park's Works as the text of literature education, collaborative research is urgently needed. The research direction would be to provide plenty documentation, to review literary historical status, to discover value as the source of reproduction, to establishment of analysis tool. I think it is more desirable the form of collaborative research to be performed by academic society.

Key-words : Literature Education, Canon for Textbook, collaborative research, plenty documentation, a source of reproduction, analysis tool

이 논문은 2012년 11월 12일에 접수되어, 2012년 11월 22일부터 2012년 12월 3일 사이에 이루어진 소정의 심사를 거쳐 2012년 12월 10일 편집회의에서 최종적으로 게재가 확정되었음.

박태원 소설에 나타난 개체성의 인식과 표현

목 차

방 민 호*

1. 들어가며 – 박태원 소설의 문학사적 위치

한국 현대문학사는 아직 정연하게 서술되지 못하고 있다. 그러기에는 아직도 여기저기 연구되지 못한 공백이 많고, 여러 작가들에 비교적 일관된 관점에서 질서와 위치를 부여할 수 있는 방법적 도구도 마련되어 있지 않다.

지난 10여년에 걸쳐 한국현대문학 연구에는 비약적인 변화가 있었다. 한국에서 소설이란 무엇이냐에 관한 질문이 이어졌고, 1910년대 문학, 특히 신소설과 번안소설 등에 대한 다각적인 연구가 시도되었고, 1940

---

* 서울대학교 국문과

년 전후의 문학 상황에 대해서도 열정적인 탐구가 이루어졌다. 이러한 것들은 새로운 문학사 인식을 위한 귀한 자료가 될 것이다.

지금 학계를 둘러싼 상황은 문학사라는 것을 설정하는 것이 과연 의미가 있을까를 물어봄직한 변화를 보여주고 있지만, 한국현대문학을 위해서는 '최초'의 문화론자가 되는 것만큼이나 '최후'의 문학사가가 되는 일이 여전히 절실한 상황이다.

박태원은 한국현대문학사에서 어떤 위치를 점하고 있는 것일까? 이 물음은 박태원은 한국소설에 어떤 변화와 새로움을 가져 왔는가, 라는 물음으로 대체될 수도 있다. 박태원의 소설사적 위치를 측정하는 일은 문학사적 감각 없이는 수행될 수 없는 일이며, 역으로 이를 통해서 새로운 문학사적 질서 의식이 수립될 수도 있다.

한국현대문학사의 초기 전개 과정을 조략하게 정리해 보면, 먼저 근대적 출판 유통 메커니즘을 바탕으로 신문매체가 부상하면서 딱지본과 일본 '가정소설' 등을 모델로 삼은, 이인직을 위시한 신소설 작가들의 동거시대가 펼쳐진다. 곧이어『매일신보』같은 신문매체를 중심으로 조중환, 이상협 등에 의해서 일본소설을 패러디한 각종 번안소설이 시도되는데, 이것은 단순한 번안이 아니라 새로운 소설 개념의 수입이자, 이식이었다. 이광수는 이인직 등의 신소설과 "일재, 하몽 제씨의 번역소설"[1]의 연장선상에 자신을 위치 지운다. 이러한 문학사 의식은 멀리 임화에게 직접 연결된다. 임화의 신문학사론은 이광수의 문학사 의식의 직접적 수혜물이다.

이광수와 임화가 공유하고 있는 단선적 문학사론의 문제점에 대해 여기서 상론하기는 어렵다. 다만 이들이 어떤 이상적인 소설적 모델을 상정하고 있었다는 점에 주목해 보아야 한다. "서양인이 사용ㅎ는 문학이라는 어의를 취홈이니 서양의 Literatur 혹은 Literature라는 어롤 문학

---

1) 이광수, 「문학이란 하오」, 『매일신보』, 1916.11.23.

이라는 어로 번역ᄒ얏다훔이 적당하다"[2]라고 한데서 드러나듯이, 이광수에게 문학이란 서양적 표준에 맞춘 것이었다. 또 그에게 소설이란 "모 시대의 모 방면의 충실한 기록"[3]이라는 단언이 보여주듯이 서구풍의 사실주의적 소설을 의미했다.[4] 이러한 구도는 임화에 의해 정확히 수용된다. 이광수와 꼭 같이 임화에게 조선 신문학은 "서구문학의 이식과 모방 가운데서 자라"[5]난 것이었고, 이러한 인식 위에서 "문학이란 말을 Literature의 어의"[6]로 사용하고자 했다. 또한 그는 자타가 공인하는 리얼리즘 규준적 비평가였다.

이러한 문학사 인식은 두 가지 점에서 문제적이다. 하나는 그것이 조선의 태내에서 자라나온 소설 또는 소설들의 존재를 간과하게 되며, 그럼으로써 수입 또는 이식되는 것들과 태내에서 자라나온 것들의 공존 또는 다양한 접목grafting이나 접합conjugation 양상을 간과하게 된다는 것이다.

다른 하나는 서구 또는 일본에서 수입되는 소설들에 대해서도 검색적 효과를 발휘함으로써 소설의 다양한 하위형태들을 필터링하거나 이들에 배타적인 태도를 취하도록 만든다는 것이다. 이러한 태도는 현재의 연구 경향에까지 영향을 미치고 있어, 예컨대 딱지본 소설과 번안소설에 대한 체계적 연구가 지극히 오랫동안 지연되어 온 것이라든가, 김명순, 김일엽, 나혜석 등과 임노월로 대표되는 자아주의 경향의 문학이 문학사에서 전혀 제 위치를 얻지 못한 것 등이 그 대표적 사례들이다. 덕분에 이들과 김동인 등에서 발원하여 이상과 이효석을 거쳐 나오는

---

2) 위의 글, 1916.11.10.

3) 이광수, 「여의 작가적 태도」, 『동광』, 1931.4, 82쪽.

4) 물론 이러한 관념과 이광수의 실제 창작 사이에는 엄연한 괴리가 있었다. 『무정』이 증명하듯이 그는 조선 소설의 전통과 서양적인 소설 양식의 공존과 접합을 체현해 보여준 작가였다.

5) 임화, 「조선문학 연구의 일과제」, 『동아일보』, 1940.1.16.

6) 임화, 『개설 신문학사』, 『조선일보』, 1939.9.3.

중요한 흐름을 문학사 연구는 제대로 포착한 적이 없다. 굳이 첨언하면 계용묵 역시 이 흐름에 합류하고자 했던 작가였다.[7]

박태원 문학도 그러한 단선적 문학사론의 부정적 영향에서 자유롭지 못한 경우에 속한다. 임화는 「소설가 구보 씨의 일일」이나 『천변풍경』 같은 박태원의 소설들을 본질상 리얼리즘 소설인 본격소설에서의 일탈로 이해했다. 그러나 한국현대문학사에서 소설이란 처음부터 여러 하위 양식들을 아우르는 종합적 개념이어서 하나의 표준적 모델이란 성립할 수 없다. 한국현대소설사는 이곳에 이미 성립해 있던 소설 양식들에 서구의 여러 소설적 하위 양식들, 창작 경향들이 잇따라 수입되어 공존, 혼거하면서 다소 혼란스럽고도 다채로운 양상을 보여준다. 이러한 양상들을 요령껏 정리하기 위해서 필요한 것은 루카치와 같은 선험적, 규범적 소설론이 아니라 바흐친적인 귀납적 시각이다.[8] 박태원의 소설을 어떤 규범에서의 일탈적 현상으로 보는 것은 박태원 문학의 본연적 가치를 갈파하지 못하는 결과를 낳기 쉽다.

다른 한편으로, 박태원의 문학을 「소설가 구보 씨의 일일」의 모더니즘에서 『천변풍경』의 리얼리즘으로 나아간 것으로 보는 전통적 해석과 다른 견지에서 박태원 소설의 문학사적 위치를 가늠해 볼 방법은 없는 것일까?[9]

---

7) 그는 「최서방」(『조선문단』, 1927.3)으로 최서해의 추천을 받아 문단에 나왔고 관동대지진 전후의 조선인 수난을 다룬 「인두지주」(『조선지광』, 1928.2) 등 경향파적 색채를 보였으나 몇 년 동안의 공백을 거친 후 「백치 아다다」(『조선문단』, 1935.5)를 기점으로 탈리얼리즘의 새로운 실험을 추구하게 된다.

8) 문학사 연구의 맥락에서 김태준과 조동일은 이러한 시각을 취함으로써 한국현대문학사를 주체적으로 이해할 수 있는 길을 개척해 놓았다.—방민호, 「임화와 학예사」, 『상허학보』26호, 2009.5, 참조.

9) 김윤식과 정호웅 교수가 편집한 『한국문학의 리얼리즘과 모더니즘』(민음사, 1989)은 이러한 시각을 대변하는 대표적인 연구서다. 이 책의 시각은 현재에 이르기까지 일제강점기 문학을 문학사적으로 이해할 수 있게 해주는 가장 유효한 접근법 가운데 하나로 간주되어 왔다. 실제 이 접근법은 아직도 많은 부분에서 설득력을 발휘하고 있다.

박태원 문학을 초기의 모더니즘에서 후기의 리얼리즘으로 변모해 간 것으로 보는 관점은 그것을 모더니즘과 리얼리즘이라는 두 개의 이론적 범주로 환원함으로써 박태원 문학의 실체에 대한 접근을 가로막는 측면이 없지 않은 것인지 생각해 보아야 한다. 식민지 시대 한국문학은 오랫동안 리얼리즘과 모더니즘이라는 개념적 '가면'을 중심으로 계열화, 계층화되어 왔다. 이러한 접근법에도 이광수와 임화의 문학사론이 범했던 규범화의 위험성이 똑같이 작용하고 있어, 작가와 작품의 내재적 가치는 충분히 조명되지 못하게 된다.

2. 일제 강점기 문학에서 박태원의 '기교'가 의미한 것

1930년대 중후반에 전개된 기교주의 논의는 김기림의 「시에 있어서의 기교주의의 반성과 발전」(『조선일보』, 1935.2.10-14)에까지 소급되는 것이지만, 임화는 이 기교주의 문제를, 카프 해체라는 절망적 상황을 딛고 계급문학의 생로를 개척하려는 의도에서 적극적으로 활용해 나갔다. 「담천하의 시단 일 년」(『신동아』, 1935.12)에서 「기교파와 조선 시단」(『중앙』, 1936.2)에 이르는 두 편의 글에서 임화는 정지용, 신석정, 김기림 등을 기교주의 시인들로 규정하고, 김기림, 박용철 등의 기교주의 담론을 적극 비판하면서, 이에 계급문학, 경향문학을 대립시킨다.

그에 따르면 기교주의란 이미지즘, 슈르리얼리즘, 포멀리즘, 모더니즘 등의 "잡다한 외모를 가지고 있으면서도 시로부터 일체의 현실적 내용을 사상하고 기교적 완성을 가지고 시의 목적을 삼는데서 일치하는"10) 제반 경향을 아우르는 말이다.

이들은 다음의 세 가지 특징을 갖는다. 즉, 그들은 시적 내용에 대해

---

10) 임화, 「기교파와 조선 시단」, 『문학의 논리』, 학예사, 1940, 649쪽.

시적 기교를 상위에 놓고, 현실생활에 대한 관심을 회피하여 현실과 자연의 단편에 대한 감각을 노래하는데 머물며, 현실이나 자연에 대한 단순한 관조만을 표현할 뿐이다.11) 무엇보다 그들은 감정을 노래하기를 멸시하고 감각을 노래하는데 머물며,12) 시가 감정이나 정서가 이지와 결합되어 나타나는 것임을, 인간에게 고유한 사유 및 지성과 결합된 것임을 망각한 채 단순한 감정의 표현에 만족한다.13)

임화의 박태원론은 이러한 기교주의 비판의 연장선상에 놓여 있다. 이광수는 박태원을 문단에 데뷔시킨 사람답게 박태원의 『천변풍경』에 대해서는 고평했지만,14) 임화는 박태원의 소설들을 본질상 리얼리즘 소설인 본격소설에서의 일탈 현상으로 이해했다.

> 『구보 씨의 일일』에는 지저분한 현실 가운데서 사체가 되여가는 자기의 하로 생활이 내성적으로 술회되였다면 『천변풍경』 가운데는 자기를 산송장을 만든 지저분한 현실의 여러 단면이 정밀스럽게 묘사되어 있다.
>
> 그러므로 이 두 소설이 훌륭한 의미에서 조화 통합되였다면 우리는 어떤 본격적인 예술소설을 연상할 수가 있다. 그러나 『구보 씨의 일일』에 나타난 작자는 『천변풍경』의 세계의 지배자가 될 자격이 없었고, 『천변풍경』의 세계는 『구보 씨의 일일』의 작자를 건강히 살릴 세계는 또한 아니었다.
>
> 즉 양개가 다 작자의 예술적 정신적인 비상을 위하여는 각각 하나의 중하이였다.15)

그러나 이러한 임화의 논리는 그 자신이 제시한 본격소설 중심의 가치론적 관점을 드러내는 것이다. 물론 그는 세태묘사 소설에서 "묘사되는 현실이란 실로 하나의 정신적 가치를 갖는 것"16)이라고 했고, 이후

---

11) 임화, 「담천하의 시단 일 년」, 위의 책, 627-628쪽, 참조.
12) 위의 글, 626쪽, 참조.
13) 임화, 「기교파와 조선 시단」, 위의 책, 656-658쪽, 참조.
14) 이광수, 「천변풍경에 서하여」, 『천변풍경』, 박문서관, 1938, 2-3쪽, 참조.
15) 임화, 「세태소설론」, 『문학의 논리』, 학예사, 1940, 350-351쪽.

에는 "세터만을 그렷기 때문에 세태소설이라기보다는 작자의 현실에 대한 태도나 품고 잇는 사상이 세태 풍속의 세밀한 묘사를 통하야 자기를 발현하고 있는 그 문학 정신"[17]을 지적하면서, 특히 『천변풍경』이 "인정", 즉 "정신의 풍속 인간성의 세태"를 그린 점을 높이 평가했다. 또 이러한 고평은 「골목안」에 대한 고평으로 연결되기도 한다.[18] 그러나 이러한 고평은 박태원이 묘사를 보충할 사상을 찾았다는 투여서, 기교주의 논쟁에 나타난 기교 부정적 태도가 박태원에 대한 비평에 그대로 투영되어 있음을 알 수 있게 한다.

그러나 당시에도 이미, 임화처럼 개성 또는 사상의 결핍을 발견하기는 하지만 박태원 문학에서 기교가 근본적이고 결정적인 요소임을 인식한 비평적 관점이 제출되어 있었다.

> 씨를 가르쳐 기교파라고 하는 것은 평범한 말이지만 또 의당한 말이기도 하다. 한 사람의 입으로부터 한 사람의 귀에다 전달할 수 없는 정도의 단순하고 미묘한 것까지도 작가 박태원 씨는 그것을 가장 풍부하고 흥미있게스리 우리에게 이야기해 주는 것이다. (중략)
> 멀리 띄어 놓고 보아도 그러하지만 가까웁게 하나하나 분석을 하여 관찰해도 매한가지다. 우선 말에 있어서도 기교 문장에 있어서도 기교 풀롯트에 있어서도 기교이다. 여하간 씨의 작가적 전생명이 기교에 억매여 있다. 그러면서도 무엇보다 중대한 문제는 이러한 씨의 세계가 결단코 저속한 데르 흐르지 않는 그것이다. <u>우리 문단에서 보통 기교 하면 그것을 소설 작법상 어떠한 합리화의 수단으로 해석하지만 내가 말하는 작가 박태원 씨의 기교란 이러한 성질의 것이 아니다. 전자를 문학의 기교라고 일컫는다면 박태원 씨의 세계는 정히 기교의 문학이다. 다시 말하면 부분적 합리화의 수단이 아니라 전체적으로 임이 기교화한 문학이다.</u>[19]

---

16) 위의 글, 353쪽.
17) 임화, 「박태원 저 『천변풍경』 평」, 『조선일보』, 1939.2.17.
18) 임화, 『조선일보』, 「역작 『골목안』의 가치」, 『조선일보』, 1939.7.21.
19) 안회남, 「작가 박태원론」, 『문장』, 1939.2, 147쪽.

박태원의 문학이 단지 기교를 부린 문학인 것이 아니라 "기교의 문학", "기교화한 문학"이어서 그의 "작가적 전생명이 기교에 억매여 있다"는 안회남의 지적은 박태원 문학의 기교에 대한 가장 적극적인 평가를 보여준 것이다. 그리고 이것은 다음과 같은 인용에 단적으로 나타나는 박태원의 기교주의 사상에 가장 근접한 것이기도 하다.

> 경망된 수삼 평가들의 명명으로 나와 가튼 사람은 기교파라는 레텔이 부터잇는 모양이나 평가들은 혹 그들의 부실한 기억력을 위하야 간편하게 분류하여둘 필요상 그리하여도 용허되는 수가 잇슬지도 모른다. 그러나 가튼 작가들 중에 거개는 한참 당년에 푸로 작가라고 자칭하는 이들이지만 말에 궁하면 반드시 나와 가튼 사람을 문장만 아느니 형식만 찻느니 기교만 중히 여기느니 하고 그것만 내세우는 데는 너무나 어이가 업서 말도 하고 십지 안타.
>
> 대체 군들은 그러한 말을 할 때 스스로 마음에 부끄러워하는 바가 업느냐? 작가로서 문장이 졸렬하고 형식이 미비하고 기교가 치졸한 것보다 더 큰 비극이 - 아니 희극이 어데 또 잇슬 것이냐? 「그러나 내용이?—」대체 군들의 작품에 무슨 취할 만한 내용이 잇다고 자부하는 것이냐?[20]

박태원은 자신을 기교파라 비판하는 이들을 향해 기교 부족한 작품에 무슨 내용이 있을 수 있는지 반문했다. 같은 맥락에서 그는 "만약, 어느 작품의 문장으로서, 오직 그 내용에 있어 전체적 관념을 표현할 뿐이요, 그 음향으로 그 의미 이외의 분위기를 빚어내는 것이 못 된다면 우리는 결코 그 작품에 흥미를 가질 수는 없다."[21]라고 하여 감각적 효과, 문체, 스타일의 중요성을 강조했고, 표현, 묘사, 기교에 있어 "신선한, 그리고 또 예민한 감각"[22]이란 언제든 필요한 것이며, 이 신선함

---

20) 박태원, 「내 예술에 대한 항변」, 『조선일보』, 1937.10.23.

21) 박태원, 「표현·묘사··기교—창작여록」, 『조선중앙일보』, 1937.10.21, 유보선 편, 『구보가 아즉 박태원일 때』, 깊은샘, 2005, 258쪽에서 재인용.

22) 위의 글, 『조선중앙일보』, 1937.10.22.

과 예민함만으로도 이미 가치가 있다고 했다.

일련의 산문들에 나타난 박태원의 "기교화한 문학"은, "어느 시대에도 그 현대인은 절망한다. 절망이 기교를 낳고 기교 때문에 또 절망한다."[23]라고 한 이상의 아포리즘에 맞닿아 있는 것으로서, 임화 등이 주장한 내용과 사상의 문학에 정확히 대립해 있었다. 안회남은 이러한 박태원의 "기교의 문학"을 가리켜 "씨의 작가적 기교가 즉 작품의 현실이요 작품의 현실이 즉 씨의 작가적 기교로 결합하여 있기 까닭에 소설의 사실과 허구가 그토록 완전히 符同하게 되는 것"[24]이라고 했는데, 이것은 박태원 문학에서 기교를 통해 제시되는 현실의 감응력을 말해주는 것에 다름 아니다.

그러나 문제는 역시 1930년대 중반 전후의 문학사적 맥락에서 이러한 "기교의 문학"을 어떻게 평가해야 하는가의 문제일 것이다. 여기서 들뢰즈와 가타리가 제기한 바 있는 '소수집단의 문학'이라는 개념은 이러한 문제를 사유하기 위한 의미 있는 매개 역할을 할 수 있을 듯하다.

들뢰즈와 가타리는 카프카 문학에 대한 분석에서 '소수집단의 문학'이라는 개념을 제시한다. 그것은 프라하에서의 유태인 문학의 하나였던 카프카 문학의 특성을 설명하기 위한 것이었다. 그들에 따르면 "소수집단의 문학이란 소수 집단 언어의 문학을 지칭한다기보다는 지배 집단의 언어권에서 소수 집단이 지탱해 나가는 문학을 지칭한다."[25]

이러한 문학은 크게 세 가지 특징을 갖는다. 소수집단의 문학은, 첫째 프라하 유태인의 독일어 문학처럼 지배적인 다수 언어의 문학에 합류되지 않는 소수 언어의 문학이고, 둘째 거기서는 모든 것이 정치성을

---

23) 이상, 「아포리즘」, 『시와 소설』, 1936.3, 김주현 편, 『이상문학전집』3, 소명출판, 2005, 217쪽에서 재인용.
24) 안회남, 앞의 글, 148쪽.
25) 들뢰즈·가타리, 『소수 집단의 문학을 위하여』, 조한경 옮김, 문학과지성사, 1992, 33-37쪽.

띠게 되는 문학이며, 셋째 모든 것이 집단적 성격을 띠는 문학이다. 와해와 몰락의 위기를 겪고 있던 합스부르크 제국에는 체코어, 이디시어, 독일어, 히브리어 등의 네 가지 언어가 복잡한 관계를 형성하고 있었다. 여기서 지배적인 언어는 체코어였다.[26]

카프카는 체코어를 이해하고 말할 수 있었고, 독일어는 그에게 매개어, 문화어 기능을 했다. 그는 나중에 히브리어조차 배웠으며, 이디시어(독일어 사용 지역에서 처음 생겨나 동부유럽 전역으로 퍼져간 유대인들의 언어)에 대해서도 매력을 느끼고 있었다.

들뢰즈와 가타리는 전원과 체코를 동시에 잃어버린 유태인들의 독일어 문학이 나아갈 방향에는 두 가지가 있었다고 한다. "하나는 상징적 의미, 몽상적 의미, 비의적 의미, 기표의 저변에 숨겨진 모든 원천을 길어 올려서 독일어를 인위적으로 부풀리고 풍요롭게 하는 방법이다."[27] 그러나 카프카는 그와 다른 방법을 선택했다. "그것은 프라하의 독일어를 있는 그대로, 빈약한 그대로 받아들이는 것이다. 그것은 절제된 표현에 힙 입어…… 탈영토화를 위해 가능한 멀리 가고…… 어휘가 메마른 만큼 그것을 더욱 강밀하게 진동시키고…… 언어의 농밀한 용법과 상징적 용법, 의미적 용법 또는 단순한 기표를 대립시켜서…… 완전한, 비형태적 표현, 농밀한 물질적 표현에 이르게 하는 것이다."[28] 카프카가 선택한 방법은 구체적으로 다음과 같은 것을 의미했다.

체코어의 영향을 받은 프라하에서의 독일어에 대해 훌륭한 분석을 해낸

---

26) 아폴리네르의 소설 「프라하의 보행자」에는 프라하에 여행간 주인공의 이야기가 펼쳐지는데, 그가 거리에서 마주친 사람들이 대부분 독일어를 한 마디도 알아듣지 못하고 체코어만 할 뿐이다. 한 행인은 그에게 그들이 자신들에게 독일어를 강요하는 독일인들을 프랑스인이 싫어하는 만큼이나 끔찍이 싫어한다는 말을 해준다.—기욤 아폴리네르, 『이교도 회사』, 성귀수 역, 문학수첩, 1999, 18쪽, 참조.

27) 들뢰즈·가타리, 앞의 책, 38쪽.

28) 위의 책, 38-39쪽.

바겐바하는 거기에서 다음과 같은 특성들을 집어낸다. 전치사의 부정확한 사용, 대명동사의 남용, 아무데나 쓰일 수 있는 동사의 사용, 다양한 부사의 연속적 사용, 고통을 내포하는 용어들의 사용, 단어의 내적 긴장을 고조시키는 단어적 악센트에 대한 강조, 그리고 자음과 모음의 부조화적 배치…… 등등이 그것들이다. 그런데 바겐바하가 특히 강조하고 싶은 것은 언어의 빈곤을 말하는 상기의 모든 특성들이 카프카에게서 그대로 드러난다는 점이다. 물론 카프카는 참신한 절제, 참신한 표현, 참신한 유연성, 참신한 강밀성의 지원을 받아 그것들을 창조적으로 사용한다. "내가 쓰는 것은 한 마디도 다른 것과 조화를 이루지 않는다. 나는 자음들이 서로 맞부딪쳐 내는 쇳소리를 듣는다. 나는 미술 전람회에서의 흑인들의 노래 같은 모듬들의 노래는 듣는다." 이제 언어는 표상적이기를 멈추고, 극단 또는 한계를 향해 달려간다.[29]

두 사람은 자신의 언어를 소수집단의 언어처럼 주조해 나가는 카프카의 언어적 '기교'에 혁명적 의의를 부여한다. 그것은 프라하의 유대인으로 살아가야 했던 카프카가 선택한 언어의 혁명이자 문학 혁명이었다. 두 사람은 이렇게 썼다.

지배 민족의 문학 또는 기존 문학은 내용에서 표현으로 진전하는 벡터를 따라간다. 지배 민족의 문학 또는 기존 문학에서는 주어진 어떤 내용이 주어진 형태 안에서 내용에 걸맞는 표현 형태를 찾고, 발견하고, 또는 가늠한다. 생각되어진 것은 적절하게 발화된다…… 그러나 소수 집단의 문학은, 다시 말해 혁명적 문학은 발화로 시작한다. 가늠하거나 생각하는 것은 그 다음의 일이다. 표현은 형태를 부숴서 흠집을 내고 거기에 새 가지가 돋게 해야 한다. 형태가 일단 부숴지면 사물의 질서와 필연적으로 단절된 내용을 재구축해야 한다. 질료의 선두에서, 질료를 끌어갈 수 있어야 한다.[30]

---

29) 위의 책, 46쪽.
30) 위의 책, 55-56쪽.

48

여기서 우리는 다시 박태원의 문학으로 되돌아 와야 한다. 박태원 문학은 소수집단의 문학인가?

일제 강점기는 일본어와 조선어의 하이어라키hierarchy가 엄연하던 시대였다. 그러나 당대의 문학인들은 언어민족주의적 국어학자들, 시와 소설은 조선문으로 써야 한다는 이광수를 비롯한 당대 민족주의 문학인들의 강력한 영향력 아래서 조선어문학이라는 특수한 문학적 영토를 구축해 나갔다.31)

이 조선어문학은 국가적 차원에서 언어적 헤게모니를 상실한 언어의 문학이라는 점에서 '소수집단의 문학'이지만, 일본어로 문학을 향유하는 이들이 전무하다시피 한 대중들 사이에 튼튼한 뿌리를 내린 문학이라는 점에서 전형적인 '소수집단의 문학'은 아니다. 또한 프라하 유태인이었던 카프카에게는 독일어마저 타자의 언어였던 데 반해, 박태원을 위시한 조선 문학인들에게 조선어와 한글은 의심할 여지없는 자신의 언어다. 이 점에서 조선어와 한글은 지배민족의 언어와 문자와 유사한 속성을 갖는다. 조선어와 한글은 한국문학의 언어에 대한 배타적 권리를 방기할 수 없다. 그것은 지배 받는 이들의 정체성의 원천이기 때문이다. 그러나 고착의 위험성도 의식하지 않으면 안 된다. 이는 조선어와 한글을 외국어 문법과 어휘에 개방하면서 더 풍요로운 표현법을 구비해 나가야 함을 의미한다.

들뢰즈와 가타리가 말했듯이 언어는, 그리고 표현은 혁명이다. 따라서 기교 또한 의심할 수 없는 혁명이다. 이것은 박태원의 문학에 꼭 들어맞는 논리를 제공한다. 그러나 어떤 방향으로 나아가는 기교인가? 카프카가 선택한 방법인가? 카프카가 선택하지 않고 남겨둔 방법인가? 그어느 쪽이든 공통적인 것은 언어를, 기교의 정밀함을 극단에까지 철저히 밀어붙이려는 태도다.

---

31) 주시경, 「국어와 국문의 필요」, 『서우』2호, 1907.1 및 이광수, 「조선문학의 개념」, 『신생』, 1929.1, 참조.

박태원이 가야 할 길은 카프카가 선택한 것과 같은 것일 수는 없었다. 기교의 정밀한 사용은 카프카가 선택하지 않은 길에 더 가까운지도 모른다. 그러나 박태원의 언어적, 형식적 방법론에 대해서는 더 많은 고찰이 필요하다. 중요한 것은 그가 기교에 철저하고자 했다는 점이다. 그가 남긴 많은 창작론과 다른 작가들에 대한 비평들은 이것을 말해 주고도 남음이 있다. 그의 "기교화한 문학"은 '이중언어' 시대의 조선어의 상황에 비추어 볼 때 지극히 정당한 논리이자 그 자체가 하나의 훌륭한 사상이었다.

3. 「해하의 일야」, 「수염」, 「적멸」에 나타난 개체의 새로움

박태원 소설 세계를 살펴볼 수 있는 방법 가운데 하나는 시간을 달리하여 나타나는 연작형 소설들에 주목해 보는 것이다. 이 논문이 주목하는 것은 다음 세 종류의 연작형 소설들이다. 첫 번째 연작 유형은 「해하의 일야」(『동아일보』, 1929. 12. 17~24), 「수염」(『동아일보』, 1930. 2. 5~3. 1), 「적멸」(『신생』, 1930. 1)로 대표된다. 두 번째 연작 유형은 「소설가 구보 씨의 일일」(『조선중앙일보』, 1934. 8. 1~9. 1)과 「애욕」(『조선일보』, 1934. 10. 6~23)로 이루어진다.[32] 세 번째 연작 유형은 「음우」(『문장』, 1939. 9) 「투도」(『조광』, 1941. 1) 「채가」(『문장』, 1941. 4) 「재운」(『춘추』, 1941. 8) 등으로 연결되는 작품군이다.[33]

---

32) 이 연작 유형은 그 앞뒤로 「피로」(『여명』, 1933.7)나 「거리」(『신인문학』, 1936.1) 같은 작품을 거느리고 있다. 「소설가 구보 씨의 일일」과 「애욕」은 각각 박태원 자신과 이상을 가리키는 '구보'와 '하융'이라는 상징적 이름을 사용한다는 점에서 두 작품과 구별된다.

33) 세 번째 연작 유형에서 「음우」「투도」「채가」는 작품 말미에 '자화상'이라는 부기가 붙어 있으나 「재운」은 그렇지 않다. 이 때문에 이 작품을 1939년에서 1941년 사이에 발

50

　박태원 소설에 대한 연구는 질량 면에서 매우 풍부한데, 그럼에도 첫 번째 연작형 소설군에 대한 체계적이거나 충분한 조명은 아직 이루어지지 못했다. 또 이 초기 삼부작에서 중간 단계의 두 연작으로, 여기서 다시 세 번째 '자화상' 연작 소설로 나아가는 과정은 아직 유기적으로 파악되지 못한 채 남아 있다. 최근 들어 김미지의 「박태원 소설의 담론 구성 방식과 수사학 연구」(서울대박사논문, 2008)이나 류수연의 「박태원 소설의 창작기법 연구」(인하대 박사논문, 2009) 등에서 특히 초기 작품들을 중심으로 한 논의가 활발하게 전개되고 있는데, 이 흐름은 이중재의 「박태원 초기 소설론」(『한국문학연구』19, 1997), 안미영의 「박태원 중편 적멸 연구」(『문학과 언어』18, 1997) 등에까지 거슬러 올라간다.

　첫 번째 연작을 이루는 「해하의 일야」, 「수염」, 「적멸」은 일제 강점기라는 시대적 환경에 영향 받거나 구속받지 '않은' 상태를 보여주는 박태원 소설의 원형에 해당한다는 점에서 중요한 의미를 갖는다. 이 작품들에서 박태원 소설의 문학사적 새로움이 무엇인지 선명하게 포착할 수 있고, 이를 통해서 이후의 작품들이 무엇을 향해 나아가고 있는지 밝힐 수 있다.

　문학사에서 박태원의 새로움은 어떻게 규정할 수 있을까? 이 글은 그것을 그의 소설에 "기교화"하여 나타난 인간 개체의 새로움으로 규정하고자 한다.

　이광수의 주인공들은 『무정』(『매일신보』, 1917. 1. 1~6. 14)이나 『재생』(『동아일보』, 1924. 11. 9~1925. 9. 28)의 주인공들이 보여주듯이 사실주의에 경사되어 있던 작가답게 시대를 대표하는 인물이었고, 이것은 『만세전』(고려공사, 1924)에서 『삼대』(『조선일보』, 1931. 1. 1~9. 17)에

표된 연작형 소설 분석에서 제외하는 경우가 있으나 작품의 스타일에 비추어 이는 적절치 못하다. 또 경우에 따라서는 이상을 소재 겸 주제로 등장시킨 「애욕」(『조선일보』, 1934.10.6-1934.10.24) 「보고」(『여성』, 1936.9) 「이상의 비련」(『여성』, 1939.5) 등을 하나의 연작으로 간주하여 분석을 꾀할 수 있겠으나 발표 시기의 분포가 너무 넓어 이 글의 논의를 위해서는 적합하지 않은 면이 있다.

이르는 염상섭 문학에서 일층 심화된 단계를 보여준다.

이들의 후배 세대에 해당하는 이태준과 채만식에서도 주인공들의 전형적 대표성에 대한 인식은 지속적이다. 이태준의 사소설 연작인 「달밤」(『중앙』, 1933. 11), 「색시」(『조광』, 1935. 11), 「손거부」(『신동아』, 1935. 11) 등은 문사와 하위 계층 인물의 만남을 그린 것이라 요약할 수 있고, 채만식은 「레듸-메이드인생」(『신동아』, 1934. 5~7), 「명일」(『조광』, 1936. 10~12), 「치숙」(『동아일보』, 1938. 3. 7~14), 「소망」(『조광』, 1938. 10), 「패배자의 무덤」(『문장』, 1939. 4)으로 연결되는 조밀한 지식인소설 연작을 통해 시대와 현실 비판적 지식인의 갈등을 드라마틱하게 전개해 나갔다.

이들 가운데 이광수, 염상섭과 위에서 언급하지 않은 김동인의 문학은 단연 문제적이다. 이광수는 일본 다이쇼 시대의 다양한 생명 사상들, 자아주의 또는 예술지상주의와 깊은 교감을 나눈 작가였다.[34] 이광수 자신은 인생을 위한 예술과 사실주의적 태도를 옹호했지만 그의 문학 전반에는 이러한 사상적 조류의 영향이 뿌리 깊게 각인되어 있다. 말하자면 그는 생명사상과 자아주의를 앞에서 부정하고 뒤에서 받아들이는 이중적 태도를 보였다. 그가 시대의 변화와 더불어 다양한 양상으로 전개해 나간 계몽적 주제들에도 불구하고 인간의 애욕에 대한 끈질긴 고찰은 그의 문학의 가장 중요한 매력 가운데 하나다. 이광수 소설에서 개체성은 깊은 애욕에 시달리는 주인공의 내면세계를 표현하는 형태로 나타난다.

염상섭의 문학에서도 예술과 개성에 대한 천착은 매우 뚜렷할 뿐만 아니라 극적인 양상을 보인다. 「자기 학대에서 자기 해방에」(『동아일보』, 1920. 4. 6~9)에서 「개성과 예술」(『개벽』, 1922. 4)로 전개된 평론들에서 염상섭은 "개개인이 품부한 독이적 생명"이 곧 개성이라면서 이

---

34) 와다 트모미, 「이광수 소설의 생명의식 연구」, 서울대학교 박사논문, 2007, 참조.

52

"생명의 유로"로서의 "개성의 표현"을 옹호했다. 이로부터 "예술미는 작자의 개성, 다시 말하면, 작자의 독이적 생명을 통하야 투시한 창조적 직관의 세계요, 그것을 투영한 것이 예술적 표현"이라면서 "예술은 생명의 발로요, 생명의 활약"이라고 규정했다.35) 그의 본격적인 창작 과정을 알리는 초기 삼부작 「표본실의 청개고리」(『개벽』, 1921.8-10), 「암야」(『개벽』, 1922.1), 「제야」(『개벽』, 1922.2-6)는 생명과 자아의 갈증과 이것을 억압하는 외부의 그림자가 깊게 각인되어 있으며, 『만세전』은 바로 그 외부 세계를 내성적으로 성찰하는 주인공을 통해 "스스로를 구하지 안으면 안이될 책임"을 이야기하고 "만일 전체의 「알파」와 「오메가」가 개체에 잇다 할 수 잇스면 신생이라는 광영스런 사실은 개인에게서 출발하야 개인에 종결하는 것"이라면서, "새롭은 생명이 약동하는 환희를 어들 때까지 우리의 생활을 광명과 정도로 인도"하자고 했다.36) 그러나 염상섭은 곧이어 연재한 『너희들은 무엇을 어덧느냐』(『동아일보』, 1923. 8. 27~1924. 2. 5)와 『진주는 주엇스나』(『동아일보』, 1925. 10. 17~1926. 1. 17)에 이르러 생명과 자아의 사상을 거리를 두고 성찰하는 양상을 보이게 된다. 『삼대』(『조선일보』, 1931. 1. 1~9. 17)는 이러한 거리의식 및 현실에 대한 총체적 분석 의도가 절묘하게 결합되어 나타난 명작이었다. 그러나 이 거리는 그의 작품에 나타나는 인물들을 욕망의 담지자들로 묘사하거나 분석하는 수준에서 더 깊이 들어가지 못하게 한다. 염상섭의 소설에 나타난 인물들은 욕망이라는 동질적 속성을 공유한 개체들로 나타난다.

한편, 김동인에서 생명과 자아의 원리는 곧 작중 인물보다 작가 자신의 작품 창조의 원리로 작용하는 경향이 강하다. 그는 "소설가 즉 예술가요, 예술은 인생의 정신이요 사상이요 자기를 대상으로 한 참사랑이요 사회개량 신인합일을 수행할 자"37)라고 했다. 김동인이 처음부터 작

---

35) 염상섭, 「개성과 예술」, 『개벽』, 1922.4, 4-8쪽, 인용 및 참조.
36) 염상섭, 『만세전』, 고려공사, 1924, 190쪽 및 192쪽.

품에 대한 작가의 우위를 확고히 믿었음은 이 다음 문장들, "예술은 개인 전체"이며, "참예술가나 인령"이며, "참문학적 작품은 신의 囁이오. 성서이오."[38]라는 표현에 집약되어 있다. 이 문장에서 예술가, 작가는 곧 전지자의 위상을 확보한다. 이러한 논지는 도스토예프스키와 톨스토이를 비교하여 전자에 대한 후자의 우위를 주장한 「자긔의 창조한 세계」(『창조』, 1920. 7)에 이르러 극적인 표현을 얻는다. 그에 따르면 예술 창조의 원동력은 "아모 사람의게도 가득차 있는 에고이즘—즉 자아주의 이것"이며 "극도의 에고이즘"이 바로 "예술의 어머니다면 어머니랄 수도 잇고, 태라면 태랄 수도 잇다".[39] 나아가 그는 "오해한 인생이던 엇쩌턴 「자기의 창조한 인생, 자기가 지배권을 가진 인생」을 지어노코 자기 손바닥 우에 뒤채여 본 문학자"가 될 것을, "자기가 창조한 자기의 세계를 자기 손바닥 우에 올려노코, 자기가 조종"할 것을 주장했다.[40] 「약한 자의 슬픔」(『창조』, 1919. 2~3)이나 「눈을 겨우 쓸 때」(『개벽』, 1923. 7~11)는 이러한 김동인의 "에고이즘"이 충실하게 관철된 작품들이다. 그러나 작가를 신의 위치에 올려놓고, 작중 인물을 "어린애"가 "인형이라는 자긔의 세계를 사랑하는" 것처럼 다루려는 김동인의 이 소설 창작법은,[41] 그의 인물들로 하여금 그 운명이 외부로부터 일방적으로 규정되는 평면성에서 벗어나지 못하도록 한다. 「눈을 겨우 쓸 때」처럼 자아의 원리에 눈 뜨는 기생의 비극을 그린 작품에서조차 작가의 에고이즘이 인물의 성격을 표면에 고착시킴으로써 자아의 무한성 대신에 자아의 외부가 가진 힘이 더 압도적인 국면을 형성하고 마는 것이다. 이러한 김동인의 소설에서 충만한 개체가 되어야 할 인물들은 외부의

---

37) 김동인, 「소설에 대한 조선 사람의 사상을」, 『학지광』, 1929.8, 권영민 편, 『한국현대문학비평사』1, 단대출판부, 1981, 137쪽.
38) 위의 칙, 같은 쪽.
39) 김동인, 「자긔의 창조한 세계」, 『창조』7, 1920.7, 49쪽.
40) 위의 글, 50쪽 및 51쪽.
41) 위의 글, 50쪽.

54

힘, 작가의 힘에 억눌려 숨을 쉬지 못한다.

이러한 맥락에서 보면, 박태원의 초기 소설들은 이광수, 염상섭, 김동인이 심층적으로 파헤치지 못한 새로운 자아 또는 개체의 심연을 표현한 데서 그 의의를 찾을 수 있을 것이다.42) 이미 앞에서 언급했듯이 박태원 문학에서 기교는 그 자체가 사상이며, 일종의 혁명이다. 다시 말해 그의 기교와 기교가 나타내고자 하는 것에 착목하지 않으면 박태원 문학의 의미와 가치는 이해될 수 없는 것으로 남는다. 초기 삼부작인「해하의 일야」,「적멸」,「수염」은 이러한 박태원 문학의 특질을 잘 보여준다.

「해하의 일야」는 '한초군담'의 주인공인 항우의 마지막 하루를 그린 것이다. 그런데 여기서 박태원은 사실적 기록이나 이야기의 재구성보다 절체절명의 위기에 처한 영웅의 허무의식의 깊이를 묘사하는 쪽으로 나아간다. 여기서 문제적인 것은 역사소설 양식의 변형 양상이다.「적멸」은 작중에 나오는『지킬박사 앤드 미스터 하이드』이야기가 시사하듯이 비재현적 분신담의 이야기를 통해 인간의 악마적 내면성과 그 심층을 드러내고자 한 것이다. 여기서는 분신담이라는 새로운 스타일이 개체적 인간의 심연의 깊이에 대한 박태원의 사상을 가시화시킨다.「수염」은 수염을 기르고자 하는 주인공과 그를 둘러싼 인물들의 대결을 그리면서 그가 마침내 수염다운 수염을 얻게 되는 사연을 그리고 있다. 이 작품은 주인공의 생년월일이 "기유생인데다 생일이 섣달 초이레"43)

---

42) 박태원이 새롭게 발견한 자아 또는 개체는 이광수나 염상섭의 그것과 다르다는 것이 이 글의 기본적인 생각이다. 이광수나 염상섭 문학에서 개인은 고유하게 나타나는 여러 특성들에도 불구하고 근본적으로는 그들이 대표하는 계급이나 계층, 신분이라는 일반적 표지로 환원될 수 있는 존재들이다. 이들의 문학에 나타난 개체는 다른 개체들과 유사성 또는 등가성을 공유한다. 박태원은 환원되거나 교환되거나 대체될 수 없는 개체를 보여준다. 들뢰즈의 언어를 빌려 표현하면 박태원 소설의 개체들은 독특한 존재(=singularity)이며 일반성으로 환원될 수 없는 개체다. 특수한 것(particularity)은 일반적인 것(generality)과 짝을 이루지만 독특한 것(singularity)은 보편성(universality)과 짝을 이룬다.—질 들뢰즈,『차이와 반복』, 김상환 역, 민음사, 2004, 26쪽, 참조.

여서 작가 자신과 같은 시각을 가리키고 있고, 따라서 사소설의 문법으로 읽혀야 할 것 같지만, 몇 개월 동안이나 자라지 않던 수염이 어느 날 갑자기 자라나게 되는 비재현적 설정은 이 작품이 사소설의 자연주의적 묘사법과는 거리가 있음을 의미한다.

이들 세 작품의 작중 상호간 연락과 지시 관계는 이들 세 작품이 연작적인 성격을 구축하고 있음을 말해준다. 「해하의 일야」의 항우는 막다른 국면에 다다라 자신의 욕망의 덧없음을 깨닫는 "적멸의 웃음"44)을 웃는다. 이 웃음은 이 작품을 「적멸」에 연결시켜 준다. 또한 「적멸」은 작중 주인공인 '나'와 '나'의 분신 사이의 만남과 대화를 그리고 있다는 점에서 주인공이 거울을 통해 자신의 존재를 대면하게 되는 「수염」에 연결된다. 이 「수염」에서 주인공은 "나의 수염 하나로 하여 사면초가 속에서 초패왕의 끝없는 슬픔을 맛"45)보게 되는데, 이는 이 작품이 다시 「해하의 일야」에 연결됨을 말해준다. 이처럼 세 작품은 서로 동떨어진 별개의 것들이 아니라 초기 박태원의 문제의식을 유기적으로 분담해서 표현하고 있는 상호 의존적인 것들이며, 따라서 초기 박태원의 사상을 대변하는 전체의 일부들이다. 이들 작품들의 스타일상의 특질, 즉 기교는 안회남의 논법을 빌리면 단순한 수사학, 즉 "문학의 기교"가 아니라 기교화한 사상, 세 개의 상호 의존적 기교들을 통해서 드러나는 사상에 다름 아니다. 그렇다면 그 기교의 내용, 즉 사상은 무엇인가?

이렇게 서로 다른 세 편의 연작을 통해 나타나는 박태원 소설의 인간 개체는 내면적 용적이 무한히 깊고 넓으며, 은폐되어 있어 신비스럽고, 염상섭의 어법을 따르면 서로 "독이적"이어서 다른 개체들의 그것과 대칭적으로 겹칠 수 없는 것으로 나타난다. 「해하의 일야」에 등장한 항우는 삶의 모든 가능성을 상실한 가운데 광활한 대지의 어둠 위에 서 있

---

43) 박태원, 「수염」, 『박태원단편집』, 한성도서, 1939, 174쪽.
44) 泊太苑, 「해야의 일야」8, 『동아일보』, 1929.12.24.
45) 박태원, 「수염」, 앞의 책, 같은 쪽.

는 자신을 발견한다. 그는 고독한 절망 속에서 자기 운명을 반추함으로써 인생의 근원적인 허무를 깨닫는다. 자신은 일회성과 우연성을 특징으로 하는 운명의 힘에 의해 파멸할 수밖에 없다. 이 항우는 김동인이 「배짜락이」(『창조』, 1921.5)에서 경의를 표명해 마지않았던 "「위대훈 인격의 소유자」며 「사람의 위대훔을 끗까지 즐긴」 진나라 시황", "참삶의 향락자며 력사 이후의 데일 큰 위인"[46]인 진시황과 본질상 같다. 김동인이 예찬한 에고이즘의 화신을 박태원은 허무의 심연 속에서 동정한다. 자기 바깥의 세계와 대적하려 했던 하나의 우주가 바야흐로 소멸하려는 것이다.

「적멸」에서 박태원은 이 넓은 우주를 둘로 분할한다. 작중에 등장하는 『닥터 지킬 앤드 미스터 하이드』에 관한 이야기는 박태원이 이 고전적인 영국의 고딕소설에 관해 익히 알고 있었음을 말해준다.[47] 『닥터 지킬 앤드 미스터 하이드』는 분신담이자 일종의 변신담이라 할 수 있겠는데, 「적멸」은 여기서 분신담적 요소만을 살려 이야기로 만들어 냈다. 그러나 이보다도 이 작품은 유고로 발표된 아쿠타가와 류노스케의 사소설 「톱니바퀴」와 깊은 관련 양상을 보여준다. 모두 여섯 개의 장으로 구성된 중편소설 「톱니바퀴」는 환각과 불안에 시달리던 말년의 아쿠타가와의 음울하고도 분열적인 정신 세계가 잘 드러난 작품이다. 여기에는 '톱니바퀴'라는 상징적인 환시 모티프와 함께 레인코트를 입은 사나이가 Doppelgänger의 이미지를 띠고 빈번하게 등장한다. 이 작품의 첫 번째 장은 특히 '레인코트'라는 소제목이 붙어 있다.[48] 소설을 쓰는 작

---

46) 김동인, 「배짜락이」, 『창조』, 1921.5, 3쪽.

47) "고딕소설은 지역에 전해 내려오는 전설이나 기사도 로맨스 등을 당시의 현실과 결합시킨 것으로, 주로 이탈리아나 스페인 등의 가톨릭 국가, 또는 시골 깊은 숲 속 오랜 고성이나 수도원을 배경으로 악마적인 복수, 가문의 저주 등을 다룬다."—로버트 루이스 스티븐슨, 『지킬 박사와 하이드』, 박찬원 역, 펭귄클래식코리아, 2008, 8쪽.

48) 아쿠타가와 류노스케, 『아쿠타가와 작품선』, 진웅기·김진욱 역, 범우사, 2000, 155-195쪽, 참조.

가, 소설 쓰기에 대한 번민, 까페 주유 등 「톱니바퀴」는 여러 측면에 걸쳐 「적멸」에 탄력적으로 수용되어 있다. 「적멸」의 주인공인 '나'는 하룻밤에 세 군데나 되는 까페를 돌아다니는데 그때마다 레인코트를 걸친 동일한 사내를 만나 급기야는 그를 집으로 데려가 밤새 이야기를 나누게 된다. 주인공이 가는 곳마다 함께 나타나는 사내란 결국 주인공의 분신이라고밖에 해석할 수 없는데, 따라서 이 작품은 주인공이 밤의 산책 가운데 자기의 분신을 만나서 대화를 나누게 되는 분신 환상담이다.[49]

그런데 「적멸」에서 레인코트를 입은 사내는 '나'의 또 다른 내적 자아라고 설명하는 것으로는 충분치 못할 정도로 자족적인 인격체로 나타난다. 이 점에서 「적멸」의 레인코트를 입은 사내는 아쿠타가와의 그것보다 훨씬 더 실체적이다. 그는 주인공인 '나'와 다른 인생의 내러티브를 가지고 있는 것으로 나타난다. 이 소설은 일종의 액자형 구조를 갖추고 있어서 '나'와 레인코트를 입은 사내 사이에서 그 나름대로 어떤 균형을 확보하고 있는 것처럼 보이기도 하지만, 그럼에도 불구하고 레인코트를 입은 사내의 이질적인 정신세계가 질량 모두에서 강력하기 때문에 작품 전체적으로 보면 불균형감이 두드러진다. 이것은 플롯 상의 결함으로 해석될 수도 있지만 박태원의 경우라면 그보다는 의도된 결과라고 보는 것이 좋을 것이다. 즉 「적멸」은 '나'의 분신의 비정상적인 내면세계를 풍부하게 묘사함으로써 결과적으로 주인공인 '나'의 정신세계의 이면을, 그 개체적 특이성을 전면적으로 드러내는 효과를 발휘한다. 주인공인 '나'의 내면은 분신인 레인코트를 입은 사내 쪽으로 흘러나가서 특이하고 기이한 내면풍경을 연출한다. '나'는 바로 이 도플갱어,

---

49) 캐스린 흄에 따르면 미메시스와 환상은 서사를 구성하는 대표적인, 그러면서 상보적인 두 개의 방식이다. 그녀는 이러한 두 개의 방법이 도피문학, 성찰문학, 교훈문학, 탈환영문학 등 상상 가능한 네 유형의 문학 모두에 공히 나타나며 각각에서 훌륭한 자기 역할을 갖고 있음을 입증하고자 했다.―캐스린 흄, 『환상과 미메시스』, 한창엽 역, 푸른나무, 2000, 참조.

레인코트를 입은 사내의 존재를 매개로 하여 남과 전혀 구별되는 존재
가 된다.

이 레인코트를 입은 사내의 내면풍경은 말 그대로 기이하다. 그는 일
찍부터 염세주의자였고 홀어머니가 세상을 떠난 후에는 생존 욕구를
완전히 잃어버리고 말았다. 삶에 대한 의욕을 상실한 그가 삶을 이어나
가는 방식은 역설적으로 자기라는 "'존재'를 완전히 유희화시"키는 것이
다. 그리고 이것은 "정신이상자"로서 살아가는 것이기도 하다.50) 이러한
상태를 그는 다음과 같이 묘사한다.

> … 그것은 '사람의 맛을 완전히 버린 '광란', 얼마쯤 비극인 것 같이 생
> 각은 되면서도 그 반면으로 몹시 환한 '분위기' 속에서 빚어나온 그러한
> '연극'을 의미하는 것이 아니라 '허례'와 '허식' 이러한 '인사 체면'을 완전히
> 버리고 조금도 구애함 없이 자기의 하고자 하는 바를 하여간다는, 그러한
> 약간의 '희극적 요소'를 그 속에 품고 있는 '비극'을 의미하는 것입니다
> ……51)

그리하여 그는 그 자신이 창출하는 희비극의 주연 배우가 되어 거리
를 배회한다. 그 스스로 배우가 되어 희비극을 연기하면서 세인의 조소
를 받는데서 이름모를 기쁨을 맛본다. 허위로 가득 찬 인생을 번롱하기
를 일삼는다. 죽음을 삶의 피안에 위치시키는 세속인들의 습관과 관습
에서 벗어나, 죽음이라는 이 절대적인 한계를 내면화하고 그것을 자기
의 삶 속으로 깊이 흡수해 들여서는 그것과 더불어 유희하고자 하는 그
의 의지는 마침내 살인 미수를 저지르고 정신병원에 갇히기에 이르며
결국은 죽음을 선택하는 것으로 끝난다.

이 이야기에서 레인코트를 걸친 사내란 결국 '나'의 그림자 부분, 즉

---

50) 박태원, <적멸>, 방민호 편, ≪환상소설첩≫1, 향연, 2004, 126쪽 및 131쪽에서 재
　　인용.
51) 위의 책, 131쪽.

제도와 관습에 의해 훈육되기를 거부하는 광기에 해당한다. '나'는 레인코트를 입은 사내라는 그림자를 거느린 특이한 존재다. 레인코트를 입은 사내를 자기 그림자로 거느린 '나'는 삶이라는 것의, 유희적이면서도 비극적인 운명을 자각하고, 삶을 매순간 죽음이 삼투된 것으로 파악하는 존재다. 이 죽음의 자각이 바로 레인코트를 입은 사내의 광기로 나타난다. 자신의 내면에 레인코트를 걸친 사내를 거느린 '나'는 타자들과의 사이에 뛰어넘을 수 없는 심연을 가진 존재로서 그 자신의 독특한 개체성을 확보하며, 이러한 개체성에 대한 자각적 인식을 희비극적으로 연기해 나가는 인물이다.[52]

이렇듯 「적멸」에서 '나'의 내면은 내적 에너지를 '나'의 형체 안에 가둬 두지 못한다. '나'의 내면의 악마적 힘은 외부로 흘러나와 또 다른 분신을 구성하기에 이른다. 「수염」은 이러한 인간 개체의 특이성을 수염이라는 유출적 상징을 활용하여 비재현적인 수법으로 포착한 작품이다. 이 작품에서 이야기는 수염을 기르고자 하는 '나'와 그러한 '나'를 비웃거나 비난하는 사람들 사이의 갈등을 중심으로 펼쳐진다. '나'는 "거울 속의 나와 마주 대하고 있는 동안에" 수염을 기르는 일에 "경탄할 만한 대결심"을 갖게 되며 이 일에 "절대적인 자신"감을 품는다.[53] 그러나 그를 둘러싼 사람들은 하나같이 이러한 '나'의 행위를 못마땅해 마지않는다. 시간이 흐르면서 수염을 기르고자 하는 '나'의 의지는 쉽게 실현될 수 없음이 드러나게 되고 자연스럽게 주변 사람들의 비난이 심화된다. 그러나 얼마나 지났을까. 돌연 한낱 감숭한 데 지나지 않던 '수염'이 어느새 깜숭하게 돌변해 버리는 기이한 일이 벌어진다.

---

52) 류수연은 「적멸」의 서사에서 '나'가 까페에서 사나이를 만나는 모티프를 중시하여 이를 에도가와 란포의 소설 「완전범죄의 명수」에 연결 짓는다. 「적멸」에서 사내가 '나'에게 자신의 권태로운 내면과 이로 인해 저지른 범죄를 고백하는 장면은 란포의 탐정 소설 수법에 연결된다.— 류수연, 「박태원 소설의 창작기법 연구」, 인하대학교 박사논문, 2009, 19-22쪽, 참조.

53) 박태원, 「수염」, 앞의 책, 같은 쪽.

상식적으로 수염이라는 것은 안 자라다가 갑자기 자라나는 것이 아니다. 수염은 자고 일어나니 밤새 자랐더라고 말할 수는 있어도 몇 개월을 자라지 않다가 갑자기 자라났더라는 식으로 말할 수 있는 것이 아니라는 것이다. 따라서 이 작품에서 안 자라던 수염이 어느 날 갑자기 자라난 것으로 묘사한 것은 비재현적이다. 그렇다면 일단 작가가 비재현적인 방식으로 그 자신의 예술적 성장에 관한 우화를 쓴 것이라고 해석해 볼 수 있다. 그러나 여기서 더 나아가 작가가 왜 이것을 수염이라는 것에 빗대어 표현했는가 하는 점에 착안해 볼 필요가 있다. 여기서 프란시스 베이컨의 회화를 분석하면서 "힘"에 주목한 들뢰즈의 논리는 「수염」의 해석에 관한 흥미로운 논점을 제공해 준다.

> 음악과 마찬가지로 회화도, 즉 예술에서도 형을 발명하거나 재생산하는 것이 문제가 아니라 힘을 포착하는 것이 문제이다. 바로 그 때문에 그 어느 예술도 구상적이지 않다. "보이는 것을 보여주는 것이 아니라 보이지 않는 것을 보이도록 한다."는 클레의 유명한 공식이 다른 것을 의미하는 것은 아니다. 회화의 임무는 보이지 않는 힘을 보이도록 하는 시도로 정의될 수 있다. 마찬가지로 음악도 보이지 않는 힘을 들리도록 하기 위해 노력한다.[54]

예술이 새로운 감각을 창조하는 것은 보이지 않는 힘을 드러내기 위함이다. 회화는 존재의 보이지 않는 잠재적인 힘을 캔버스에 옮긴다. 그렇다면 「수염」에 나오는 주인공의 기이한 수염 역시 "보이지 않는 힘"을 가시화한 표현일 수 있을 것이다. 수염은 신체의 일부분으로서 신체의 안에서 바깥으로 뚫고 나오는 것이다. 이 작품에서 '나'의 '수염'은 어느 날 갑자기 신체의 바깥으로 모습을 드러내면서 '나'를 다른 모든 사람들과 구별해 주는 표식이 된다. 즉 '나'의 개체성은 타자와의 비교

---

54) 질 들뢰즈, 『감각의 논리』, 하태환 역, 민음사, 2008, 69쪽.

나 대조 같은 관계 양상을 통해서 드러나는 것이 아니라 '나' 자신의 내부로부터 '유출'되어 나온 수염에 의해서 보증된다. 이것은 '나'의 존재적 특이성이 '나'와 함께 사회를 구성하고 있는 다른 사람들과의 동일성과 차이의 변증법에 의해서가 아니라 '나' 자신의 내재적 자질에 의해서 확보됨을 의미한다. 다시 말해 이 작품에서 수염은 타자와 교환될 수 없는 인간 개체들의 내부적 자질에 대한 수사적 표현이다.

이러한 맥락들을 간략히 종합해 보면 다음과 같다. 즉 <해하의 일야>는 인간의 개체적인 생이 가진 운명적 성격, 그 일회성과 우연성을 드러낸다. <적멸>은 그러한 개체성이 레인코트를 걸친 사내의 광기로 상징되는 충만한 내용적 자질을 갖고 있음을 보여준다. 마지막으로 <수염>은 이러한 개체적 특성이 내재적, 내발적인 성격의 것임을 보여준다. 박태원의 초기 연작은, 인간 개개인의 개체적 본질이 비교나 대조에 의해서, 유적, 종적 규정에 의해서 수립되지 않으며 그러한 한에서 어떤 규정 없는 무한성을 특징으로 함으로 보여준다. 박태원의 초기소설에 나타난 인물들은 인간 존재가 무엇보다 각각의 우주적 개체들이라는 통찰 위에 구축되어 있다.

4. 「소설가 구보 씨의 일일」연작과 「채가」연작에 나타난 고독한 개체의 집단적 발화

한편, 첫 번째 연작 유형의 작품들에 나타난 바 있는 충만한 내부를 가진 개쳐는 「소설가 구보 씨의 일일」연작에 다다르면 '구보'라는 이름을 가진 사소설적 주인공으로 구체화되기에 이른다. 「소설가 구보 씨의 일일」과 「애욕」은 일종의 짝패와 같은 관계를 이룬다. 전자는 하루 낮밤에 걸쳐 경성의 북촌 지대를 주유한 후 한밤에 벗 이상을 만나 새로운 소설을 쓸 것을 다짐하는 박태원 자신의 자화상을 밀도 높게 그려나간 것이고, 후자는 이상에게 '하웅'이라는 상징적 이름을 부여하여 그의 비정상적인 연애 생활을 희화적으로 그려내면서 여기에 '구보' 자신을 함께 등장시킨 것이다.55) 「소설가 구보 씨의 일일」이 산책자적인 주유의 경로를 중심으로 박태원의 내면 깊숙이 각인되어 있는 "기교화한" 현실 인식을 극명하게 드러내는 작품이라면, 후자는 이러한 현실을 견뎌 나가는 이상과 자신의 퇴폐적 생활을 해학적으로 그려낸 작품이다.

이 연작 유형에 나타나는 '구보'와 '하웅'이라는 사소설적 약호는 이들 작품에 소설사적 의미를 부여할 수 있도록 해주는 실마리 역할을 한다. 그것은 이 약호들이 예외적 개체로서의 작가 자신을 텍스트 내부에 기입시켜 주는 역할을 하기 때문이다. 즉 이러한 사소설적 약호의 도입을 통해서 한국현대소설은 비로소 풍부하고 복합적인 내면을 가진 개체를 소설에 도입할 수 있었으니, 이는 박태원의 두 작품에만 해당하는 것이 아니라 이태준이나 이상의 사소설적 작품들에 두루 적용될 수 있는 성질의 것이다.

> 이들 작품을 통상적인 자전적 소설이나 신변소설 범주와 뚜렷하게 구별해 주는 것은 텍스트 내부의 주인공과 텍스트 외부의 작가를 통일한 인물로 인식할 수 있게 해주는 여러 장치들이다. 이들 작품은 주인공과 작가가 같은 존재임을 드러내는 언술들, 설명이나 상징적인 이름의 빈번한 사용, 인용 및 패러디와 같은 상호텍스트적인 기법을 통한 환원적 상호 보증, 반복, 변주, 연작을 통한 작품들 상호간의 연속성 확보 등에 걸쳐 실로 다양한 기법들을 보여준다.
>
> 그들이 이처럼 작중 주인공이 작가 자신임을 두드러지게 드러내는 여러 장치를 의도적이고 적극적으로 활용한 것은 사소설의 전통이 일본처럼 확고하게 수립되지 않았던 데 원인이 있을 것이다. 작가가 자기 이야기를 고백하고 독자가 그것을 작가 자신의 이야기로 해독하는 사소설적 코드라는

---

55) 박태원과 이상의 교유를 중심에 놓고 보면 이 「애욕」은 「보고」(『여성』, 1936.9)나 「이상의 비련」(『여성』, 1939.5)에 다시 연결된다.

것이 확립되어 있지 않은 상황에서 구인회 그룹은 의도적이고 적극적으로
사소설적인 독법을 발생시켜 나갔던 것이다.

이들의 작품에 부조된 내면성을 갖춘 개별자의 형상은 구인회 그룹이
장악한 저널리즘 및 저널리즘 비평을 통해 빠른 시간 내에 문단적 영향력
을 확보하기에 이르렀으니, 이러한 일련의 한국적인 '사소설'의 적극적인
의미는 무엇보다 내면성을 갖춘 자립적인 개인의 형상을 제시한 데서 찾을
수 있을 것이다. 요컨대, 일본 사소설의 차용은 문학사적으로 지연된, 진정
한 개인의 발견을 이루어 내기 위한 구인회 그룹 공통의 방법론이었다.56)

박태원의 소설에서 '구보'나 '하웅' 같은 약호는 텍스트 안에서 텍스
트 외부를 향해 환유적 지시 기능을 시연하게 되는데, 이 환유에는 빈
틈, 즉 텍스트 내부의 주인공과 텍스트 바깥의 작가의 간극이 개입할
여지가 '없다'. 또 이 이름들이 텍스트에서 텍스트로 이월해 가면서 반
복적으로 사용되면, 그것은 작가 자신의 생활에 대한 연속적 보고라는
효과를 자아내게 된다. 사소설이라는 "읽기 모드"57)는 자서전의 규약과
마찬가지로 그것이 작가 자신의 생활에 대한 숨김없는 표현이라는 가
정 위에 서 있기 때문이다. 이 점에서 박태원의 「소설가 구보 씨의 일
일」이나 「애욕」은 이태준의 「달밤」「색시」「손거부」 연작에 비해 훨씬
더 급진적이며 방법론적이다. 즉 기교적인데, 「소설가 구보 씨의 일일」
을 중심에 놓고 보면 이것은 '구보'라는 사소설적 약호의 사용과 더불어
다음과 같은 몇 가지 범주로 나누어 분석해 볼 수 있다.

첫째, 「소설가 구보 씨의 일일」에 나타난 '구보'는 그 자신만의 독특
한 육체적, 정신적 특질을 가진 존재로 나타난다. 그는 다양한 육체적,
정신적 질병을 안고 살아간다. 한낮의 거리에서 갑자기 격렬한 두통을
느끼는 신경쇠약을 앓고 있는가 하면, 왼쪽 청력이 약하고 중이질환을
앓고 있으며, 시력도 약하기만 하다. 여름 한낮의 뙤약볕에 현기증을 느

---

56) 방민호, 「일제말기 이태준 단편소설의 '사소설' 양상」, 『상허학보』14, 2005.
57) 스즈키 토미, 『이야기된 자기』, 한일문학연구회 역, 생각의 나무, 2004, 31쪽.

끼는가 하면 변비에 빈뇨증을 앓고 있고 두중과 두압에 시달리는가 하면 쉽게 피로해 하고 권태에 빠지는 체질을 갖고 있다. 그는 일종의 건강염려증 환자이기도 하다.

둘째, '구보'는 지극히 까다롭고도 섬세한 취향을 가진 인물이다. 그는 산책 내내 만나는 사람들, 접하는 물상들에 조밀한 반응을 보여주면서 변덕스러운 조울증 환자처럼 불쾌함과 유쾌함 사이를 시계추처럼 오가는 면모를 보인다. 다방을 즐기고 칼피스를 싫어하고 소다수를 좋아하는 벗의 취향을 냉연하게 바라본다. 전당포집 친구를 만난 것을 못 견뎌하고 시인이자 비평가인 벗의 감식안을 못 미더워하고 까페 여급들의 일본식 이름에서 애달파 한다. 이러한 '구보'의 심리는 다채롭게 구사되는 감각적 문장들을 통해 풍요롭게 묘사되어 나간다.

셋째, 작가로서 '구보'는 노트를 끼고 단장을 짚고 혹은 걷고 혹은 전차를 타고 경성 시내, 특히 북촌 지대를 산책자처럼 주유해 나가면서 식민지 수도 경성에 투영된 부패와 퇴폐의 양상을 섬세하게 취재해 나가는 고현학의 전문가이자 현대의학사전을 탐독하면서 현대적 질병의 제 양상을 익히고 까페 여급의 소소한 행동까지 주밀하게 관찰하는 취재형 작가의 면모를 보여준다. 그의 고현학은 단순한 현대 풍경, 풍속의 관찰이 아니라 경성에 대한 도시학적 탐구의 성격을 갖고 있으며, 이 불행하고 절망적인 공간에서의 생활을 견디고 이것을 초극할 수 있는 방법론을 찾는 진지한 모색의 과정이기도 하다. 이를 통해 '구보' 한낮의 다옥정이라는 일상이 지배하는 의식의 점이지대로부터 한밤의 종로 네 거리라는 식민지 지식인의 투명한 자의식의 지대로 이동해 간다.58)

이러한 '구보'는 새로운 개체로서의 면모를 풍요롭게 보여준다. 그는 풍요로운 개성적 특질에 의해 타인들과 스스로 구별된다. 그런데 작중에서 '구보'는 한낮의 불쾌함과 피로를 딛고 시대의 불쾌와 우울, 불행

---

58) 방민호, 「1930년대 경성 공간과 '소설가 구보 씨의 일일'」, 『문학수첩』, 2006년 가을호, 118쪽, 참조.

에서 벗어나 진정한 명랑성의 회복을 시도해 나간다. 「소설가 구보 씨의 일일」은 경성이라는 시공간을 살아가는 사람들이 앓고 있는 데카당스에서 벗어날 수 있는 길을 모색하는 소설이다. 이것은 체제가 요구하는 거짓된 명랑성과 이것을 견디는 포즈에 불과한 가장된 명랑성에서 벗어나 진정한 명랑성을 회복하는 문제로 나타난다.[59]

이 작품에는 약 세 가지의 서로 다른 명랑성들이 나타난다. 하나는 황금광시대의 불합리한 질서에서 오히려 수혜를 입고 있는 사람들의 통속적 명랑성, 다른 하나는 이러한 시대의 불행한 희생양 가운데 하나로되 그러한 시대의 본질을 알지 못한 사람들의 순진한 명랑성, 마지막 하나는 이 불행하고 불유쾌한 시대의 본질을 꿰뚫어 보면서 이를 견디기 위한 포즈를 행하고 있는 '구보'의 가장된 명랑성이 그것이다.

---

59) 이와 곤련하여 최근 박태원 문학 연구에서 희극성, 웃음, 유희 등에 대한 관심이 새롭게 부각되고 있음은 시사적이다. 이는 미학적 측면에서 문학사회학적 분석에 이르기까지 다양하게 나타난다. 예를 들어, 권희선은 웃음의 미학을, "식민지 조선의 파행적 근대화 과정에 대응하면서도 대립하는, 거대한 이념적 서사의 자리를 대체하는 동시에 그 비어 있음을 일깨우는 아이러닉한 '현대성'의 일종"으로 간주하면서 박태원 문학의 웃음을 채만식, 김유정, 이상의 그것에 연결하여 문제시했다.—권희선, 「박태원 문학에 나타난 희극성」, 『한국학 연구』13, 2004, 165쪽. 또 박진숙은 「명랑한 전망」, 「애경」, 「여인성장」 등 박태원의 1940년 전후 작품들을 중심으로 "명랑성"이 가벼운 기분이나 감정이 아니라, 생활을 과학화하는 담론에 근거를 두고 일제에 의해 기획된 규율권력이라는 점에 주목였다. 그는 이들 작품에 표현된 일상성에 규율권력으로서의 명랑성이 자연스럽게 표현되어 있음을 밝히면서 이 작품들이 신체제기로 접어드는 시기의 박태원의 중층적 고민을 담고 있는 것으로 이해했다.— 박진숙, 「박태원의 통속소설과 시대의 명랑성」, 『한국현대문학연구』27, 2007, 참조. 김미지는 「수염」에서 「소설가 구코 씨의 일일」에 이르는 제 작품을 중심으로 박태원 소설의 유희나 유머에 대해, 박태원 소설의 놀이 또는 '놀이로서의 소설'의 가능성을 검토하고자 했다. 그에 따르면 '구보'가 불쾌한 상황에 대응하는 방법에는 두 가지가 있다. 하나는 건강하지 못해 불행한 자기 자신을 유희의 대상으로 삼아 불쾌한 인상을 유쾌의 에너지로 전환시킨다. 다른 하나는 불쾌한 상황에서 벗어나기 위해 몽상과 백일몽을 불러들이는 것이다.[1] 이러한 분석 끝에 그는 "박태원 소설에서 '유머'나 '놀이'는 효과나 기교의 차원에만 머무르지 않"고 "개체의 존재성과 독자적인 리듬을 위협하는 폭력적인 세계와 일상의 질서에 대한 일관된 대응 태도"라는 결론을 도출하였다.—김미지, 「박태원 소설의 쾌락 원천으로서의 유머와 놀이」, 『구보학보』2, 2007, 83-112쪽, 인용 및 참조.

그렇다면 이러한 상황에서 벗어나 진정한 명랑성, 삶을 행복하게 그늘 없이 살아갈 수 있는 상태에 진입하는 것은 어떻게 가능한가? 그것은 소설을 쓰는 것이다. 작중에서 '구보'는 "좋은 소설"을 쓰라는 벗의 권고를 진심으로 받아들여 "참말 좋은 소설"을 쓰겠다고 생각한다.[60] 자신을 쳐다보는 순사의 시선에도 아랑곳하지 않고 행복감을 느끼며 집으로 돌아간다. 그리고 그렇게 해서 쓴 소설이 바로 「소설가 구보 씨의 일일」이다.

다음의 창작론은 이와 같은, "좋은 소설"을 쓰기 위한 박태원의 방법론을 구체적으로 보여준다.

> 『신선한, 그리고 또, 예민한 감각』은, 반듯이 기지와 해학을 이해한다.
> 현대문학의 가장 현저한 특징의 하나는, 아마 그것들이 매우 넉넉하게 이 『기지』와 『해학』을 그 속에 담고 있다는 것일 게다.
> 사실, 현대의 작품은, 이러한 것들을 갓는 일 업시 결코 현대의 우수한 독자들에게 『유열』과 『만족』을 주지는 못한다.
> 까닭에—
> 『감각』이 낡고, 무디고, 『기지』가 업고, 그리고 또 『해학』을 아지 못한다면—, 쉬웁게 말하여 총명하지 못하다면, 그는 이미 현대의 작가일 수 업다.
> 총명은—,
> 우리가 누구나 탐내어 마지 안는 한 개의 걸출한 『소질』이다. 그러나 그러려고 하야, 결코 우리가 꾀하여 이룰 수 업는, 그러한 종류의 것은 아니다.
> 새로운 지식과 또 체험—, 그러한 것들을 통하야, 만약, 우리가 항상 그것을 뜻하고만 잇다면, 우리는 틀림업시 하로하로 『총명』에 가까이 이를 것이다.[61]

---

60) 박태원, 「소설가 구보 씨의 일일」, 『소설가 구보 씨의 일일』, 문장사, 1938, 295-296쪽, 인용 및 참조.
61) 박태원, 「표현·묘사··기교—창작여록」, 『조선중앙일보』, 1937.10.22.

이 글에 인용된 기지와 해학은 곧 위트와 유머를 의미한다.[62] 박태원에 따르면 위트와 유머가 없는 작가는 독자들에게 유열과 만족을 줄 수 없다. 이런 작가는 총명하지 못한 작가이며 현대작가로서는 미달형이다. 그런데 이처럼 총명함을 제시하는 박태원의 어법은 니체의 『이 사람을 보라 Ecce Homo』가 '나는 왜 이렇게 현명한지', '나는 왜 이렇게 영리한지', '나는 왜 이렇게 좋은 책들을 쓰는지' 등의 소제목을 갖고 있었던 점을 상기시킨다.

니체에 따르면 예술에 있어 명랑성Heiterkeit은 "예술이 예술의 최고 과제를 성공적으로 수행할 때 얻어진다. 예술적 명랑성은 예술을 통해 인간의 고통을 극복하고, 현존을 그 자체로 정당화시킨 후에 갖게 되는 삶에 대한 긍정적 수용자세이다."[63] 명랑성은 이처럼 삶이 선사하는 고통에도 불구하고 그것을 긍정하는 태도를 의미하며, 따라서 명랑성을 회복한다는 것은 환자가 건강을 회복하는 것에 비유될 수 있다.[64] 그리스인들에게 삶은 그들의 조형예술이 보여주는 밝은 아름다움과 달리 고통스럽고 불행했다. 그러나 그들은 자신들의 고통과 불행을 예술을 통해 극복하고자 했는데, 여기에는 두 가지 방법이 있다. 아폴로적인 명랑성을 추구하는 것이 그 하나라면 다른 하나는 디오니소스적인 명랑성에 도달하는 것이다. 아폴로적인 명랑성이란 삶에 대한 아름다운 가상세계를 창조함으로써 달성된다. 이에 반해 디오니소스적인 명랑성은 이러한 아폴로적 방법에도 불구하고 근원적으로 해결될 수 없는 삶의 불행을 긍정함으로써 궁극적인 화해와 통일에 이름으로써 얻게 되는 명랑성이다.

---

62) 위의 글, 1937.10.20.

63) 서광열, 「니체의 '명랑성Heiterkeit'—예술과 도덕을 중심으로」, 경희대학교 석사학위 논문, 2001, 7쪽.

64) 위의 논문, 1쪽.

디오니소스적인 것의 마력 하에서 인간과 인간 사이의 결합이 다시 이루어질 뿐만 아니라 자연과 인간의 화해의 제전이 펼쳐진다. 인간들 사이의 적대적 거리는 모두 청산되며, 이제 이웃과 결합되고, 화해하며, 융합되어 있는 것을 느낄 뿐만 아니라, 마치 마야의 베일이 갈래갈래 찢어져 신비로운 근원적 일자 앞에서 펄럭이고 있는 것 같은 모습을 보게 된다. 이제 인간으로부터도 초자연적인 것의 소리가 울려 퍼진다.[65]

니체는 그리스 예술에서 두 가지가 모두 중요한 역할을 한다고 생각했으나 디오니소스적인 명랑성이야말로 근원적인 것이라고 보았다. 그에 따르면 디오니소스적인 명랑성은 분열된 삶의 고통에 시달리고 있는 그리스인들을 '근원적인 일자Ur-Eine'에 새롭게 통합시킨다. "디오니소스적 예술은 아름다운 미의 세계뿐만 아니라, '추한 것, 부조화한 것'까지도 긍정한다."[66] 『바그너의 경우Der Fall Wagner』에서 니체는 이 명랑성을 비제의 음악을 통해 재발견한다. 바그너가 아니라 비제가 그로 하여금 "건강과 명랑과 덕으로의 회귀"를 가능케 한다.[67]

「소설가 구보 씨의 일일」에 나타난 세계는 고통스럽고 불행하다. 서로 다른 상황에 처한 개인들이 서로 분열된 채 외로운 욕망과 꿈속에서 살아간다. 시대는 명랑함을 요구하지만 이 명랑함은 앞에서 언급한 것처럼 진정하지 않다. 박태원은 현대 작가란 위트와 유머를 알아야 하고 총명함으로 구비해야 한다고 했다. 이것은 이 거짓된 명랑성의 외관을 뚫고 분열, 해체된 삶의 공통적 감각을 회복하는 것, 현대작가적인 총명함을 발휘하여 고통스럽고 불행한 삶을 새롭게 삶의 근원에 맞닿도록 하는, 디오니소스적 긍정에 다다라야 함을 의미한다.

---

65) 프리드리히 니체, 「아포리즘 1」, 『Der Geburt der Tragoedie』, 위의 논문, 15쪽에서 재인용.

66) 위의 논문, 25쪽.

67) 프리드리히 니체, 『바그너의 경우·우상의 황혼·안티크리스트·이 사람을 보라·디오니소스 송가·니체 대 바그너』, 백승영 옮김, 책세상, 2002, 21쪽.

「소설가 구보 씨의 일일」의 '구보'는 한밤에 다시 한 번 벗과 재회한다. 이 날 벗은 어떤 내용증명 우편물을 받았는데, 나중에 박태원이 쓴 글에 따르면 그것은 다방 '제비'를 비워달라는 것이다.[68] 또 '구보'는 하루 낮밤의 주유 끝에 지친 심정이 되어 자신은 아내도 계집도 말고 십칠팔 세쯤 된 소녀나 딸을 삼고 싶다고 생각한다. "그 소녀는 마땅히 아릿다웁고, 명랑하고, 그리고 또 총명하여야 한다."[69] 그녀는 고통스럽고 불행한 '구보'의 삶을 디오니소스적인 명랑함을 선사해 주어야 한다. 두 사람은 여급이 있는 까페를 찾아 종각에서 낙원정으로 걸어가 그곳에서 '구보'와 벗은 여급들과 함께 술을 마시며 명랑하게, 유쾌하게 웃는다. 「소설가 구보 씨의 일일」은 "기교의 문학"이고, "기교화한 문학"이다. 술과 "마야의 베일"을 걸친 여인들이 '구보'와 벗과 함께 있으므로 이제 고통과 불행, 가난과 억압을 딛고 바야흐로 디오니소스적인 명랑함을 회복할 수 있는 시간이 준비되었다. 이제 '구보'는 바로 그러한 예술, 디오니소스적인 문학 작품을 창조하기 위해 집으로 돌아가야 한다. 이처럼 가장된 명랑성이라는 의장 아래서 진정한 생활의 회복을 꿈꾸는 '구보'는 「소설가 구보 씨의 일일」이 창조한 새로운 인간, 새로운 개체, 예외적 존재였다.

그런데 이러한 「소설가 구보 씨의 일일」이 제기하는 흥미로운 문제는 이러한 개체의 고독한 산책과 귀가 행로가 정치적, 집단적 함의를 띠게 되는 역설을 보여준다는 점이다. '구보'의 시선에 포착된 경성의 물상들은 언제나 정치적, 집단적 함의를 띠고 나타난다. 그의 시선은 예민하고도 섬세하게 새로운 것과 낡은 것의 대립과, 식민지 체제의 관리 기구들과, 그 속에서 살아가는 사람들의 애환을 포착한다. 말하자면 '구보'의 산책 과정은 그가 움직여 나가는 매 순간마다 이러한 체제 '기계'들에 접속되어 나가는 과정이라고 말할 수도 있다. 그의 시선을 통해

---

68) 박태원, 「고 이상의 편모」, 『조광』, 1937.6, 305쪽, 참조.
69) 박태원, 「소설가 구보 씨의 일일」, 앞의 책, 285쪽.

‘재현’되는 경성은 식민지 통치의 폐쇄회로 속에 놓여 있고, 그것은 ‘구보’ 자신마저도 이탈할 수 없는 규정적 힘을 발휘하고 있다. ‘구보’는 이 ‘기계’들 속을 통과해 나가면서 부단히 그것들의 의미를 독자들의 의식의 수면 위에 퍼 올린다.

　이러한 점들로 인해 「소설가 구보 씨의 일일」은 독자들에게 불가피하게 집단적, 정치적 의미를 띠고 다가선다. 앞에서 논의한 바 있는 들뢰즈와 가타리의 카프카론은 “고독한 예술가의 산물로서의 예술처럼 어떤 진술이 고독한 사람에게서 발화된 경우에조차도, 그것을 여전히 집단적이라고 한다면 어떤 의미에서 그렇게 말할 수 있는 것일까?”를 물었다. 그리고 그것은 소수집단의 문학에서 “그 진술은 반드시 민족적·정치적·사회적인 공동체와의 유기적 관계 속에서 발설될 수밖에” 없기 때문이라고 했다.[70] 그들은 소수집단의 문학은 정치적, 집단적일 수밖에 없다고 한다. 거기서는 소수집단의 비좁은 문학적 공간이 모든 개인적인 문제를 정치에 직접 연결될 수밖에 없도록 하며, 현미경적 투시를 통해 그것들을 확장시킬 수밖에 없다. 때문에 개인적인 문제는 정치적인 문제와 접경을 이루며 나타난다. 또한 거기서는 한 작가의 말이 그 자체로 집단 행동일 수 있다고 한다. 그의 말은 필연적으로 정치성을 띤다.[71] 「소설가 구보 씨의 일일」은 이러한 소수집단 문학의 특징을 충족한다. 이 소설은 고독하고도 풍요로운 우주적 개체가 식민지 근대의 ‘기계’들에 접속되는 양상을 보여준다. 그러나 그는 결코 이 ‘기계’들의 부속물로 남아 있지만은 않는다. 「애욕」이 보여주듯이 그는 벗과 함께 체제 이면의 삶을 살아가고 있고 그와 더불어 그 자신의 세계, 공동체를 만들어 가는 존재다.

　「음우」, 「투도」, 「채가」, 「재운」 등으로 연결되는 「채가」 연작은 이러한 양상을 복잡하게 드러낸다. 이들 작품은 일제 강점기의 사소설이 체

---

70) 들뢰즈·가타리, 앞의 책, 152쪽, 인용 및 참조.
71) 위의 책, 34-36쪽, 참조.

제에 대한 반응 양식일 수 있음을 보여준다. 최근에 발표된 논문들이 보여주듯이 박태원은 지속적으로 출판검열과 사상 통제 등에 노출되어 있는 작가였다.[72] 「소설가 구보 씨의 일일」이 이 점에서 예외가 될 수 없음은 물론이지만 「음우」, 「투도」, 「채가」, 「재운」등의 작품은 신체제기에 접어드는 국면이어서 학교에서의 조선어 교육이 폐지된다든가 체제 동원이 심화되고 각종 구금이 증가하는 등 문학인들의 위기의식이 고조되지 않을 수 없는 상황에서 발표된 것이다. 「소설가 구보 씨의 일일」을 쓰던 시기보다 개인과 체제의 거리가 지극히 비좁아진 공간을 살아가는 박태원은 자신의 생활을 어떻게 묘사했던가? 필자는 이들 연작형 '사소설'들, 특히 「채가」의 의미를 창씨개명 문제와 관련하여 고찰한 적이 있다. 그러나 이 글에서 좀더 분석해 보고자 하는 것은 이 작품의 주인공 '보꾸'의 의미에 관한 것이다.

이 작품은 '보꾸'가 되어버린 자신의 상황을 관조하는 '나'의 자의식을 잘 보여준다. 여기서 「소설가 구보 씨의 일일」의 주인공 '구보'는 일본인 전주와 만나기 위해 자신을 '보꾸'라고 소개해야 하는 상황에 처해 있다. 돈암정에 집을 마련하느라 빌린 돈이 탈이 나서 이것을 해결하기 위해 신당정에 있는 일본인 전주 와타나베를 찾아가야 했던 것이다. '나'는 미로와도 같은 신당정 골목길을 헤매다닌 끝에 겨우 집을 찾을 수 있다. 한참을 기다리다 어렵게 이루어진 채권자와의 대화는 일본어로 이루어지며 돌아와서는 딸의 유치원 입학 문제로 창씨개명 문제에 직면해야 한다.

겉보기에 이 작품은 지극히 일상적이고 소극적인 생활을 묘사해 놓은 것 같다. 그러나 이 작품에 숨겨진 듯 나타나고 있는 '구보'와 '보꾸'의 위상은 간단치 않다. '구보' 또는 '보꾸'는 누구인가? 물론 식민지

---

72) 이상경, 「'조선출판경찰월보'에 나타난 문학작품 검열 양상 연구」, 『한국근대문학연구』17, 2008 및 배개화, 「1930년대말 치안유지법을 통해 본 조선문학」, 『한국현대문학연구』28, 2009, 참조.

시대를 살아가는 한 사람의 개체로서의 박태원 자신에 다름 아니다. 그러나 그는 자신 외에 어느 누구도 대표하거나 대리하지 않으면서 또한 동시에 타자가 될 수 있다. 박태원의 소설에서 이러한 문제를 생각할 수 있게 해주는 유머러스한 힌트를 찾아볼 수 있다. 사소설 형식을 취하여 「애욕」을 쓰던 시절의 이야기를 회상하고 있는 「이상의 비련」(『여성』, 1939.5)에서 '나'는 다음과 같이 회상한다.

마르고 키 큰 몸에 어지러운 머리 터럭과 면모를 게을리 한 얼굴에 잡초와 같이 무성한 수염이며, 심심하면 손을 들어 맹렬한 형세로 콧털을 뽑는 버릇에 이르기까지,「애욕」속의 하웅은 현실의 이상을 그대로 방불케 하는 것이다. 그래 벗들은 이상을 보고 물었다.

「그 모던·껄하고 요새도 자주 만나시요?」

그러면 이상은 대답하였다.

「무어?『애욕』말씀이로구료? 그건 내 얘기가 아니라 구보 얘기요. 하웅이라는 것이 실상은 구보요, 하웅을 바루 충고하여 주고 나물하고 그러는 구보란 인물이 사실은 나 이상이요.」

그래, 벗들은 이번에는 소설가 구보인 나에게 물었다.

「이상은 이렇게 말하는데, 참말 진상은 어찌된 것이요?」

그때마다 나는 언명하였다.

「그건 괜은 말이요. 하웅은 역시 이상에 틀림없오.」

그러나 이제 자백을 하자면 「애욕」속의 하웅은, 이상이며 동시에 나였고, 그의 친우 구보는 나면서 또한 이상이었던 것이다.[73]

'구보'가 곧 '하웅'이고 '하웅'이 곧 '구보'일 수 있는 이 존재 전환은 '구보'가 '하웅'을 대표하거나 대리하고 '하웅'이 '구보'를 대표하거나 대리하기 때문에 이루어지는 것이 아니다. 그들 각각은 각기 자기 자신만은 대표하지만 그럼에도 그들은 타자가 될 수 있다. 이것이 '구보'와

---

73) 박태원,「이상의 비련」,『여성』, 1939.5, 74쪽.

‘보꾸’가 타자로 존재 전환하는 방식이다. 그리하여 ‘보꾸’는 바로 그인 채로 타자, 곧 그들의 시대를 살아가는 조선인들로 존재 전환된다. 들뢰 즈와 가타리는 카프카의 고독이 카프카로 하여금 오늘날의 역사를 관 류하는 모든 문제들에 직면하게 했다고 했다. 그와 유사하게 박태원의 고독은 그로 하여금 일제 강점기의 조선이 직면에 모든 문제들에 직면 하게 한다. 카프카의 소설 속 주인공의 문자 “K는 어떤 서술자가 어떤 인물을 지칭하는 것이 아니라, 개인이 고독한 하나의 가지로 매달려 있 을 뿐인 어떤 기계 장치, 또는 집단 동인을 지칭한다.”74) 마찬가지로 ‘보꾸’는 개인이 고독한 하나의 가지로 매달려 있을 뿐인 일제 강점기의 기계장치, 또는 집단 동인을 지칭한다.

이 ‘기계’ 속에서 ‘보꾸’는 언뜻 체제에 순응하는 일상적 삶을 살아가 는 것처럼 보인다. “그러나 요구·반항 또는 복종으로서의 진술은 언제나 기계 배치를 해체한다. 기계의 부속임에도 불구하고 진술은 종종 독자 적인 기계가 되어 전체를 움직이게 하는가 하면, 전체를 변형시키거나 파열하게 만들기도 한다.”75) “어쨌거나, 거기에는 해체의 규칙이라고 할 수 있는 규칙들이 있다. 우리는 이 규칙에서 어떤 더한 반항 정신을 복 종이 숨기고 있는지, 또는 어떤 더한 밀착을 전투가 내포하고 있는지 모른다.”76) 「채가」를 비롯한 이 시기의 연작들에 나타난 ‘보꾸’는 겉보 기에 복종하고 있는 것 같다. 그러나 이 복종은 반항을 숨기고 있다. 거 기에는 해체의 규칙들이 있다.

---

74) 들뢰즈·가타리, 앞의 책, 37쪽.

75) 위의 책, 150쪽.

76) 위의 글, 같은 쪽.

5. 맺음말

이 논문은 박태원 문학의 문학사적 위상을 규명하기 위해서 작성되었다. 이 논문에서 필자는 한국현대문학사를 구성해 온 단선적, 정론적 시각을 비판하면서, 이러한 시각에 의해 가려진 박태원 문학의 풍부한 함의를 가능한 한 재구성해 보여주려고 했다.

이와 같은 맥락에서 보면, 박태원은 소설을 통해 개인을 독자적 개체들로 간주하고 표현하려 했으며, 이를 드러내는 독특한 기교적 장치를 구사해 나간 작가였다.

필자의 판단에 따르면 박태원은「해하의 일야」,「수염」,「적멸」등 초기 삼부작에서「소설가 구보 씨의 일일」과「애욕」을 거쳐「음우」,「투도」,「채가」,「재운」 등으로 나아가는 과정에서 이러한 작가적 특질을 버리지 않았다.

더불어 이 논문은 박태원 문학의 특징을 현재 통용되는 논리들에 입각해서 설명하고자 시도하기도 하였는데, 이것은 단순히 현재의 언어로 과거를 재단하기 위함은 아니다. 이 논문에서 충분히 규명하지는 못하였으나, 박태원이 창작활동을 벌여나가던 시대에 니체 같은 사상가의 존재는 상당히 폭넓게 이해되고 있었음이 여러 작가의 사례들에서 확인된다. 또한『개벽』을 주재한 이돈화 같은 이는 니체나 베르그송에 상당히 정통한 지식을 확보하고 있었던 것으로 나타나기도 한다. 또 박태원이나 이상 같은 구인회 작가들이 니체를 몰랐으리라고 가정하는 것이 오히려 이해하기 어려운 것일 수도 있을 것이라 생각한다. 따라서 박태원 문학에 나타난 명랑성을 니체적인 것으로 설명한다거나 또 니체 사상에 상당한 의의를 부여하는 들뢰즈 등의 논의를 빌려 박태원 소설을 규명하고자 한 것은 현재가 과거에 대해 행사하는 폭력만은 아닐 것이라고 생각한다.

박태원 문학을 문학사 속에 새롭게 위치 짓기 위해서 필자는 이광수로부터 임화를 거쳐 오늘에 이르는 독특한, ‘한국적인’ 문학사 인식에 비판을 가하면서, 박태원과 같은 기교파 작가들, ‘비정치적인’ 작가들의 존재 의의를 부각시켰으며, 이를 통해서 한국현대문학사가 겉보기 또는 지금껏 이해되어 온 것보다 다양하고 복합적임을 주장했다.

그러므로 이 논문은 하나의 독립된 논문이라기보다는 더 큰 박태원론이나 새로운 문학사론의 일부가 되어야 할 것이다. 지금 필자는 문학사의 몇몇 장면들에서 이러한 시도를 하고 있으나 그 진척은 매우 더딘 상태에 놓여 있다. 작가론이나 작품론이 적어 일반화를 위한 귀납적 분석 자료가 충분치 못한 곳도 있고, 기성 담론의 영향력이 너무 커서 새로운 시각을 제시하기 어려운 곳도 있다. 그러나 이 정론적 문학사 인식을 해체하고 문학을 다양하고 상이한 것들의 총체로서 새롭게, 그리고 동등하게 보는 인식을 확립하지 않는다면 한국현대문학에 대한 인식은 그 과거에 있어 경직되었을 뿐 아니라 미래를 풍부하게 만들기도 어려울 것이라고 생각한다.

박태원은 그 자신의 첫 창작집을 이광수에게 헌정한 데서도 알 수 있듯이 한국현대소설사의 전통의 중심에 서 있는 작가다. 그러나 이 중심이란 다른 여타의 것을 주변화 하는 중심이 아니라 다른 것들과 더불어 병립하면서 스스로 또한 중심의 위치에 자리 잡는 중심이다. 이러한 논의를 위해 이 논문이 이광수나 임화의 논리에 대해 비판적 거리를 취했다면, 그것은 그들을 부정하기 위함이 아니라 박태원을 긍정하기 위함이다.

■ 참고문헌

권영민 편, 『한국현대문학비평사』1, 단대출판부, 1981.
권희선, 「박태원 문학에 나타난 희극성」, 『한국학 연구』13, 2004.
기욤 아폴리네르, 『이교도 회사』, 성귀수 역, 문학수첩, 1999.
김동인, 「배짜락이」, 『창조』, 1921.5.
______, 「자긔의 창조한 세계」, 『창조』7, 1920.7.
김미지, 「박태원 소설의 쾌락 원천으로서의 유머와 놀이」, 『구보학보』2, 2007.
김주현 편, 『이상문학전집』3, 소명출판, 2005.
들뢰즈・가타리, 『소수 집단의 문학을 위하여』, 조한경 옮김, 문학과지성사, 1992.
로버트 루이스 스티븐슨, 『지킬 박사와 하이드』, 박찬원 역, 펭귄클래식코리아,
        2008.
류수연, 「박태원 소설의 창작기법 연구」, 인하대학교 박사학위논문, 2009.
박진숙, 「박태원의 통속소설과 시대의 명랑성」, 『한국현대문학연구』27, 2007.
박태원, 「고 이상의 편모」, 『조광』, 1937.6.
______, 「내 예술에 대한 항변」, 『조선일보』, 1937.10.23.
______, 「소설가 구보 씨의 일일」, 『소설가 구보 씨의 일일』, 문장사, 1938.
______, 「수염」, 『박태원단편집』, 한성도서, 1939.
______, 「표현・묘사・・기교―창작여록」, 『조선중앙일보』, 1937.10.22.
______, 「이상의 비련」, 『여성』, 1939.5.
泊太苑, 「해야의 일야」8, 『동아일보』, 1929.12.24.
방민호, 「1930년대 경성 공간과 '소설가 구보 씨의 일일'」, 『문학수첩』, 2006년 가
        을호.
______, 「일제말기 이태준 단편소설의 '사소설' 양상」, 『상허학보』14, 2005.
______, 「임화와 학예사」, 『상허학보』26호, 2009.5.
______ 편, 『환상소설첩1』, 향연, 2004.
배개화, 「1930년대말 치안유지법을 통해 본 조선문학」, 『한국현대문학연구』28,
        2009.
서광열, 「니체의 '명랑성Heiterkeit'―예술과 도덕을 중심으로」, 경희대학교 석사학
        위논문, 2001.
스즈키 토미, 『이야기된 자기』, 한일문학연구회 역, 생각의 나무, 2004.

아쿠타가와 류노스케, 『아쿠타가와 작품선』, 진웅기·김진욱 역, 범우사, 2000.
안회남, 「작가 박태원론」, 『문장』, 1939.2.
염상섭, 「개성과 예술」, 『개벽』, 1922.4.
______, 『만세전』, 고려공사, 1924.
와다 토모미, 「이광수 소설의 생명의식 연구」, 서울대학교 박사논문, 2007.
유보선 편, 『구보가 아즉 박태원일 때』, 깊은샘, 2005.
이광수, 「문학이란 하오」, 『매일신보』, 1916.11.23.
______, 「여의 작가적 태도」, 『동광』, 1931.4.
______, 「조선문학의 개념」, 『신생』, 1929.1.
______, 「천변풍경에 서하여」, 『천변풍경』, 박문서관, 1938.
이상경, 「'조선출판경찰월보'에 나타난 문학작품 검열 양상 연구」, 『한국근대문학연
        구』17, 2008.
임화, 「기교파와 조선 시단」, 『문학의 논리』, 학예사, 1940.
____, 「박태원 저 『천변풍경』 평」, 『조선일보』, 1939.2.17.
____, 「조선문학 연구의 일과제」, 『동아일보』, 1940.1.16.
____, 『개설 신문학사』, 『조선일보』, 1939.9.3.
____, 『조선일보』, 「역작 『골목안』의 가치」, 『조선일보』, 1939.7.21.
주시경, 「국어와 국문의 필요」, 『서우』2호, 1907.1.
질 들뢰즈, 『감각의 논리』, 하태환 역, 민음사, 2008.
________, 『차이와 반복』, 김상환 역, 민음사, 2004.
캐스린 흄, 『환상과 미메시스』, 한창엽 역, 푸른나무, 2000.
프리드리히 니체, 『바그너의 경우·우상의 황혼·안티크리스트·이 사람을 보라·
        디오니소스 송가·니체 대 바그너』, 백승영 옮김, 책세상, 2002.

■ 국문초록

  기존의 한국현대문학사 인식 속에서 박태원은 종종 소설적 기교를 가장 중시한 작가로서, 사상을 결여한 작가로서 폄하되곤 한다. 그러나 박태원이 기교를 중시한 것은 그 언어적 기교가 문학의 처음이자 마지막임을 정확히 인식하고 있었기 때문이다. 그는 문학적 언어야말로 사상 그 자체임을 인식한 작가였다.

  그는 이러한 인식의 바탕 위에서, 「해하의 일야」, 「수염」, 「적멸」 등 초기 삼부작에서 「소설가 구보 씨의 일일」과 「애욕」을 거쳐 「음우」, 「투도」, 「채가」, 「재운」 등으로 나아가는 일련의 창작과정을 통해, 현대적 개인의 그 개체적인 특성을 풍부하게 드러내고자 했다. 이러한 그의 소설의 인물들은 니체나 들뢰즈 등의 논리의 힘에 기대어 충분히 긍정될 수 있다.

주제어 : 박태원, 한국현대문학사, 기교, 개체성, 「해하의 일야」, 「수염」, 「적멸」, 「소설가 구보 씨의 일일」, 「애욕」, 「음우」, 「투도」, 「채가」, 「재운」

■ Abstract

Recognition and expression of individuality in Park Tae Won's novels

Bang, Min-ho(Seoul National University)

In the history of Korean Modern Literature, Park Taewon was often depreciated as a writer who valued narrative technique rather than the presentation of thought. But he was fully aware of that such narrativetechnique was both the beginning and the end of literature. He recognized that literary language itself represented thought.

Based on such understanding, he attempted to demonstrate modern individuals' characteristics through the works from a trilogy of The Night of Hae Ha, Mustache, and Annihilation to a series of novels such as A Day in the Life of Kubo the Novelist, Love and Lust, Diary Rain, Stealing, Family Indebted, and Luck with Money. Underpinned by reasoning of Nietzsche or Deleuze, the characters in his novels can be well understood.

key words : Park Taewon, History of Korean Modern Literature, technique, individuality, The Night of Hae Ha Mustache, Annihilation, A Day in the Life of Kubo the Novelist, Love and Lust, Diary Rain, Stealing, Family Indebted, Luck with Money

이 논문은 2012년 11월 12일에 접수되어, 2012년 11월 22일부터 2012년 12월 3일 사이에 이루어진 소정의 심사를 거쳐 2012년 12월 10일 편집회의에서 최종적으로 게재가 확정되었음.

해방기 박태원 역사서사의 의미

– 상호텍스트 전략을 중심으로

목 차

유 승 환*

1. 박태원의 역사서사와 상호텍스트 전략

해방 하루 전날인 1945년 8월 14일까지 『매일신보』에 연재되다 중단된 <원구>는 원나라 오랑캐가 일본을 침공하다 패배하는 이야기를 다룬 소설로서 '친일'이라는 혐의를 받을 수밖에 없는 작품이다. 또한 그나마도 원나라가 일본을 침공하다 카미카제[神風]의 공격을 받아 괴멸한다는 본격적인 친일적 서사가 미처 등장하기도 전에 해방으로 연재가 종료되었다는 점은 이 작품이 관심의 대상이 되지 않는 또다른 이유가 될 것이다. 그러나 이 작품에는 텍스트에 대한 박태원의 사유를

---

* 홍익대학교

매우 흥미롭게 보여주는 대목이 존재한다.

<원구>의 2장(38회-59회)은 원종 9년(1268년)에 일본에 갔던 원나라 사신 흑적이 대마도 섬주의 태도에 격분하여 대마도의 평범한 어부 '도-지로'와 '야지로'를 원나라의 수도인 대도로 납치해오는 사건에서 시작한다. 물론 흑적이 두 명의 일본인을 납치해 온 것은 일본의 사정을 탐문하기 위함이었으며, 때문에 '도-지로'와 '야지로'는 대도에서 융숭한 대접을 받는다. 작품은 두 일본인 어부에 초점화하면서, 그들이 당시 대단히 번화한 국제 도시이자 선진적인 문화의 집합지였던 대도를 일종의 문화적 충격 속에서 체험하면서도, 끝끝내 일본인으로서의 정체성과 윤리를 잃지 않는 모습을 그리고 있다. 이는 물론 그 자체로도 충분히 흥미로운 내용이지만, 여기서 주목하고자 하는 점은 <원구>의 2장에서 '도-지로'와 '야지로'를 충격에 빠뜨리게 하는 대도의 번화함을 보여주기 위해서 박태원이 마르코 폴로의 <동방견문록>을 인용하고 있다는 점이다.

> 저 유명한 「마르코·포-로」의 「동방견문록」에 의하여 당시 대도의 모습을 잠깐 엿보기로한다.
>
> 「…대도는 본래 카타이(북지나)의 서울이다. 그것을 몽고인이 빼앗어 가지고, 그로부터 반마일 떨어진곳에다 새로히 도읍을 세우고, 이를 대도라 일컬은 것이다. 도성의 주위는 이십사마일에 달하며, 성문은 도합 열둘, 성문과 성문의 간격은 이마일이다. 성은 토성으로 두쎄가 십페이쓰(삼십척), 놉히가 이십페이쓰. 그리고 성문 우에는 장려한 건물이 잇다. 성내의 가로는 모두가 직선이어서, 마주 대하는 성문에서 성문을 바라볼 수가 잇다. 궁전은 바로 도성 한복판에 가 잇다. 궁전 넓은 뜰안에는 인공으로된 놉흔 동산이 잇스며, 이 동산 마루턱에도 쏘 궁전이 잇다. ……(하략)……(39회)

사실 이 부분의 인용은 매우 평범하다. 2장의 서사를 진행하기 위해서 대도의 번화함은 필수적으로 제공되어야 하는 정보이며, 이때 마르코 폴로의 유명한 <동방견문록>은 대도의 모습을 정확하게 관찰하고, 이에 대한 사실적인 정보를 제공해 주는 권위적인 텍스트의 역할을 맡는다. 그런데 매우 흥미로운 점은 2장의 결말부에 <동방견문록>이 다시 한 번 인용된다는 점이다. 이때 2장의 결말부에 인용이 되는 <동방견문록>이라는 텍스트의 성격은 위 인용문과는 판이하다.

> 나이를 지긋이 먹은 「도-지로」는 물론이거니와, 아직 젊은 「야지로」에게도 그만한 생각은 잇섯다. 그래, 두 사람은 차저온 사람들을 향하여 더러 적당하게 풍을 떨었다. 그들은 그로서 두달후인 칠월에는, 대도를 ᄯᅥ나 귀국의 길에 올랐던 것이나, 그들이 남겨 노흔 이야기는, 한 입 걸러 두입 걸러 차츰차츰 ᄭᅩ리에 ᄭᅩ리가 뭇허서, 마침내는 「마르코 · 포-로」의 기사와 갓흔 것이 되고말앗다.
>
> 「동방견문록」에 실려 잇는, 일본에 관한 기사는 대략 다음과 갓다.
>
> 「치핑(日本)은 중지나에서 상거가 1500리. 바다 한가운데, 해 ᄯᅳ는 방향에 잇는 섬이다. 지극히 큰 섬이다. 그곳 주민은 살빗치 희고, 용태가 단아하며 ᄯᅩ한 예절을 안다. 그들은 우상숭배교도로 그들 자신의 인군에게 지배를 밧고, 아무에게도 공물을 드리지 안는다. 즉, 그들 자신의 종족 이외의 아므게도 통치를 밧고잇지 안타. 이 나라에는 이루 헤일수 업슬만치 다량의 황금이 남으로, 그들은 심히 만흔 황금을 소유하고 잇다. …… (하략) …… (58회)

일본의 실상을 궁금한 원나라 사람들이 도-지로와 야지로를 찾아가서 일본에 대해 물었을 때, “해마다 흉년이 들어, 백성들이 모다 헐벗고 굶저리며, 본래 국토가 적고, 나는 것이 못하다는”(57회) 것을 사실대로 이야기한다면, 원나라 사람들이 일본을 얕볼까 두려워한 도-지로와 야지로가 원나라 사람들에게 했던 거짓말이 꼬리에 꼬리를 물고, 마침내 마르코 폴로의 귀에까지 들어가, 결국 마르코 폴로가 일본에 대해서 잘못된 정보를 서술하게 된다는 내용이다. 2장의 첫 부분에서는 도-지로와 야지로의 대도 체험이라는 허구적 서사에 사실성을 부여하기 위하여 삽입되었던 「동방견문록」이 2장의 마지막 부분에서는 <원구>라는 허구적 서사에 의하여 원래의 권위를 잃고 또 다른 허구로 전락하는 모습이 드러난다. 게다가 박태원은 이에 그치지 않고, 다시 「동방견문록」을 소설의 기본적인 플롯인 원나라의 일본 침공의 동기와 관련하여 추가적으로 인용한다.

> 골필렬한에게 향하여, 이 섬의 그러틋이나 부유함을 이야기한 자가 잇스므로 하여, 골필렬한은, 짐은 이섬은 장중에 거두고, 이 섬을 복종시키겟다 하고 선언하엿다. 이리하여 골필렬한은, 가장 이름잇고 쏘 위대한 귀족 중의 두 사람으로 하여금 지극히 만흔 전함과 만흔 기병과 보병을 거느리고, 나아가 이섬을 치게하엿다……운운 (59회)

이 시점에서 <원구>의 2장에서 사용된 <동방견문록>과의 상호텍스트 전략은 매우 복잡해진다. 최초의 인용 단계에서, '도-지로'와 '야지로'의 대도 체험에 핍진성을 부여하기 위해, '사실'을 보여주는 권위적인 텍스트로 활용된 <동방견문록>은 두 번째 인용을 통하여 텍스트의 구성 과정 자체가 소설의 허구적 서사 속으로 편입되어, 서술자의 논평의 대상이 됨으로써 원래의 권위를 상실한다. 이어 세 번째 인용에서 허구화된 <동방견문록>의 텍스트 구성 과정은 다시 쿠빌라이 칸이 단행한 일본정벌의 동기로 활용되며 <원구>텍스트의 구성에 앞서와는 다른 방식으로 참여한다. 즉, 첫 번째 인용의 단계에서 ㉮: '①쿠빌라이 칸이 일본 정벌을 계획했기 때문에 잡혀와 ②<동방견문록>에서 잘 보여주는 대도의 번화함을 보고 ③두 일본인 어부는 문화적 충격을 겪는다'라는 인과관계로 설명될 수 있는 이 이야기는 두 번째와 세 번째의 인용을 통하여 ㉯: '①두 일본인 어부가 퍼뜨린 헛소문 때문에 ② 마르코폴로는 일본에 대한 잘못된 글을 썼으며 ③쿠빌라이칸은 일본

출정을 결정한다'라는 인과관계를 가진 이야기로 바뀐다. 물론 ㉯의 구조는 ㉮의 구조의 전도를 의미한다.

허구화된 <동방견문록>의 텍스트 구성 과정에 영향을 미치는 담론으로 설정되는 것이 일본의 촌부에 불과한 '도-지로'와 '야지로'에 의해 형성된 '헛소문'이었으며, 다시 이러한 헛소문이 <동방견문록>이라는 매개를 거쳐 <원구>라는 역사 혹은 소설 텍스트의 구성을 변화시킬 가능성을 보여주고 있다는 점은 주목할 필요가 있다. <원구>의 2장에서 <동방견문록>을 인용하는 방식은 명확한 저자에 의해 쓰여진 권위적인 '역사적' 텍스트들과 그 텍스트들의 배후에 잠복해 있는 다양한 구술적 텍스트들 사이의 위계에 대한 일종의 전복을 의미하기 때문이다.

이처럼 <원구>의 2장은 <원구>와 <동방견문록>이라는 두 개의 텍스트가 각자를 구성하는 과정에서 서로를 참조해나가는 복잡한 과정을 보여준다. 그리고 1945년 해방 직전의 시점에서 박태원이 보여주는 이러한 복잡한 상호텍스트 전략은 해방 이후 박태원의 창작 세계에 대한 시사점을 던져준다. 주지하다시피 해방 이후 박태원의 창작은 해방 이후 최초로 발표한 소설인 <한양성>에서 월북 전에 마지막으로 발표한 <군상>에 이르기까지 대부분 역사소설에 집중되어 있다. 그러나 보다 정확히 말해 해방기 박태원의 '작업'은 단순히 역사'소설'이 아니라 다양한 형태의 '역사서사'라고 하는 것이 옳다. 해방기 박태원이 집필한 '역사서사'는 <군상>, <춘보>등의 장단편 역사소설 뿐만 아니라, <조선독립순국열사전>, <약산과 의열단>등 역사전기서에 가까운 역사독물, <이충무공행록>등의 번역서를 망라한다. 뿐만 아니라, 고전소설에 대한 패러디로서 엄밀한 의미에서는 역사소설이라고 하기 힘든 <홍길동전>까지를 포함한다면 박태원이 해방기에 집필한 역사서사는 사료의 충실한 번역에서부터 半허구적인 역사소설까지 무척이나 다종다양한 형태의 것이 된다. 동시에 이러한 서사물들이 모두 '역사' 서사라고 볼 때, 박태원이 참조한 사료들과 박태원이 산출한 텍스트 사이의 관계, 즉 박태원이 활용하는 복잡한 상호텍스트 전략들은 이 시기 박태원의 작업을 분석할 수 있는 하나의 유용한 방법이 될 수 있다.

해방기 박태원 역사소설에 대해서는 그 동안 적지 않은 수의 연구가 이루어졌지만, 해방기 박태원이 산출한 역사서사의 이러한 다종다양함에 주목한 경우는 많지 않다. 해방기 박태원의 역사소설에 대한 연구는 대부분 식민지 시기 가장 대표적인 '모더니스트'였던 박태원이 해방 이후 "사실주의적 역사소설가"[1]로 나아간 경로가 주된 관심의 대상으로 삼는다. 이때 해방기 박태원의 다양한 역사서사 혹은 일제 말기 박태원이 시도했던 중국 소설에 대한 번역은 박태원이 리얼리즘적 역사소설에 관심을 가지게 된 일종의 계기[2] 혹은 「갑오농민전쟁」등에서 확보된 것으로 생각되는 '올바른' 역사의식으로 나아가기 위한 과도기[3] 정도로 간단히 취급되는 경우가 많다.

그러나 해방기 박태원이 산출한 다종다양한 역사서사는 그것이 소설 '미달'의 역사전기류에 불과하며, 역사소설로 나아가기 위한 준비의 과정이었다고 간단히 말하기에는 그 의미가 단순하지 않다. 해방기 박태원이 산출한 역사서사는 똑같이 역사상의 인물을 그리는 '전기류'의 기술 방식을 택한다고 하더라도, 그 소재와 사료, 그리고 사료를 활용하는 방식 등에서 미세한 차이와 함께 일관적인 변화의 방향을 보여준다. 또한 이 시기 박태원의 역사서사가 순전히 박태원의 개인적 관심으로 이루어진 것이라고 보기도 어렵다. 박태원의 역사서사 집필은 해방을

---

1) 이상경, 「역사소설가로서 박태원의 문학사적 위치」, 『역사비평』31호, 1995.
2) 대표적으로 김윤식과 김종욱의 논의를 들 수 있다. (김윤식, 「박태원론」, 『한국현대 현실주의소설연구』, 문학과 지성사, 1990; 『김종욱, 「일상성과 역사성의 만남」, 『상허학보』2호, 1995)
3) 대표적으로 윤정헌과 이미향의 논의를 예로 들 수 있다. (윤정헌, 「박태원 역사소설 연구」, 『한민족어문학』24호, 1993; 이미향, 「박태원 역사소설의 특징」, 『상허학보』2호, 1995)

통해 정치적 禁制가 소멸된 상황에서 새롭게 형성된 출판 운동과도 긴밀한 관련을 맺고 이루어진다. 이점에서 해방기 박태원이 다양한 역사서사물을 집필하게 된 것 상황은 단순하지 않다. 박태원은 해방기 출판 운동의 약진이라는 새로운 문화적 상황 속에서 작업하면서, 동시에 당대에 대규모로 산출되던 역사서사에 대한 비판적인 거리감을 가리고 자신의 집필 태도를 조금씩 변화시켜 나갔던 것이다.

이 글은 이러한 문제의식을 가지고 박태원 역사서사의 상호텍스트 전략을 중심으로 해방기 박태원 역사서사의 의미를 추적해나가고자 한다. 구체적으로 이 글은 먼저 박태원이 해방기 역사서사 쓰기에 참여하게 된 배경을 다룬 뒤, 이러한 작업에 있어 박태원의 작가적 태도의 변화를 권위적 텍스트로서의 '사료'에 대한 비판적 인식의 발전과정을 중심으로 살펴볼 것이다. 그리고 그 최종적인 성과로서 이 시기 박태원의 가장 대표적인 역사소설이라고 할 수 있는 <군상>의 상호텍스트 전략을 살펴봄으로써 해방기 박태원 역사서사의 의미를 탐색해보려 한다.

2. 해방기 박태원 역사서사 창작의 배경

해방기 박태원이 해방 이전과 달리 역사 서사의 집필에 매진한 이유를 정확히 파악하기는 어렵다. 그러나 그 하나의 가능성이 될 수 있는 것은 해방 후 언론·출판 활동의 새로운 분위기이다. 정치적 검열의 소멸과 함께 도서의 자유로운 출판·유통이 가능해진 상황에서 당시 다양한 출판사들이 새롭게 성립되고 있었고,[4] 또한 대부분의 출판사들이 출판의 지향점으로서 '민족문화' 혹은 '조선의 신문화' 건설을 내걸고

---

4) 이중연은 1949년도 『출판대감』을 인용하며, 1945년 45개사에 불과했던 출판사가 1947년에는 581개사로 늘어났다고 지적한다. (이중연, 『책, 사슬에서 풀리다』, 혜안, 2005, 26-27면)

있었다.5) 이때 이러한 민족문화 건설의 구체적인 방법으로서 그 동안 자유롭게 논의될 수 없었던 국학서의 출판이 활발해지는 것은 당연한 일이다. 실제로 이 시기 조선어학, 조선 역사 등을 다룬 국학서적은 상당히 활발하게 출판되었으며, 그 중 일부는 베스트셀러로 자리매김하기까지했다.6) "조선에 관한 것, 즉 역사, 어학, 문학, 고전, 미술등에 관한 모든 향토적 발굴"은 해방 직후 "상당한 기세"로 출판되었다.7)

이러한 분위기 속에서 당시 새롭게 창간·복간된 신문들도 한편으로는 다른 신문들과의 경쟁 구도 속에서 대중성을 확보하기 위한 발판으로, 다른 한편으로는 당대의 첨예한 정치적 현실을 건드리지 않고도 '민족문화와 국가의 건설'이라는 이념적 실천을 하기 위한 방법으로서 '역사소설'에 주목했으며, 이때 신문 역사소설의 주된 집필자가 된 사람들은 윤백남, 박종화, 박태원 등의 '명망있는 작가들이었다.8)

신문 및 종합지에 주로 장편 역사소설을 연재하고, 또한 단행본 출판이라는 형태를 통해 역사전기서들을 출간했던 해방기 박태원의 역사서사 작업은 기본적으로 해방기 언론·출판계의 이러한 상황 속에서 이루어진다. 즉, 박태원의 역사서사 작업은 적어도 그 최초의 단계에서는 순전한 작가적 관심이라기보다는 출판사 및 신문사의 기획과 밀접하게 관련되어 있다. 이는 특히 해방기 박태원의 역사서사 중 단행본 형태로 출간된 서적의 경우 두드러진다. 가령 有文閣에서 펴낸『조선독립순국열사전』의 표지와 간기에는 제목 뒤에 "제1집"이라는 말이 붙어 있다는 것9)에는 주목할 필요가 있다. 이는 민영환, 이준, 안중근 등의

---

5) 위의책, 127-129면.

6) 가령 김성칠의『조선역사』(금융조합연합회), 을유문화사 간『어린이 한글책』, 최남선의『조선역사』등의 국학서적은 5만부에서 10만부 사이의 판매고를 기록했다고 한다. (위의책, 42면)

7) 조풍연,「다시 곤경에」,『개벽』, 1948.1, 60면.

8) 최미진,「매체 지형의 변화와 신문소설의 위상(1)」,『대중서사연구』27호, 2012.6, 25-26면.

이야기를 다룬 박태원 저『조선독립순국열사전』이외에도 이와 유사한 소재와 체제를 갖춘 책을 출판사 측에서 추가로 간행하려고 한 의도가 볼 수 있다는 증거이다.

또한『약산과 의열단』에서 박태원이 좌익 정치인인 김원봉의 구술을 바탕으로 책을 썼다는 점도 참고할 수 있다. 조선문학가동맹에 이름을 올려놓긴 했지만 뚜렷한 정치적 색채를 드러내지 않았던 박태원이 당대의 거물급 인사였던 김원봉과의 인터뷰를 할 수 있었던 이유는 이 책을 간행한 백양당의 위상에서 찾을 수 있을 것이다. 해방 이후 이여성, 신남철, 박치우, 이태준 등 당대 좌익으로 분류되던 문인·학자의 저술을 출판하며, "인공 지하운동의 총역량이며 심장적 기관"이라는 평가를 얻은[10] 백양당의 사장 배정국은 1946년에 좌우합작을 목표로 조직되었던 좌익 조직인 민주주의 민족전선의 중앙위원으로 활동했던 사람이기도 하다.[11] 같은 시기 김원봉은 민주주의 민족전선의 의장단 5인 중 한 명으로 선출되었다. 그리고 박태원의『약산과 의열단』은 1947년 1월에 출간된다. 여러 정황으로 본다면, 박태원이 김원봉과 만나서 그의 구술을 들을 수 있는 기회를 마련해 준 것은 이 책을 간행한 백양당이었던 것으로 생각된다. 즉,『약산과 의열단』의 경우에도 박태원의 저술은 출판사의 기획과 상당히 긴밀한 관련을 맺은 채 이루어졌던 셈이다.

이러한 양상을 가장 잘 보여주는 것은 조선금융조합연합회에서 '협동문고 4부 4권'으로 간행한『홍길동전』이다. '협동문고' 발간의 취지는 다음과 같이 서술된다.

세계의신사조가 우리의철벽같은 깊은꿈을깨트리고 겨우신문화운동이대

---

9) 박태원,『조선순국열사전』, 유문각, 1946, 75면.
10) 이중연, 앞의책, 215-218면.
11) 위의책, 212면.

두되려할 무렵, 우리들은 악착한 일제의노예생활로드러가 조선문화자체가 뿌리채 뽑혀지는 위급한지경에허매였으니 조선적인신문화운동이란 싹도 터보지못하고 다시 봉건적인암흑시대로드러가 대중의우매를열기는커녕 문명의병신만 그대로 느러갔습니다.

그러나 세상은 바뀌여, 만인의 지모와역량을 가치기우려 정치도 의론하고 산업이며 경제도건설하야 민주주의새조선을 이룩해야할때가된것입니다. 무지한문맹이모히려 튼튼한 새나라를세우려는 것은 사상에누각을세려는게나 다름없이 허망한노릇이요, 무엇보다앞서 우리의 문화수준을높이자는까닭이 여기있는것입니다. 특권자는 그들의독점물이든서책을 대중앞에 개방해야되고 대중은 특권자에게서해방된 서책을통하야 문화민족으로서의 자격을 가주기에힘써야합니다.

그런데 아모리 서사에, 서고에, 충적된좋은서책일지라도 그대로개방만 해준다고 그것이 지식수준이얕은대중을 즐겁게해주지못하고 그들대중에게 곧양식이되고 피와살이될수는없습니다. 학문과예술의보편화를꾀하는데는 먼저 서책의대중화를 전제로해야합니다.[12]

위 글은 협동문고 4부 1권으로 발간된 채만식의『허생전』권말에 첨부된 문고 발간의 취지이다. 이 글에는 첫째, 조선의 신문화 발전이 일본에 의해 저지되었다는 것, 둘째, 특권자의 점유물이던 책을 대중에게 개방함으로써 문화적 수준의 향상을 꾀해야 한다는 점, 셋째, 가장 중요한 것으로 책의 개방 뿐만 아니라, 책의 내용 및 체제를 지식수준이 얕은 대중들이 이해할 수 있도록 쉽게 해야 한다는 것을 강조하고 있다. 실제로 협동 문고의 4부 1권에 해당하는『허생전』을 쓴 채만식은 이 책이 "알기 쉽게. 재미 있게. 유익 하게." 되어야 한다는 것이 출판사와의 합의였으며, 스스로도 그 점에 신경을 썼음을 분명히 밝히고 있다.[13]

이때, 채만식과 박태원의 책 표지에 붙어 있는 '4-1', '4-4'와 같은 部

---

12)「협동문고 간행의 사」, 채만식,『허생전』, 조선금융조합연합회, 1946.11, 112-113면. 이 간행사는 협동문고 4부에 해당하는 모든 책의 권말에 첨부되어 있다.

13) 채만식, <후기>, 위의책, 111면.

표시는 출판사측에서 문고 발간 목적을 고려하여 나름대로 책을 분류하기 위해 마련한 기준이다.『허생전』의 권말에 붙어있는 협동문고 광고에 의하면 협동문고는 1부 학술, 2부 농민계몽, 3부 고전, 4부 민중예술으로 나누어진다. 그리고 4부 '민중예술'은 "고전의 정수를 현대적 예술방법으로 묘파한 신작장편소설"로 설명[14]되며, 이 4부에 해당하는 작품으로 박태원의『홍길동전』, 김영석의『이춘풍전』, 이명선의『홍경래』, 김남천의『토끼전』, 안회남의『춘향전』이 계속해서 발간될 예정임이 소개된다.[15] 전문작가라기보다는 고전문학자에 가까운 이명선의『홍경래』가 포함되어 있다는 점은 4부가 출판사측이 밝힌대로 단순히 고전문학에 대한 현대적 번안에 국한되지 않으며, 고전문학, 역사, 설화 속에 존재하는 민중적 영웅상을 적극적으로 구현하려는 의도를 가지고 있었다고 보는 것이 조금 더 타당할 것이다.

　그런데 흥미로운 점은 4부 2권에 해당하는 김영석의『이춘풍전』의 권말 광고에 안회남의『춘향전』에 대한 분류가 4부 민중예술에서 3부 고전으로 바뀌어 있다는 점이다.[16] 두 책이 나오기까지 2개월의 시차 동안 발간 예정 도서인『춘향전』의 분류가 바뀌게 되었다는 것인데, 이는 작업상황과 성격을 둘러싸고 작자와 출판사 간의 긴밀한 상호협의가 이루어졌을 가능성을 시사한다. 즉, 번안의 정도를 둘러싸고 4부 민중예술에서 3부 고전으로 바뀌었을 가능성이 있다는 것이다. 이는 집필 과정에서도 저자와 출판사의 상호협의 및 이에 따른 출판 기획의 변동이 있었다는 것으로 이 문고에 해당하는 전체 도서의 기획 및 집필, 출판 과정에서 출판사의 영향력이 끊임없이 작용했다는 것을 의미한다.

---

14)「협동문고」(광고), 위의책, 권말광고.

15) 위의글. 조사결과 박태원, 김영석, 이명선의 책은 찾을 수 있었지만 김남천과 안회남의 책은 찾을 수 없었다. 김남천과 안회남의 책은 저자의 월북으로 결국 발간되지 못한 것으로 판단된다.

16)「협동문고」(광고), 김영석,『이춘풍전』, 조선금융조합연합회, 1947.1, 권말광고.

이러한 점을 본다면 해방기 박태원의 역사서술은 단순히 역사에 대한 작가의 개인적 관심 속에서 이루어진 것이라고만은 볼 수 없다. 해방 이후 얻은 문화적 자유 속에서 조선 역사를 포함하여, 그 동안 억압되어 왔던 조선학 서적에 대한 수요가 발생하였으며, 동시에 이러한 조선 역사에 대한 저술은 민족문화의 복원과 국가 건설에의 참여라는 이념적 맥락을 획득하였다. 이와 같은 상황 속에서 많은 문인·학자들에 의해 역사소설을 포함한 쓰고 발표하였다. 해방기 박태원의 역사서사 또한 기본적으로는 이러한 상황 아래에서, 출판 및 언론사와의 긴밀한 관계 속에서 이루어졌다. 물론 그렇다고 박태원의 역사서사 집필이 언론·출판계의 요구에 수동적으로 대응하는 형태로 이루어졌다는 것은 아니다. 박태원은 이러한 과정 속에서 점차 해방기의 언론·출판계가 요구하는 역사서사에 대한 비판적인 거리감을 확대해나갔으며, 자신의 고유한 역사서사 기술 방식을 형성해갔다. 이때 핵심이 되는 부분은 권위적 텍스트에 대한 회의적 인식과 이에 수반되는 상호텍스트 전략의 형성이라고 할 수 있다.

3. 배제된 발화에 대한 관심과 권위적 텍스트에 대한 회의

1948년 2월에 을유문화사에서 간행된 박태원의 세 번째 단편집『성탄제』의 후기에서 박태원은 다음과 같은 의미심장한 발언을 한다.

지극히 愚劣하였던 한 시절-, 나는 진심으로 즐겨, 한편, 한편, 이『딱한 사람들』의 기록을 초하였었다. 평가는, 나를 순수파라, 혹은 기교파라, 또는 형식주의자라 규정하였었다. 나는 당시, 내게 붙여진 그런 류의「렛텔」에 대하여, 사실, 심한 불쾌를 느끼지는 않았었다. 아니, 때로는 도리어 그

> 욱한 자랑을 그곳에 가지려고까지 하였다.
> 실로 참괴하기 짝 없는 이야기다.[17]

 이러한 후기는 1938년 문장사에서 간행된 『소설가 구보씨의 일일』에서 이태준이 써준 것으로 추정되는 "장거리문장", "선각한 스타일리스트"[18]와 같은 표현을 동원한 발문과는 거리가 멀다. 이는 이 10년의 기간 동안 '순수파', '기교파' '형식주의자'라는 레테르가 암시하는 일종의 '문학중심주의'에 대한 자기비판이 박태원에게 존재했다는 하나의 증거가 된다. 그럼에도 「성탄제」에 수록된 소설 목록은 「소설가 구보씨의 일일」의 목록과 거의 유사하다. 이때 박태원이 이 책에 수록된 작품을 해설하는 방식은 다음과 같다.

> 차라리, 나는, 이 조그만 작품집의 이름을 『딱한 사람들』이라 하는 것이 옳았을지도 모른다. 그러나 그것은 이 책자 속에, 같은 이름의 작품이 수록되어 있기 때문이 아니다. 실로, 이곳에 모은 모든 작품이, 하나의 예외도 없이, 『딱한 사람들』인 그 까닭이다.[19]

 박태원의 초기 단편들에 부여된 의미는 이 시점에서 10년전의 그것과는 달라진다. 즉, 박태원은 '스타일의 실험'과 같이 이 작품들이 지니는 문학적 가치에 주목하는 것이 아니라, 작품이 다루고 있는 현실적인 대상들에 관심을 집중한다. 그리고 박태원이 주목한 점은 자신의 작품 속에 다루어지고 있는 대상이 '딱한 사람들' 즉, 하위주체들이었다는 점이다.
 해방기 역사소설이 기본적으로 "공론장에서 배제된 민중이 민족수난사와 영웅서사를 통해 자신들의 열망을 충족할 수 있는 방편"으로서,

---

17) 박태원, <후기>,『성탄제』, 을유문화사, 1948, 286면.
18) 상심루주인, 「跋」, 박태원,『소설가 구보씨의 일일』, 문장사, 1938, 308면.
19) 박태원, 앞의글, 286면.

"민족영웅의 소환"[20]이라는 성격을 가지고 있었다고 할 때, 박태원의 이러한 인식은 주목할 필요가 있다. 물론 표면적으로 박태원이『이충무공행록』,『조선순국열사전』,『약산과 의열단』등의 저술, <홍길동전>, <임진왜란>등의 창작을 통하여 제시한 것은 민족적 수난이라는 역사적 상황 속에서 등장한 민족 영웅이라는 점에서 박태원 또한 이러한 흐름에서 벗어나지 않는 것으로 보인다. 그러나『약산과 의열단』에서 김원봉에 대해 박태원이 행하는 다음과 같은 평가는 주목할 여지가 있다.

> 선생은, 이제까지, 언제나 시대와 함께 민중과 더부러 있어 왔다. 앞으로도 그러할 것이다. 그는, 결코, 한층 높은 곳에가 서서, 민중을 지휘하고 명령하고 질타하는 세소위『지도자』가 아니다. 선생은 민중속에 파고들어, 항시 민중과 함께 생각하고, 또 행동하는 사람이다. 그는 결코 남의 위에 서려 않는다. 다만, 민중이 선생에게 그러기를 원하므로하여, 한거름 앞을 설 뿐이다.

박태원이 김원봉을 민족적 '영웅'으로 강조하면서 제시하는 덕목은 약산 김원봉이 가진 비범한 능력이라거나, 영웅적 기상과 같은 것이 아니고, 오히려 그가 "남의 위에 서려"하지 않는 또한 "민중을 지위하고 명령하고 질타하는" 지도자가 아니라는 점이다. 이 점에서 박태원이 제시하는 민족적 영웅상은 민족주의적인 욕망의 구체적 실현으로 등장하는 당대의 일반적 영웅상과는 일정한 거리가 있다.

박태원은 당대의 역사서사의 주요 집필자 중 한 명으로 활동하면서도 이처럼 당대의 일반적인 영웅서사에 대해서는 일정한 거리감을 가지고 있었다. 이러한 관점에서 볼 때 중요하게 볼 수 있는 작품은 역시 <춘보>이다. 대원군의 경복궁 중건이라는 역사적 배경에서 이로 인해 고통받는 민중으로서의 '춘보'를 주인공으로 제시한 이 작품은 이후

---

20) 최미진, 앞의글, 29면.

<군상>을 거쳐 <계명산천은 밝아 오느냐>와 <갑오농민전쟁>으로 이어지는 박태원의 민중적 지향을 최초로 드러낸 작품으로 평가되어 왔다. 그러나 동시에 이 작품은 '관념적인 민중사관'21)의 제시에 그치고 말았다는 평가를 받기도 하는데, 이는 대원군을 신랄하게 비판하는 춘보의 저항이 꿈 속에서야 이루어진다는 점에서 결국에는 춘보가 "현실 순응형"의 인물에 그치고 말았다는 인식22)에서 기인한다. 그러나 이 작품에서 주목할만한 점은 이 작품이 기록을 통해 '말해지지 않은 것'을 소설적 상상력을 통해서 복원하려는 의도를 가지고 있다는 점이다.

특히 이는 박태원이 비슷한 시기에 연재한 <태평성대>와의 비교를 통하여 드러난다. 두 작품은 동일한 소재를 다룬다. 즉, 경복궁 중건의 명분을 마련하기 위해 "동방노인비결"을 조작하지만, 이것이 대원군의 수하인 김두하의 술책에 불과하다는 소문이 퍼져나가는 상황에서 대원군이 포도대장 이경하를 시켜 이 소문을 강제로 단속한 뒤 스스로 태평성대라고 자부하는 이야기를 다루고 있다. 이러한 이야기 자체는 박태원이 사료를 검토하다가 얻은 것으로서 특히 윤효정23)이 쓴 <한말비사>24)의 다음 에피소드에서 취재한 것으로 판단된다.

---

21) 이미향, 앞의논문, 273면.

22) 김종회, 「해방 전후의 박태원 역사소설」, 『구보학보』2호, 2007, 21면.

23) 박성수가 1995년 교문사판 『한말비사』의 서문에서 소개하고 있는 윤효정의 약력을 요약하면 다음과 같다. 운정 윤효정(1858-1939)은 경기도 양평 출생으로, 36세에 탁지부 주사가 되었지만, 곧 퇴임한 뒤, 1889년부터 독립협회에서 활동하다, 고종 양위음모 사건에 연루되어 일본으로 망명한다. 이후 일본에서 박영효, 우범선 등과 朝日義塾을 세워 유학생을 수용하는 활동을 하다 우범선이 민비시해사건에 관련된 것을 알고 고영근과 함께 1903년 우범선을 암살한다. 1904년에 귀국하여, 1905년 이준, 양한묵 등과 함께 헌정연구회를 조직했으며, 이후 1905년 장지연 등과 대한자강회를 조직하여 애국계몽운동을 전개한다. 이후 대한자강회가 해산된 뒤, 1907년 대한협회를 조직하여 활동했으며, 1910년 이후에는 일체의 공직과 사회활동에서 물러난 것으로 알려져 있다. (박성수, 「이 책을 읽는 분에게」, 윤효정, 『한말비사』, 교문사, 1995, 5-7면)

24) 「한말비사」는 <태평성대>와 <춘보> 뿐만 아니라 이후 <군상>의 주요 원천이 되는 텍스트로서 해방기 박태원의 저작에 있어서는 상당한 중요성을 가진 텍스트이기

一日은 家醫金斗河를불러 英雄의奇計를 試驗하야 密議秘計를 設定하
였다 乙丑三月에 景福宮前議政府를修理할새 古井을浚築하다가 井底泉原
에서 一塊放石이出現하야 其石面에 陰刻한 秘訣이有하니 ……(중략)……
이것은 大院君이 金斗河에게 秘策을 傳援한 것으로 國人이 認定하였다.
……(중략)…… 各道各郡에赴役軍을 輪回分排하되 彩旗와胡笛喇叭등으로
舞童을거나려 役者의 興致를도도아 其勞苦를 이저바리게하고 每日申時後
에는 赴役軍은 다 黃土峴에 退出하야 旋旗가蔽日하고 鼓角掀天하니 이걸
로써 周文王靈臺靈沼에 庶民子來하던 太平氣像을 粧飾코저함이러라[25]

별다른 인물의 제시 없이 위의 에피소드에 서술된 당대의 역사적 상
황을 설명하는 것에 치중하는 <태평성대>는 바로 위의 이야기를 그
대로 단편 분량의 소설로 옮긴 것으로서, 소설이라기보다는 史話에 보
다 가까운 것이다. <춘보>는 위의 이야기를 허구적으로 각색한 것인

때문에 여기에서 이 책에 대한 간단한 해설을 붙인다. 「한말비사」는 원래 윤효정이 東
亞浪人이라는 필명으로 1931년 2월 17일부터 31년 7월 2일까지 「한말비사 - 최후육십
년유사」라는 제목으로 총 43회에 걸쳐 연재된 국한문체 야담이다. 하지만 그 표현 형
태로서 국한문체를 사용하고 있다는 점, 또한 저자가 당대의 지사로 이름이 있었던 윤
효정이었으며, 내용을 사료에서 취한 것이 아니라 저자 개인의 기억에 의존하고 있다
는 점, 정치적 일화를 포함하여 철종조 이후 독립협회의 활동에 이르기까지 조선의 최
근세사를 다루고 있다는 점에서 당시 본격적으로 상업화되기 시작하던 일반적인 야담
과는 그 궤를 조금 달리하는 글이라고 생각할 수 있다. 박성수에 의하면, 1931년 동아
일보 연재가 되기 이전 이미 紹雲居士가 저자로 되어 있는『한말비사 - 일명 최근 육
십년의 비록』이라는 단행본이 출간된 것으로 보이지만, 이 책의 정확한 서지사항은
확인이 어렵다. (위의글, 7면) 해방 이후에 이 책은 「한말비사」혹은 「풍운한말비사」라
는 제목으로 여러 차례 재출간 된 것으로 보이는데, 그 최초의 것은 1946년에 야담사
소장본을 저본으로 하여 간행된 취산서림 판이다. 한편, 국문 번역본은 2010년에 이르
러서야 박광희 역, 다산호당 간행으로『대한제국아 망해라』로 개제되어 출간되었다.
2010년의 국문 번역본은 완역은 아니며, 몇몇 에피소드를 생략한 것으로 보인다. 또한
번역에 있어서도 1946년판과 비교할 때 몇몇 부분에 가필이 되어 있으며, 전체적으로
현대의 독자를 고려한 의역을 취하고 있다. 한편 신문연재본과 취산서림판은 그 분량
에서 큰 차이가 있으며, 연재물이 단행본으로 출간될 때 후반부 내용이 보충된 것으로
생각된다. 이 글에서는 기본 자료로 1946년 취산서림판을 취한다.
25) 윤효정,『한말비사』, 취산서림, 1946, 12-13면.

데, 이때 핵심이 되는 사항은 경복궁 중건으로 집을 잃을 위기에 처한 춘보가 '술을 먹고 대원군을 비판하다 포도청에 잡혀가는 꿈'을 꾸게 된다는 것이다. 즉, <태평성대>에서 대원군이 당대를 '태평성대'로 말할 수 있었던 이유가 경복궁 중건에 대한 사회적 불만들을 강제로 단속함으로서 이루어졌다고 할 때, <춘보>에서는 바로 그 금지됨으로써 사료에 기록될 수 없었던 언어를 복원하는 것에 주요한 관심을 두고 있었던 것이다. 박태원이 사료로부터 취재하여 역사서사를 창작함에 있어, 같은 소재를 사용하여 두 개의 상이한 형식의 글쓰기를 시도하고 있었다는 점, 그리고 그 과정에서 사료에 소개되지 않은 배제된 발화들의 복원에 관심을 두고 있었다는 점은 중요하게 취급되어야 한다. 이는 박태원이 '역사'를 파악할 수 있는 도구로서, 문자화된 사료가 가진 권위를 의심하고, 이에 대비되는 구술적 텍스트의 상상적 복원을 통하여 '역사'를 말한다고 믿어져왔던 문자화된 텍스트들의 권위를 전복하려는 시도로 볼 수 있기 때문이다. 그리고 이는 앞서 『성탄제』의 후기에서 보았듯, 자기 자신을 재현할 수 있는 언어적 수단을 가지지 못한 하위주체에 대한 관심과도 연결되는 부분이다.26)

　이러한 점에서 『약산과 의열단』에서 박태원이 약산의 생애와 의열단의 활동을 재현하기 위한 방법으로 다음과 같이 김원봉의 구술에 의존하였음을 밝히는 것은 중요한 의미를 가질 수 있다.

　　　의열단에 관한 문헌·자료는 지극히 빈약하다. 단원 유자명의 손에 된 『의열단간사』기타, 그리고, 수삼동지의 斷簡零墨이 근근히 보존되어 있을 뿐이다. 나는 이 기록을 위하여 가능한 한도에서 당시의 신문기사를 참조하였고, 더 많이 선생자신의 기억력에 의존하였다.27)

---

26) 분석대상에 포함시키지는 않았지만, 이 '금지된 발화' 문제에 대한 관심은 경문왕 응렴의 비밀에 대한 금제를 다룬 <귀의 비극>과 같은 작품에서도 되풀이된다.
27) 박태원, 『약산과 의열단』, 백양당, 1947, 210-211면.

물론 일차적으로는 자료의 부족에서 연유한 것이지만, 그럼에도『약산과 의열단』이 김원봉의 '구술'을 바탕으로 서술되었다는 사실은 이보다 앞서 박태원이 집필한『조선독립순국열사전』과『약산과 의열단』, 두 텍스트의 성격을 결정적으로 변별하는 기준이 된다. 가령 다음과 같은 서술을 보자.

> 처음에, 황옥은, 자기가 사실을 부인할때, 대개, 세평이 어떠할것을 짐작하고 있었다. 사람들은, 응당, 자기를 추하다 냉소하고, 간활하다 타매할것이었다.
> 그는, 마음에, 심히 괴로웠다. 於此於彼, 형을 면하지 못할바에는 떳떳이 사실을 시인하고, 자기도 조선남아의 한사람이 되고 싶었다.
> 그러나 그는, 천진서 떠나오던 전날 밤에, 약산이 자기에게 당부하던 말을 생각하였다.
> 『…우리의 혁명운동은, 이번 한번으로 끄치는게 아니오. …이번의 우리 계획이 불행히 패를 보는일이 있다하더라도, 황공은, 결코, 우리가 이번에 취한 수단·방법에 관하여는, 일체발설을 마오. 한번 들어나고 보면, 같은 방책을 두번 쓸수는 없는일 아니겠오?』[28]

위 인용문은 1923년 황옥 등이 폭탄을 국내에 반입한 혐의로 체포된 사건에 대한 서술의 일부이다. 체포된 황옥의 내면적 갈등과 선택, 그리고 그 과정 속에 반영된 약산의 말 등이 복잡하게 서술된 위와 같은 부분은 똑같은 역사전기물의 형식을 취하고 있는『조선순국열사전』의 단선적인 서술과는 전혀 그 궤를 달리한다. 더욱 중요한 점은 위와 같은 서술이 지금까지도 확실하게 밝혀지지 않은 황옥의 정체에 대한 당대의 세평, 신문보도들과 비교되고 있다는 점이다. 김원봉의 구술에 의거하여 의열단의 활동을 서술하면서 이를 당대의 신문보도 표제 및 일본정부의 대책 문서 등과 끊임없이 비교하면서 의열단 활동의 의미를 평

---

28) 위의책, 132면.

가하는 방식은 『조선순국열사전』과 대비되는 『약산과 의열단』의 주요한 특징이다. 그리고 이러한 서술 방식을 가능하게 할 수 있었던 것은 신문보도, 정책문서와 같은 문자화된 역사 사료의 권위에 대하여 약산의 '구술'의 권위를 강조하는 방법에 있었다.

<홍길동전>에서 또한 박태원이 역사서사의 사료로 삼았던 문자화된 텍스트의 권위를 끊임없이 의심하면서, 텍스트의 권위, 그 위계질서를 전복하려고 했던 시도를 잘 보여준다. 원래의 <홍길동전>과 박태원의 번안은 크게 보아, 홍길동이 출가를 결행한 동기와 홍길동의 활빈당 활동의 동기 및 방법을 재해석하면서, 이에 따라 시대적 배경을 세종대에서 연산대로 바꾸는 것과 동시에, 음전과 조생원 같은 홍길동 주변의 인물을 재배치하는 한편, 결말 처리 방식을 바꾸고 있다. 이는 홍길동의 사상에서 유교적 이념의 색채를 제거하는 한편, 홍길동이 사용한 초자연적인 능력을 삭제함으로써 홍길동을 보다 현실적인 민중 영웅의 상으로 바꾸어내려는 의도를 담고 있다고 할 것이다. 홍길동전에 대한 박태원의 이러한 해석은 기존의 연구에서 논의된 바와 같이 한편으로는 "민중적 변혁의 정당성을 강조"하는 것이면서도 결국 '관핍민박'이라는 "박태원의 소박한 역사 의식"을 드러냈다고 볼 수 있을 것이다.29) 그러나 한편으로 이 글에서 박태원이 서술의 방법으로서 원래의 <홍길동전>이라는 텍스트의 권위에 대해서 끊임없이 질문을 하는 방식을 취하고 있다는 점을 염두에 둘 필요가 있다.

> 고본 『홍길동전』은, 단순히 소설로 볼 때에는 흥미가 아주 없지도 않으나 문헌(文獻)으로서의 가치는 별로히 없는 저술이다.
> 『애기책』- 고대소설이라는 것이 흔이 그렇듯 이 『홍길동전』도 사실에 없는 허황맹랑한 수작이 너무나 많다.
> 길등이가 둔갑법을 쓰고, 축지법을 쓰고, 구름을 타고서 하늘을 달리고,

---

29) 김종욱, 앞의논문, 237면.

초인으로 저와 똑같은 길동이 여덟을 만들어 팔도에 배치하고…, 나중에 율도국으로 가서 왕이 되는 것은 그만 두고라도, 애초에 집을 나가는 동기부터 사실과는 모두 틀리는 수작이다.

그러한 중에, 이『해인사사건』하나만은 대체로 사실과 부합한다. 대개, 이대로 믿어도 좋다.30)

위 인용은 홍길동이 해인사를 습격한 사건을 서술하기에 앞서 서술자가 행하는 논평이다. 서술자는 단순히 서사적 정보들을 독자에게 전해주는 것뿐 아니라, 작품의 원천이 되는 텍스트인 고본『홍길동전』을 강하게 의식하면서, 이『홍길동전』의 가치에 대한 논평자의 역할을 같이 맡는다. 또한 이 논평은 해당 부분에서 다루고 있는 바 홍길동의 '해인사 습격' 뿐만 아니라, 홍길동이 집을 나간 동기라든가, 율도국의 왕이 된다는 결말 등 소설의 전체 플롯 또한 논평의 대상으로 삼는다는 점에서 전면적인 것이며, 동시에 고본『홍길동전』과 현재 독자들이 읽고 있는 <홍길동전>의 차이를 의식하게끔 하는 역할을 한다. 고본『홍길동전』에 대한 이러한 논평은 작품 속에 여러 차례 등장하며, 서술자의 판단으로 고본『홍길동전』의 서술을 신용할 수 있는 상황에서는 고본『홍길동전』의 인용이 작품의 서술을 대신하기도 한다.

다시 한번 고본『홍길동전』에서 함경감영사건을 인용하여 보기로 한다.31)

이 대문은『고본 홍길동전』에도, 사실을, 비교적 충실하게 기술하여 놓았기로, 그것을 그대로 옮겨 보겠다.32)

---

30) 박태원,『홍길동전』, 앞의책, 83면.
31) 위의책, 85면.
32) 위의책, 152면.

<홍길동전>의 서술자가 취하고 있는 이러한 논평적인 태도는 <홍길동전>이라는 텍스트의 성격을 상당히 특이한 것으로 만든다. 즉, <홍길동전>은 허구적으로 창조된 완결된 세계를 독자에게 제시하는 일반적인 문예물의 틀에서 벗어나, 권위적인 텍스트로 이미 존재하는 고본『홍길동전』에 대한 비판적 논평자로서의 서술자를 내세워, 이 텍스트가 '사실'과 다른 부분들을 끊임없이 교정해나가며 그 사실을 독자에게 알려주는 독특한 서술 방식을 취하고 있다.

롤랑 바르트는 새로운 텍스트를 만드는 것은 텍스트의 위계질서 혹은 분류 체계를 전복하는 힘이라고 언급한다.[33] 이 점에 있어서 해방기 박태원의 역사서사는 매우 독특한 형태의 글쓰기 실험이라고 평가할 수 있으며, 또한 그럼에도 이러한 작업들의 변화·발전의 방향은 상당히 일관적이다. 즉, 박태원은 한편으로는 당대 자신에게 주어진 출판·언론계의 요구로서의 역사적 글쓰기 작업을 계속 수행해나가면서도, 하위주체들의 배제된 발화에 관한 관심을 바탕으로 이러한 역사적 글쓰기의 원천으로 주어진 사료들의 권위를 계속적으로 의심한다. 이는 <춘보>의 경우, 배제된 구술적 발화에 대한 상상적 보충으로,『약산과 의열단』의 경우에는 구술 자료와 기타 문헌 자료를 대조하면서 전자에 대한 권위 부여라는 형태로,『홍길동전』의 경우에는 원전의 권위를 의심하고 이를 교정하려 하는 서술자의 등장이라는 형태로, 각기 상이한 상호텍스트 전략을 통해 드러난다. 즉, 해방기 박태원의 역사서사는 역사를 그대로 드러낸다고 생각되는 사료라는 권위적 텍스트와 그로부터 배제된 구술적 발화 사이의 위계를 회의하고 전복함으로써 역사서술의 새로운 방법론을 끊임없이 모색하는 과정으로서, 이러한 과정을 통하여 박태원의 역사서사는 민족주의적 욕망의 구현으로 특징지어지는 당대의 일반적인 역사서사와의 차별점을 획득할 수 있었다.

---

33) Roland Barthes,『텍스트의 즐거움』, 김희영 역, 동문선, 1997, 39-40면.

역사서술 방법에 대한 이러한 지속적인 실험의 성과를 바탕으로 해방기 박태원의 역사서사는 <군상>에서 최종적으로 역사의 전면에서 배제된 다양한 하위주체들의 행동과 발화를 재현하려는 시도로 나아간다. <군상>에서 박태원이 다루려고 하는 역사적 존재는, "잘난 놈 못난 놈 착한 놈 약은 놈 어리석은 놈…… 놈이 아니라 년이라도 좋다"34)라는 말에서 단적으로 드러나거니와, 이러한 의도의 실현은 또한 상당히 복잡한 상호텍스트 전략 속에서 이루어진다. 이를 다음 장에서 살펴보기로 한다.

4. <군상>의 원천과 상호텍스트 전략

1949년작 <군상>에 대해 언급하는 논의들은 공통적으로 허구성과 사실성의 종합으로서, '본격적인 역사소설 창작의 시도'라는 관점에서「군상」이 가진 의의를 강조하면서도, 그러한 시도가 끝내 성공을 거두지 못했다고 평가한다. 이때, 그 주요한 근거가 되는 것은 허구성을 담지하는 민중적 영웅상으로서의 '장임손'과 '신돌석' 중 특히 '신돌석'의 경우 사회적 변혁의 의지를 확고하게 다지지 못하며, 결국 체제 내부로 편입되어 들어간다는 점이다.35) 이는 정확한 지적이라고 볼 수 없다. 왜냐하면 신돌석은 기본적으로 허구적인 인물이 아니라, 박태원이 활용한 사료의 내용을 변용하여 창조한 인물이기 때문이다. <군상>의 174~178회는 돌석이 자신의 이름을 '상쾌'로 고치고, 당대의 세도대감인 김병국의 눈에 들어 세간 청지기가 되고자 하는 야심을 품고 그 밑천을 마련하기 위하여 벙어리를 마련하여 열냥을 목표로 돈을 모으는 모습이 서술된다. 이 에피소드는 위에서도 잠시 언급했던, 윤효정의『한

____

34) 박태원,「작가의 말」,『조선일보』, 1949.6.14.
35) 이미향, 앞의글, 279면; 김종욱, 앞의글, 242면.

말비사』에서 취재한 것이다.

> 上怏는 金相公炳國집 奴子인데 其弟의 名은 上信이오 又其衣鉢을 傳
> 受한 弟子도 만히 있었다 上怏의 爲人이 심히 聰俊하야 多智多謀하기로
> 猥濫한 生覺이 發生하야 富貴家門에서 處地는 비록 奴子일망정 나의 智
> 慧와 万法을 다하야 衣服飮食과 居處凡節을 반드시 上典의 하는일을 模
> 倣하겠다는 決心을 하였다 그러나 衣食住를 經營하는데는 金錢이 아니면
> 안되겠고 金錢을 貯蓄코저하면 上典의 信任을어더 倉庫의 出納까지 내손
> 으로 管理치 안흐면 안된다는 마음으로 먼저 上典의 信任을 圖謀하되 벙
> 어리를 사가지고 一分二分 一錢二錢으로 一兩二兩 十兩이라는 돈을 모았
> 다36)

즉, 「군상」에 등장하는 신돌석은 박태원이 순연히 창조한 인물이 아
니며, 『한말비사』에 등장하는 김병국댁 청지기 상쾌를 변용하여 만들어
낸 인물이다. 물론 돌석이 주인공 임손의 연인인 귀순이의 동생으로 나
온다는 점에서 중요한 역할을 부여받고 있는 것은 사실이다. 그럼에도
돌석의 모델이 상쾌라는 점은 기본적으로 작가 박태원이 돌석을 부패
한 세도 정치에 영악하게 적응하는 인물로 잡으면서 이를, 불의한 짓을
참지 못하고 대감댁 종살이를 그만두는 임손과 대비되는 인물로 설정
하려는 의도가 있었던 것으로 추측할 수 있다. 이 점에서 사실성과 허
구성의 조화를 「군상」의 주목표로 설정하면서, 돌석의 타락을 근거로
그 목표가 제대로 달성되지 못했다는 논의는 원래 박태원이 가지고 있
었던 의도를 곡해한 것이다.

「군상」에 등장하는 다양한 에피소드들과 인물설정을 검토해 본다면,
실제로 「군상」에 등장하는 많은 인물과 에피소드들 중 작가의 독자적
상상력에 의해서 창작된 부분은 얼마 되지 않는다는 점을 알 수 있다.

---

36) 윤효정, 앞의책, 72-73면.

사실 이 점이 「군상」의 가장 큰 특징이기도 하다. 서사의 중심축인 주인공 장임손이 죄를 짓는 과정과 도피행각 자체가 '박긴다리 군관' 설화의 변용[37]이다. 또한 이 작품은 각종 야담류, 구비 설화, 고전국문소설, 한시, 근대역사소설, 심지어는 조선조의 노비문서에 이르기까지 상당히 다양한 유형의 텍스트에서 각종 에피소드와 삽입시가, 인물 등을 빌려오고 있다. 이 점에서 먼저 「군상」에서 주목할 수 있는 점은 박태원이 참조하고 있는 텍스트 유형의 다양함으로서, 서로 다른 층위에 속하는 다양한 텍스트 유형이 광범위하게 참조되고 있다는 점은 권위적 사료에 대한 회의와 텍스트의 위계에 대한 전복을 핵심으로 한 해방기 박태원 역사서사의 발전 과정의 한 성과라고 보아야 할 것이다.

「군상」에 나타난 다양한 삽입 텍스트, 에피소드들에 대한 출전을 확인 가능한 것들만 적어본다면, 다음과 같은 표로 정리될 수 있다.

〈표〉「군상」의 에피소드 및 삽입 텍스트의 출전[38]

回次	내용	출전
3회	혜당댁 나귀가 약과를 좋아한다는 이야기	한말비사
4회	김삿갓의 시/김삿갓의 내력	김립 시집 대동기문
6회	김삿갓의 시	김립 시집
9회	종문서	조선시대 종문서
20회	나합과 이서구의 이야기	대동기문 한말비사
33회	우연한 살인 뒤 도피하는 임손	박긴다리 군관 설화
48회	사랑가	춘향가
54회	산 속에서 나무를 베며 소리 공부를 하는 주덕기	조선창극사

---

37) 오현숙, 「박태원 문학의 역사인식과 재현 방법 연구」, 서울대학교 석사학위논문, 2007, 76-77면.

56회	신연맞이 노래	춘향가
63회	철종조의 정세	운현궁의 봄
65회	아무에게나 '해라'체를 사용하는 정지관	한말비사
89회	안동김씨 세도사	한말비사
91회	안동김씨의 전횡과 선비의 상소문	한말비사
94회	김흥근을 풍자하는 정수동	한말비사
110회	금강산 유람 뒤 귀가한 정수동	한말비사
114회	통금에 걸린 강위가 순라꾼을 속이는 이야기	한말비사
116회	흥선군이 이참판에게 면박당한 이야기	한말비사
118회	흥선군에 대해 생각하는 김병국	한말비사
118회	강위가 모든 사람에게 존댓말을 쓴다는 이야기	한말비사
124회	한양가	한양가
134회	이도끼와 윤장작 이야기	한말비사
143회	묘지 소송에 대한 김삿갓의 시	김립 시집 김삿갓 설화
144회	엿장사 노래	민요
151회	정지관과 김삿갓의 농담	춘향전
153회	김삿갓이 최북의 이야기를 함	대동기문
159회	김병기의 청을 거절하는 정지관	한말비사
170회	이희갑의 성품	한말비사
175회	이름을 고친 돌석	한말비사
193회	이도끼 하인과 윤장작 하인의 대결	한말비사

---

38) 이 표는 기본적으로 작품 속의 에피소드에 대한 현재까지 확인 가능한 출전만을 제
시한 불완전한 것으로, 「군상」의 에피소드/삽입 텍스트의 출전은 더 있을지 모른다.
예를 들어 작품 속에 상당히 다양하게 등장하는 김삿갓 관련 일화 및 직접 인용되고
있는 김삿갓의 한시들은 대부분 한문야담 혹은 구비설화 속에 존재하는 것으로 추측
되지만 그 출처를 정확히 찾지 못해 위 표에서 제외되었다. 또한 야담이나 구비설화의

위 표는 몇 가지 흥미로운 분석 지점을 보여준다. 먼저 지적할 수 있는 점은 『한말비사』를 <군상>의 주요한 원천으로 간주할 수 있다는 점이다. 박태원은 작품의 시대적 배경이 되고 있는 철종조 세도정치의 상황을 묘사하기 위해서는 물론 정수동, 강위, 정지관 등 奇人들의 이야기를 삽입하면서 이 텍스트를 활용한 것으로 보인다.39) 두 번째로, 박태원이 활용하고 있는 텍스트들은 근대 이전의 고전 텍스트라기보다, 근대 이후 편집 정리된 텍스트라는 점이다. 31년에 동아일보에 연재되었던 『한말비사』도 그렇지만, 박태원이 참조하고 있는 것으로 보이는 『대동기문』 또한 전통적인 한문 야담에 등장하는 기인한 인물들을 국한문체를 사용해 시대별로 다시 정리한 책으로 1926년에 한양서원에서 출간되었다.40) 김삿갓 시집의 경우에는 특히 이응수를 중심으로 하여

경우에는, 같은 내용이 다양한 저작을 통하여 재생산되는 경우가 많으므로, 박태원이 반드시 위 표에 제시된 텍스트를 참고했다고 단언할 수는 없다. 가령, 정수동과 관련한 이야기는 식민지 시기 상당히 인기있는 야담소재로서 특히 『중외일보』등의 매체에서 집중적으로 소개되었다. 또한 20회에 언급된, 이서구와 나합의 에피소드와 같은 경우에는 동일하 내용이 『한말비사』와 『대동기문』에서 모두 발견되며, 실제로 이는 당시 민간 설화와 야담의 형태로 이미 널리 퍼진 내용이기도 하다.

39) 『한말비사』와 <군상>은 세부에 있어 완전히 동일한 부분이 상당히 많은 편이다. 위에서 언급했듯이, 175회부터 시작되는 돌석의 개명과 계획은 '상쾌'라는 이름이나, '열량'이라는 밑천 액수, 밑천을 모으기 위해 '벙어리'를 구하는 것까지 완전히 일치한다. 또한 91회에 제시되어 있는 선비의 상소문은 작품 속에서 우선 원문을 제시하고, 이어 번역을 해주고 있는데, 이 상소문 원문이 『한말비사』의 그것과 완전히 동일하다. 또한 170회에 제시되어 있는 이희갑의 이야기에서도, 이희갑을 속여서 술값을 구하려는 사람의 이름이 '조필득'으로 동일하다. 이희갑의 이야기가 삽입되는 맥락에는 한 가지 더 주의할 필요가 있다. 순조 때 이조판서를 지낸 이희갑은 1847년 헌종 재위 당시에 사망하기 때문에, 작품의 배경이 되고 있는 철종 시대에는 생존하지 않았던 사람이다. 『한말비사』는 기본적으로 각각의 에피소드를 시대 순으로 배치하는 방식을 취하고 있으면서도, 자주 그 원칙을 어기고 있는 텍스트로서, 『한말비사』에서 이희갑의 이야기는 시대적 배경의 제시가 없이 철종조 이후의 이야기들 사이에 섞여 있다. 이 점에서 박태원이 이희갑의 이야기를 철종 시대의 이야기로 착각했을 확률이 없지 않다.

40) 육은섭, 「대동기문 연구」, 충남대학교 석사학위논문, 2008, 2-3, 10-11면.

1930년 이후 꾸준한 자료의 발굴과 평가가 이루어졌으며, 그 성과는 1939년 학예사의 『김립 시집』 발간으로 이어진다.[41] 즉, 이는 이 시기 박태원이 일제 시기부터 꾸준히 이루어진 역사적 자료의 정리 작업 및 근대에 이르러 발전하기 시작한 새로운 역사서사 형식들에 관심을 가지고 이를 검토했으며, 또한 이를 <군상>의 창작 과정에서 지속적으로 참조했음을 의미한다.[42]

---

41) 박혜숙, 「김삿갓 시연구」, 서울대학교 석사학위논문, 1984, 1-2, 9면.
42) 이와 관련하여 특히 <군상>의 삽입 텍스트로 김동인의 <운현궁의 봄>이 사용되고 있는 점은 흥미롭다. 일찍이 1934년에 박태원은 당시 역사소설을 창작하고 있던 김동인을 매우 강한 어조로 비판한다.

　　선생의 창작적 소질은 장편에보다 단편에 있다 생각하는 소생인지라 근래에 수이 발표하신 그 저속한(감히 이러한 형용사를 사용합니다) 통속소설 말고 왕년에 「배따라기」,「감자」,「목숨」등에서 보여주신 그 '바른 길'을 걸어가시라 고언을 드릴까. ……(중략)…… 자 그러면 언제까지든 건재하십시오. 그리고 옛날의 그 기품 그 기개를 가져 진정한 문장선에 정진하여 주십시오. 소생은 이제부터의 선생의 활동에 좀더 큰 기대를 갖고자 합니다. (박태원, 「김동인씨에게」, 류보선 편, 깊은샘, 2005, 197-199면.)

　　위 글이 발표된 것은 1934년 6월이며, 김동인은 1933년 4월부터 이듬해 2월까지『조선일보』에서 <운현궁의 봄>을 연재하고 있었다. 때문에 위 인용문에서 문제가 되고 있는 "근래에 數二" 발표한 작품 중 하나로 <운현궁의 봄>이 포함된다는 점은 수월히 짐작할 수 있다. 이때 <운현궁의 봄>이 비판되는 이유는 이 작품이 '저속한 통속소설'이라는 위계화된 '문학'을 보호하기 위해 가장 일반적으로 쓰이던 수사였으며, 이어 박태원은 김동인이 "기품"과 "기개"를 가지고 "진정한 문장선에 정진"하기를 요구한다. 하지만 1949년의 시점에서 박태원은 "김동인씨의 <운현궁의 봄>에는 이 시절에 관한 흥미있는 이야기가 많이 들어있거니와 나는 나의 소설을 진행시키는 한 방편으로, 그 중의 한 대문을 그대로 이곳에 옮겨보기로 한다"라고 언급하고 있다. 여기서 흥미로운 이야기라는 것은 동생을 통하여 김좌근의 애첩인 나합의 환심을 사서 벼슬을 하게 된 흥순필이라는 자가, 임금을 알현하게 되었을 때 '신'이라는 호칭을 그만 잊어버려, 자신을 '버선'이라고 부르는 실수를 한다는 내용의 풍자적 笑話이다.(『김동인 전집』9권(조선일보사, 1987) 기준으로 <운현궁의 봄> 20의 2장, 254-255면에 수록되어 있다.) 이때 「운현궁의 봄」이 박태원에게 주는 흥미는 '저속한 통속소설'의 흥미와는 거리가 멀다. 여기서 「운현궁의 봄」은 문학/비문학의 경계를 떠나, 박태원 자신이 관심있게 다루어 볼만한 이야기를 던지는 하나의 텍스트로 취급되면서, 박태원이 사용하는 그러나 무엇보다도 중요한 점은 <원구>나 <임진왜란>의 경우와는 달리 <군상>의 참조 텍스트 목록에는 正史류의 기술이 완전히 빠져 있다는 점이다. 그 대신 박태원은 이 작품의 참조 텍스트를 크게 두 가지 계열에서 취하고 있다. 그 하나는 『한말비사』, 『대동기문』와 같은 국한문체 야담류의 저술이며, 다른 하나는 박긴다리 설화, 김삿갓 설화와 같은 구비 설화이다. 특히 전자의 경우 박태원이 상대적으로 보수적인 사대부의 관점에서 서술된[43] 『대동기문』보다 『한말비사』를 더 중요시하고 있는데, 이는 한편으로는 『한말비사』이 당대 세도대감들의 부정과 비리를 여러 일화를 통해서 비판적으로 제시하는 한편, 『한말비사』 자체가 권력자의 자리에 서있던 인물들 이외의 다양한 인물들의 일화를 제시하고 있기 때문이기도 하다. 다음은 동아일보에 연재된 「한말비사」의 서문 중 일부이다.

> 국가의 운명도 此其間에 結局되엇슨즉 國家의 結局은 其原因이 必有할지라 中間의 倫理道德과 風俗習慣과 政治經濟와 勢權爭奪等 複雜한 關係로 因하야 發生한 事가 足히 鑑戒警省할 자도 有하고 足히 滑稽絶倒할 자도 有한대[44]

즉, 「한말비사」의 경우 그 서술의도가 처음부터, 단순히 권력계급을 다루는 것이 아니라, '중간'이라는 말로 포괄될 수 있는 보다 넓은 범위의 계급에 존재하는 다양한 인간 군상의 모습을 다루겠다는 것으로 이해할 수 있다. 실제로 「한말비사」는 당대 세도대감들의 부정과 비리를

상호텍스트성의 전략에 포섭된다. 이 점은 1934년 시점의 박태원이 가지고 있었던 '문학의 특권'에 대한 인식이 1949년의 시점에 있어서는 포기 내지 완화되어 있었다는 하나의 방증이 된다. 즉, 이는 텍스트의 위계에 대한 박태원의 사유의 변화과정을 보여주는 방증이기도 하다.

43) 육은섭, 앞의논문, 69-71면.
44) 윤효정, 「한말비사」1회, ≪동아일보≫, 1931.2.17.

다루는 한편, 여성·종·평민들의 이야기를 상당한 비중으로 할애하고 있는 텍스트로서, 사료에 기록된 권력자의 이야기 뿐만 아니라, 당대를 살아갔던 다양한 '군상'들의 삶과 그 발화를 재현하고자 하는 박태원의 의도에 부합하는 텍스트라고 할 수 있다.

이때 <군상>의 기본적인 구성은 박태원이 참조한 두 계열의 텍스트를 서로 마주치게 하는 방식으로 이루어진다. 즉, 박긴다리 설화를 변용한 장임손의 여정에 당대의 서울을 포함시켜, 장임손으로 하여금『한말비사』에서 취재한 서울의 세도대감들의 삶을 관찰하게 하며서, 장임손의 발화와 행동의 변화를 이끌어내는 방식으로 소설은 구성되어 있다. 즉 이는 구비 설화인 박긴다리 설화가 가지고 있는 단순성에서 벗어나, 문자화된 사료에 각인되어 있는 사회적 현실에 대한 박긴다리-장임손의 관찰과 논평을 이끌어냄으로써 당대의 역사적 현실에 대한 하위주체의 발화를 상상적으로 재구성해보려는 방법이다. 특히 이 작품의 경우, 세도대감인 이참판댁의 하인으로 들어간 장임손이 이참판의 비윤리성을 깨닫고 이참판댁을 떠나려는 결심을 하는 대목에서 종결된 미완성작이라는 점에서, 역사적 변혁의 주체로서의 민중의 모습은 잘 드러나지 않는다. 때문에 적어도 이 작품의 1부를 문제삼을 경우, 장임손은 행위자라기 보다는 나름의 특유한 관점을 가지고 역사적 현실을 바라보는 논평자로서의 입장이 두드러진다.

물론 이러한 논평자로서의 입장은 단지 장임손의 경우에만 국한되지 않는다. 박태원이 여러 텍스트들로부터 조심스럽게 가져온 奇人들, 즉 정수동· 강위, 현기, 정지관, 김삿갓, 주덕기 등의 인물 또한 작품에서 끊임없이 이러한 논평자의 역할을 수행한다. 이들에게는 두 가지 공통점이 존재한다. 하나는 이들이 당대의 기인 혹은 예인들로서, 당대의 권력투쟁과 스스로 거리를 두고 살았다는 점이며, 더욱 중요한 점은 출전이 되는 텍스트들 속에서 이들의 이야기가 주로 일화적으로 제시되어, 이들의 이야기에는 서사의 시작과 끝이 존재하지 않는다는 점이다.

다시 말해 이들은 행동으로서 주어진 현실에 대한 영향력을 전혀 행사하지 못하지만, 또한 다양한 상황에 유연하게 적용될 수 있는 일화들을 통해 현실에 대해 누구보다도 자유롭게 논평할 수 있는 존재들이다.

몇몇 연구들이 지적하고 있는대로, 「군상」의 구성상 가장 큰 특징 중 하나는 인물들이 끊임없이 길을 돌아다니면서 서로 조우하는 여로형의 소설구조이다.45) 그러나 박태원이 선택한 인물들은 장임손과 의형제를 맺고, 장임손에게 도피처를 제공해주는 주덕기 정도를 제외한다면 마치 <수호지>에서처럼 여로에서 마주친 위기에 빠진 주인공을 도와주는 조력자나 적대자의 역할을 하는 대신, 여로에서 이루어진 다양한 경험들에 대하여 자신이 의거하고 있는 텍스트의 맥락에서 끊임없이 논평자의 역할을 맡는다.

「군상」에서 제시된 에피소드와 사건, 사회적 상황 등이 기본적으로 원천 텍스트에 의거하여 제시된 것이라고 할 때, 논평자로서 역할을 가진 「군상」의 인물들이 여로에서 마주치는 일은 그대로 상이한 텍스트들이 마주치는 것으로 이해할 수 있다. 다시 각자의 인물들이 각자의 입장에서 서로에 대해서 논평하는 것은 텍스트 각각이 가진 입장에서 다른 텍스트에 대한 비평적 거리를 유지한 채, 다른 텍스트에 대한 논평을 시도하는 작업이 된다. 이를 가장 잘 보여주는 것은 소설 전체를 통틀어 주인공인 임손과 한 번도 마주치는 일이 없는 김삿갓이다. 작품 전반에서 김삿갓은 오로지 논평자의 역할만을 수행한다. 보은의 조막손이 주막에서 김삿갓이 최초로 등장하는 3~6회에서 이루어지는 김삿갓의 발화는 상당히 흥미롭다. 과거를 보러 가는 순진한 시골 선비인 이생원과 서진사에게 김삿갓이 최초로 던진 말은 '혜당의 나귀가 약과를 좋아하는 것을 아는지'(3회)의 여부로, 이는 과거의 당락조차도 세도 정치가들에게 바친 뇌물의 양에 의해서 결정되는 세태를 꼬집는 말이다.

---

45) 김종욱, 앞의논문, 242-243면; 오현숙, 앞의논문, 76-77면.

원래는「한말비사」에 나오는 이 내용을 박태원이 부러 김삿갓에게 발화시키고 있는 것은, 김삿갓이 방랑 중 만난 과객들의 요구로 적지 않은 과시를 남긴 사연[46]과 관련이 있는 것으로 추측된다. 이어 4회에서 박태원은 김삿갓의 내력을 소개하면서, 동시에 김삿갓의 풍자시 <元生員>을 삽입하고 있다. 일반적으로 잘난 척하는 지방 토호들을 풍자하는 시로 이해되는 이 시가 '과거 시험에서 이루어지는 부정', '현재의 세태에 둔감한 어리석은 서진사'[47]라는 앞 회에서 제시된 정보와 결합되면서 이 시의 인용은 조금 더 복합적인 의미망을 형성한다. 이어 그는 주막에서 술과 담배를 구걸하며, 김도사 댁에서 담배 구걸에 실패한 이유를 늘어놓는다.(5회) 여기서 등장하는 것이 김도사댁에서 담배의 대가로 귀순이의 노비 매매 문서를 써달라는 부탁을 했기 때문에 이를 박차고 나왔다는 이야기이다. 곧바로, 김삿갓은 담배를 주는 주막 꼬마의 부탁을 받아들여, 꼬마가 제시하는 어려운 운자를 사용한 희작시를 지어주는 장면이 나온다.(6회) 이는 김삿갓이 노비문서를 작성하는 걸 거부하여 담배를 얻어먹지 못한 사건과 대비되며 비판적 의미를 획득한다.

즉, 김삿갓이 최초로 등장하는 3회에서 6회까지 김삿갓과 이생원·서진사, 그리고 주막 사람들 사이에 이루어지는 대화에서는 김삿갓의 시「元生員」, 정확한 출처가 불분명한 김삿갓의 희작시, 「한말비사」에 수록된 혜당집 나귀의 이야기, 김도사댁에서 이루어지고 있는 노비 매매 계약 문서라는 4개의 텍스트가 동원된다. 이때 김삿갓은 독자가 예상하는 김삿갓의 성격과 행동 규범에 어긋남이 없이 반응하며, 동시에 자신의 발화방식으로서의 '한시'라는 양식을 사용하여 각각의 텍스트에 대한 논평을 가한다. 그리고 따로 떨어져서 존재할 때에는 그저 거들먹거리는 양반에 대한 풍자, 혹은 단순한 희작시로 떨어질 수 있는 김삿

---

46) 이응수 편, 『정본 김삿갓 풍자시 전집』, 실천문학사, 2000, 221면.

47)「元生員」이라는 시에는 '猫過鼠盡死'(고양이가 지나가니 쥐가 모조리 죽었고)라는 구절이 포함되어 있다. (이응수, 앞의 책, 93면)

갓의 한시들은 각각의 텍스트와의 관계 속에서 발화되는 과정을 통하여 보다 비판적인 의미망을 형성하는 것이다.

이러한 「군상」의 구성 방법은 「군상」을 매우 독특한 글쓰기를 실험하고 있는 소설로 만든다. 장임손과 김삿갓을 비롯하여 「군상」에 등장하는 모든 인물들은 사회적인 관계망 속에 규정된 자신의 계급적 정체성에 따라 존재하는 인물이라기보다는, 각각의 인물들이 의존하고 있는 텍스트에 따라 나타나는 발화와 행동의 양식, 그리고 그러한 텍스트들이 서로 조우할 때 나타나는 논평의 양식에 의하여 존재한다. 「군상」은 이러한 상호텍스트 전략을 통하여, 상이한 형태로 존재하는 다양한 하위주체들의 관점에 입각한 발화로서의 논평들을 상상적으로 생산해냄으로써 권위적인 사료들에 의한 사회적 세태의 단순한 재현을 뛰어넘어, 이러한 세태에 대한 다양한 인간군상들의 반응을 그려낸 작품이라고 할 수 있다.

5. 해방기 박태원 역사서사의 의미

공임순은 역사소설 창작의 어려움을 '소설에 최초로 인물이 등장하는 순간'이라는 간결한 예시로 정리한다. 일반적인 소설에서는 인물이 최초로 등장하는 순간은 독자들의 호기심을 자극하는 '일종의 의미론적 공백'으로 남지만, 인물의 생애와 성격, 행동에 대한 사전 정보가 이미 주어져있는 대부분의 역사소설의 경우, 작가가 인물을 제시하는 순간 작가는 그 인물에 대해 이미 독자에게 주어져 있는 정보와 겨루어야만 한다. 그 점에서 공임순은 역사소설가들은 일반 작가와는 달리 "이중의 부담"을 안을 수밖에 없다고 지적한다.[48] 역사소설에서 인물의 이름이

---

48) 공임순, 『우리 역사소설은 이론과 논쟁이 필요하다』, 책세상, 2000, 77-79면.

등장하는 순간, 그 인물에 관한 서사적 정보들이 따라올 수밖에 없는 것이라면 원칙적으로 모든 역사소설의 창작과 수용은 상호텍스트라는 문제와 씨름할 수밖에 없는 것인지도 모른다.

최초 당대의 언론·출판 운동과의 밀접한 관련 속에서 시작된 박태원의 역사서사는 이 점에서 특유한 면모를 보여준다. 해방기 박태원의 역사서사는 사료에 의거한 단순한 민족적 영웅상의 호출을 넘어, 하위 주체들의 배제된 발화에 대한 관심을 바탕으로 사료의 권위에 대한 회의를 끊임없이 보여주고 있다. 또한 이러한 작업은 매우 복잡한 상호텍스트 전략의 모색 속에서 다양한 글쓰기 형식에 대한 실험의 성격으로 나타난다. 특히 해방기 박태원 역사서사의 최종적인 국면이라고 할 수 있는 <군상>의 경우, 상이한 계열의 텍스트들 사이의 마주침을 통하여 상이한 관점에서의 논평을 생산하게 하는 방식을 사용하여, 사료의 한계를 넘어 당대의 사회적 현실을 바라보는 다양한 유형의 인물들의 입장을 상상적으로 제시하는 성과를 보이기도 한다.

이러한 해방기 박태원의 역사서사는 해방이라는 새로운 정치적 가능성 속에서 한 명의 작가가 '문학'이라는 협소한 범주를 떠나 당대의 다양한 역사적 형식에 대한 비판적 검토를 통하여 공식적인 역사 서술 속에 배제된 다양한 발화의 양식을 포함하는 역사서사의 새로운 방법들을 모색해나가는 과정으로 이해할 수 있다. 이는 한 명의 기성 작가가 자신의 활동을 반성하고, 새로운 글쓰기 양식을 모색해나가는 의미 있는 과정을 보여준다고 할 수 있지만, 동시에 해방이라는 새로운 정치적 상황이 식민지 시기 작가들의 글쓰기 방법을 어떤 방식으로 추동하는지를 보여주는 것이기도 하다. 해방기 박태원의 역사서사는 새로운 정치적 상황의 압력과 작가와의 긴장관계가 산출한 글쓰기의 한 유형을 보여주는 것으로, 동일한 역사적 상황성이 또 다른 작가의 경우 어떠한 글쓰기 방법을 추동했는지, 그리고 박태원이 보여주는 특유한 모형이 그 각각의 유형 속에서 어떠한 의미를 가지고 있는지에 대해서는 또 다른 논의들이 필요하다고 하겠다.

또 다른 논의들이 필요하다고 하겠다.

■ 참고문헌

1. 자료

류보선 편,『구보가 아즉 박태원일 때』, 깊은샘, 2005.
박태원, <원구>,『매일신보』, 1945.5.17 ‒ 8.14.
박태원, <춘보>,『신문학』, 1946.8.
박태원, <태평성대>,『경향신문』, 1946.11.14 ‒ 12.31.
박태원,『조선독립순국열사전』, 유문각, 1946.
박태원,『약산과 의열단』, 백양당, 1947.
박태원,『홍길동전』, 조선금융조합연합회, 1947.
박태원, <귀의 비극>,『신천지』, 1948.8.
박태원, <군상>,『조선일보』, 1949.6.15 - 1950.2.2.

2. 참고 문헌

공임순,『우리 역사소설은 이론과 논쟁이 필요하다』, 책세상, 2000.
김성언 편역,「대동기문」하권, 국학자료원, 2001.
김윤식,「박태원론」,『한국현대현실주의소설연구』, 문학과 지성사, 1990.
김종욱,「일상성과 역사성의 만남」,『상허학보』2호, 1995.
김종회,「해방 전후 박태원의 역사소설」,『구보학보』2호, 2007.
박배식,「해방기 박태원의 역사소설」,『동북아문화연구』17호, 2008.
박혜숙,「김삿갓 시연구」, 서울대학교 석사학위논문, 1984.
오현숙,「박태원 문학의 역사인식과 재현 방법 연구」, 서울대학교 석사학위논문,
        2007.
육은섭,「대동기문 연구」, 충남대학교 석사학위논문, 2008.
윤정헌,「박태원 역사소설 연구」,『한민족어문학』24호, 1993.
윤효정,「한말비사」(1회),『동아일보』, 1931.2.17.
윤효정,『한말비사』, 취산서림, 1946.
윤효정,『한말비사』, 교문사, 1995.
이미향,「박태원 역사소설의 특징」,『상허학보』2호, 1995.

이상경, 「역사소설가로서 박태원의 문학사적 위치」, 『역사비평』31호, 1995.

이응수 편, 『정본 김삿갓 풍자시 전집』, 실천문학사, 2000.

이중연, 『책, 사슬에서 풀리다』, 혜안, 2005,

정구복, 「해제」, 『부안김씨고문서』, 한국정신문화연구원, 1979.

정호웅, 「박태원 역사 소설을 다시 읽는다」, 『구보학보』 2호, 2007.

조풍연, 「다시 곤경에」, 『개벽』, 1948.1,

최미진, 「매체 지형의 변화와 신문소설의 위상(1)」, 『대중서사연구』27호, 2012.

최삼용, 「전라감사 이서구의 인물과 설화에 관한 연구」, 『전라문화논총』4호, 1990.

Barthes, Roland, 『텍스트의 즐거움』, 김희영 역, 동문선, 1997, 39-40면.

■ 국문초록

　이 논문은 해방기 박태원 역사서사의 상호텍스트 전략을 살펴봄으로써 해방기 박태원 역사서사의 의미를 재검토하는 것을 목적으로 한다. 해방기 박태원 소설에 대한 기존의 연구는 박태원이 역사소설 작가로 탈바꿈하게 된 계기 혹은 박태원의 역사의식 자체의 발전 과정을 문제삼는 경우가 많다. 그러나 이러한 연구는 해방기 박태원이 매우 다양한 형태의 역사서사를 실험하면서 문학이라는 범주를 넘어 역사서술의 방법론 자체에 대한 질문을 지속적으로 던지고 있었다는 점을 간과하고 있다.

　박태원의 역사서사는 일차적으로 해방이라는 새로운 정치적 상황 속에서 새롭게 대두된 출판·언론 운동의 분위기 속에서 이해할 수 있다. 이 시기 출판·언론계에서는 조선의 역사에 대한 저서, 기사들을 활발하게 생산하면서 민족적 영웅을 호출하려는 시도를 했다. 민족적 수난기에 등장한 민족 영웅을 다룬 해방기 박태원의 역사서사는 일차적으로 이러한 흐름에 합류한다.

　하지만 동시에 박태원의 역사서사는 공식적인 역사서술에서 배제된 하위주체들의 발화어 대한 관심을 통해, 사료가 가진 텍스트의 권위에 대한 비판적 거리감을 보여주었다는 점에서 해방기의 일반적인 역사서사와 변별된다. 이는 다양한 상호텍스트적 전략의 활용을 통한 텍스트의 위계에 대한 전복의 시도로 나타난다. 박태원은 <춘보>에서, 금지되었기 때문에 공식적인 역사서술에서 배제된 하위주체들의 발화에 대한 상상적 복원의 전략을, 『약산과 의열단』에서는 구술적 텍스트에 권위를 부여하여 이를 다른 문헌 자료와 비교하는 전략을 취하며, <홍길동전>에서는 권위적인 텍스트에 대한 비평적 논평자로서의 서술자를 등장시켜 권위적 텍스트를 비판·교정케 하는 전략을 취한다. 박태원은 이러한 작업을 바탕으로 <군상>에서 역사에서 배제된 다양한 하위주체들의 존재를 재현하려고 시도한다. 이때 박태원이 취하는 상호텍스트 전략은 상이한 계열의 텍스트들을 마주치게함으로써, 각 텍스트에서 기원한 인물들이 서로 다른 텍스트의 논평자로서의 역할을 수행하게 하는 것이다. 이러한 방법을 통하여 박태원은 당대의 사회적 세태에 대한 다양한 계층의 사람들의 기록되지 않은 발화를 상상적으로 재현한다.

　이러한 해방기 박태원의 역사서사는 해방이라는 새로운 정치적 가능성 속에서 한 명의 작가가 '문학'이라는 협소한 범주를 떠나 당대의 다양한 역사적 형식에 대한 비판적 검토를 통하여 공식적인 역사 서술 속에 배제된 다양한 발화의 양식을 포함하는 역사서사의 새로운 방법들을 모색해나가는 과정으로 이해할 수 있다.

주제어 : 역사서사, 상호텍스트 전략, 텍스트의 위계, 배제된 발화, <군상>

■ Abstract

A study on historical-narrative of Park Tae-won during the Liberation period. Focusing on intertextuallity-strategy

Yoo Sunghwan(Hong Ik University)

This study aims to examine intertextuallity-strategy of historical-narrative written by Park Tae-won during the liberation period. Previous studies about Park Tae-won's novels during the liberation period had interest in reasons why he turned into writer of historical novels or in development of his historical consciousness. These studies, however, did not focused the fact that he experimented various forms of historical-narratives and raised questions about methods of historical-narrative.

The social background of his historical-narrative was the demand of historical-narrative stirred by new political ambience during the liberation period. Publishers and the press of the time produced a mount of books and articles about history of Korean to summon national heroes.

Historical-narratives written by Park Tae-won were different from usual historical-narratives of the time because of his interest in unspoken speeches of subalterns and his critical consciousness about authoritative texts of historical sources. Using various intertextuallity-strategies he tried to subvert hierachy of texts. His intertextuallity-strategy was to restore unspoken speeches of subaltern imaginativly in "Chun-bo"(a man named Chun-bo), to give authority to oral texts and comparing these and formal texts in "Kim Won-bong and Euiyeoldan", and to use a critical commenter as narrator to criticize and revise authoritative text. Based on these experiments, he tried to represent beings of various sublaterns. Intertextuality-strategy of this novel was to make various characters from various texts commenters to other texts, making various affiliations of texts to be crossed.

These historical-narratives of Park Tae-won show us the process that a writter overcame a limited concept of 'Literature' and researched new methods of historical-narrative, criticizing various forms of historical-narratives of the time and including various modes of unspoken speeches which had been excluded by formal history.

Key-words : historical-narrative, intertextuallity-strategy, hierachy of texts, unspoken speeches, "Goon-sang" (a large group of people)

이 논문은 2012년 11월 12일에 접수되어, 2012년 11월 22일부터 2012년 12월 3일 사이에 이루어진 소정의 심사를 거쳐 2012년 12월 10일 편집회의에서 최종적으로 게재가 확정되었음.

자유 주제 논문

오영수 소설의 가능성, 전후문학 그리고 생태소설

1930년대 세계문학담론의 수행적 구조와 해외문학기행의 정치성

1950년대 김양수의 비평 연구

오영수 소설의 가능성, 전후문학 그리고 생태소설

목 차

이 정 숙*

1. 들어가며--작가의 내면풍경

　언양 땅을 지나면서 오영수 (1914~1979)의 <오지에서 온 편지>
<은냇골 이야기> 등을 생각했다. 언양 출신인 만큼 작품 배경도 그 근
처가 많기 때문이다. 선생은 미술을 하려다가 못하셨지만 수채화를 취
미로 그리셨고 해방 후 경남여고 재직 시 미술 담당 교사를 지내기도
했다. 음악을 하려다 못하셨지만 만돌린을 다루셨으며 난을 키우는데
전문가의 경지이셨고 낚시에는 전문가[1]이셨다. 말하자면 문학 이외에

---

* 한성대 한국어문학부

* 이 논문은 2008년 6월 20일 울산에서 열렸던 '오영수 문학제 기념 한국현대소설학회
　학술 대회'에서「오영수 소설 다시 읽기」라는 제목으로 발표했던 논문을 수정 보완한

124

다양한 취미를 갖고 계셨는데 이 모두가 문학으로 고스란히 형상화되었음을 우리는 난을 다룬 작품들이나 낚시와 관련된, 낚시터에서 생긴 일들을 쓴 소설에서 알 수 있다.

　작가들의 경우 대개 초기작에 자신들의 자전적인 면이 많이 강조되어 있는데 오영수의 경우도 그런 면이 골고루 분포되어 있고 때로는 대단히 신변잡기적2)인 소설도 보게 된다. 오영수의 문학세계는 일반적으로 매우 서정적이자 인간심경의 미묘한 변화 포착에 탁월한 솜씨를 보여주고3) 있다고 평가된다. 그러나 단순히 서정세계를 그린 것이라 하기에는 그의 내면세계에는 세상에 대한 오기가 도사리고 있는 것 같다. 그는 일제 시대에 독서사건으로 인해 발표된 작품들을 모아놓은 스크랩을 압수당하기도 했고 일제 말기 한글말살정책으로 『문장』이나 『인문평론』이 폐간되고 『조선』『동아』 일보가 폐간되었을 때 좌절의 나날을 보내며 근 10년 간의 공백기를 보낸다. "일제 때에는 인텔리를 가장 싫어했거든. 따라서 책 읽는 사람을 보면 처벌하는 정도였으니까--. 그렇게 그림도 그리고 깡갱이도 가지고 다녔어요. 그러니까 내가 했던 미술과 음악이란 일제의 감시로부터 자신을 보호하기 위한 한 수단이었어."4) 라고 할 정도로 내면세계에는 민족의식이 강했음을 알 수 있다.

것이다.

1) 낚시에 대한 소설은 5번째 창작집 <<수련>>(1965)에 집중적으로 수록되어 있는데 그 후기에 "실상은 낚시에 관한 것만 따로 해서 한 권 묶을 계획이었으나 필자의 건강 상 부득이해서 그 일부를 이번에 넣고 말았다."(한국단편문학전집7 <<수련>>, 정음사, 1974, 396쪽)고 밝히고 있다.

2) 그런데 이런 부분은 참 미묘한 것이어서 이른바 '기억에 의한 글쓰기'라고 말하게 되는 박완서의 경우나 최인훈의 '화두'와 같은 자전적 소설 등에서 작가 자신의 삶이 그대로 노출된 작품들과 어떻게 다르고 같은지에 대해 따져 보아야 할 것이다. 물론 차원이 다르다고 할 수도 있겠고 그런 변별성의 기준 등은 따로 고찰해야 할 부분이지만 오영수의 경우 이른바 순수서정소설로 분류되는 작품들은 이러한 수필적 특성을 연결시켜 고려해 볼 필요가 있다.

3) 김윤식, 「한국문학과 이산 분단의 체험」, 『이산 분단문학 대표소설선』, 동아일보사, 1983, 511쪽.

> 현실도피라는 말이 나왔는데 내 상식으론 오늘의 현실이 반드시 내일의
> 현실은 아니라는 생각입니다.--중략-- 한 작품이 쓰여져서 10년쯤 후에 공
> 감되지 않으면 그것은 작품으로서 생명력이 없는 것입니다.[5]

어떤 작품이건 쓰여진 후 10년의 시간이 흐른 뒤에도 공감이 되는
작품이어야 진정한 생명력이 있는 작품이라는 선생의 소신을 보며 작
품 발표 후 짧게는 30년, 길게는 60년의 시간이 흐른 오늘날 가장 심각
하고 중요한 문제로 우리들에게 다가온 환경과 생태의 문제에서 선생
의 작품이 이미 그 시절에 많은 문제들을 시사하고 있다는 점을 생각해
보지 않을 수 없다.

본고는 그동안 오영수 소설에서 연구되어 온 방향을 긍정적으로 수
용하면서 주로 미진했다고 생각되는 다음 몇 가지 방향에 초점을 맞추
고자 한다. 우선 흔히 순수서정소설이라고 하는 계보를 훑어보고 순수
서정소설이 무엇 때문에 그렇게 되는지 그것의 본질에 대한 분석을 하
고자 한다. 다음, 6.25 전쟁이 배경인 소설을 중심으로 전후문학에서 그
의 소설이 비중 있게 다루어져야 하는 이유를 살피고자 한다. 그리고
작가가 자신의 작품이 10년 후에도 가치 있게 읽히기를 바라던 마음을
넘어서 그의 소설이 생태소설로서의 가능성에서 그 영역을 확장할 수
있다는 점에 초점을 맞추고자 한다. 말하자면 21세기 오늘의 시각에서
주목할 만한 문제적 작품들이 많은 만큼 그의 소설을 다시 읽고 재조명
해야 할 당위성을 밝히는 과정이 될 것이다.

오영수는 30여 년에 이르는 작품활동을 하면서 7권의 창작집을 내
놓았지만 장편소설은 한 편도 없다. 작가는 "하나의 예술품을 담는 그

---

4) 「나의 인생 나의 문학, 난계 오영수」, 『월간문학』, 1976.7, 15쪽.
5) 위의글, 18-19쪽.

126

릇으로선 역시 단편이 더 적당하"6)다고 했다. 장편을 쓰고 싶기도 하지만 건강 문제도 있고 무엇보다도 장편에 별로 매력을 느끼지 못한다고 거듭 소설을 예술로 승화시키는7) 문제를 언급하고 있다. 사실 작품 창작의 기술적 세련이나 문학적 수준의 고양은 아무래도 단편소설에서 그 진가를 발휘한다고 할 수 있다. 순수 서정소설이 우리 문학사에서 처음 독특한 문학세계를 형성하기 시작했던 1930년대 순수서정세계를 지향하는 소설들 또한 대부분이 단편소설이었다.8)

그런데 작가에게 장편소설에 대한 마음의 갈등 혹은 작은 흔들림이 작품에 나타난 바 있는데, 장편소설을 쓰지 않는데 대한 외부의 불만도 있을 것이고 실제로 장편을 써보라는 외부로부터의 권유도 있었을 것이다. 사실 작가도 내심 마음이 편하지는 않았을 터인데 그렇게 조금은 흔들렸던 내면세계의 미묘한 움직임이 소설에 그려져 있다.

이렇게 소설가로서의 작가의 내면세계를 들여다 볼 수 있는 소품으로 <심정> <입추전후>를 들 수 있다. <심정>(1965년 창작집 <<수련>>에 수록)은 가난한 소설가 가정에서 보게 되는 작은 풍경이다. 신문에 연재소설을 쓰면 한 달에 이만 원 수입이 된다는데 연재 하나 좀 쓰라는 아내의 말에 "그런 세간이 없다니까!"라고 대꾸하면서도 작가는 어쩐지 마음이 편치가 않다. 그런데 국민학교 오학년 다니는 아들 녀석은 『새소년』 같은 어린이 잡지에 글도 하나 못쓰는 자기 아부지가 '파이'라고 하며 마음을 긁어놓는다. "한때는, 가난한 자랑으로 살아가자-"던 아내가 담 밑에 꽃 대신 가지와 고추를 심어 찬거리라도 보태겠다고 하는 걸 들으면서 "이 당연한 소리가 어쩌면 이렇게도 가슴에 구멍을 뚫는지 모르겠다"며 "파싹파싹 말라드는 심정"을 주체하지 못한다.9)

---

6) 「오영수씨와의 대화」, 『문학사상』, 1973.1. 305쪽.

7) 「나의 인생, 나의 문학」, 20쪽.

8) 이정숙, 「순수 서정세계에 대한 관심」, 『한국현대소설사』, 문학과 문학교육연구소, 1999, 225쪽.

　　이러한 신문연재소설 이야기는 <입추전후>(1976)에 신문소설을 써
보라는 친구의 권유를 물리치는 한 작가의 이야기로 다시 그려지고 있
다. <심정>에서 신문연재소설에 대한 유혹여부를 알 수 있기 보다는
가난한 소설가의 집안 풍경이 그려져 있다면 <입추전후>에서는 작가
의, 작가로서의 자세가 비교적 선명하게[10] 반영되어 있다. 친구는 파격
적인 액수의 원고료가 나오니 신문소설을 그저 재미있게만 써보라고
한다. "젊은 계집 옷도 좀 벗기고, 다방, 카바레, 비밀 요정, 사장족, 술,
계집, 도박, 마약---이런 것들을 원료로 해서 범벅탕을 끓이는 거야."라
며 유혹하는 친구의 말에 솔깃해서 마음이 움직이기도 했지만 결국 거
절하고 만다. 신문 소설을 써 갈만한 체력도 문제이지만 도시 그런 세
계는 자신과는 인연이 먼 세계라는 생각이 들었기 때문이다. 친구는 나
의 맹꽁이 같은 태도를 '병적인 결벽증'이라고 몰아세우지만 나는 요지
부동이다. 여기서 작가 오영수의 모습을 보기는 어렵지 않다. 실제로 그
는 위의 범벅탕을 끓이는 류의 작품은 스스로 인연이 먼 세계로 여기는
만큼 아예 쓰지 않았다. 신문소설 또한 쓰지 않았는데 그는 철두철미하
게 단편소설만을 고집한 어떤 면에서는 맹꽁이 같은 면이 작가의 삶과
의식을 관통하고 있기 때문이다. 내면 풍경에서 장편소설에의 유혹, 돈
에 대한 유혹과 그에 대한 갈등이 있었지만 그것을 이겨내는 과정을 통
해서 작가가 자기 세계를 고수하게 되는 것은 결국은 자신의 고독한 결

---

　9) 아내에 대한 미안하고 애틋한 마음은 <난>에서도 드러난다. <난>은 마치 수필처
　　럼 쓰여진 소설인데, 스님에게서 받아 온 난을 잘 키우다가 6.25 때 말려버렸던 나는
　　서울 수복 후 어느 화원에 우연히 들렀다가 다 죽어가는 난을 옮겨 심어 살려놓으면
　　서 한 뿌리를 가져와 성란이 되는 것을 즐긴다는 이야기다. 작가의 취미 가운데 하나
　　인 난을 기르면서 있었음직한 이야기다. 친구가 난을 가지게 된 경위를 듣고 나누어
　　달라 졸라대고 또 추운 날 난이 동상에라도 걸릴까봐 집에서 제일 더운 구들목으로
　　옮겨 담요로 싸두던 일화에서 아내에게 "처자식보다 더 중요하냐는 말을 듣고 순간
　　가슴이 둥클하고 저려오면서 죄스럽던 심경을 보여주고 있다. 난을 아끼는 마음이 아
　　내의 "가슴에 못을 박았다"고 아파하는 소심함을 보여주고 있다.
　10) 천이두, 「선의 해학의 문학--오영수론」, 『작가연구』10호, 2000, 9쪽.

128

요컨대 낚시터에서 드러낸 선생의 광기를 보고 비로소 나는 <u>예술가로서</u> <u>의 선생의 열정과 규모는 작지만 그지없이 아름다운 자신의 문학을 지키</u> <u>기 위해 선생이 자신의 내부에 감추고 있을 완강한 고집을 엿볼 수 있었던</u> <u>것이다.</u> 평소 나는 선생이 그처럼 완강하게 장편의 집필을 거부하고 그의 문학에 대해 일부 비평의 주정적 시각에 오불관언 의연해하는 선생의 태도 가 의아스럽게 생각된 적도 있었던 것이 사실이다.--중략--나는 선생의 소 설은 서사적 형식이기 보다는 서정적 형식에 더욱 가깝다고 보고 있었고 바로 그러한 사실에 대해 불만을 품고 있었다. 그랬던 나는 가마득히 앞 서 가고 있는 선생을 뒤쫓으며 불현듯 깨닫게 된 것이 있었다. <u>선생은 서</u> <u>정적 양식에 머문 것이 아니라 그것을 선택한 것이었다.</u>[11]

작가가 나름의 강단과 지조를 가지고 자신의 세계를 지키고 있으며 그의 서정소설이 작가의 선택이었음을 일련의 연구자들이 목소리를 함 께 하여 강조하고 있는 바, 윗글 또한 실제로 작가와 일주일 간 낚시 여 행을 갔다 온 제자가 낚시터에서 드러낸 선생의 광기에서 예술가로서 의 선생의 열정과 자신의 문학을 지키기 위한 완강한 고집을 읽게 되었 다는 것이다. “예순이나 되신 분이 좋은 것 앞에서 ‘눈이 뒤집혀’ 어쩔줄 을 몰라 하는 모습을 바라보는 재미는 고역을 보상하기에 부족하지 않 은 것”[12]이라고 고백하고 있을 정도로 작가는 낚시를 좋아하는데, 이렇 게 좋아서 어쩔줄 몰라하는 낚시에 관해 작가는 <장자늪>에서 주인공 인 낚시광 Y의 지론을 통해 “낚시의 미덕의 하나는 종일 한 마디 말없 이 혼자서 즐길 수 있는데 있다--는” 것을 꼽고 있다. 이 또한 외로운 결단을 연상시키게 되는 대목이다.

---

11) 한용환, 「아직도 남은 체온--오영수를 추억함」, 『작가연구』10호, 새미, 2000, 126-127 쪽.
12) 위의글, 126쪽.

　작가는 우이동에서 쌍문동으로 이사 갔다가 다시 고향 근처 곡천으로 내려갈 때에도 그 누구와 의논도 하지 않고 단독으로 결정13)했다. 이렇게 작가 자신의 기록이나 작품에 그려진 작가의 모습, 옆에서 지켜본 제자의 시각, 그리고 실생활 등을 토대로 판단컨대 작가는 소심하고 마음이 여리면서도 중요한 대목마다 누구와 의논하기 보다는 외롭게 결단하는 완강한 고집과 자기 확신이 확실하게 서 있는 것으로 보인다. 바로 그러한 고집과 결단에 의해서 당시 소설 문학의 주류와는 거리가 있고 비평으로부터의 소외도 감수하면서 단편소설을 통해 자신만의 세계를 구축할 수 있는 용기가 가능했다.

2. 순수서정 소설의 계보와 본질

　오영수에 대한 연구는 다양하게 이루어져왔는데 그 중에서 꾸준하게 순수소설을 써 온 대표적인 서정주의 작가이고 특히 토속적이고 인정주의와 서정성을 보여주고 있는 만큼 서정적 소설의 계보를 잇고 있다는 데에는 거의 이견이 없다. 한국현대소설에서 순수 서정소설은 1930년대 후반에 시대적 정치적 상황에 의해 대거 등장하게 되는데 당시 국내외적으로 군국주의와 파시즘이 대두하면서 억압과 통제가 우선하는 사회 분위기 속에서 문학은 사회 개혁이나 정치에 대한 관심보다는 문학 자체에 대한 관심으로 방향 전환을 하게 된다. 이것은 문학의 본질에 대한 관심과 추구라는 점에서 볼 때는 긍정적이지만 현실 회피 혹은 도피라는 면에서는 부정적일 수 밖에 없다. 특히 카프의 해체 과정은 문학으로부터 정치 사회적 이념적 관심을 추방하는 것에 다름 아니었으니 이 시기에 순수문학의 대두는 많은 작가들에게 불가피한 선

---

13) 김용성, 「오영수, 이상과 순수로 일관한 삶과 문학」,『오영수대표단편선집』, 책세상, 2000, 359쪽.

택의 차원이었을 것이다. 카프 해체 이전부터 강요된 시대적 분위기와 카프 해체 이후 강화되고 경직된 사상 통제 속에서 문학을 할 수 있는 거의 유일한 합법적 통로가 순수문학이었는데 일제의 입장에서 보면 문학가들의 순수문학 표방은 오히려 환영할 만한 일이었다. 이태준 이효석 김유정에 이어 김동리 정비석 최인욱 황순원 등에 의해 토속적이고 순수한 서정세계를 그린 작품들이 나오게 되는데 애당초 순수문학의 등장이 1930년대 사회현실로부터의 소외와 도피에서 가능했지만 거기서 기인한 순수서정세계에 대한 관심이 문학의 본질에 대한 관심으로 전이되면서 결과적으로 문학의 수준을 높이는데 기여했다는 판단이다[14]. 이들은 문학 이외의 어떤 다른 목적을 띠지 않고 문학 본연의 자세를 견지하는데, 문학의 본질에 충실한 성향을 보여주는 일련의 작품들은 심미적 가치를 추구하면서 이데올로기를 거부한다.

오영수가 "모든 예술이 다 그렇지만 문학도 우선 작품으로 승화된 연후에 사상성이나 시대적 가치를 발견할 수 있는게 아니겠습니까? 현실에만 지나치게 집착하다 보면 기실 현실은 제대로 파악하지도 못하고 현실에 떠밀려 다니는 결과가 되기 쉽지요. 나는 어디까지나 실증철학이니 참여만이 문학이라고는 생각지 않아요."[15]라고 말하는 문학관과 일맥상통한다. 나아가 오영수는 스스로 인정과 서정성을 중시하고 있음을 밝히고 있다.

> 인간의 감정 중에서 가장 고귀하고 순수하고 아름다운 것이 인정이라고 나는 믿습니다. 나는 소설에서도 인정을 강조해왔습니다. 벌거숭이 인간들에게서도 찾아낼수 있는 인간들의 정 ---(중략)-- 나는 리리시즘을 배제한 예술은 생각지 않아요. 물론 그것이 정이라는 것과 약간 뉘앙스가 다르긴 하지만--[16]

---

14) 이정숙, 앞의글, 220-221쪽, 240쪽.
15) 「나의 인생, 나의 문학」, 18쪽.

오영수의 작품에 대한 그간의 평가나 연구 방향에 대해서는 매우 꼼꼼하게 이미 검토된 바 있지만17) 이렇게 작가 자신이 스스로 인정한 때문인지 소설의 서정성에 대한 평가나 논의들이 그다지 체계적이지 않고 인상비평적인 수준에서 언급되고 있는 것 또한 사실이다. 본고에서는 느낌으로서의 서정성 외에 한 작품이 서정적 소설이 될 수 있는 구체적인 이유 혹은 조건을 따져봄으로써 서정소설의 본질에 접근해 보고자 한다.

우선 서정적 소설의 등장인물들은 주지하다시피 어느 특정한 시대나 사회의 모습을 반영하는 사회적 얼굴(social mask)을 지니고 있는 것이 아니라 대체로 진공 속의 인물들(characters in vacuo)이다. 진공 속의 인물이란 그 인물에게서 시대나 사회의 모습을 읽기보다는 인간의 원형을 찾아보게 되는 인물을 말한다. <남이와 엿장수> <머루> 같은 작품의 주인공들은 시대나 사회를 초월한 영원한 주제인 이루지 못하는 사랑, 그 애틋함을 그리고 있다. <갯마을>의 해순이 등에서 볼 수 있는, 삶 자체에서 드러나는 원시성의 순수한 생명력은 '무시간성'18)이라는 말로 표현되기도 한다. 같은 글에서 "무시간성이란 바로 다이나믹한 역사의식의 각면이 없다는 말과 같다."고 설명하고 있는데 그런 면에서 진공 속의 인물들은 무시간성의 인물들이라 할 수 있다. 남편을 바다에서 잃은 해녀 출신 해순이는 마을에 와 있던 청년 상수를 따라 산골로 갔다가 바다가 못견디게 아쉽고 그리워서 갯마을로 돌아온다. "수수밭어 가면 수숫대가 모두 미역밭 같고, 콩밭에 가면 콩밭이 왼통

---

16) 「나의 인생, 나의 문학」, 16쪽.

17) 이재인, 「오영수문학연구」, 『한국문예비평연구』5권, 1999.
   이 논문에서 오영수의 삶과 문학에 대한 기존의 논의를 총체적으로 검토하고 그 성과와 한계를 정리하고 있다.

18) 김병걸, 「오영수의 양면성」, 『현대문학』 1967.9. 248쪽. 그는 오영수의 <박학도> <후조> <후일담> <수련> 등을 거론하며 작가가 의식을 했건 안했건 오영수는 현실참여적 작품을 썼으며 그런 면에서 불참과 참여의 양의성을 지닌 작가라고 보았다.

바다만 같고--" 바다가 보고 싶어 자꾸 산으로 올라간 해순이는 정비석의 <성황당>(1937)에서 "가는 곳이 아무리 좋다 해도 산이 없고 나무가 없다면 그 허허벌판에서 무엇에 마음을 의탁하고 살아간단 말인가?"라며 산 속으로 돌아가는 순이[19)와 같은 인물이다.

이렇게 소설의 인물이 시대상이나 사회상을 반영하기 보다, 그 인물을 통해 어떤 심리학적 원형을 볼 수 있는데 서정적 소설의 인물들이 대개 이런 경우에 속한다.

"세상이 구차하면 은냇골로 들어가지."라는 말을 하게 되는, 옛날부터 피난처로 알려진 별천지같은 곳은 세상을 등지고 살아야 하는 사람들이 찾아들어오는 첩첩산중인데 구체적으로는 경북 청도 동북쪽 산골에 자리잡고 있다. <은냇골 이야기> 는 이야기 전개가 원시적, 원초적이다. 예를 들어 은냇골에 단 네 가호가 살던 때 마을의 제일 연장자 양노인은 늦게 들어 온 두 젊은이에게 "아무리 좋은 밭을 가져도 씨가 없으면 묵밭이 된"다며 은근히 손자가 없는 자신의 며느리에게 씨를 뿌리라는 뜻을 내비친다. 여기에 도덕이란 설 자리가 없는 곳이니, 가히 도덕 이전의 상태라고 할 수 있다. <메아리>는 비록 지리산 공비 소탕이 끝난 후, 즉 6.25 후의 시대 사회가 배경이지만 산청에서 이십 리 더 들어간 산 중에 사는 사람들은 속세를 피해 산 속으로 들어와 시대와 사회와 무관하게 원시적 원초적인 삶을 살 뿐이다. 아내가 산 속에서 캔 더덕을 산청 시장에 내다 팔고, 고사리와 두릅을 된장과 바꿔 먹는 삶에서 나날이 뿌듯함을 느끼는 주인공들이다. 여기에 이데올로기가 있을 공간은 없다.<요람기>에서는 봄 여름 가을 겨울 계절에 따라 소년들의 놀이와 마을 사람들에 얽힌 작은 일화들을 모아 소년이 겪은 체험으

---

19) <성황당>에서 순이는 남편과 산에서 숯을 구우며 사는데 그녀가 산을 떠나다가 "가는 곳이 아무리 좋다 해도 산이 없고 나무가 없다면 그 허허벌판에서 무엇에 마음을 의탁하고 살아간단 말인가?"하며 산에 대한 본능적인 애정을 보여주면서 산으로 돌아가고 붙잡혀간 남편도 다시 만나게 된다.

로 써내려가면서 "소년은 이렇게 떠가는 연에다 수많은 꿈과 소망을 띄워보내면서 어느 새 인생의 희비애환과 이비(理非)를 가릴 줄 아는 나이를 먹어버렸다."며 인생을 말하고 있다.

이렇게 토속적이고 원시적인 미학을 그려나가는 주인공들은 근대적인 사회에서 갈등을 일으키는 인물들이 아니다. 갈등을 일으키기는 커녕 전쟁이나 세태와 같은 주변 환경, 인습에 의해 그 소망이 번번이 좌절되는 인물들이다. 이런 소망의 좌절[20]이라는 심리적 양상은 굳이 서정성으로 분류되지 않는 다른 소설의 주인공들에게서도 마찬가지로 나타난다.

한편 서정성이 깃든 소설들의 공간 배경은 대체로 농촌, 고향, 바닷가 마을 혹은 이상향이다. 이렇게 자연을 문학적 배경으로 하기 때문에 그를 자연친화적 작가[21]라고 말하게 된다. 그런데 이러한 서정성의 강조로 인해 그의 소설이 리얼리즘에 반한다고 비판하는 인식이 일반적으로 받아들여지면서 반리얼리즘적 경향[22]이 그의 특징으로 지적되기도 했다. 최근에는 이러한 리얼리즘의 도식에 반대하면서 오영수 문학의 토속성과 인정주의도 현실과 관련하여 검토할 것을 주장[23]하기도 하는데, 문제는 어느 일정한 작품들을 한정하여 논하면서 그것이 작가의 세계라고 보고, 곧 작가의 한계로까지 연결시키는 도식적 재단이라고 생각된다. 그리고 더 큰 문제는 어느 부분 일견 타당하기 때문에 그것을 무비판적으로 따르면서 전체에 적용하게 되는 데 있다.

---

20) 강헌국, 「소망과 현실--오영수의 소설」, 『국제어문』38, 2006.12, 316쪽. 이 논문은 현실에 의한 소망의 좌절이 오영수 소설에서 빈번하게 나타나는 서사구성의 원리라고 보았다.

21) 김현숙, 「오영수 문학의 시간 공간적 상상력」, 『작가연구』10호 2000, 98쪽.

22) 김동리, 김윤식을 비롯한 주요 논자들의 견해인 만큼 일반적으로 오영수 문학의 주조로 받아들여졌다.

23) 이재인, 신희교, 유임하, 강헌국의 논지가 이에 해당한다.

134

나를 두고 어떤 이는 서정 작가라 하고 또 어떤 이는 서민적 휴우머니즘 작가라고도 해요. 그런가 하면 농촌 작가, 인정과 풍속의 작가라고도 합니다. 나를 보는 사람들이 그렇게 각기 다르게 보는 것은 좋게 말해서 작가의 다양성을 말하는 것도 되지만 이것도 저것도 아니란 말도 되지요.[24]

작가의 어느 작품을 대상으로 하는가에 따라 모두 타당한 견해지만 작가의 말처럼 작품세계가 그렇게 다양한 것은 아니고, 그렇다고 이도저도 아닌, 무의미한 것은 더더욱 아니다.

오영수 소설의 서정성은 리얼리즘 방식을 습득하지 못했기 때문이 아니다. 서정성은 그의 한계가 아니라 그가 채택한 방식일 뿐이다. 또한 현실이란 것은 서사적 구조에만 담길 수 있는 것이 아니라 서정적 구조에도 얼마든지 담길 수 있다. 그가 서정성을 서사성보다 중요시했다면, 그것은 작가가 자신의 필연적 요구에 의해서 그러한 것이지, 리얼리즘 정신을 모르기 때문에 그러한 것은 아니다. 이러한 것은 역량의 문제라기 보다는 세계관의 문제이다. 현실인식도 소설의 형식도 그 세계관을 통해서 이루어진다.[25]

오영수의 소설이 근대시민사회가 안고 있는 삶과 적대관계에 놓이며 반리얼리즘에 해당한다는 견해[26]에 대해 인용문은 마치 작가 오영수를 대신해서 그 억울함을 옹호하고 변호하면서 그의 진면목이나 가치를 몰라주는 세상 사람들에게 항변하는 듯한 인상을 주고 있다. 그런데 작가의 현실인식과 자신이 택한 기법이 그 자신의 세계관에 의해 이루어진다는 것은 너무나 당연한 지적이다. 중요한 것은 비중을 두고 보는 작품에 따라 또 연구자의 문학관 내지 세계관에 따라 讚, 貶의 시각이 다른 것이다. 오영수가 토착적인 전원풍경을 그리는데 있어서 탁월

---

24) 「나의 인생, 나의 문학」, 20쪽.
25) 이재인, 「21세기를 향한 오영수 소설 연구의 가능성」, 『작가연구』10호, 2000, 33쪽.
26) 김윤식, 「작가와 내면풍경」, 『김윤식소설론집』, 동서문화사, 1991, 20쪽.

한 리얼리즘을 사용하고 있으나 그 밑에는 언제나 밀도 짙은 리리시즘(lyricism, 서정주의)를 깔고 있다[27)]는 중립적인 견해도 있지만 아무래도 서정성을 우위에 놓은 시각이 일반적이다.

3. 6.25 전후문학에서의 재평가

작가 오영수는 1949년에 이른바 순수 서정소설인 <남이와 엿장수>로 등단하였지만 등단 직후 발발한 6.25 전쟁으로 인하여 전쟁과 얽혀 있는 작품들이 상당수에 이른다. 지금까지 이른바 전후 소설에서 오영수 소설이 중요하게 언급[28)]되지는 않았다. 그런데 전후소설의 특징을 나누어 보면 오영수 소설이 거의 모든 영역에서 논의될 수 있음을 발견하게 된다. 전후 소설의 양상을 1)전쟁 자체를 그린 전시소설 2)절망과 허무에서 나온 관념지향적 소설 3)사회비판적 소설 4)여성들의 고단한 삶과 전락을 그린 소설 5)향토적 서정소설과 낭만성을 그린 소설로 거칠게 나누어[29)] 볼 수 있다면 오영수 소설이 거의 모든 항목에 해당되고 있음을 발견하게 된다. 덧붙여 이산과 실향을 그린 소설로 이어지고 있다.

제주 4.3 사태 당시 군인이었던 제대군인 박중위의 회고담인 <후일

---

27) 이태동, 「희생된 자들의 애환과 인정의 세계」, 『한국소설문학대계』36, 동아출판사, 1995, 543쪽.

28) 권영민은 "오영수 문학세계는 이른바 전후세대의 현실인식이라는 역사적 세대 감각을 통해 그 성격이 해명될 수 있다. 물론 여기에는 한국전쟁이라는 비극적 역사체험과 전후현실의 변화에 대한 개인적 대응이라는 가치의 문제가 가로 놓인다."고 하며 오영수의 등단이 동시대의 선우휘 김성한 박연희 손창섭 손소희 유주현 장용학 강신재 이범선 김광식 정한숙 전광용 박경리 등과 연결되며 이들이 전후에 소설 문단의 신세대를 이루고 있다고 지적한 바 있다. (권영민, 「오영수 소설의 새로운 계보학을 위해」, 『자유문학』61, 2006, 225쪽.) 그러나 그에 상응하는 밀착된 연구가 받쳐지지는 않은 상태이다.

29) 이정숙, 「전쟁, 그리고 상처극복의 몸부림--1950년대 전후소설의 개관」, 『한국소설의 얼굴』3, 푸른 사상, 2006, 313-320쪽.

담>은 <동부전선>과 함께 1)의 전시소설에 해당하고, <박학도> <명암> <여우>등은 3)의 사회비판적 소설에 속한다. 1)과 3)에 해당하는 작품들은 보는 시각에 따라 인생과 실존에 대한 절망과 허무를 강조하는 작품이 될 수도 있다. 4)에 해당하는 여성들의 고단한 삶과 전락을 그린 소설에는 <안나의 유서>를 꼽을 수 있다. 이 계열의 작품들이 주로 여성작가들의 체험을 바탕으로 쓰여졌고 이는 다시 "6.25 전쟁 한가운데서 어수룩하게 살아가던 여인들이 몸으로 부딪치며 체득하게 되는 삶의 힘겨움을 그린 소설과 성의 상품화를 통한 생존의 방식을 그린 소설"30)로 나누어 볼 수 있다면 <안나의 유서>는 삶의 힘겨움과 성의 상품화를 동시에 포괄하여 이 계열의 대표적인 작품에 해당된다고 하겠다.

5)에 해당하는 향토적 서정소설과 낭만적 휴머니티는 지금까지 오영수 소설의 주조로서 거의 이론이 없는 바, <머루> <메아리><후조> <후일담> 등이 여기에 해당한다. 말하자면 오영수 소설은 50년대 전후소설의 경향을 거의 모든 부분에서 망라하고 있다. 이 부분에서 특히 오영수 소설에 대한 재평가가 요청되고 있다.

특히 <동부전선>(1955)은 정훈부대 소속으로 6.25에 참전, 북진하는 국군을 따라 고성을 거쳐 온정의 외금강, 원산까지 진군하는 동안 겪게 되는 국군의 전시 상황과 국군을 맞는 북한 주민들의 반응을 생생하게 묘사하고 있다. 소설이라기보다 가히 '종군기'라 할 만하다. 예를 들어 북진할수록 적의 저항이 심해지면서 적의 포탄에 맞아 어제 함께 밥을 지어먹은 백중위가 전사를 하자 그의 묘를 쓸 문구를 "청마씨가 부르고 내가 받아썼다."31)는 대목에서는 실제 상황임을 알 수 있다. 후에 제목을 <종군기>로 개제했는데 이 작품은 1944년 해방을 앞 둔

---

30) 박경리의 <불신시대> <암흑시대>, 최정희의 <인정> <정적일순>, 임옥인의 <붉은 밤> 등 자전적인 소설은 전자에 속하고 , 김말봉의 <전락의 기록> 한말숙의 <신화의 단애> 강신재의 <해방촌 가는 길>> 등은 후자에 해당한다.(위의글, 317쪽.)

31)『한국단편문학전집7』, 정음사, 365쪽.

시기에 쓰여진 김사량의 종군기로 김사량의 연안 체험과 조선 의용군의 항일 무장 투쟁을 기록한 <노마만리>와 함께 현대작가의 종군기로 가치 있게 재고할 부분이다.

6.25전쟁을 겪은 후방의 드러나지 않은 참화가 개인을 얼마나 피폐하게 망가트리는가에 대해서 <안나의 유서>를 통해 살펴볼 수 있다. 전쟁 통에 부모를 잃고 부산에 피난 가서 온갖 장사를 하면서 동생과 함께 살아내다가 동생을 병으로 잃은 후 살아가기 위해 안간힘을 쓰지만 서울 환도 후에 결국 다방 레지, 식모살이를 거쳐 미군부대 근처에서 매춘을 하게 되기까지의 사연을 유서 형식을 통해 리얼하게 그려놓고 있는데 마지막 부분에 나와 있는 그녀의 항변은 처절하다.

> 결혼이란 장기계약 밑에, 생활을 보장받고 한 남자를 섬기면 숙녀요, 여러 사람에게 정조를 베어 팔면 갈보라고 한다. 한 사람의 독점이 된 숙녀와 갈보의 행위에 근본적으로 얼마만한 차이가 있는가? 차이가 있다면 한 남자의 전속이 될 제비를 뽑고 못뽑은 것뿐이 아닌가!
> 몸뚱어리를 가릴 옷이 없고 벽돌조각이 고기덩이로 보일만치 배가 고픈 젊은 계집에게 숙녀가 있고, 정숙을 바랄 수 있을까?
>
> 전쟁으로 해서 나는 고아가 됐다.
> 배가 고팠다. 철든 계집애가 살을 가릴 옷이 없었다.
> 그래서 나는 안나라는 갈보가 됐다.
> 한끼 밥을 먹기 위해서 피를 뽑아 팔듯, 나는 내 몸뚱어리를 파먹고 스물여덟을 살아왔다.
> 주어진 한 생명을 성실히 살아온 죄가 갈보라는 직업에 있다면 그건 결코 내가 져야 할 죄가 아니다.32)

여기서 안나가 전락의 길로 빠지는 과정은 전후문학의 대표적 작가

---

32) 위의책 336-337쪽.

인 손창섭이나 이범선류 소설의 주인공들에게서 볼 수 있는 우울함과 암담함의 실체, 그 구체적 과정을 밟아 보는 것 같다. <명암>(1958)은 군대 내 영창 생활에 대한 리얼한 묘사를 하고 있는 작품인데 작가가 잘 아는 군 정훈병이 도망병으로 걸려들어 영창 생활을 하게 된 체험담에 작가가 6.25 때 종군에서 얻은 경험을 재료로 구성한 것[33]이다. 작가에 의하면 이 작품이 발표되고 얼마 안 있어 "앞으로는 이런 추잡한 작품일랑 아예 쓰지 말아달라"는 충고를 받기도 했다고 한다. "음습한 환경에다 인간을 발가숭이로 내던져" 봤다는 이 작품에서 작가는 인간이 환경에 따라 천사도 악마도 될 수 있다는 것을 보여주고 있는 바, 오영수 소설이 전후소설의 특징을 말해주는 중요한 소설로 가치매김을 할 수 있는 한 예가 될 수 있겠다.

<새>(1971)는 조류학자인 원병오 박사가 철새 발에 가락지를 채워 날려 보낸 새가 이북으로 가서 평양에 있는 부친 원홍구 박사에게 날아갔다 옴으로써 몇 십년 동안 단절되었던 아버지와 아들의 소식을 이어주었다는 실화를 바탕으로 한 소설이다. 새를 "징검다리로 해서 남북의 부자가 안보이는 상봉을 한" 셈이지만 그 아버지가 돌아가신 사실을 몇 개월 후 알게 된 아들이 "철새는 국경이 없는데--"라고 한숨 쉬고 그런 친구를 보며 같은 월남 출신인 동창생이 화자가 되어 속이 답답해 견딜 수 없어서 술을 마시며 넋두리하고 있는 독백체의 소설이다. 이렇게 현실이 상상력을 압도하면서 소설보다 훨씬 더 소설적인 만큼 이 소설의 형식도 '한바탕의 술주정의 파격적 형식이 취해진 것'[34]일 수 밖에 없다고 보는 견해도 있다. 신기하고 믿기 어렵지만 사실인 실화를 통해 6.25 후 월남, 월북을 통해 남북으로 갈라진 가족의 이산 문제를 다루고 있다.

---

33) 오영수, <명암 주변>, 한국전후문제작품집, 세계전후문학전집 1, 신구문화사, 1983, 423쪽.

34) 김윤식, 「한국문학과 이산 분단의 체험」, 『이산 분단문학 대표소설선』, 동아일보사, 1983, 513쪽.

이 작품이 발표된 한 달 후에 "남북 이산 가족 찾기 운동의 적십자 선언이 있었다"고 작품 말미에 밝히고 있지만 상황은 그 후 40여년이 지난 현재에도 크게 달라지지 않고 있다. 이러한 소설은 이산 문제를 다룬 소설이나 실향소설 등의 차원에서 연구될 수 있을 것이다.

4. 생태소설의 가능성

오영수는 작중 인물들을 통해 따뜻한 인간애와 함께 귀향 의식, 원시적 공동체나 유토피아 지향, 생명의식 등을 보여주고 있다. 이러한 자연친화적인 작품에 나타나는 자연에로의 귀의, 도시문명에 대한 환멸 등을 통해서 생태학적 접근을 통한 새로운 해석이 가능하다.

생태학적 해석이라는 것이 단순히 자연과 더불어 살면서 자연친화적인 자세에 초점을 맞추는 것만을 말하는 것은 아니다. 기계문명이나 도시문명등 문명의 폐해에 대해 경종을 울리고 자연에서 그 구원을 찾아 참된 삶의 의미를 고구해 보는 것까지 포함된다. 물론 그의 소설에 대한 생태학적 연구가 지금까지 없을 리 없다. 이재인은 그의 문학이 "서구의 소설의 개념과는 다른 의미로서 도나 기가 발현된 문자처럼, 자연이라는 강물에서 햇빛을 받아 은빛 비늘을 파닥이는 것"으로 파악하고 "인간 긍정의 사상에서 인간 옹호사상으로, 그리고 거기에서 나아가 자연과 생명을 추구한" 것이 오영수의 정신이라 파악[35]하고 있다.

그런데 기존의 생태문학은 생태의식을 주제로 부각시켜야 한다는 강박으로부터 자유롭지 못한 면이 강하다. 대체로 과도한 목적성 혹은 선전성을 노출시켜 미적 결함이 두드러지거나 환경오염이나 생태 위기 등 소재 혹은 주제만을 강조하는 식이었다. 생태비평이나 생태학적 연

---

35) 이재인, 「21세기를 향한 오영수 소설 연구의 가능성」, 『작가연구』10호, 2000, 34쪽.

구 또한 소재나 주제에 초점을 맞추는 선언적 의미가 강하고 심미적 형상화나 심미적 가치부분이 상대적으로 도외시된 면이 강하다.36) 사실 1970년대 산업화가 시작되면서 생태학에 대한 관심이 시작되었고 1990년대 이후 '디스토피아의식'과 함께 생태문학이란 용어가 본격적으로 사용된 만큼 어떤 면에서 그동안의 내공이 반영된 작품이나 연구는 21세기에 접어든 이제부터라는 생각이 드는 것도 사실이다. 그런 면에서 볼 때 1950, 60, 70년대에 발표된 오영수 소설은 생태의식의 차원에서 더더욱 가치가 있다 하겠다.

작가의 소심한--순수의 다른 이름이기도 한-- 성격과 자연친화적인 소신, 도시와 문명에 대한 거부 등은 생태학적 사고방식에 다름 아니다. 그런 만큼 작가가 지향하는 바는 자연스럽게 오늘날의 생태소설로 이어진다. 대개는 <메아리>나 <은냇골 이야기>의 사적 소유가 없는 원시공동체적 삶을 통해 흔히 유토피아를 말하거나 <잃어버린 도원>(1977)을 통해서 설화가 곁들여진 무릉도원의 이상향을 말하기도 한다. 말하자면 작가의 성격과 관심사와 취향이 반영된 작품의 성향과 의식의 저변에서 근본적으로 드러나는 인정, 휴머니즘이 자연스럽게 융화되어 낙원이 그려진다고 볼 수 있는데 이 낙원의식이 지향하는 바와 생태소설이 지향하는 바가 일치한다는데 오영수 소설의 가치가 있다.

특히 <오지에서 온 편지>(1972)에는 작가가 지향하는 바가 자명하게 드러나고 있다. 작가는『현대문학』창간 때부터 조연현과 함께 산파역을 담당, 11년간 편집장으로 근무했었다. 그러나 두 차례 위궤양 수술을 받은 후 1977년 5월 "고기가 맑은 물을 따라 상류로 올라가는 것"과 같이 역사와 문명의 탁류를 거슬러 고향 언양이 산너머인 경남 울주군 웅촌면 곡천리로 내려간다.37) <오지에서 온 편지>는 작가가 낙향

---

36) 박현선, 「이문구의 <내 몸은 너무 오래 서 있거나 걸어왔다>에 나타난 생태의식」, 『전혜자교수 정년퇴임기념논총』, 2008, 203쪽.
37) 김용성, 앞의글, 359쪽.

하기 전에 발표된 것이지만 이미 이때부터 낙향에 대한 생각이 정리된 듯, 마치 낙향 후의 작가의 삶을 보는 듯하다. 이 작품 발표 후(현대문학, 1972, 7∼10월호) 12월에 위궤양이 악화되어 재수술을 받았으니[38] 이미 이 작품은 5년 후의 낙향을 대비한 작가의 생각을 반영한 작품이라 하겠다.

작품 서두에서 1970년 말을 계기로 결연히 서울을 떠나 오지로 와버린 주인공은 1970년을 자신의 생애를 통해 잊을 수 없는 시기로 단정한다. 하나뿐인 아이놈뿐 아니라 수많은 생명들이 아무런 까닭도 명분도 없이 무더기로 죽어갔기 때문이다. 사회적으로 와우아파트 붕괴사건, 수학여행 열차 참사 사고, 소양강 나룻배의 전복, 여객선 남영호의 침몰, 인천제철의 용광로 폭발, 낙반 매몰, 수은 콩나물, 석회두부, 군화창 찌꺼기로 끓인 수구레, 부정약품 식품 등 가히 가짜가 판을 치고 부정과 불신이 난무하던 시기였음을 환기하게 된다. 1970년대 사회상황을 필름을 돌리듯 생생하게 환기시켜 주는 소설이기도 하다. 주인공은 교통과 스모그와 가짜의 3대 지옥, 부재와 불신의 도시를 탈출한다.

다만 아이놈의 사고로 인한 충격과 좌절, 그리고 피해망상, 건강실조, 노이로제, 도피--이런 자네들의 추측과 결론에 대해서는 구태여 부인하고 싶지는 않다. 그러나 다만 나로서는 도피가 아니라 반발이요, 저주요, 저항을 위한 탈출이었다.
탈출이란 견딜 수 없는 상황에서 몸을 빼쳐 도망하는 것이 탈출이라면 나는 서울이란 환경에서 더는 견딜 수가 없어서 탈출을 한거다.[39] (242)

이십여 년 간의 내 서울 생활을 돌이켜 볼 때 그것은 직접, 간접, 전후 좌우, 생명의 위협에 쫓기면서 생사의 곡예를 한거지, 진정한 생활이 아니

---

38) 『오영수대표단편선집』, 책세상, 2000, 연보(364쪽) 참조
39) <오지서 온 편지>는 위의 책에 수록되어 있다. 여기서는 인용문 뒤에 쪽수만 밝힌다.

<u>없다는 것을 여기에 와서 더욱 절실히 느꼈네. (252)</u>

　여기의 내 생활을 패배와 도피를 합리화하기 위한 미화라고 했는데 내가 뭣 때문에 누구를 위한 합리며 미화겠는가. 도대체 패배니, 도피니, 합리니, 미화니 하는 따위 수식어들이 지금의 내게는 아무런 의미도 없는 씨까먹은 소리로밖에는 들리지 않는다. 다시 천명해두지만 적어도 나는 <u>내게 절대인 내 생명을 아끼고 지켜가기 위해 자연으로 돌아왔고, 자연에서 인간 본연의 삶을 추구하는 것뿐이다.</u> --그러나 굳이 패배니, 도피니, 자가당착이니, 환상이니, 자기합리니, 미화니, 문화의 역행이니, 하고 몰아세운다면 나도 좀 할 말이 있다. (257)

　서울을 탈출하여 자연으로 돌아와 자연에서 인간 본연의 삶을 추구하는 작가의 자세가 곧 문학에서 나름의 이상향을 구현시키게 되는데 그 이상향이 이 작품에서는 아주 구체적으로 제시되고 있다. 나는 땅을 목지로 내놓고, 나를 따라 함께 내려와 이웃에서 사는 재력이 있는 친구는 돈 백만 원을 내서 소를 사고, 이에 대한 관리는 마을 사람들이 한다. 즉　마을의 공동사업으로 목장을 만들어 소를 키우는 사업을 하게 되는데 수익을 보면 가구 단위로 균등하게 나누며 공동 이익을 추구하는 것이다. 유토피아가 따로 없다. <잃어버린 도원>의 허망함보다 훨씬 구체적이고 실현가능성이 있는 계획이다. 어떤 거창한 구호 이전에 매우 편안하게 자연에의 귀의를　유도하고 있다. 이미 36년 전에 요란맞은 구호나 거창하게 떠드는 선동이 아니고 이렇게 진솔하게 생태소설의 진면목을 보여주고 있다는 점은 얼마든지 강조해도 좋을 것이다.
　한편 함께 내려와 사는 친구가 서울에서 자식에게 겪었던 일을 토로하는 대목에 이르면　오늘날의 세태와 크게 다르지 않음을 볼 수 있다. "암튼 자식이란 게 첫째 제 여편네와 제 자식, 그 다음이 식모, 그 다음이 개, 웃을 일이 아니다. 애비 같은 건 도시 안중에도 없다."(269) 는 데 이르면 오늘날의 세태가 연상되며 쓸쓸함을 금치 않을 수 없다.

작가는 왜 쓰는가에 대한 질문에 "내 자신의 보람을 찾기 위해서"라고 답했다.

> 내가 글을 쓰는 것은 내 자신의 보람을 찾기 위한 작업입니다. 자기 합리화는 절대로 아닙니다. 내 개인을 위한 보람이, 즉 내가 하는 창조 또는 창작이라는 작업을 통해 제 3자의 공감 내지 공명을 불러일으킬 때에는 제 3자의 보람이 될 수 있다고 믿는 거지요. 더 나아가서 국경이나 인류를 초월한 보람으로 이어질 수 있다고 믿기 때문입니다.[40]

여기서도 작가의 내면세계에서 이미 읽었던 완강한 고집과 자기 확신을 엿볼 수 있는데, 도시와 문명을 비판하고 자연에의 귀의를 강조하며 나름의 이상향을 그리고 있는 생태소설이야말로 작가의 바람과 믿음대로 제 3자뿐 아니라, 국경과 인류가 지향해 나아가야 할 방향이 될 수 있을 것이다.

이렇게 오영수의 문학은 서정세계를 추구하면서 자연과의 친화 및 자연에의 귀의, 문명사회 비판 및 거부의 측면에서 본질적으로 생태소설로 이어질 가능성이 크다. 당연한 말이지만 전체 작품을 생태소설로 연결시키기 보다 작품마다 드러나는, 보이는 어느 면을 모아 그 부분에 초점을 맞춘다면 충분한 생태소설 연구가 될 수 있을 것이라 생각한다.

---

40) 「나의 인생 나의 문학」, 19쪽.

■ 참고문헌

「오영수씨와의 대화」, 『문학사상』, 1973.1.
「나의 인생 나의 문학, 난계 오영수」, 『월간문학』, 1976.7.
　오영수, <명암 주변>, 한국전후문제작품집, 세계전후문학전집 1, 신구문화사, 1983.
『오영수대표단편선집』, 책세상, 2000.
『한국단편문학전집7』, 정음사.
강헌국, 「소망과 현실--오영수의 소설」, 『국제어문』, 38, 2006.12.
권영민, 「오영수 소설의 새로운 계보학을 위해」, 『자유문학』61, 2006.
김병걸, 「오영수의 양면성」, 『현대문학』1967.9.
김용성, 「오영수, 이상과 순수로 일관한 삶과 문학」, 『오영수대표단편선집』, 책세상, 2000.
김윤식, 「한국문학과 이산 분단의 체험」, 『이산 분단문학 대표소설선』, 동아일보사, 1983.
김윤식, 「작가와 내면풍경」, 『김윤식소설론집』, 동서문화사, 1991.
김현숙, 「오영수 문학의 시간 공간적 상상력」, 『작가연구』10호 2000.
박현선, 「이문구의 <내 몸은 너무 오래 서 있거나 걸어왔다>에 나타난 생태의식」, 『전혜자교수 정년퇴임기념논총』, 2007.
이재인, 「오영수문학연구」, 『한국문예비평연구』5권, 1999.
이재인, 「21세기를 향한 오영수 소설 연구의 가능성」, 『작가연구』10호, 2000.
이정숙, 「순수서정세계에 대한 관심」, 『한국현대소설사』, 문학과 문학교육연구소, 1999.
이정숙, 「전쟁, 그리고 상처극복의 몸부림--1950년대 전후소설의 개관」, 『한국소설의 얼굴』3, 푸른 사상, 2006.
이태동, 「희생된 자들의 애환과 인정의 세계」, 『한국소설문학대계』36, 동아출판사, 1995.
천이두, 「선의 해학의 문학--오영수론」, 『작가연구』10호, 2000.
한용환, 「아직도 남은 체온--오영수를 추억함」, 『작가연구』10호, 새미, 2000.

■ **국문초록**

오영수의 문학세계는 일반적으로 매우 서정적이자 인간심경의 미묘한 변화 포착에 탁월한 솜씨를 보여주고 있다고 평가된다. 그러나 단순히 서정세계를 그린 것이라 하기에는 그의 내면세계에는 세상에 대한 오기가 도사리고 있는 것 같다. 그는 신문소설 또한 쓰지 않았는데 철두철미하게 단편소설만을 고집한 어떤 면에서는 맹꽁이 같은 면이 작가의 삶과 의식을 관통하고 있다. 작가 자신의 기록이나 작품에 그려진 작가의 모습, 옆에서 지켜본 제자의 시각, 그리고 실생활 등을 토대로 판단컨대 작가는 소심하고 마음이 여리면서도 중요한 대목마다 누구와 의논하기 보다는 외롭게 결단하는 완강한 고집과 자기 확신이 확실하게 서 있는 것으로 보인다. 바로 그러한 고집과 결단에 의해서 당시 소설 문학의 주류와는 거리가 있고 비평으로부터의 소외도 감수하면서 단편소설을 통해 자신만의 세계를 구축할 수 있는 용기가 가능했다. 내면 풍경에서 장편소설에의 유혹, 돈에 대한 유혹과 그에 대한 갈등이 있었지만 그것을 이겨내는 과정을 통해서 작가가 자기 세계를 고수하게 되는 것은 결국은 자신의 고독한 결단에 의한 것임을 짐작할 수 있다.

본고는 그동안 오영수 소설에서 연구되어 온 방향을 긍정적으로 수용하면서 주로 미진했다고 생각되는 다음 몇 가지 방향에 초점을 맞추고자 한다. 우선 흔히 순수서정소설이라고 하는 계보를 훑어보고 순수서정소설이 무엇 때문에 그렇게 되는지 그것의 본질에 대한 분석을 하고자 한다. 다음, 6.25 전쟁이 배경인 소설을 중심으로 전후문학에서 그의 소설이 비중 있게 다루어져야 하는 이유를 살피고자 한다. 전후 소설의 양상을 1) 전쟁 자체를 그린 전시소설 2)절망과 허무에서 나온 관념지향적 소설 3)사회비판적 소설 4)여성들의 고단한 삶과 전락을 그린 소설 5)향토적 서정소설과 낭만성을 그린 소설 6)이산과 실향의 소설로 거칠게 나누어 볼 수 있다면 오영수 소설이 거의 모든 항목에 해당되고 있음을 발견하게 된다. 그리고 오늘날 가장 심각하고 중요한 문제로 우리들에게 다가온 환경과 생태의 문제에서 선생의 작품은 이미 그 시절에 많은 문제들을 시사하고 있음에 주목한다. 작가의 내면세계에서 이미 읽었던 완강한 고집과 자기 확신을 엿볼 수 있는데, 도시와 문명을 비판하고 자연에의 귀의를 강조하며 나름의 이상향을 그리고 있는 생태소설이야말로 작가의 바람과 믿음대로 제 3자뿐 아니라, 국경과 인류가 지향해 나아가야 할 방향이 될 수 있을 것이다.

　　이렇게 오영수의 문학은 서정세계를 추구하면서 자연과의 친화 및 자연에의 귀의, 문명사회 비판 및 거부의 측면에서 본질적으로 생태소설로 이어질 가능성이 크다. 말하자면 21세기 오늘의 시각에서 주목할 만한 문제적 작품들이 많은 만큼 그의 소설을 다시 읽고 재조명해야 할 당위성을 밝히는 과정이 될 것이다.

주제어 : 서정성, 순수소설, 내면세계, 전후문학, 생태소설

■ Abstract

Possibilities of Oh, YoungSeo's novels, in respects of Literature after the Korean War & Ecological novel

Lee, Jungsook(Hansung University)

Generally, literary world of Oh, Young Seo is evaluated as lyrical as good at expression in delicate change of mind. He described the lyrical world having with proud temper. He never had written novels for newspaper, because it is immature, popular novel for the public. He is cautious but stick to his opinion with self confidence according to research his portrait in his works or his disciple's opinion. On that point, it is possible to have courage to write short stories which is not main stream in that field at that time, far from critics. Of course he has conflicts with temptation escape from bad economic situation through writing long stories , but overcome it to insist his literary world.

In this thesis, I focused on three points which had been studied unexhausted .

At first, I will look into genealogy of pure lyric novel and it's background and characteristics. And then the relationship between his novel and literature after the Korean War will be researched. The aspects of novels after the Korean War can be explained as 1) war time novel 2) an ideological novel based on despair and nihility from the war 3) novel which criticize the society 4) women's tired life and degradation 5) local lyric novel and romantic story 6) novels on dispersed family members and lost hometown. Many Oh, YoungSeo's novels belong to these categories.

Nowadays one of the most important issue is the environment and ecology. Among the Oh, YoungSeo's novels already treated these problems

, so called ecological novel. His novels pursued not only lyric world but also friendly relations with nature and return to nature, criticize to material civilization. So to speak, we can regard his literature as valuable as a matter of issue like ecological novel .

key words : lyricism, pure literature, inside of mind, literature after the Korean War, ecological novel

이 논문은 2012년 11월 12일에 접수되어, 2012년 11월 22일부터 2012년 12월 3일 사이에 이루어진 소정의 심사를 거쳐 2012년 12월 10일 편집회의에서 최종적으로 게재가 확정되었음.

1930년대 세계문학담론의 수행적 구조와 해외문학기행의 정치성

목 차

1. 세계인식의 재편 가능성, 그 방법으로서의 문학 담론
2. 조선문학의 정의와 세계문학 담론의 수행적 구조
3. 세계문학이란 이념 정립의 경험적 계기(들) – 해외문학기행의 정치성
4. 결론을 대신하며 – 정치적 논제로서의 세계문학 담론

성 현 경*

1. 세계인식의 재편 가능성, 그 방법으로서의 문학 담론

　　강용흘의 소설 『초당』은 유년시절의 주인공이 3.1운동을 겪고 미국에 도착하기까지의 과정을, 그 후편격인 『동양선비 서양에 가시다』는 이후 미극에서의 삶까지를 연장해 다루고 있다. 1898년 함남 홍원에서 태어난 강용흘은 1919년 3.1운동 직후, 중국을 거쳐 미국으로 건너가 보스턴 대학에서 의학을 공부하고, 하버드대에서 영미문학을 전공한다. 그리고 1931년 자신의 성장기를 배경으로 한 자전적 영문 장편소설 『

---

* 성균관대학교

초당』을 미국 문단에 발표한다. 그의 작품은 조선인으로서 미국 문단의 호평을 받았다는 점과 그 작품의 언어가 영어라는 점에서 당시 조선 문단의 관심을 집중시키기에 충분했다. 『동아일보』는 이광수의 서평을 실었으며,[1] 『삼천리』는 '조선문학의 정의'와 관련해 강용흘의 작품을 설문의 한 범주로 포함시키고 있다.[2] 세계문학을 논의함에 있어 필연적으로 동반되는 것이 조선문학(자국문학)의 인식이라고 할 때, 강용흘은 (장혁주와 함께) 조선 문학의 범위 설정이라는 문제에 지속적으로 거론될 수밖에 없었다. 그런데 식민지 조선에서 제기된 세계문학 담론의 중요한 특징이 한편으로 강용흘의 삶, 그러니까 그의 자전적 소설의 주인공(한청파)을 통해 상징적으로 드러남을 알 수 있다. 논의의 서두를 강용흘로부터 시작한 이유는 여기에 있다. 작품을 좀 더 살펴보자.[3]

주인공 한청파는 어린 시절부터 '박사'가 되는 게 꿈이었다. 그에게 '박사'의 전형적인 인물이란 '문학자(시인)'였다. 그러나 식민지 조선에서 문학으로 학자가 된다는 것이 불가능해 보이자, 그는 곧 일본으로 건너간다. 하지만 일본에서 접한 교육원리란 천황에 충성하는 신민을 양성하는 것에 다름 아니었다. 이에 적개심을 느낀 한청파는 다시 미국으로 향한다. 그는 미국에 도착해 호텔 숙박부에 자신의 이름을 적어 넣으면서, "스스로 선택하여 한 뉴욕인으로서 뚜렷이 등록했다"고 언급한다. 한청파는 '뉴욕인'으로서의 자기-정체성을 제도라는 상징적 구조에 등록함으로써, 특정한 네이션을 상정하지 않은 채 존재하는 세계시민으로

---

1) 이광수, 「강용흘씨의 초당 上」, 『동아일보』, 1931. 12. 17; ______, 「강용흘씨의 초당 下」, 『동아일보』, 1931. 12. 18. 이 외에도 C기자 역, 「유육대학강사 강용흘씨의 초가집웅」, 『동아일보』, 1931. 4. 27; 김재원, 「소설 초당 독문으로 읽고」, 『동아일보』, 1933. 5. 13; 「조선문학은?」, 『동아일보』, 1935. 1. 27 등이 있다.

2) 「조선문학의 정의 이러케 규정하려 한다」, 『삼천리』 8권 8호, 1936. 8.

3) 『초당』은 1931년, 『동양선비 서양에 가시다』는 1937년 미국에서 출판됐다. 작품의 줄거리는 다음을 참고했다. 강용흘 저, 장문평 역, 『초당』, 범우사, 1999; 강용흘 저, 유영 역, 『동양선비 서양에 가시다』, 범우사, 2000.

서의 자각을 공식화한다. 이러한 주인공의 태도는 '민족주의적 정열'과 '아시아적 논지'와도 철저한 거리를 두었고, 나아가 국가와 민족이라는 단위를 논하는 것 자체를 '야만'이라 생각하기에 이른다.[4]

작품에서 구현되는 한청파(=강용흘)의 지리적 이동은 그의 세계인식 재편에 경험적인 계기로 작동한다. 다시 말해, 식민지 조선에서 제국 일본으로, 나아가 세계성의 공간으로 상정된 미국으로의 지리적 이동은 피식민자로서의 정체성이 식민본국의 동화정책에 의해, 네이션으로의 구속/배제를 체감하게 한다. 그리고 이러한 경험이 특정한 국가나 민족을 상정하지 않는 세계시민으로서의 초월을 감행하게 하는 실제적 계기로 작동하고 있다는 것이다. 그런데 주목할 부분은 한청파의 지리적, 심리적 이동의 동력을 제공하고 있는 것이 '문학'에 대한 그의 열망이라는 사실에 있다. 실상 한청파(=강용흘)의 세계시민적 지향은 국가로부터의 추방에 대한 방어적 기제로 형성된 자기-정체성의 불가피한 귀결이었다. 그에게는 본래 '정착'을 상정해야만 실재하는 '이동'이, 이제는 '정착' 그 자체로 탈바꿈 되어버린 것이다. (그는 '이동'에 '정착'한 것이다) 그러므로 한청파의 세계시민에의 지향은 말 그대로의 '지향'일 뿐이며, 자신의 추방당한/유동하는 삶에 대한 강한 자각을 역설적으로 드러내는 사유라 할 수 있을 테다. 그러나 이 지점에서 주인공은 '문학'에 대한 자신의 열망을 본인의 '추방'에 역투사함으로써, 다시금 '자발적 이주'로 스스로를 재각인 시킨다. 그러니까 한청파는 '문학'에 대한 자신의 꿈을 이루기 위해, 조선에서 일본을 경유해 미국까지 '자발적'으로 전진했다고 사유한다는 것이다. 그에게 세계시민으로서의 자각은 '문학'이라

---

4) 작품에 등장하는 한국인 '진완'은 합방 전 일본으로 건너가 외교관이 된 인물로, 일본 관리지만 한국을 위해 일하고 싶어했으며, 체포된 독립운동가들을 돕는다. 그러나 민족주의자 '린'은 '진짜 한국인'이 되기 위해 '진완'을 칼로 찌른다. 조국과 나라의 정신을 잊었다고 책망하는 '린'을 보며 주인공은 어떤 애국심도 느낄 수 없을 뿐더러, 야만적이며, 백해무익한 것이라 언급한다. 강용흘, 『동양선비 서양에 가시다』, 범우사, 2000, 86~87면.

는 것에 충실하기 위한 내면적 조건이었다. 실제 작품에서 그는 ‘공짜로 차를 얻어 타는 데에는 이골’이 날 정도로 자유로운 여행을 하며, 도서관 기행을 한다. 또한 시카고, 맨허튼, 보스턴, 필라델피아, 라브라도, 볼티모어 등을 떠돌아 다니며, 사람들의 길동무가 되어 주기도 하고, 경우에 따라서는 불특정 지역에서 잠깐의 직업을 얻기도 하며, 우연찮은 강연도 하게 된다. 그가 즐기는 이동-여행이란, ‘문학’에의 열망, 즉 자신의 세계시민적 사유에 원동력이 된 ‘문학’과의 관련 위에서만 수행된다는 특성이 있다.

한청파(=강용흘)의 바로 이러한 면모, 즉 식민지 조선인으로서, 오직 ‘문학-하기’에 충실함으로서만 국경을 넘으며, 네이션으로의 구속을 탈피하고, 진정한 세계성으로 도약-지향할 수 있다는 방법이 식민지 조선에서 세계문학 담론이 제기된 맥락과 논리를 상징적으로 드러내는 것은 아닐까. 다시 말해, 문학 그 자체에 본질적으로 내재되어 있는 보편성으로부터 세계성으로의 도약을 구상하는 것, 그로부터 달성된 세계문학이야말로, 특정한 국가나, 정치, 제도로는 귀속되지 않는 문학의 본질적 이념을 실현하는 것이란 방법론적 인식이 강용흘의 삶-사유를 통해 상징적으로 수행되고 있다는 것이다. 뿐만 아니라, 식민지 시기 세계문학 담론의 중요한 특징이 강용흘의 삶-사유로서 상징된다는 것은 다른 한편으로 그의 작품에 대한 조선 내, 외부의 상이한 인식에서도 발견되고 있다.

(1) 이 소설은 개인의 생활을 그려내는 동시에 일민족의 생활을 비판적으로 또는 동정적으로 그려내었다. 저자는 서양인에게 조선인과 그 가정, 그 민족의 진면목을 충실히 보여주는 데 성공하였다. 이 책에는 조선인 급 조선의 생활의 관건을 울려내는 미묘한 정서가 담겨 있다. 저자는 조선의 명멸하는 정신과 아울러 이십세기 조선의 과도상을 포착하야 미래조선의 전진을 예언하얏다.5)

(2) 씨의 초당의 흠점으로 그의 조선에 관한 지식의 천박을 든다. 이 점은 불행히 나로도 동의할 수밖에 없다. 씨가 소년시대에 조선을 떠난 탓이겠지마는 그의 조선에 관한 지식은 천박함은 면치 못하겠다. 작중에 나오는 풍속습관 같은 것도 "송둔지"에서는 그러할는지는 모르지마는 일반조선에 통용되지 아니할 때에도 착오된 것이 많다. 강씨의 초당은 이 점에서는 완전히 낙제다.6)

알려졌듯이, 『초당』은 발표 후, 뉴욕타임즈 신간평을 비롯해, 미국문단에서 상당한 호평을 받은 바 있다. (1)은 조선유학생통신 1931년 3월호에 게재된 최마르다 여사의 평문을 번역한 것이다. 이 글은 작품에 대해 "설명적 문학에 껴달리기 쉬운 일종의 교훈주의"를 완전히 벗어나지도 못했으며, "소설 중 산재한 시" 때문에 "진정 영감적인 작품이 가지는 예술적 효과를 감살"했다는 비판적 논조가 강한 글이다. 하지만 "서양인어 게 조선인과 그 가정, 그 민족의 진면목을 충실히 보여주었다는 데는 성공"하고 있으며, 외국인에게 "조선인 생활의 관건을 울려내는 미묘한 정서"를 소개하고 있다는 측면에서는 고평을 하고 있다. 반면, 이광수(2)는 정반대의 평가를 내리고 있다. 그에 따르면, 이 작품은 우선 "재미"가 있으며, "문체의 소박하고 간단함이라든지, 묘사의 핍진한 것이라든지, 취재의 자유롭고 풍부한 것이라든지, 작품을 통하여 흐르는 작자의 정서의 詩와 감격에 넘치는 것" 등의 이유를 들어 좋은 작품으로 평가한다. 그러나 '흠점'으로, '조선에 관한 지식의 천박함'을 꼽고 있다. 앞서 소개한 조선유학생통신에 실린 평문(1)과는 전혀 상반된 평가로, 이광수는 아예 『초당』을 "조선풍속기나 사정소개서"는 아니라고 확정한다.7) 정리해 보면, (1)은 작품의 문학성에 대해서는 비판적인

---

5) C기자 역, 앞의 글.
6) 이광수, 앞의 글.
7) 『초당』에 재현된 조선이 부적절하다는 문제에 대해서는 이광수만이 아니라, 당대 조

154

반면, 조선에 대한 실태보고의 차원에서는 긍정적이며, 반대로 (2)에서는 작품의 문학성은 인정하되, 조선을 재현하는 것에는 실패했다고 혹평하는 것을 알 수 있다.

이 글에서 『초당』에 대한 상반된 평가를 인용한 이유는 단지 동양의 식민지 조선을 바라보는 국내, 외의 상반된 시차를 소개하기 위함은 아니다. 그러므로 여기서는 동양을 바라보는 서구의 오리엔탈리즘적 시선의 고발이나,8) 그와는 상반되는 문화적 지체 공간으로서 조선을 애써 부정하는 피식민자의 고투에 주목하지 않는다. 오히려 이 글에서는 『초당』에 대한 상반된 평가를 통해, 세계인식의 재편 가능성이 문학적 차원에서는 항상 이중의 관계에 구속되어 있을 수밖에 없다는 것에 주목하고자 한다. 다시 말해, 한편으로는 아직 세계 수준에 도달하지 못한 문학적 미달태로서의 조선문학을 무조건적으로는 승인하지 않는 동시에, 다른 한편으로는 서구중심의 보편사로부터 완전히 이탈하지 않는 한에서, 조선문학의 특수성을 해명해야 하는 이중의 과제에 직면해 있었다는 것이다. 실제 식민지 조선의 세계문학 관련 담론은 조선문학에 대한 자각을 항상 동반하는 형태로 제기되었다는 특성이 있다. 해외문학 수용의 차원에서 보면, 1920년대 까지는 개별 문인이나 작품의 단위로 수용되거나, 문예 사조와 같은 광범위한 개괄 차원의 소개가 주종을 이루다가, 1930년대에 이르면 개별 국가를 단위로 각국 문학의 성격이나 동향을 소개하거나 이를 포괄해 세계문학으로 재구성하는 방식이 두드러진 것으로 알려져 있다.9) 실제 1930년부터 1936년까지의 6년간

선 문단에서 자주 언급된 것으로 보인다. 예컨대 주요한은 "30년 전 조선을 본 눈으로 조선의 추악면"을 상당히 그렸으며, 이것이 "영미인 생각에 대단히 신기해 보이기 때문에 성공한 것"으로 평가하고 있다, 「삼천리사 주최 문학문제 평론회」, 『삼천리』 6권 7호, 1934. 6.

8) 물론 (1)의 저자로 알려진 최마르다는 서구인이 아니라, 조선의 유학생이다. 하지만 그렇기 때문에 오리엔탈리즘적 시선의 특성을 더욱 상징적으로 보여주며, 이는 인용글에서도 달리 해명할 필요없이 명확하게 드러난다고 보인다.

은 서양 문학 이입에 있어 해방 전까지의 전기(全期)를 통해 그 전성시대였다고 지적될 만큼, 이 6년간은 최대의 양을 나타내고 있다.10)

　　1930년대에 본격적으로 논의되기 시작한 세계문학 담론은 문학 일반의 본질적 기능에 대한 구체적 고찰과 더불어 조선문학의 개념과 범주에 대한 논의가 항상 내포되어 있는 '논제'였다. 그럼에도 불구하고 지금까지 직접적인 세계문학에 관한 연구는 전무한 편이다.11) 그도 그럴 것이, 세계문학을 논의함에 있어 해외문학의 참조는 필수적인 사항이었고, 그것의 수용은 각국 문학의 전공자로 포진된 해외문학파가 거의 전담하고 있었다.12) 때문에 세계문학관련 연구는 주로 해외문학의 수용사적 차원의 문제로 소급되거나, 해외문학파라는 (진영 아닌) 진영 논리를 통해 해명되는 양상을 보인다. 전자의 경우, 아일랜드나 인도와 같은 피식민 국가와의 공통적 경험을 전제로 하여, 그 수용의 정치적 맥락을 고찰하는 문제로 수렴되었고, 해외문학파를 중심으로 세계문학을 고찰하는 작업은 흔히 계급주의 진영과 민족주의 진영과의 문단 권력 내부의 분파투쟁 양상을 중심으로 고찰되었다는 특징이 있다.13) 하

---

9) 서은주, 「1930년대 외국문학 수용의 좌표」, 『민족문학사연구』, 28집, 2005, 46면.

10) 김병철, 『한국근대서양문학이입사연구』하, 을유문화사, 1980, 9~10면.

11) 하재연의 논문이 '세계문학의 일원으로서의 조선문학'을 논하고 있으나, 조선문학을 혁신하고 조선어 시의 새로운 방향을 찾으려는 모색의 일환으로서 다뤄지고 있어 세계문학 담론이 함의한 의미를 구명하는 데에는 미치지 못하고 있다. 하재연, 『1930년대 조선문학 담론과 조선어 시의 지형』, 고려대학교 박사논문, 2008, 93~116면.
　　오히려 세계문학 관련 논의는 특정 시기에 국한되지 않은 채, 개괄적 차원에서 소개되는 양상을 띤다. 김재용, 「구미 중심적 세계문학에서 지구적 세계문학으로」, 『실천문학』 100집 , 2010; 이현우, 「번역과 사이 공간의 세 차원」, 『코기토』 70집, 2011; 박상진, 「세계문학의 과제와 보편의 문제」, 『비교문화연구』23집, 2011.

12) 외국문학 전공자로서 해외문학파가 중심이 되어 신문이나 잡지를 주도하게 된 것은 1920년대 후반부터였다. 이들은 자신들의 전공에 따라 역할 분담이 이뤄져 있었는데, 영미문학은 정인섭, 이하윤, 독문학은 서항석, 김진섭, 불문학은 이헌구, 노문학은 함대훈 등이 거의 전담하고 있었다. 서은주, 위의 글.

13) 대표적으로 장성규는 외국문학 수용의 양상을 『삼천리』에 국한해 살핀다. 외국문학의 수용이 단순한 이식과 전파가 아니었으며, 이는 『삼천리』의 매체 지향과도 상응한

다는 것이다. 즉 조선의 과도기적 상황을 극복하기 위해 소개된 서구 문학과 그것을 통한 조선적 근대문학의 기획은 오히려 조선의 식민지적 현실을 재인식하는 계기가 되며, 그 결과 제국의 언어와는 다른 탈식민적 언어의 필요성을 절감하게 된다는 것이다. 그러므로 아일랜드 문학의 전유와 에스페란토어의 적극적 수용은 당대 조선문학의 정체성을 소수자 문학으로 인식/기획한 결과라고 논의한다. 김복순 또한 아일랜드 문학에 주목하는데, 그에 따르면, 당대 논의가 제기하는 피식민지의 '동일시'라는 측면이 은폐하는 사항에 주의할 것을 요청한다. 특히 세계문학으로의 전유가 강조하는 보편, 근대성의 강조가 식민성, 여성성을 은폐한다는 점을 지적한다. 즉 아일랜드에 대한 인식은 그것이 지닌 식민성은 은폐한 채, 세계문학으로 전유함으로써 제국주의의 보편을 승인하는 또 다른 식민주의의 혐의가 있다는 것이다.(김복순, 「아일랜드 문학의 전유와 민족문학 상상의 젠더」, 『민족문학사연구』 44집, 2010; 장성규, 「삼천리의 외국문학 수용과 소수자 문학의 기획」, 『식민지 근대의 뜨거운 만화경』, 성균관대출판부, 2010.)

한편, 해외문학의 수용사적 측면의 연구로 비교문학적 관점에서 개별 작가, 작품의 영향관계를 다루거나, 문예사조의 이입에 주목하는 연구도 포함된다.(박성창, 『비교문학의 도전』, 민음사, 2009; 이보영 외, 『한국문학 속의 세계문학』, 규장각, 1998; 김병철, 『한국근대서양문학이입사연구』상, 하, 을유문화사, 1980)

외국문학 수용에 직접적인 역할을 했던 해외문학파를 중심으로 한 서은주의 논문은 해외문학파의 번역과 외국문학 소개 양상이 문화 번역자로서 언어 내셔널리티를 확립하고자 하는 노력을 동반했음을 지적한다. 또한 그들의 외국문학 번역과 연구가 세계문학 담론의 활성화를 가져왔으며, 개별 국민문학을 특수성으로 이해시키는 데 결정적인 역할을 수행했다고 언급한다. 조윤정 역시 해외문학파와 관련해 논의하는데, 특히 임화와 해외문학파의 논쟁이 서로를 타자화하면서 자신의 비평적 위치를 정립해 갔음을 지적하며, 이혜령의 경우, 『동아일보』를 중심으로 해외문학파와의 관련성을 규명하고 있다. 특히 서구문학은 지식의 시공간적 위계질서를 표상하는 것이자, 해외문학파가 기성의 문단에 진입하기 위한 유일한 수단이었다고 언급한다. 이들의 논의는 해외문학파가 문단에 자신의 입지를 마련하고자 했던 방식과 민족주의, 계급주의 진영과의 논쟁을 중심으로 세밀하게 논의한다는 점에 충분한 의의가 있다. 그러나 이로 인해 세계문학 담론의 의미는 해외문학파와의 논쟁이라는 측면에만 갇히게 된다. 다소 거칠게 말하자면, 세계문학 담론은 조선문단의 당파적 싸움/논쟁의 도구적 역할로 협소화되는 느낌을 지울 수 없다는 것이다. 물론 기존의 논의가 세계문학이 아닌, 해외문학파 중심이었다는 점은 고려되어야 한다. 하지만 이러한 지점이 1930년대 본격적으로 논의된 세계문학 담론을 그 자체로 파악하지 못한 문제일 것이다. 서은주, 「1930년대 외국문학 수용의 좌표」, 『민족문학사연구』 28집, 2005; ＿＿＿, 「번역과 문학장의 내셔널리티」, 『현대문학의 연구』 24집, 2004; 조윤정, 「번역가의 과제, 글쓰기의 윤리」, 『반교어문연구』27집, 2009; 이혜령, 「동아일보와 외국문학, 해외문학파와 미디어」, 『한국문학연구소』34집, 2008.

지만, 이들 연구에서 정작 간과되고 있는 것은 해당시기에 유통되던 세계문학이란 개념의 분명한 실체와, 각 진영의 논리로는 해명되지 않는 담론적 차원의 공통된 논리구조를 설파하고 있지 못하고 있다는 점이다. 그러므로 이 글에서는 세계문학 담론이 본격적으로 성숙-논의되었던 1930년대를 중심으로, 조선문학의 본격적인 정립과 상관적으로 성립되는 세계문학 담론의 개념적 지평을 고찰하고, 나아가 세계문학의 이념이 기행을 통해 직접적으로 경험되는 방식을 살핌으로써, 당대 세계문학 담론의 정치적 의미-가능성을 고구(考究)해 보고자 한다.

2. 조선문학의 정의와 세계문학 담론의 수행적 구조

1930년디의 세계문학 담론은 20년대 말, 전세계적으로 촉발된 경제공황이라는 배경 위에서 성립되었다. 세계적 수준의 경제위기는 일국적 차원에서의 해결을 불가능하게 만들었으며, 다양한 방식의 국제적 연합이 요청되고 있었다. 계급진영에서는 당대 경제위기를 자본주의의 '말기적 공황'으로 파악하고, 이것이 제국주의적 활동으로 이어져, 자본계급의 노동대중 착취와 나아가 경쟁적인 식민지 독점 무역시장 개척이 이어질 것으로 전망했다. 다른 한편으로는 '비상시기에 비상한 수단' 운운하며, 생산율을 증가시키고자 하는 '산업 합리화'를 내세워, 정치면으로는 민주정치를 방해하고 극단의 전제정치를 수단으로 한 파시즘 창궐을 목도하게 되었다. 주지하듯이, 파시즘은 금융자본주의의 특질인 제국주의 경쟁, 군사적 경쟁, 민족전쟁을 지지하고, 반국제주의적, 국가적, 군민적, 민족적 협화를 위해 계급대립을 반대하며, 애국주의를 기반으로 한 '국민일치'를 주장한다.14) 파시즘의 여파는 문화계에도 이어져,

---

14) 윤동수, 「세계공황의 특질과 전망」, 『비판』 6호, 1931. 10; 원세훈, 「변태정관」, 『비판』 12호, 1932. 4.

‘조선 팟쇼화’에 대한 본격적인 검토가 이루어지고, 일본 문단의 파쇼화에 대한 심각성이 고조되기도 하며, (세계 각국의 문단가운데, 조선인에게 가장 많은 관련을 주는) 영문단의 민족적 특이성으로 파쇼화가 고려되기도 한다.15)

경제적 위기는 문학 침체 현상의 중요한 원인으로 파악되기도 했다. 실제 1930년대에 이르면, 문학인들은 “그대는 왜 글을 쓰는가”라는 질문에 대한 응답으로 명성과 일에 대한 애정, 더불어 생활수단으로써의 문학을 매우 중요하게 생각했던 것을 알 수 있다. 에컨대, 한 평자는 “생활은 대중의 앞에 뿐 아니라 작가의 앞에도 속일 수 없는 엄연한 사실”로 나타났으며, “1929년 세계적 공황의 초발까지 문학의 상품가치 등에는 생각을 돌릴 틈도 없이 무조건 하고 그것을 사랑하였던 젊음”16)을 애타게 그리워하기도 한다. 경제적 위기, 그러니까 직접적으로는 원고료에 대한 문인들의 민감한 대응은 문필가협회라는 조직을 발기하기까지에 이른다. 문필가협회는 1932년 7월 30일 발기인총회를 열고, 다음 달 7일 창립을 한다. 조직의 주요 구성원으로는 이광수, 유광렬, 박일형, 홍효민, 배성룡, 함대훈, 채만식, 이무영, 김동인, 임화, 이기영, 백철 등이 있었다. 문필가협회는 그야말로 좌/우, 신진/중견 할 것 없이 다양한 진영과 세대의 문인들이 참가하고 있음을 알 수 있다. 문필가협회는 조직 목적으로 크게 1)친목도모 2)경제적 이익 옹호 3) 신진작가 소

---

15) 박철이, 「조선 팟쇼화의 검토」, 『비판』 21, 22 합본호, 1933. 3; 이무영, 「일본 파쇼화의 길로」, 『동아일보』, 1933. 6. 18; 정인섭, 「영문학의 현단계와 우리」, 『동아일보』, 1933. 9. 9. (한편으로 점차 파시즘 문학의 불가능성이 제기되기도 한다. 예컨대 이헌구는 정치적 선전의 의미를 가지는 문학행동이 존속되기 어려운 지경에 왔다고 진단하기도 하며, 정인섭은 “파시즘 문학이라면 보통 민족문학과는 달라서 강렬한 정치적 배경과 집단적 훈련과 예술가로서의 열광적인 붓과 또는 행동을 요구하는 것”인데, 이것이 의존사회에서는 필연적으로 존속하기 힘들어졌다고 전망한다. 이와 관련해서는, 이헌구, 「세계문학의 정신 탐조, 일의 서론적 수기」, 『개벽』 신간 1호, 1934. 11; 정인섭, 「문단시평 기이, 문학단체와 문예가 협회」, 『동아일보』, 1935. 10. 19)
16) 편석촌, 「현 문단의 부진과 그 전망」, 『동광』 제38호, 1932. 10.

개를 내걸고 있었지만, 이 중 가장 중대하면서도 실질적인 목적으로는 원고료 수납을 비롯한 문인의 경제적 기본권 사수에 있었다.[17]

이처럼 1930년대는 전세계적 경제공황의 여파로 인한 문단의 부진과 함께, 이를 극복하기 위한 다양한 형태의 국내·외 연합전선에 대한 문제의식이 대두되었다. 사고의 범위가 단일 국가나 민족의 차원을 넘어 섰으며, 내부적으로도 정치적 진영논리와 세대 간의 분열을 넘어 보다 거시적인 차원의 규제적 이념이 요청되고 있었다. 문필가협회를 거론한 이유는 그 인적구성원에 있어서도 그러하듯이, 개별적 수준의 극복이 아닌, 연대의 사유가 요구되는 당시 문단의 분위기를 상징적으로 보여준다는 판단에서이다. 세계문학 담론은 여러 종류의 '경계'를 초월하는 문학적 차원의 기획으로 점차 논의의 수준이 고도화 되어갔다. 이는 단지 계급진영과 민족주의 진영, 그리고 해외문학파로 일컬어지던 세력 간의 분파투쟁의 형태로만 전개된 것은 아니었다. 오히려 주목할 것은 세계문학이라는 논제를 중심으로, 다양한 차원의 '협의'와 의견조율이 이루어졌다는 점이다. 때문에 여기서는 세계문학 담론에 관한 좌담과 설문의 기획을 중점적으로 살펴볼 것이다.[18] 세계문학이라는 지향을 둘러싼 당대의 집단적 기획이 가능했던 것은, 그 논의가 조선문학의 정의와 범주에 대한 구체적 정립을 항상 동반해야 했다는 데서 기인한 측면이 크다고 할 수 있다. 문학의 세계성을 논의하기 위해서는 필연적으로 조선문학에 대한 자기-이해의 차원이 선행되어야 했기 때문이다. 우선, 세계문학과 조선문학 정립의 상관성 문제를 압축적으로 보여주는

---

17) 문필가협회에 대한 계급적 비판은 다음을 참고할 것. ; 김정기, 「문필가협회의 조직과 그 계급성」, 『비판』 17호, 1932. 10 ; 안함광, 「문예시평」, 『비판』 17호, 1932. 10.

18) 이경돈은 『삼천리』를 통해 소통과 조율로서 '설문'이 가지는 기능에 주목한 바 있다. 설문은 학계, 종교계 등의 각 계의 활동을 조망하고 이를 연잇고 있으며, 설문이 가지는 이러한 특성은 『삼천리』의 이념적 지향을 표방하는 형식이기도 했다. 보다 자세한 논의는, 이경돈, 「『삼천리』의 서사와 텍스트 정치」, 『식민지 근대의 뜨거운 만화경』, 성균관대출판부, 2010.

160

『삼천리』사 주최의 "문학문제 평론회"를 살펴보자.

1934년 5월 15일, 종로 백합원루상에서는 삼천리사 주최의 "문학문제 평론회"가 열렸다.[19] 참가자는 박영희, 주요한, 현진건, 김동인, 김안서, 양백화 등 당대 주류문단에서 활동하던 문학인들로 구성되어 있었다. 첫 번째 논의의 초점은 해외문단진출 문제로, 내용의 대부분은 장혁주, 강용흘 등 조선인의 세계문단 진출에 대한 것이었다. 이에 대해 주요한은 전반적인 혹평을 가한다. 이들의 성공요인은 단지 "제재를 조선에서 취한 점, 즉 그 황량한 산하, 대륙적 민족의 성격, 특이한 생활양식을 토대로 묘사하고 내용 삼고하였기 때문에 그 사람들 보기에 매우 진기하니까, 또 신선하니까" 고평된 것이라고 한다. 그러므로 "외지문단에서 일흠을 날니는 이의 작품은 반드시 본토의 우리들 문단 것보다 표준이 놉하서 그런 것"이 아니라는 점을 분명히 한다. 반면, 현진건은 이들 작품이 단지 "재료의 신기성" 때문에 성공한 것이 아니라, 예술적으로 우수했기 때문에 영미의 문예 비평가들로부터 지지받을 수 있었던 것이 아닐까라는 반론을 제기한다. 한편, 박영희의 경우, 조금 다른 관점에서 조선인의 해외문단 진출을 바라보는데, 그에 따르면 이들 경향은 1)발표의 자유성과 2)생활보장이라는 측면에서 파악될 필요가 있다고 말한다. 즉, 해외진출이 무난할 수 있는 물적 조건을 봐야한다는 것인데, 이들은 우선, 검열로부터의 자율성을 획득할 수 있었으며, 작품을 영어로 제작하여 세계의 권위인 영미문단의 비평가에게 비평을 받을 수 있어, 작가로서의 긍지 획득과 함께 생활이 보장(원고료 수입)되었기 때문에, 그러한 성취가 가능했다는 것이다.

조선인의 해외문단 진출 문제는 구체적인 작가나 작품의 문학적 수준을 논의하는 것에서부터, 해외진출 성과의 물적 조건을 탐구하는 방향으로 나아가기도 했다. 그런데 이러한 일련의 논의는 조선인의 해외

---

19) 「삼천리사주체 문학문제 평론회」, 『삼천리』 6권 7호, 1934. 6. 1.

진출을 바라보는 양가적인 태도가 선행된 채 이루어지고 있다는 것을 지적할 필요가 있다. 다시 말해, 이들의 논의는 "조선 문학의 수준"과 "조선인의 작가적 역량"이 "세계적으로 웅비할 계제"에 이른 것으로 간주하는 태도를 동반하는 한편, 반대로 해외로의 지향이 정작 "고국 문단을 고적케 하는 서글픈 경향"이며, "멸시"를 수반하는 경향으로 나아갈 수도 있다는 위기의식이 반영된 결과라는 것이다. 그러므로 조선 문학의 세계성을 고찰하는 논의는 조선 문학이라는 개념과 범주에 대한 명확한 규정 확립을 필연적으로 동반할 수밖에 없었다. 자국 문학에 대한 명확한 이해가 없이, 세계문학을 지향할 경우, 조선 문단 자체가 서구 중심의 일원론적 세계관으로 함몰될 위험이 있었기 때문이다. "문학 문제 평론회"가 조선 문학의 범위와 개념정립 논쟁으로 이어지는 것도 이러한 지점에서이다.

> 김동인 – 여기에 따라 다니는 문제는 그러면 조선사람이 <영문>으로 써도 그것이 조선문학일가 조선 작가가 영미불로독 각국인에게 읽히기 위하야 옅불로독 각국어로 작품을 발표한다면 그것이 그대로 우리 문학일가 이 규정이 선결문제인 줄 알아요. 장혁주씨의 문학이 조선문학이요 강용흘씨의 문학이 또한 조선문학일가요. … 강이 비록 조선 사람이고 조선 사회를 제재로 하여 썼다 하지만 그는 조선인에게 읽히기 위하야 그 초가집을 쓴 것이 아니니까 초가집은 조선 문학이 아니지요.

> 김안서 – <조선문학의 정의 문제>가 낫는데 동인군 말대로 하면 나카니시 이노스케(中西伊之助)가 열풍을 조선문으로 쓰고 <여등의 배후에서>를 조선에서 취재하여 썼으니까 그 역 조선문학이요 나카니시(中西)를 조선인 작가라고 할가요. 이옛츠가 영문으로 륜돈서 시가와 희곡을 발표하여도 그를 애란문학이라 하였고 파란의 레이몬트가 영어로 농민을 발표하여도 파란문학이라고 아니하엿든가요. … 강씨 장씨의 문학도 조선작가요 조선문학이라 하여야 올켓지요. 양복 입엇다고 조선인을 서양인이라 부를 수 없는 거나 마찬가지로.

　김동인은 장혁주와 강용흘의 작품을 조선 문학이라 할 수 없다고 주장한다. 그 이유는 단지 작품이 조선어가 아닌 영어로 작성되었기 때문이 아니라, 상대하는 독자의 구분에 따라, 조선인을 독자로 상정하지 않았기 때문에 그렇다는 것이다. 이는 그가 박지원의 『열하일기』에 대해 한자로 쓰였지만, 조선 사람에게 읽히기 위하여 쓴 것이기 때문에, 조선문학이라고 할 수 있다는 주장을 통해서도 확인된다. 반면 김안서는 예이츠나 레이몬트의 사례를 들어, 강용흘이나 장혁주의 문학을 조선문학이라 규정하고 있다. 조선문학의 범주에 대한 김동인과 김안서의 상반된 입장은 당시까지도 조선문학의 개념과 범주에 대한 문단 내부의 합의가 이루어지지 않았다는 점을 상징적으로 드러낸다. 세계문학 담론이 고조되던 1930년대까지도, 조선 문학의 정의에 있어 사회적 합의가 도출되지 않았다는 사실은 당대에도 매우 심각하게 받아들여졌던 것으로 보인다. 예컨대 정인섭 역시, "세계문학의 당면 코스"를 논하면서, 조선 문단의 수준이 세계문학의 역량에 비해 천박하다는 것을 인정하는 한에서, 선진사회의 유명한 비평을 번역, 소개하는 한편, 조선 작가와 작품에 대한 학자적 연구논문을 저작, 발표하는 것이 중요하다고 언급한 바 있다. 그는 이어서 조선문학사 내포 문제를 거론하는데, "어떠한 국가의 문학사든지 그것은 인물(민족)표준도 아니요, 취급 재료 내용(자국, 타국)이 표준 될 수 없고 다만 언어(문자)에 표준을 두지 않을 수 없다"고 말한다.[20] 물론 일찍이 이광수를 비롯한 몇몇 논자들을 통해, 근대문학이 성립하던 1910년대에도 조선 문학의 정의에 대한 논의가 있어왔다. 하지만 이전까지의 논의는 조선 문학의 개념 정립에 대한 심화된 논의라기보다는 근대문학이 성립되던 시기에 문학을 문학으로서 감지할 수 있는 관습적 사고와 능력을 재구조화하는 것에 가까웠다.[21] 하지

---

20) 정인섭, 「문단문제초」, 『삼천리』 6권 5호, 1934. 5. 1.
21) 허민은 이광수의 「문학이란 하오」에서 논의되는 조선문학 규정에 대해, "문학을 문
　　학으로서 인식하게 하는 선이해적 지평을 구조화"하는 작업이며, 이는 네이션 창출을

만 1930년대 중반에 이르면, "세계문학의 당면 코스"로 조선문학의 정의에 대한 본격적인 논의가 이루어진다.[22] 『삼천리』에서는 '조선문학의 정의'에 관한 대대적인 설문-논설을 기획하기에 이른다.[23]

조선문학의 정의에 관한 『삼천리』의 설문에는 이광수, 박영희, 염상섭, 임화, 이태준 등 12명의 인사들이 참여했다. 설문의 내용은, "조선사람"이 "조선 글"로 "조선사람에게 읽히기 위해" 쓴 것만이 "완전한 조선문학이 될 것"이라고 전제한 뒤, 이에 벗어난 사례에 대해 답을 구하고자 한다. 조선인 작가의 해외진출 문제에 관련된 이 질문은 결국 한문문학이나 장혁주, 강용흘 등의 작품을 조선문학의 범주에 포함할 수 있는가에 대한 것이었다. 대답을 정리해보자면, 염상섭을 제외한 참가자 대부분이 장혁주, 강용흘의 작품을 조선문학의 범주에 포함시킬 수 없다고 말한다. 특히 일본어 작품을 썼던 장혁주는 스스로도 자신의 작품 일부를 조선문학에 넣지 못한다고 답변한다. 반면, 「열하일기」나 「사씨남정기」와 같은 한문문학을 조선문학의 범주에 포함할 수 있는가에 대해서는 관점에 따라 의견을 달리 하고 있다. 대략적으로, 이광수, 김광섭, 장혁주 등은 한문문학은 조선문학이라 볼 수 없다고 답하는 것에 비해, 박영희, 염상섭, 박종화 등은 한문문학을 조선문학의 범주에 포함시키고 있다. 이는 1930년대 후반까지도 조선문학사의 범위에 관한 사회적 동의가 이루어지지 않았다는 사실을 방증한다.

김동식은 이 설문에 대해 "저널리즘적 감각에 의해 구성된 것이기는 하지만, 그동안 조선문학이라고 암묵적으로 전제되어 왔던 사항들을 표

위한 정신적 조건을 문학을 통해 마련하는 것이라고 논의한 바 있다. 허민, 「1910년대 공/사 분할의 전치와 문학적 주체의 정치성 - 이광수 초기 문학, 문학론 재독」, 『반교어문연구』 31집, 반교어문학회, 2011, 211면.

22) 세계문학과 관련된 기획은 당대 거의 모든 매체들의 공통된 사항이었다. 자세한 서지사항은 다음을 참고할 것, 서은주, 「1930년대 외국문학 수용의 좌표」, 『민족문학사연구』 28집, 2005, 46~47면.

23) 이광수 외, 「조선문학의 정의 이러케 규정하려 한다」, 『삼천리』 8권 8호, 1936. 8.

층의 차원으로 끌어올려 전경화하는 효과"[24]를 거두고 있다고 언급한 바 있다. 그러나 『삼천리』에서 실시한 이 설문의 중요성은 단지 조선문학의 개념 정립에 대한 논의를 수면 위로 끌어 올려서가 아니라, 자국 문학에 대한 분명한 이해가 조선문학의 '세계적 수준'으로의 도달을 위한 필연적인 당면 코스로 인식되었다는 사실에 있다. 그러므로 조선문학의 정의에 대한 당대의 논의는 세계문학의 이념이 고조되어 가던 문학사적 맥락을 통해 해명되어야 한다. 그렇다면, 1930년대 논의되던 세계성의 이념, 즉 문학적 역량으로서의 '세계적 수준'이란 것은 무엇일까?

조선문학의 정의에 대한 대대적인 설문이 이뤄지던 1936년에는 「조선문학의 세계적 수준관」에 대한 설문도 아울러 실시된다.[25] 이 설문 역시도 이광수, 박영희, 유진오, 김안서, 홍효민, 월탄, 이헌구, 민병휘, 송영, 박팔양 등 당대 진영과 세대를 총망라한 문인들이 참여하고 있다. 설문에 참가한 문인들은 (약간의 세부적 의견 차이를 감안하는 한에서 크게 보면) 조선문학이 아직 세계적 수준에 이르지 못했다고 진단을 하는 부류(이광수, 김안서, 이종수, 민병휘 등)와 반대로 조선문학도 부분적으로는 세계적 수준에 놓을 수 있다는 부류(박영희, 유진오, 이무영, 송영 등)로 나뉘고 있다. 다른 한편으로 판단을 유보하면서, 세계적 수준이라는 개념 자체를 문제시 삼는 논자도 있었다. 예컨대, 홍효민은 "세계적 수준이라는 어떠한 한계를 정할 때", 이는 "풀 수 없는 넌센스"가 되어 버린다고 언급한다. 본시 세계적 수준이란 "한결 같이 막연하고 맹랑한 것"이어서 "도저히 확정할 수 없는" 것이다. 차라리 질문의 방식을 바꿔 "조선문학은 영, 미, 로, 독, 불, 이, 애, 인 등 제국의 문학에 비하야 그 수준이 어떠합니까" 라든가, 조금 더 구체적인 작가와 작

---

24) 김동식, 「한국문학 개념 규정의 역사적 변천에 관하여」, 『한국현대문학연구』, 제30호, 한국현대문학회, 2010, 29~30면.

25) 「조선문학의 세계적 수준관」, 『삼천리』 8권 4호, 1936. 4.

품에 한정해서 물어야 할 것을 요구한다. 이처럼 세계문학 담론은 단순히 세계적 수준의 문제로 환원될 수 없다. 오히려 세계적 수준에 대한 『삼천리』사의 질문은 문학이 지닌 보편성을 통해 그 '세계'에 대한 인식의 재편 가능성을 제공한다.

지금까지 여러 설문을 제시하면서 강조하고자 한 바는, 조선문학의 정의와 세계적 수준에 대한 설문이 지닌 각각의 의미를 고찰하는 것을 넘어, 세계문학 담론의 수행적 구조로서 종합하여 사고되어야 한다는 것이다. 다시 말해, 조선문학의 세계성 고찰은 항상 자국문학의 정의와 범위에 대한 논의를 동반한 채 진행되었던 만큼, (당대의 특정한 진영논리에 귀속시키지 않는 한에서) 외국문학 수용에 대한 문제로 한정할 수 없다는 것이다. 당시 세계문학 담론의 수행적 구조란, 조선문학에 잠재된 세계성의 이념을 현실화할 수 있는 구체적 방안을 모색하는 것이었으며, 한편으로는 서구 중심의 일원론적 세계인식에 포섭되지 않기 위해, 자국문학에 대한 정확한 이해를 선행시킴으로써 그것이 지닌 특수성을 해명하는 것으로 종합되어 있었다는 것을 의미한다.26) 따라서 1930년대의 세계문학 담론은 조선문단 내부에서 이루어졌던 관련 논쟁의 수행성 자체를 하나의 성립조건으로 하여 구축되었다는 것을 유념할 필요가 있다.

"세계문학으로서의 조선문학"27)이 앞으로 우리가 가져야 할 이상(理想)이라는 언급처럼, 세계문학 담론은 조선문단 내부의 다양한 진영과

---

26) 한 예로 김광섭은 조선문학의 향상을 위해 "과거를 항상 성찰하며 현재에 잇서서 부절(不絶)히 노력하며 널히 세계문학에서 그 영양을 섭취하야 우리 독자적 문학을 창조하는 문학적 정진"을 해야 한다고 언급한다. 「신문학 수립에 대한 제가의 고견」, 『조선일보』, 1935. 7. 6.

27) 엄홍섭, 「금년 문단의 수확, 조선문학의 규정」, 『신동아』, 5권 12호, 1935. 12. 당시 세계문학담론은 해외문학파만이 아니라, 다양한 진영을 막론하고 추구되어야 할 것이었다. (승영 역시, 세계사적 보편성을 언급하며, 조선의 특수성에 대한 강조를 넘어 세계의 보편성에 합당한 문학을 창출할 것을 주장했다. 송영, 「'조선말 문학'의 세계적 수립」, 『조선일보』, 1936. 1. 21.

정파를 막론하여, 추구되어야 하는 '규제적 이념'으로서, 항상 '길항'하며 존재했다. 물론 당시의 세계문학 담론을 둘러싼 논쟁에는 조선문단 내부의 권력투쟁의 양상이 개입되어있었음은 물론이다. 하지만 계급문학 진영과 민족문학 진영, 그리고 해외문학파 간의 갈등은 조선문학에 대한 명확한 자기-정의와 함께 세계성의 이념을 실현시켜야 한다는 의식을 공통적으로 전제한 채, 수행되었다는 것을 지적해야 한다. 실제, 1935년에 실시된 "조선문학 주류론"에 대한 설문에서는 논자 대부분이 자기 진영에 입각한 문단 내부의 주류성을 논의하면서도, 동시에 조선문학의 세계성을 실현해야 한다는 것에 합의하고 있음을 알 수 있다.[28] 때문에 설문의 참가자 대부분이 해외문학파를 특정한 이데올로기에 입각한 통일된 문학 운동 상의 '유파'로 인정하지 않는 태도를 단순히 권력투쟁의 일환으로만 보는 것은 피상적인 관찰에 지나지 않는다. 또한 해외문학파의 자기-정립을 문단 내에서의 입지 확보를 위한 단순한 인정투쟁으로만 보는 것도 안일한 것이라 할 수 있다. 그러므로 중요한 것은 당대 실시된 설문'들'의 역사적 맥락을 충분히 고려해야 한다는 점이다. 이러한 설문들은 '세계문학으로의 코스'라는 공통된 과제를 둘러싼, 문단 내 '논쟁'이 아닌, '협의의 과정'이자, 조선문학의 세계성 도달을 위한 수행적 차원의 방법론으로서 종합적으로 사고해야 할 필요가 요청된다. 세계문학 담론에 관한 설문과 좌담의 글을 살펴본 이유도 여기에 있다. 세계문학 담론의 본질은 해외문학 수용에 대한 문제도 아니고, 해외문학파의 인정투쟁의 차원으로도 해명될 수 없다고 보인다. 분명 1930년대 세계문학 담론은 진영을 막론한 조선 문단 전체의 '협의'의 대상으로서, 그 논의의 수행성 자체를 하나의 성립조건으로 하고 있는 '규제적 이념'이었던 것이다.

---

28) 이광수, 염상섭 외, 「조선문학의 주류론, 우리가 장차 가져야 할 문학에 대한 제가답」, 『삼천리』 7권 9호, 1935. 10.

3. 세계문학이란 이념 정립의 경험적 계기(들) – 해외문학기행의 정치성

주지하다시피, 세계성 내지 세계문학 담론을 적극적으로 산출했던 주체는 (반)주변부 의식을 공유하고 있었다. 세계문학 담론은 서구중심주의의 위계적 세계 인식을 전제하는 한에서 그 위계를 문학적인 차원에서 넘어서고자 했던 정치적 기획의 일환이라고 할 수 있다. 식민지 시기에도 마찬가지여서, 당시 세계문학이라 함은 대체로 영국, 미국, 프랑스, 러시아, 이탈리아 등 선진국가의 문학(수준)을 의미하는 것이었다. 이들 문학은 서구 중심의 보편성을 표상하는 한편, 세계적 수준을 가늠하게 하는 지표로 기능하기도 했다. 또한 아일랜드나 인도처럼 식민지 경험을 공유한 국가의 문학 역시 세계문학으로 간주되는 경향이 있었다. 아일랜드와 인도 문학은 당시 식민지 조선과 일종의 유비관계를 형성하여, 제국주의적 억압에 대한 탈식민주의적 극복을 의미하는 차원에서 소개되었다. 특히 아일랜드 문학의 소개는 주로 언어문제에 집중됨으로써, 제국 언어에 맞서는 식민지 언어전략의 구체적 사례로서 간주되기도 했다.[29] 뿐만 아니라, 아일랜드와 인도에는 각각 예이츠와 타고르라는 노벨문학상을 받은 작가를 보유하고 있는 국가이기도 했다. 당시 노벨문학상은 세계문학의 지표로 여겨져 그에 대한 소개와 관심은

---

29) 사노 마사토는 1930년대부터 이어져 온 아일랜드 문학에 대한 관심을 다음과 같이 파악한다. "당시 아일랜드는 정치적으로는 오랜 독립운동 결과 1922년에 아일랜드 자유국이라는 자치를 쟁취한 시기였고, 그 뿐이 아니라, 문화적으로는 영어에 대한 민족어(게일어)의 강조, 민중생활에 기초한 민족적인 문학운동의 고조(아일랜드 문예부흥), 특히 에비 극장을 중심으로 했던 근대극 운동으로 세계적인 주목을 끌기 시작한 시기이기도 했다. 그런 아일랜드의 상황이 민족적 정체성을 모색하고, 문학적으로 한국문학이 나아갈 길을 찾고 있던 한국인 지식인, 학생들에게 많은 시사를 준 것은 당연한 일일 것이다." 사노 마사토, 「경성제대 영문과 네트워크에 대하여」, 『한국현대문학연구』26집, 2008. 12, 331~332면; 장성규, 「삼천리의 외국문학 수용과 소수자 문학의 기획」, 『식민지 근대의 뜨거운 만화경』, 성균관대출판부, 2010 참조.

식민지 시기 내내 지속되었다.

하지만, 특정한 네이션을 상정한 세계문학이란 엄밀한 의미에서 성립될 수 없는 것이기도 했다. 세계문학의 본질이란, 국가나 민족 단위에 귀속되지 않는 보편의 세계성 자체를 이념으로 한 것이기 때문이다. 그럼에도 식민지 시기 세계문학 담론은 서구에서 유입된 문명사적 관점이 일정하게 반영된 형태로 구성되어 있었다. 당시 세계문학의 성취로서 영미를 비롯한 유럽 열강의 문학이 거론된 것만 보아도 이를 쉽게 알 수 있다. 실제로 당시 영미문학이나 독일, 이탈리아의 문학, 문화를 소개하는 글에서는 해당 국가의 정치, 경제적 선진성이 직, 간접적으로 반영된 경우가 많았다.30) 또한 당시 조선문단에서는 민족이나 계급, 국민단위를 기반으로 한 문학적 형식을 통해 세계문학으로의 진입 가능성을 모색하고자 하는 다양한 기획이 절합되어 있었다. 그러나 앞서 살펴본 대로, 1930년대 식민지 조선의 세계문학 담론은 다양한 주의주장이 '협의의 과정'을 통해 구성된 것이었으며, 그로 인해 세계문학이라는 '규제적 이념'이 정치적으로 끊임없이 자기-갱신되는 수행적 구조를 지니고 있다는 것이었다. 따라서 '규제적 이념'으로서의 세계문학 담론은 단일한 네이션으로 귀속되지 않은 채, 세계성의 이념을 잠재하고 있는 정치적 기획이 될 수도 있었다.

또한 1930년대에 접어들어, '세계'(와 조선)에 대한 인식이 점차 변화하고 있었다는 것을 상기해야한다. 1930년대는 미디어를 통한 국제정보의 다양함과 세계에 대한 지식의 습득이 서구와의 동시성을 요구하고 있었다. 이는 달리 말해, 더 이상 서구적 근대성에 압도되지 않으며, 세

---

30) 예컨대, 이런 식이다. "현대 아메리카, 물질번영의 현대 아메리카, 세계의 신로마라 할 만한 현대 아메리카는 대중화, 일반화, 기계화, 합리화, 능률화 세계화, 국제화의 시대인 이십세기의 문명의 연수(淵藪)이다. 오인이 비록 그 문명의 예찬자는 아니라할지라도 그 은성(殷盛)한 현실상과 그 문명의 세계적 정복력은 부정할 수 없다...(중략)... 이상과 같은 사회적 정세를 배경으로 한 미국문학은 어떻게 움즉이고 잇는가, 서항석, 「세계문단 회고와 전망 9」, 『동아일보』, 1934. 1. 24.

계에 대한 감각을 자신의 견지에서 해석하고 향유하는 것이 가능해졌
다는 것을 의미한다. 따라서 '세계'란 더 이상 미지의 영역이라거나, 인
식의 외부에 있는 두려움의 대상이 아니라, 조선이 기반한 곳이자, 조선
을 둘러싼 공간으로 인식되고 있었다. 이러한 인식의 변화는 조선의 지
식인들이 세계라는 체제 하에서 보다 보편적으로 해외와 조선을 사유
하는 주체의 의식 양상을 보여주고 있음을 의미한다.31) 이제, 문학의
영역에서도 세계사적 지평의 차원에서, 그것의 동질적 기반이 사유되기
시작한다.

> 세계문단을 총관적으로 서술한다는 것은 결코 용이한 일이 아니다. 문
> 학도 다른 만상(萬象)과 같이 생성하고 유동하고 변화하야 촌시(寸時)의 휴
> 지(休止)조차 없는 것이오 게다가 각국의 국정과 국민성과 전통이 서로 다
> 르고 더구나 현대문학의 내부에는 과거의 제주의(諸主義) 즉, 자연주의, 인
> 상주의, 신낭만주의, 표현주의 등등의 제경향, 제색채가 의연히 잔존하야
> 서로 반발하고 결합하고, 교착하야 그 다양함이 실로 일이(一二)로써 논할
> 바가 아니다...(중략)... 그러나 모든 차별상의 반면에서 평등상을 찾아낼 수
> 있는 것이 또한 사리의 당연이다. 더구나 최근의 세계는 저 막대한 공통적
> 체험인 대전을 겪은 후에는 이미 전술한 바와 같이 각 방면에 있어서의 국
> 제적 경향이 농후하다.32)

서항석은 '세계 문단의 총관(總觀)적 서술이 용이하지 않다'고 말한
다. 그도 그럴 것이 각국의 '국적'과 '국민성'과 '전통'이 서로 다르고, 더
구나 현대문학의 내부에는 다양한 '주의'와 '경향'과 '색채'가 '잔존'하여,
이를 총괄하기 힘들기 때문이다. 하지만 서항석은 이러한 차이에도 불
구하고 세계적 차원의 공통경험을 언급하고 있다. 대전(大戰)과 같은

---

31) 성현경, 『1930년대 해외 기행문 연구 -『삼천리』소재 해외 기행문을 중심으로』, 성균
    관대학교 석사논문, 2009, 119면.
32) 서항석,「세계문단의 회고와 전망 이(二)」,『동아일보』, 1934. 1. 3.

‘저 막대한 공통적 체험’은 각 방면에서의 국제적 경향을 도출시켰다. 이러한 공통적 체험은 각국의 문단에 있어, ‘동일한 현상’을 야기하고 있고, 문학의 내용에 있어서도 ‘다분(多分)’의 ‘근사성’을 발견하게 한다는 것이다. 서항석의 글에서는 세계 수준의 공통적 체험을 세계대전으로 한정하고 있지만, 실상은 그보다 더 많았다. 경제적으로는 세계수준의 불황이 계속되고 있었고, 이에 대한 대응으로 제국주의 열강의 식민지 진출 문제와 파시즘 창궐이 국제적인 문제가 되고 있었다. 뿐만 아니라 예술, 문화적인 차원에서는 고전부흥이나 문예부흥운동이 세계적인 조류가 되고 있었다. 따라서 세계를 사유하는 방법 자체가 단일국가나 민족으로 귀속될 수 없었던 정치, 경제, 문화적 배경이 성립되어 있었다. 더구나 세계문학 담론은 그야말로 문학이론으로서 제기된 측면이 크기 때문에, 특정 국가의 문학이라도 해당 국가의 의사에 의해 결정-구속되지 않는 문학 자체의 본질적인 특성이 조명되기 시작했다. 그리고 이러한 사유가 세계성의 이념을 실현시키기 위한 중요한 선행 조건이 되고 있었다.

나는 문예와 정치와의 밀접한 유기적 의종에서 새로운 문예가 부흥된다는 주장을 가진 자는 아니다. 물론 정치와 문예가 일관된 정신아래 발생, 장성하는 것은 아니라고 하더래도 정치형태는 정치형태대로 새로운 건설이 잇고 이 건설이 잇는 일면에 문예는 문예대로 새로운 건설이 잇어 온 것만은 엄연한 실증적 사실이다. …(중략)… 어떤 정치가가 위대한 문예창작을 했다면 그는 작품적 행동을 할 것이요 결코 정책적 문인이 된 것은 아니다. 빅톨 유-고가 아무리 상원의원이 되고, 시인 라마르틴이 공화혁명의 선구가 되었다고 그들의 문예가 곧 그의 정치적 견해를 그대로 담는 것은 아니었다.[33]

세인이 흔히 영국을 치고 곧 미국을 치는 식으로 이곳에도 영과 미를

---

33) 이헌구,「세계문학의 정신 탐조, 일의 서론적 수기」,『개벽』 신간 1호, 1934. 11.

넣었으나 미국이 정치적, 경제적, 군사적으로는 영국과 비견하는 것이라고
할 수 있으나 오인은 미국의 금일문학은 결코 우수한 것이라고 할 수는 없
는 것이다. 이곳에 이 세계적 수준의 막연차맥랑(漠然且麥浪)한 것이 또다
시 폭락되거니와 진실로 그러한 정도로 조선문학이 세계적 수준을 잡고 나
온다면 그러케 세계적으로 뒤떨어진 문학이라고도 할 수 없는 것이다.34)

이헌구는 세계문학을 논의하는 자리에서, 문학의 정치 귀속성을 명
백히 부정한다. '정치형태는 정치형태대로 새로운 건설'이 있고, '문예는
문예대로 새로운 건설'이 있다는 것이다. 따라서 어떤 정치가가 위대한
문예창작을 했다면, 이는 '작품적 행동'이지, 그가 '정책적 문인'이 된 것
이라 할 수 없다는 것이다. 마찬가지로 홍효민은 미국의 높은 정치, 경
제적 지위가 문학적 수준을 보증하는 것은 아니며, 같은 이유로 인해,
조선의 낙후된 현실이 조선문학을 세계적 수준에 미달된 것으로 단언
할 수 없다는 주장을 하고 있다. 이들의 논의는 문학의 순수성을 주장
하는 것이 아니라, 국가의 정책이나 정치적 의사로는 온전히 결정될 수
없는 문학의 내적 본질을 확인하는 것이다. 동시에 단일한 네이션으로
는 환원되지 않는 세계성의 이념을 실현하기 위한 문학적 지평을 마련
하는 것이기도 했다. 세계문학이란 단지 세계적 수준의 문학을 지칭하
는 것이 아니다. 오히려 우리가 '세계적 수준'이라 할 때의 그 '세계상'
에 대한 인식의 재편 가능성을 문학적 차원에서 설파하기 위한 '이념'이
바로 세계문학인 것이다. '세계'에 대한 인식의 재편이 무엇이고, 이것
이 문학적인 차원에서 마련된다는 것은 해외문학기행을 통해 살펴볼
수 있다.

주지하다시피, 1930년대 해외여행의 간문화적 경험 양상은 세계체제

---

34) 홍효민,「조선문학의 세계적 수준관 – 세계적 수준의 규정 의문」,『삼천리』8권 4호,
    1936. 4.

라는 지리적 지평의 확장 속에 위치한다. 이 시기, 세계에 대한 감각의 습득은 조선이라는 국가의 구축을 초월한 채, '세계'가 일반적인 지식이 되어갔다는 것을 의미한다. 세계문학의 경우도, 기실 그것이 항상 외적 계기에 의해 구성된다는 점에서, 해외여행을 통한 타자(해외문인)와의 조우, 이문화 경험에서 생산된 기행문의 중요성은 핵심적이라 하겠다. 기행문은 간문화적 경험을 바탕으로 한 세계상의 인식이 표상된 문학적 산물이라 할 수 있다. 그런데 1930년대 해외 기행문의 중요한 특징으로 문학을 비롯해 예술, 문화를 향유하기 위한 성격의 여행이 증가했다는 점을 꼽을 수 있다. 물론 그 이전 시기에도 문학, 문화(예술)기행의 속성을 지닌 기행문이 전무했던 것은 아니다. 그러나 대부분이 학교, 미술관, 박물관 등에 집중되거나 각국 도시의 공원, 수도, 교통 시설의 번화한 문물을 소개하는 것이었다. 이는 국가의 문화 시스템을 전달, 소개하는데 치중한 것이라는 점에서, 문화 제 영역에 관한 개별적 인식에 주목하는 1930년대 기행문과는 분명한 차이가 있다.[35] 세계문학이라는 것의 기본적 성격이 평등한 구조의 기획이라는 데 있다는 점은 그것이 전지구적이기 때문이 아니라, '문학(예술)'과 관련해서라는 사실을 상기한다면[36], 해외문학기행과 세계문학의 관련성은 더욱 중요해진다.

1930년대 해외문학기행의 중요한 특징은 해외라는 공간에 대한 인식이 국가라는 단위로 귀속되지 않은 채, 문화적 산물로서 경험-향유되고 있다는 것이다. 이는 앞서 언급한 일반적인 해외문학 소개의 글과 대비해보면 더욱 명확해 진다. 다시 말해, 기행이 아닌, 해외문학에 대한 정보제공의 글에서는 해당 국가의 정치·경제적 위상이나 각종 문화 제도가 직·간접적으로 반영-소개되는데 반해, 해외문학 기행문에서는 전혀 그렇지 않다는 것이다. 예컨대 이런 식이다.

---

35) 성현경, 『1930년대 해외 기행문 연구 - 『삼천리』 소재 해외 기행문을 중심으로』, 성균관대학교 석사논문, 2009, 124면.
36) 박상진, 「세계문학의 과제와 보편의 문제」, 『비교문화연구』 23집, 2011, 95면.

막사과의 <쿠로포토킨>가에서 압흘 내다보면 문호 톨스토이 박물관이
보임니다. 토옹 박물관은 늙은 나무가 뜰 압흘 가리운 백악의 3층 건물이
바로 그것이니 나는 모스카바에 려장을 풀어노키 밧브게 이 건물을 차젓소
이다…(중략)… 우편쪽 문을 열고 안으로 발을 드려놓으니 이것이 제1실 톨
스토이의 센스트볼금 가잔시대라고 한 첩지가부터 있다. 그러고 그의 동생
인 니코라이 백작의 대리석상이 엷은 유리에씨여서 벽상에 걸이여 잇다.
그가 문명을 시려하야 남로의 소촌 <야스나야 뽀리야나>에 이르러 임종
할 때 광경을 연상시키게 하는 그때 그 모형을 비롯하야 옹의 일대의 대작
<전쟁과 평화>를 쓰든 원고필적이 잇고 또 옹이 청년시대에 결혼 당시
쓰든 으복 모자 신발들이 모다 어제런 듯 깨끗하게 진열이 되어있다.[37]

　　이 시가 실상은 맥심, 꼴끼-의 고향이외다. 이 저자 동편의 둔덕진 곳에
그의 집이며 소년시 노든 터전이며, 그의 작품 <맨 밋바닥>을 체험한 술
막집, 심부름꾼이 되어 일하든 구두방들이 지터잇다. 레-닌의 아버지가 교
편을 잡고 잇섯다든 중학교는 지금 대학으로 승격하여 잇슴니다.[38]

이 글들은 각각 톨스토이 박물관과 막심 고리키의 고향을 다녀온 기
행문이다. 톨스토이 박물관을 다녀온 저자는 모스크바 도착 당시, "려장
을 풀어노키 밧브게" 그곳으로 향했다고 전한다. 박물관에서 그는 '톨스
토이의 임종 시 광경'을 연상키도 하고, 대작 『전쟁과 평화』를 쓰던 원
고 필적과 톨스토이가 결혼 당시 쓰던 모자와 신발들을 관람했다고 말
한다. 막심 고리키의 고향을 다녀온 저자 역시, 작품 『맨 밑바닥』을 체
험한 술막집과 고리키가 심부름꾼이 되어 일하든 구두방 등을 보고 온
경험을 서술하고 있다. 이러한 종류의 해외기행문에서 보여지는 공통된
특성은 유명한 문호의 고향이나 기념관을 그 자체로 '향유'하고 있다는
점에 있다. 다시 말해, 해외문학 기행에서는 (식민지 조선과는 대비되

---

37) 적광장학인, 「적로 톨스토이 박물관」, 『삼천리』 10호, 1930. 11.
38) 김니코타이, 「로서아의 볼가하행」, 『삼천리』 5권 9호, 1933. 9.

는) 유럽열강에 대한 위상이 전혀 고려되지 않은 채, 단지 대상에 대한 미적 향유만이 이루어지고 있다는 것이다. "휴학의 기간을 이용하여" 톨스토이 고향을 찾았다는 최학성은 방문이유를 "평소 감격의 정서로써 애모와 존경을 금치"[39] 못했기 때문이라 밝히고 있으며, 정석태가 세계적 명소 중 "하이델벨히(하이델베르크)를 가장 인상 깊었던 곳으로 꼽으며, 이곳을 찾게 된 이유를 하이델베르크 대학을 무대로 한 희곡 "하이델벨히(알트하이델베르히)에 대한 "예술적 감미"[40]때문이었다고 밝히고 있음을 통해서도 확인할 수 있다. 이처럼 해외문학 기행은 이미 알고 있던 세계적 문호에 대한 정보를 단지 확인하는 것에 그치는 것이 아니라, 그러한 대상을 미적으로 체험하고 있음을 알 수 있다. 이는 세계문학의 경험이 '네이션'이라는 목적론적 함의를 떠나, '예술적 산물'을 미적으로 향유한 결과로서 제시되고 있다는 것을 보여준다. 이러한 미적 향유에서는 비서구, 피식민자라는 정체성으로부터 벗어나 문화를 향유하는 주체로서의 위상이 정립된다. 해외문학 기행의 주체들은 서구중심의 보편적 세계인식을 '추체험'[41]하는 것이 아니라, 오직 예술적 견해로써 대상을 판단하고 있다 하겠다. 이는 타자에 대한 인식을 그것이 기반으로 한 여타의 물적 조건을 떠나, 예술적 감각으로서만 향유하며, 주체 또한 자신이 위치한 존재적 기반에 구속되지 않는 사유의 태도를 보여주는 것이다.[42] 그러나 이러한 해외문학 기행의 주체들이 세계체제 속에서도 여전히 잔존하는 피식민자로서의 처지에 대해 단순히 무각하다는 것은 아니다. 오히려 이들이 행하는 사유의 방법은 조선을 비서구 피식민자로 규정하는 서구중심의 세계인식을 문학적 차원에서 재편 가

---

39) 최학성, 「톨스토이 고향 방문기」, 『삼천리』7권 3호, 1935. 3.

40) 정석태, 「예술의 도성 자처, 하이델벨히 회상」, 『삼천리』 5권 10호, 1933. 10.

41) 차혜영, 「지역간 문명의 위계와 시각적 대상의 창안」, 『현대문학의 연구』 24집, 2004, 19면.

42) 성현경, 『1930년대 해외 기행문 연구 -『삼천리』 소재 해외 기행문을 중심으로』, 성균관대학교 석사논문, 2009, 125면.

능하게 하는 자각적 노력으로 받아들여야 한다. 다음은 예이츠를 직접 만난 정인섭의 반응이다.

> 오래동안 선생님을 그리워 했습니다. 저는 인 섭 정이올시다. 조선서 왔습니다.
> 나는 「위렴 바틀러 예츠」예요! 이 모양 침상에서 뵙겠습니다. 용서허세요.
> 천만의 말슴이올시다. 병환은 좀 어떠십닛가?
> 이젠 좀 낫습니다...
> 예츠씨는 읽고 있든 교정을 든체 안경을 느리게 건양으로 흥미있는 눈초리로 한참 처다본다.
> 조선사람으로는 처음이올시다. 일본 내지인은 한 두서너분 암니다만...
> 네 그러시겠지요. 몸도 불편하실텐데 이렇게 맛내주시니 뭐라구 감사한 말슴을 다 드릴수가 없습니다!
> 괜찬습니다. 언제 오셨다지오?
> 오늘 아침에 내렸습니다. 무러볼 말슴도 있고 또 기어히 선생님을 뵙고 갈 양으로..
> ⋯(중략)⋯
> 당신은 정객이심닛가?
> 나는 무어라고 대답해야 옳을지, 그의 용의주도한 무름에 대해서 나는 문득 용의주도하지 아니할 수가 없었다.
> 아니올시다. 순전히 예술가의 한 사람으로 대하고 싶습니다. 43)

알려진 대로, 영문학자인 정인섭은 "애란문단 방문기"44)라는 짧지 않은 기행문을 집필하였다. 아일랜드에 방문한 그는 아일랜드문예부흥운동의 중심지들을 차례로 방문한 뒤, 그동안 그리워마지 않던 아일랜드 출신의 시인 예이츠를 찾아간다. 예이츠와의 만남에서 인상적인 것

---

43) 정인섭 「애란문단방문기(제2회)」, 『삼천리문학』2집, 1938. 4.
44) 정인섭이 집필한 아일랜드 기행문은 2편이다. 첫 번째 기행문은 다음을 참고할 것, 정인섭, 「애란문단 방문기(제1회)」, 『삼천리문학』1집, 1938. 1.

은 그가 자신을 소개하고 있는 위의 대목이다. 예이츠는 정인섭에게 '당신은 정객이십니까?' 라고 묻고, 이에 대해 그는 "순전히 예술가의 한 사람으로 대하고 싶다"는 의사를 분명히 하고 있다. 물론 정인섭에게 아일랜드 방문은 단순한 여행 이상의 의미가 있었을 것이다. 당시 아일랜드에 대한 소식과 정보는 식민지 조선과 유비적이라는 관계 설정으로부터 의미가 결정되고 있었다는 분명한 사실을 상기해도 좋다. 실제 정인섭은 당시 아일랜드에서 사멸해가는 고유의 켈트어를 재생시키려는 국어운동을 염두한 채, 예이츠의 영어 창작에 대한 견해를 유도하기도 한다. 또한 아일랜드 방문 내내 그들의 문예운동으로부터 탈식민주의적 영감을 얻기 위한 사유를 보여주기도 한다. 하지만, 정인섭의 이러한 태도를 단지 피식민자로서의 자의식이 반영된, 그리하여 주변부 지식인의 식민적 경향이라고 단언할 수 있을까.[45] 그렇다면, 정인섭이 자신을 '정객'이 아닌 '예술가'로서 소개하고 있는 대목은 어떻게 이해해야 하는가. 분명한 것은 정인섭이 예이츠를 그리워했던 이유는 그가 조선과 유사한 처지인 아일랜드의 시인이었기 때문이 아니라, 그 자체로 위

---

45) 서은주는 정인섭의 기행문을 식민지의 외국문학 연구자가 지닌 의식세계로 조명한 바 있다. 그에 따르면, 정인섭은 아일랜드의 문예부흥운동에서 어떤 시사점을 얻고자 하는 탈식민적 지향과 세계적 문호인 예이츠와의 만남에 흡족해 하는 주변부 지식인의 식민적 성향, 언어적 제약을 뛰어넘은 외국문학 연구자, 번역자로서의 정체성을 지닌다는 것이다. 그리고 정인섭의 기행문에 나타나는 이 세 가지 성향은 식민지 외국문학 연구자들의 내면을 구성하는 핵심이다. 다시 말해, 식민성과 탈식민성의 혼재, 문화 매개자이자 번역자로서의 정체성이 가져오는 자부심과 소외감 사이의 동요가 식민지 조선의 외국문학 연구자들이 처한 근원적 상황이라는 것이다. (서은주, 「1930년대 외국문학 수용의 좌표」, 『민족문학사연구』, 28집, 2005, 42~43면.)
  서은주의 논의에 충분히 동의하는 바이지만, 이 글에서 주장하는 서구중심의 일원론적 세계관에 대한 인식의 재편 가능성으로서의 예술(문학)에 주목한다면 다른 관점이 요청된다. 아일랜드가 조선에 참조점이 된다는 것은 서구적 세계관에 대항한 복수의 보편을 기획하는 것으로서 약소민족간의 연대의식이자, 탈식민적 지향과 관계된다. 그러나 무엇보다 정인섭의 기행문에 그려지는 아일랜드는 정치적 공간이라기보다 문학, 문호가 논제가 되는 장소로서의 아일랜드이다. 정인섭이 그리워했던 예이츠는 '아일랜드' 시인이라기보다 '예술가'로서의 예이츠였다.

대한 시인의 형상을 보았기 때문이라는 것이다. (자신을 예술가로 소개한 정인섭의 발언에 대한 과도한 의미부여를 경계하는 한에서) 그의 예술가로서의 자의식은 조선을 피식민 국가로 규정하는 서구중심의 보편적 세계인식을 예술적 향유의 차원에서 재편 가능토록 하는 '사유의 방법'을 암시하는 것이었다.

4. 결론을 대신하며 – 정치적 논제로서의 세계문학담론

1930년대는 세계적 수준의 경제 불황이 장기화의 조짐을 보이고 있었고, 이에 대한 국제적인 대응의 필요성이 대두하기 시작했다. 물론 여기서의 국제적 대응이란, 서구 열강에게는 정치·경제·군사적 보충(요충)지로서 식민지 정책의 확장을 의미했으며, 상대적 약소국가들에게는 다양한 국제적 기구에 의한 지원을 의미하는 것이었다. 하지만 국제적 기구나 연합의 주도권이 서구 열강에게 주어져 있었던 만큼, 그들의 제국주의적 팽창 전략과, 국제적 연대에 대한 시대적 요청은 양립하기 힘든 상황이기도 했다. 경제 불황과 그에 따른 세계질서의 정치적 재편은 식민지 조선에도 크게 영향을 끼쳤다. 그러므로 조선이 포함되어 있는 동아시아 정세에 대한 보다 거시적인 차원의 접근이 담론차원에서는 많이 논의되고 있었다. 그럼에도 정치적 국면에서 식민지 조선의 위상이 세계질서 내부에서 쉽게 조명 받을 수 없었던 것도 사실이다. 또한 세계사의 차원에서 조선이 직면한 실제적인 국면에 대해 정치적으로 발화할 수 없었던 식민지적 조건이 있었다. 이런 상황에서 식민지 현실의 실체가 공론화될 수 있는 주요 방법으로 고안된 전략이 있었다. 그 전략이란, 조선과 비슷한 식민지의 경험을 공유하고 있었던 아일랜드나 인도 (때로는 폴란드와 헝가리)의 소식을 전파하거나, 이태리의 에티오

피아 침공과 같은 국제분쟁 뉴스를 통해, 조선의 상황을 환기시킴으로써, 제국주의의 억압에 대한 탈-식민주의적 극복을 유비해내는 방법이었다. 1930년대에 세계문학 담론이 본격적으로 제기된 역사적인 의미도 여기서부터 찾을 수 있을 것이다. 세계문학 담론은 단지 조선 문단 내부의 논쟁이 아니라, 분명한 정치적 의사를 내포하고 있는 것이었다. 세계사의 경향이 국제 인식에 대한 '사유의 방법' 자체를 단일 국가나 민족의 차원으로는 귀속시킬 수 없도록 했고, 이러한 당대의 인식체계는 세계상에 대한 보다 급진적인 이념을 요청하고 있었던 것이다. 1930년대의 세계문학 담론이 특정한 정파나 진영을 막론하여, '세계성에의 도달'이라는 목적을 위한 '협의의 대상'으로서 고양된 이유가 여기 있다고 하겠다. 당시 논의되던 세계문학이란 단지 '세계적 수준'의 문학을 의미하는 것이 아니라, 오히려 우리가 '세계적 수준'이라 할 때의 '세계상'에 대한 인식의 재편 가능성을 문학적 차원에서 설파(説破)하기 위한 '이념'이었던 것이다. 여기에 해외문학기행은 특정한 네이션으로는 귀속될 수 없는 보편의 세계상을 인식할 수 있는 경험적인 계기가 되었다. 이처럼 1930년대 세계문학 담론은 단지 문단 내부의 논쟁 대상이 아니라, 세계인식의 재편 가능성을 내포하고 있었던 정치적 논제였던 것이다.

■ 참고문헌

1. 기본자로
『동아일보』,『조선일보』,『삼천리』,『비판』,『개벽』,『동광』,『신동아』

2. 논문
김동식,「한국문학 개념 규정의 역사적 변천에 관하여」,『한국현대문학연구』, 제30
　　　호, 한국현대문학회, 2010.
김복순,「아일랜드 문학의 전유와 민족문학 상상의 젠더」,『민족문학사연구』44집,
　　　2010.
김재용,「구미 중심적 세계문학에서 지구적 세계문학으로」,『실천문학』 100집 ,
　　　2010.
박상진,「서계문학의 과제와 보편의 문제」,『비교문화연구』23집, 2011.
사노 마사토,「경성제대 영문과 네트워크에 대하여」,『한국현대문학연구』26집,
　　　2008.
서은주,「1930년대 외국문학 수용의 좌표」,『민족문학사연구』 28집, 2005.
＿＿＿,「번역과 문학 장의 내셔널리티」,『현대문학의 연구』 24집, 2004.
성현경,『1930년대 해외 기행문 연구 -『삼천리』 소재 해외 기행문을 중심으로』,
　　　성균관대학교 석사논문, 2009.
이경돈,「『삼천리』의 서사와 텍스트 정치」,『식민지 근대의 뜨거운 만화경』, 성균
　　　관대출판부, 2010.
이현우,「번역과 사이 공간의 세 차원」,『코기토』70집, 2011.
이혜령,「동아일보와 외국문학, 해외문학파와 미디어」,『한국문학연구소』34집,
　　　2008.
장성규,「삼천리의 외국문학 수용과 소수자 문학의 기획」,『식민지 근대의 뜨거운
　　　만화경』, 성균관대출판부, 2010.
조윤정,「번역가의 과제, 글쓰기의 윤리」,『반교어문연구』27집, 2009.
차혜영,「지역간 문명의 위계와 시각적 대상의 창안」,『현대문학의 연구』 24집,
　　　2004.
허민,「1910년대 공/사 분할의 전치와 문학적 주체의 정치성 - 이광수 초기 문학,

　　　　문학론 재독」, 『반교어문연구』 31집, 반교어문학회, 2011.
하재연, 『1930년대 조선문학 담론과 조선어 시의 지형』, 고려대학교 박사는문,
　　　　2008.

3. 단행본
강용흘 저, 장문평 역, 『초당』, 범우사, 1999.
강용흘 저, 유영 역, 『동양선비 서양에 가시다』, 범우사, 2000.
김병철, 『한국근대서양문학이입사연구』하, 을유문화사, 1980.
박성창, 『비교문학의 도전』, 민음사, 2009.
이보영 외, 『한국문학 속의 세계문학』, 규장각, 1998.

■ **국문초록**

이 글은 1930년대 세계문학 담론의 수행적 구조를 고찰하고, 나아가 세계성의 이념이 기행과 방문을 통해 직접적으로 경험되는 방식을 살핌으로써, 당대 세계문학 담론의 정치적 의미 가능성을 고구하는 것을 목적으로 한다. 그동안 세계문학 담론은 해외문학 수용의 문제로 간주되거나, 해외문학파라는 특정 정파의 인정투쟁 차원에서 접근되었다. 하지만 세계문학 담론은 진영을 막론한 조선 문단 전체의 협의 대상으로서, 그 논의의 수행성 자체를 하나의 성립조건으로 하고 있는 '규제적 이념'이었다. 세계문학 담론은 조선문학에 잠재된 세계성의 이념을 현실화할 수 있는 구체적 방안을 모색하는 것이었으며, 서구 중심의 일원론적 세계인식에 포섭되지 않기 위해, 자국문학에 대한 이해를 선행시킴으로써, 조선문학의 특수성을 해명하는 것으로 종합된 논제였던 것이다. 특히, 1930년대 해외문학기행은 특정한 네이션으로 귀속되지 않는 세계문학의 이념을 형성하게 하기 위한 경험적인 계기가 되었다. 즉, 해외문학 기행의 주체들은 미적 향유로써, 서구 중심의 세계인식을 문학적 차원에서 재편하고 있었던 것이다.

주제어 : 세계문학, 해외문학기행, 세계성, 규제적 이념, 해외문학파, 조선문학, 수행적 구조, 강용흘

■ Abstract

Performative structure of the discourse of world literature and politics of abroad literature travel in the 1930s.

Sung, Hyun kyung(Sungkyunkwan University)

The purpose of this article is to consider the performative structure of the discourse of world literature in the 1930s, and furthermore to explore the possibility of political meaning in the discourse of world literature of the day by examining the method that the idea of cosmopolitanism is directly experienced by travel and visit. Thus far, the discourse of world literature has been regarded as a matter of acceptance of abroad literature, or approached in the level of struggle for recognition of the particular faction, Haewoimunhakpa (the School of Foreign Literature). However, as a target of the whole Joseon's literary world regardless of camps, the discourse of world literature was the 'regulative idea' making it a condition of the performative of the argument. The discourse of world literature was to explore specific measures that enabled the idea of globality latent in Joseon literature to be realized and the integrated topic with an explanation of the particularity of Joseon literature by preceding the understanding of their own culture in order not to be captured by the Western-oriented monistically world perspective. In particular, abroad literature travels in the 1930s were experiential opportunities to form the idea of world literature that did not belong to a particular nation. In other words, the principal agent of abroad literature travel reorganized the Western-oriented world perspective in the cultural level as an aesthetic enjoyment.

Key Words : world literature, abroad literature travel, globality, regulative idea, Haewoimunhakpa (the School of

Foreign Literature), Joseon Literature, performative structure, Younghill Kang.

이 논문은 2012년 11월 12일에 접수되어, 2012년 11월 22일부터 2012년 12월 3일 사이에 이루어진 소정의 심사를 거쳐 2012년 12월 10일 편집회의에서 최종적으로 게재가 확정되었음.

1950년대 김양수의 비평 연구

목 차

1. 들어가는 말
2. 반성으로서의 세대 의식과 비평 정신
3. 회의적 전통론과 민족문학의 정체성 모색
4. 나가는 말

김 지 혜*

1. 들어가는 말

1950년대 문학비평 연구는 전반적인 흐름을 정리하였던 초기의 연구를 넘어서 다양한 관점에서 심도 있게 연구되어 왔다. 그리하여 초기 비평사나 문학사에서 드러났던 '단절기', '휴지기'라는 부정적인 인식을 벗어나 해방 문단과 1960년대를 잇는 '과도기'로서의 긍정적인 역할을 인정받았다.[1] 또한 50년대 비평사를 유형화하거나 특정 관점으로 살펴본 다양한 논의들 뿐 아니라 이어령, 유종호, 김우종, 윤병로, 최일수, 고석규 등의 개별 비평가에 대한 연구도 활발히 진행되어 왔음을 확인할 수 있다. 그러나 50년대 비평에 대한 연구는 아직까지 당시 문단의 주요 논의에 참여했던 일부 비평가들에 편중되어 있는 것이 사실이다. 그러므로 본고에서는 50년대 비평사의 주변부에 위치해 있던 김양수[2]

---

* 가천대학교

1) 김세령, 『1950년대 한국 문학비평의 재조명』, 혜안, 2009, 31면.

의 비평에 대해 주목해 보고자 한다.

「민족문학 확립의 과제」(『현대문학』,1957. 12.), 「한국현대문학의 지향점」(『현대문학』, 1958. 1.), 「생명제일주의의 문학」(『현대문학』, 1958. 4.) 등의 글을 통해 50년대 비평사에 족적을 남긴 김양수는 민족문학과 전통에 관한 논의를 통해 한국문학의 정체성을 치열하게 모색했으며, 58년에는 「민족문학 확립의 과제」로 현대문학사 신인문학상[3]을 탈 만큼 50년대에 주목받는 신세대 비평가 중 한 사람이었다. 그리고 그는 당시 민족문학과 전통, 그리고 세대에 대한 논의라는 시류를 타면서도 간과할 수 없는 그만의 관점을 보여줌으로써 50년대 비평사에서 나름의 위치를 자리매김하고 있다. 그러나 김양수에 대해서는 독립된 연구가 전무한 상태이며, 비평사에서조차 이름만 언급되고 있거나 민족문학론 및 전통론과의 관계 하에서 부분적으로 다루어지고 있어[4] 그의 비평이 갖는 특징과 의의 및 한계를 명확히 파악할 수 없었다.

그렇다면 50년대에 촉망받던 비평가 중 한 사람이었던 김양수가 이후 50년대를 정리하는 과정에서 조명을 받지 못한 까닭은 무엇이었을까. 그 이유는 그의 비평에 추상적이고 모호한 부분이 있다는 점[5], 80

---

2) 김양수는 1953년 『문예』에 평론 「유치환의 <수상록>」을, 1955년 『현대문학』에 「독성의식의 자폭-알출 랭보오론」을 추천받으면서 평단 활동을 시작했다.

3) 「제 3회 현대문학사 신인문학상 심사경위」, 『현대문학』39, 1958. 3, 194면.

4) 김양수를 전통론 및 민족문학론의 논의 안에서 다루고 있는 연구가로는 신동욱(『한국현대비평사』, 시인사, 1988), 정현기(「문학비평의 충격적 휴지기」, 김윤식·김우종 엮음,『한국현대문학사』, 현대문학, 1989), 전기철(『한국 전후 문예비평 연구』,도서출판 서울, 1994), 한수영(『한국현대비평의 이념과 성격』, 국학자료원, 2000), 전승주(「1950년 한국 문학비평 연구」, 서울대학교 박사논문, 2002), 김혜니(『한국 근현대비평 문학사 연구』, 월인, 2003) 등이고, 김영민(『한국현대문학비평사』, 소명, 2000)의 경우 그를 신세대론에서도 살펴보고 있다. 이처럼 대부분의 연구가들이 김양수의 논의를 전통론 및 민족문학론 안에 한정시키고 있었으며, 문학사 정리에서 김양수를 제외시키거나 이름만을 언급하고 있는 경우도 적지 않다.

5) 몇몇 논자들은 김양수의 비평이 가진 관념성이나 모호성에 대해 지적해 왔다. 전기철의 경우, "독창적인 민족정신의 발현 대신에 추상적인 표어나 구호를 통해 허위적

년대까지 비평 활동을 이어나가고 있지만 언론계로 자리를 옮겨 전문 비평가로서의 활동을 꾸준히 하지 못했다는 점6), 그의 학적 토대가 당시 다른 비평가들과는 달랐다는 점7), 그리고 민족문학론, 모더니즘론, 전통론 등 50년대 비평사에서 주목받은 논쟁 위주의 관점에서 보았을 때 그의 논의가 큰 반향을 불러일으키지 못했다는 점 등으로 생각해 볼 수 있다. 그는 민족문학론이나 전통론에 대한 비평을 다수 발표했으나, 그의 논의에는 당시 민족 문학론과 전통론을 내세운 최일수, 백철 등의 견해와 비슷한 부분이 많이 있었으며, 다른 입장의 비평가들과 적극적인 논쟁을 벌이지 않았기에 큰 주목을 받지 못했다고 볼 수 있다.

비평사에서 김양수는 전통론이나 민족문학론 안에서 다뤄지고 있으나, 그가 이것에 대해 쓴 비평문은 50년대 후반 몇 편에 불과할 뿐 아니라 그 평가 역시 어느 정도 평가절하된 부분이 있다. 전통론 및 민족문학론이라는 큰 논의 안에서 볼 때 김양수의 논의가 다른 비평가들의 논의에 비해 큰 특색을 가지고 있지 못하지만, 당시 『현대문학』이 표방하던 순수문학론의 성격을 담지하고 있다. 김양수는 비평의 시작에서부터

표어의 남발로 되어 있다."고 했으며(전기철, 앞의 책, 205면) 한수영은 김양수의 논리를 "또다른 관념론의 변종"이라고 평가했다. (한수영, 앞의 책, 94면) 그리고 김영민은 김양수 글의 키워드라 할 수 있는 '생명제일주의'라는 인식이 사실상 무엇인지 분명치 않다고 했다. (김영민, 앞의 책, 111면) 이러한 지적은 김혜니도 하고 있는데, 그는 김양수의 글에서 언급한 '민족문학에 있어서 리얼리즘'이 구체적으로 어떠한 역할을 하는지, 그가 말한 '생명'이 구체적으로 무엇인지 그 의미가 불분명하다고 평가했다.(김혜니, 앞의 책, 282면)

6) 그는 예총 경기도지부 부지부장, 문인협회 경기도 지부장을 거쳐 ≪경기일보≫에 적을 두고 있으면서 80년대까지 글을 발표하고 있기는 했지만 활발한 문필 활동을 펼치지는 못했다.

7) 50년대에 활동한 비평가들을 살펴보면, 국문학과 혹은 외국문학 전공자가 압도적으로 많은 것을 알 수 있는데, (고석규-부산대 국문과, 김붕구-서울대 불문과, 김우종-서울대 국문과, 송욱-서울대 영문과, 유종호-서울대 영문과, 윤병로-성균관대 국문과, 이어령-서울대 국문과, 이철범-동국대 영문과, 정명환-서울대 불문과, 홍사중-서울대 사학과 등) 이에 비해 김양수는 국학대에서 사학을 전공하였다.

나름의 독특한 비평정신을 가지고 있었으며, 민족문학에 대한 여러 논의에서도 그의 비평 정신을 발전시키고 있다. 그의 비평은 '회의(懷疑)정신'이라는 비판 정신을 출발점으로 하여, '미의식 추구' 그리고 '생명력 추구' 등 그만의 특색 있는 문학정신을 드러내고 있는 것이다. 즉 김양수의 비평문은 50년대라는 혼동의 시기를 비평을 통해 극복하려했던 그만의 문제의식을 보여주고 있으며, '정체성 확립'의 과제를 안고 있었던 50년대 비평의 한 특징 역시 잘 반영한다고 할 수 있다.

그러므로 이 글에서는 그동안 50년대 문학사에서 조명을 받지 못한 김양수의 50년대 비평들을 전반적으로 재검토해 봄으로써 그의 비평이 지향하는 바를 고찰하고, 50년대 비평사에서 그가 차지하는 위치를 다시 한 번 가늠해 보고자 한다.

2. 반성으로서의 세대 의식과 비평 정신

1950년대 초반 한국문단은 해방과 전쟁으로 인해 문인의 부족 현상을 보이고 있었다. 비평 분야 역시 많은 비평가들이 월북하거나 공간 이동함으로써 비평가 부족 현상을 낳게 되었고[8] 이는 50년 중반 신인 비평가의 대거 등장이라는 지각 변동으로 이어지게 된다.[9] 그리고 50년대 초반부터 기성세대와 신세대를 구별하기 위해 시작되었던 신인론은 50년대 중반 이후 많은 신인 비평가들의 등장과 함께 본격적인 세대론으로 전환된다. 이것은 신인에 대한 기대 혹은 비판이 단순히 개별적인 차원에 머무는 것이 아니라 세대로 범주화됨을 의미한다. 53년 처음 글

---

8) 한수영, 『한국현대비평의 이념과 성격』,국학자료원, 2000, 38면.

9) 50년대 중반 순문예지인 『문학예술』(54년), 『현대문학』(55년), 『자유문학』(56년)이 창간됨으로써 신인작품 현상모집 및 신인 추천제를 통해 많은 신인들이 배출되었고, 『사상계』,『신태양』,『신천지』 등 문예면을 가진 잡지매체의 다양화 역시 새로운 문인들이 등장할 수 있는 여건을 만들어 주었다.

을 발표하고 55년부터 본격적인 평론을 시작했던 김양수에게도 당시 세대론은 신세대 비평가로서 피해갈 수 없는 과제 중 하나였을 것이다. 그에게 세대의식은 당시 비평가로서의 자기 정체성을 및 비평이라는 장르의 정체성, 그리고 비평의 방법론을 모색하는 계기로 작용했을 것이다. 1956년 7월 『현대문학』에서는 이른바 신세대 소설가와 시인 그리고 평론가 11명을 초청해 「신세대를 말하는 신진작가 좌담회」를 개최한다.10) 여기에는 손창섭, 곽학송, 오상원, 이형기, 최일수, 김양수, 천상병, 최인희 등이 참석하여 기성세대와 구별되는 신세대의 특질에 대해 논의하게 된다. 이 좌담회에서 신세대의 특질로 "수법의 차이"(오상원), "인생관의 독창성"(정창범), "인생을 행동적으로 다룸"(최일수), "포즈의 문제, 미숙성 즉 신축성"(홍사중), "상실한 인간성을 찾자는 것"(오상원) 등을 들고 있으나 최인희는 "엄격한 의미에서 새로울 것이 없다"고 답변하기도 하는 등11) 신세대에 대한 특질을 명확히 하지는 못한다. 그리고 이후 김양수는 이 좌담회를 주관했던 『현대문학』 9월호에 「신세대에의 부언(附言)」12)을 발표함으로써 신세대에 대한 자신의 생각을 다시 한 번 정리한다. 그는 이 논의에서 해결해야 할 문제로 지적한 것은 첫째, 신세대란 어떤 것인가, 둘째, 새로운 세대라고 불리는 그 세대의 새로움이란 무엇인가, 그리고 새로움이 왜 필요한가의 문제이다. 그는 먼저 새로움이 왜 필요하며 그 새로움과 낡은 것의 관계가 무엇인지를 규명한다. 그는 이 글에서 "낡은 것에서 새로운 것이 생겨나야 한다는 것은 살아있는 역사의 전진을 말하는 것"13)이라며, 신세대 비평가들이 가진 새로움을 옹호한다. 그에서 새로움이란 전진을 의미하는 것이며, 그 전진은 살아있는 역사의 흐름을 만드는 것이다. 그리고 그것은 과거 혹

---

10) 김영민, 『한국현대문학비평사』, 소명출판, 2000, 140면.
11) 김영민, 위의 책, 140-141면.
12) 김양수, 「신세대론(新世代論)에의 부언(附言)」, 『현대문학』21, 1956. 9.
13) 김양수, 위의 글, 163면.

은 기존의 것의 축적을 발판으로 삼아 진보를 이룩하는 것이며, 새로운 가치의 정신이 생명 계승을 위해 반드시 필요한 삶의 원리이자 의무라고 주장한다.

이렇게 새로움의 필요성을 역설한 그의 비평이 기성세대를 비판하고 신세대의 변별점을 드러내고자 한 것은 아니다. 그는 이 글에서 서구 근대문학을 무비판적으로 수용해온 한국문학의 상황을 비판하고 우리 문학사에서 필요한 정신적 가치가 무엇인지를 모색하고자 한다. 그는 전후 문단에 서구 사상이 범람하고 있어 주의와 사상이 존재하는 것처럼 보이지만 그 배후에는 인간이 들어있지 않은, 자의식의 과잉이나 자기해체, 허무주의에 사로잡혀 있다고 지적한다. 우리 문학이 서구의 근대사조의 영향을 제대로 받지 못했으며, 그것이 "영양실조의 명색만의 관념"이자 "소화불량의 소치"[14]라고 것이다. 그리고 그 원인을 주권을 향유할 수 있는 자유를 갖지 못했던 사회적 처지와 민족 고유의 언어를 확고히 할 수 없었던 민족적 견지에서 발견하고 있다. 봉건주의와 일제 침략기라는 비정상적인 상태에서 우리 민족은 정상적 사고와 정상적 문학을 할 수 없었고, 그러한 상태에서 유입된 서구 사상 역시 굴레에 지나지 않게 되었다는 것이다. 또한 해방 후 또다시 6.25라는 전쟁을 겪게 됨으로써 힘겹게 찾은 자유와 언어는 정치적, 경제적, 사상적 혼란 속에서 용어의 빈곤, 표현의 빈곤, 사상의 빈곤을 겪을 수밖에 없는 상황이었다는 것이다. 그리고 그가 열악한 문학의 상황에서 가장 문제 삼고 있는 것은 무분별한 서구적 사상 및 문학의 무분별한 수용이다.

> 自然主義니 寫實主義니 또 무슨 主義니 하는 歐羅巴의 傳統에서 생겨난 必然的인 所産物을 갑자기 우리가 模倣한다고 하는 것이 消化不良에 걸린 結果밖에는 없는 것이다. 八一五와 六二五를 겪어 내는 동안에 우리 앞에 나타난 第二次大戰以後에 流行된 實存主義文學이니 惑은 또 다른

---

14) 김양수, 위의 글, 166면.

歐羅巴文學者들의 作品傾向을 보고 試驗해보고 흉내내는 것까지도 지난
날 우리 先輩들이 걸어온 前轍을 밟는 것이라고 할수 밖에 없다. (「신세대
론에의 부언」, 169면)

2차 세계 대전 이후 서구에서 생겨난 실존주의의 유입은 우리의 전
후 상황과 맞물리며 크게 부각되었고, 당시 문인들은 그 이론이 형성된
역사적 상황이나 전통에 대한 깊은 고려 없이 한국의 현실과 문학에 적
용시켰다. 김양수는 이러한 예를 통해 서구의 영향을 아무런 반성을 받
아들이는 한국의 문단계에 강한 불만을 표출한다. 당시 서구에서 유행
하는 새로운 문학론을 가장 빨리 받아들인 것이 신세대 문인들이라 할
때, 그의 비판은 기성세대가 아닌 기성세대를 답습하는 신세대를 향한
것임을 알 수 있다. 그는 개화기 이후부터 한국 문단의 열악한 상황을
되짚으면서, 과거 혹은 기성세대와의 변별점을 가지고 새로운 가치를
만들어가야 할 신세대 문인들의 각성을 촉구하고 있는 것이다.

김양수는 신세대들이 거론해야할 새로운 가치의 정신이 무엇인지에
대해서는 구체적인 답을 하고 있지 않다. 그러나 그는 정비석의 『자유
부인』 논쟁을 예로 들면서, 문학작품으로서의 가치의 우열이 아니라 도
덕적인 우열만을 운운하는 봉건적 정신의 잔재가 남아있는, "그야말로
근대와 현대와 봉건사회제도 하의 생활정신의 잔재가 한꺼번에 공존하
고 있는 과도기의 풍토에서"15) 우리의 위치를 알아야 한다고 말한다.
그리고 현재의 위치를 알기 위해서 필요한 것으로 '과거'를 강조한다.
결국 그는 신세대들의 지닌 새로운 가치의 정신이 무엇인가를 찾기 위
해서는 '과거'를 반성해야 하며, 그것을 통해 정체성을 먼저 정립해야한
다는 점을 일깨운다. 당대의 현실을 제대로 파악하고 자아를 확립했을
때, 새로운 가치의 방향과 정신을 설정할 수 있다는 것이다. 그는 새로
운 가치 정신을 형성할 신세대 비평가의 한 명으로서 세계 흐름 속 한

---

15) 김양수, 앞의 글, 172면.

국문학의 위치와 한국 문학사 속에서 자신의 세대가 차지한 좌표를 성찰하고 있다. 신세대에 대한 그의 글은 기존 세대와의 변별점을 통한 세대 의식을 보여주는 대신 모호하게 진행되던 신세대론에 대한 반성의 시각을 드러내고 있다.

그리고 이러한 세대 의식은 전문 비평 장르에 대한 성찰로 이어지고 있다. 세 달 후 발표된「비평에서의 미의 추구」16)라는 글은 비평의 태도와 지향점에 관한 글이다. 김양수는 신세대 논의를 통해 비평가로서 자신의 정체성을 돌아보게 되었고, 그 성찰의 결과, 비평이라는 장르에 대해 다시금 생각하게 된 것이다. 전후의 폐허 공간에 놓여 있던 김양수에게 가장 절실했던 문제는 바로 혼란스러운 현실의 상황을 극복할 수 있는 문학, 즉 비평의 정립이었다. 그는 '미의 추구'라는 가치를 통해 비평 문학의 나아갈 점을 밝히고 있는데, 이 '미(美)'의 문제는 그의 비평에서 중요한 테마라 할 수 있다. 그는 이 글과 더불어「문학에서의 미의 창조」17),「고독한 미의 편력-창조에 관한 제삼장」18)라는 '미의 추구' 연작을 통해 전후의 상황에서 느낀 깊은 불안과 회의, 그리고 의기 의식을 '미(美)'를 통해 극복하고자 한다.

그렇다면 그는 왜 '미의식'을 예술이 추구해야 할 가장 중요한 덕목으로 삼고 있을까.「문학에서의 미의 창조」를 살펴보면, 그는 칸트와 킷츠(J. Keats)를 인용하면서, 미(美)가 진(眞)이나 선(善)보다 우월하고 숭고한 것이며 가장 순수한 감동을 주는 것임을 주장한다. 그는 과학문명 사회에서 인간이 불행해진 원인이 "꿈을 거부하고 꿈을 상실한데서 온 것"이라고 말한다. 그리고 꿈을 잃어버림으로써 "미를 창조하려는 창조 정신"19)을 잃어버리게 되었으며, 창조가 없는 생활정신은 멸망을 츠래

---

16) 김양수,「비평에서의 미의 추구」,『현대문학』24, 1956. 12.
17) 김양수,「문학에서의 미의 창조」,『현대문학』16, 1956. 4.
18) 김양수,「고독한 미의 편력-창조에 관한 제삼장」,『현대문학』26, 1957. 2.
19) 김양수,「문학에서의 미의 창조」,『현대문학』16, 1956. 4, 61면.

하게 되었다고 탄식한다. 그에게 미의식은 현실적, 사실적, 합리적인 것의 한계를 뛰어넘을 수 있는 것이다. 그러므로 그는 전후의 황폐와 현대 문명의 한계를 극복하기 위해 '미의식'의 중요성을 역설하면서, 문학 혹은 예술이 추구해야 하는 진정한 최고의 경지로 '미의 창조'를 꼽고 있는 것이다. 물론 현실의 추종에서 벗어나 순수하고 자유로운 꿈을 통해 '영원한 미'를 창조하자는 그의 미의식 추구는 전후 현실의 황폐함에 눈을 감은 채 미적인 것에 탐닉하는 유미주의로 흐를 위험을 안고 있는 것이 사실이다. 그러나 한편, 그의 미의식은 리얼리즘, 휴머니즘, 모더니즘 같이 서구에서 유입된 여러 사조들을 추종하는 것을 경계하고, 문학의 본분: 순수하고 자유로운 상상력을 회복할 것을 주장하는 것으로도 볼 수 있다.

그리고 이러한 미의식은 「비평에서의 미의 추구」에서 '회의정신'을 통해 더욱 다듬어지고 있다. 이 글에서는 비평이라는 장르에 대해 고민하고 있는데, 이것은 그가 비평에 대한 강한 자의식을 가지고 있으며 비평이라는 장르의 독립성 확보를 위해 비평의 정체성을 확립하고자 했음을 보여준다.[20] 먼저 그는 T.S. 엘리엇과 O.W. 와일드의 비평관을 비교함으로써 창작의 원리와는 다른 비평의 원리에 주목한다. 비평은 창작을 돕는 것이기에 정서적이기보다 지적이어야 하며 개성을 통제하는 판단력이 있어야 한다고 주장하는 엘리엇의 비평관과 최고의 비평은 개인의 인상의 가장 순수한 표현 형식이며 다른 어떠한 규준(規準)에 의해 지배당하지 않아야 한다고 주장한 와일드의 비평관을 비교하고 있다. 그는 상반된 시각에도 불구하고 이들이 추구하려 했던 것은 비평의 원리, 혹은 비평의 미적 원리였음을 지적한다. 그리고 그는 이러한 비평정신을 가지고 있는 서구에 비해 한국의 비평에는 "추구할 대상

---

20) 김세령은 『1950년대 한국 문학비평의 재조명』에서 1950년대 비평가들이 비평의 모랄 정립과 비평 기준 설정을 위해 노력했으며, 이를 통해 다양한 비평의 영역을 발전시킬 수 있었다고 밝힌 바 있다.

이 없었던 것은 물론이려니와 대상을 추구할 상대인 자아를 느끼고 있지 못했"21)다고 비판한다. 이는 한국 문단이 제대로 된 문학관, 비평관을 확립하지 못했음을 자조한 것이다. 이 글에서 그는 서양의 근대정신 및 비평정신의 확립에 대해 깊은 열등의식을 감추지 못한다. 그러나 그는 열등의식을 서양에 대한 맹목적 추종으로 향하게 하거나 극단적인 자문화중심주의로 감추려하지 않는다. 위기와 절망의 순간이 자기의 본모습을 파악할 수 있고 자아를 확고히 할 수 있는 계기임을 역설하는 것이다.

> 一流藝術家나 一流科學者의 創造的인 發見은 언제나 强한 懷疑精神에서 나온 것이다. 懷疑하게 하지 못하는 對象이 어찌 變化할 것인가. 變化를 가져오지 않는 對象은 그대로 停滯하고 있는 것이다. 停滯하고 있는 것은 썩어 退化할 수밖에 없다. 살아있다는 것은 無限히 움직이는 것이고 그것은 行動하는 것이다. 行動 앞에 變化가 없을 수 없다. 그러므로 停滯不動하고 있는 것을 無限히 流動하게 하는 힘은 對象을 恒時 追窮하고 채찍질 하는 懷疑精神인 것이다. 어느 時代 어느 場所를 莫論하고 危機는 創造의 발판이 되는 것이다. 懷疑精神이 생기지 않는 앞에 危機 있을 수 없다. (「비평에서의 미의 추구」, 203면)

그에 의하면 위기와 불안, 절망과 공포는 어느 시대, 어느 사회에나 있는 것이고, 인간은 그 위기를 통해 자신의 모습을 정확하게 감지할 수 있게 된다. 인간은 불안과 회의를 느껴야 변화하지 않으면 안 된다는 위급에 봉착하게 되며, 이것은 인간과 사회가 완전하지 않다는 것을 경고해 주는 반성획득의 기회로 작용한다는 것이다. 그리고 위기와 정체를 극복하는 힘은 "대상을 항시 추궁하고 채찍질 하는 회의정신"에서 나온다고 말한다. 이것은 창조의 발판이 될 수 있는 "건강한 회의정신"

---

21) 김양수, 「비평에서의 미의 추구」,『현대문학』24, 1956. 12, 201면.

이다. 이처럼 김양수는 서구의 근대를 쫓고 있다는 열등의식과 전후의 폐허에서 느끼는 회의의식을 자기반성의 기회 혹은 창조적인 발전의 계기로 여기고 있다.

이러한 인식 속에서 그는 비평 정신을 강조한 엘리엇이나 창조 정신을 강조한 와일드의 비평관 중 하나를 수용하는 것이 아니라 회의 정신을 통해 얻어진 비평관을 세우기를 바란다. 그는 회의 정신이 비평 정신을 낳고 그리고 그것은 창조적 발전으로 이어질 수 있다는 논리를 통해 비평 정신과 창조 정신은 그 경향이 다른 것 같으면서도 불가분의 관계가 있다는 결론에 이르게 된다. 즉 그는 비평 문학을 하나의 예술 창조로 보고 있으며, 비평 역시 창조 정신과 비평 정신의 어느 한쪽으로 치우치지 않는 무한한 투쟁을 통해 미를 추구해야 한다고 주장한다. 다시 말하자면 '미의 추구'를 위한 비평의 태도는 비평 정신을 발휘하여 대상을 회의하고 비평함을 통해 창조성을 발휘하는 것이다. 물론 이 글에서 언급된 회의 정신과 비평 정신, 그리고 창조 정신 등의 개념은 모호하고 추상적으로 서술되어 있다는 문제점을 지닌다. 그러나 이 글은 서구 이론에 의지하는 것이 아니라 자생적으로 비평이라는 장르의 성격과 지향점을 모색해야 한다는 김양수의 비평관을 잘 드러내고 있다.

이처럼 김양수는 56년 신세대 논의에 참여함으로써 신세대 비평가로서의 자신과 하나의 독립 장르로서의 비평에 대해 돌아보게 된다. 그의 신세대론은 기성세대와 자신들의 변별점을 밝히고 자신들을 차별화시키는 것이 아니라, 신세대라는 집단의 성격에 대해 회의하고, 그를 통해 '새로은 가치의 정신'을 정립해야할 것을 촉구하고 있다. 그리고 이러한 현실 인식과 자아성찰은 현실을 외면하는 것이 아니라 현실을 직시하는 '회의 정신'을 통해 참다운 비평 정신을 확립하고자 하는 그의 의지를 드러내는 것이다. 이러한 비평 정신은 전문적인 비평가로서의 자부심과 비평이라는 독립 장르에 대한 확신과 애착에서 비롯된 것이라 할 수 있다.

3. 회의적 전통론과 민족문학의 정체성 모색

김양수의 신세대 비평가로서의 반성과 비평 장르에 대한 인식은 더 나아가 민족문학이라는 넓은 범주로 확대된다. 전쟁으로 인해 뚜렷한 비평의 구심점이 없던 50년대 초반과 달리 50년대 중반에는 민족문학론이 논의의 중심에 서게 된다. 우리는 50년대 급증한 서구 사상 및 문학의 유입으로 인해 세계문학이라는 강력한 타자와 대면하게 되었고, 문단계는 세계 속에서의 민족문학에 대해 고민하지 않을 수 없게 된 것이다. 1950년대 민족문학론은 해방 직후의 민족문학론의 연장선상에 있으면서도 변별성을 지니는데, 해방 전의 민족문학론의 민족이 좌파 이데올로기를 타자로 하고 있다면, 50년대의 민족문학론은 세계문학의 보편성 하에서 민족을 문제 삼고 있다.22)

민족문학에 대한 김양수의 논의는 「민족문학 확립의 과제-20세기적 관점에서의 방법론」23)을 통해 본격적으로 진행된다. 그가 기본적으로 설정하고 있는 민족문학과 세계문학의 관계는 상보적인 것이며 동일한 시간 개념과 공간 의식을 추구해야 하는 관계이다. 즉 민족의 정신이 발전하기 위해서는 세계의 영향이 필요하고, 세계의 발전을 위해서는 각 민족의 개성이 중요한 것이다. 그리하여 그는 민족문학 역시 '세계의 동일성' 내로 진입해야 한다는 전제하에 민족문학을 확립, 발전시킬 것을 주장한다.

---

22) 한국문학에서 민족문학이라는 용어는 프로문학에 대한 대타의식에서 출발했으며, 김동리는 민족문학을 휴머니즘을 바탕으로 한 순수문학과 동일한 것으로 사용하고 있다. 그러나 50년대 중반 정태용, 최일수는 김동리로 대표되는 보수적 민족문학론을 비판하며 세계문학과의 연관성 속에서 구체적 역사성을 지닌 민족문학론을 내세운다. (남원진, 「1950년대 비평의 이해」, 남원진 엮음, 『1950년대 비평의 이해Ⅱ』, 역락, 2001, 117~121면 참조)

23) 김양수, 「민족문학 확립의 과제」, 남원진 엮음, 『1950년대 비평의 이해Ⅰ』, 역락, 2001. (김양수, 『현대문학』1957. 12.)

그의 딘족문학론의 고찰하기 위해서는 민족과 전통에 대한 논의를 살펴봐야 한다. 1950년대 민족문학론의 전개 과정에서는 민족문학과 세계문학과의 연관성과 함께 민족문학과 전통과의 관계에 대한 논의도 중요한 비중을 차지하고 있는데, 김양수 역시 민족문학론을 전개하면서 민족과 전통의 문제를 중요하게 다루고 있기 때문이다. 사실 이러한 그의 전통론은 이전의 비평문인 「신세대에의 부언」에서부터 드러나기 시작한다. 그는 신세대의 새로움을 주장하는 글에서 기존의 것, 즉 과거를 강조하고 있는 것이다.

> 具體的으로 말하자면 새로운 것이란 旣存的인 것에 對한 反動的인 存在인만치 새로운 것이라는 것을 發生하게할 어느 또하나의 相對를 認定해야 할것이다. 簡單히 말해서 現在가 있기 爲해서 過去가 있어야 하는 것처럼 새로운 것이 있기 爲해서 묵은 것 惑은 낡은 것이 있어야 한다는 것이다. (중략) 끊임없는 歷史의 前進을 爲해서 새로운 것은 생겨 나와야 하며 새로운 것이 생겨나기 爲해서 낡은 것이 蓄積되어야 한다. 그러므로 結局 永遠히 살아 있음을 證明하는 意味에서 새로움이란 없어서는 안되며 새로움은 새로움이란 그 自體를 確固히 하기 爲해서 過去를 가지고 있어야 한다. (「신세대론에의 부언」, 163면)

그는 새로운 것의 추구와 역사의 전진을 위해서는 '과거'가 바탕이 되어야 한다고 말하고, 새로운 것은 이 과거에 대한 반동의식에서 생겨난다고 한다. 새로운 가치의 정신을 창조하기 위해 과거, 즉 전통이 중요함을 밝히고 있는 것이다. 물론 모든 과거와 낡은 것을 전통이라고 말할 수는 없겠지만 과거가 새로움의 출현을 위해 축적되어야 한다는 논의는 이후의 전통 논의의 단초를 보여주는 것이라 할 수 있다.

그리고 민족문학을 논하는 「민족문학 확립의 과제-20세기적 관점에서의 방법론」에서도 서두를 민족과 전통의 문제로 시작하고 있다. 그는 민족정신이 전통을 이룩하고 그 전통은 다시 민족의 역사를 이루지만,

한 민족의 역사는 그 민족의 전통을 재구성해야 함을 주장한다. 그에게 역사와 전통은 불가분의 관계의 것으로 전통이 역사를 이루지만 역사는 전통을 무조건적으로 수용하는 것이 아니라 전통을 파괴하기도 하고 재구성해 내기도 하면서 발전해 나가는 것이다.

> 한 민족의 역사는 그 민족의 전통을 재구성한다. 전통에서 이루어지는 역사가 전통을 재구성한다는 것은 모순도 역설도 아니다. 모순은 오히려 전통에서 이루어진 역사가 전통을 재구성하지 못하는데 있는 것이다. 왜냐하면 전진하는 역사의 참다운 의미는 전통의 파괴와 재정리 재구성에 있는 까닭이다. (「민족문학 확립의 과제-20세기적 관점에서의 방법론」, 317면)

그에 의하면 전진하는 역사의 참다운 의미는 전통의 파괴와 재정리, 재구성에 있는 것이다. 그가 생각하는 전통이란 단순히 역사의 발전에 따라 축적되어 토대를 이루는 것이 아니라 역사의 발전 속에서 파괴되면서 새로운 전통 성립의 토대가 되는 것이다. 또한 그는 죽은 전통인 '습성'과 진정한 '전통'을 구별함으로써 전통에 대한 숭배 혹은 막연한 고집 등을 경계한다.

> 한결같은 습성에의 집착이나 고집은 새로운 창조를 위한 전진이나 발전을 의욕하고 지향하려는 것이 아니고 과거의 안이 속에 자신의 평안을 의뢰하고 자신의 평안으로써 스스로의 무능과 나태를 위로하고 스스로의 노력과 투쟁심을 회피함으로써 줄기찬 역사창조의 대가를 공으로 누리고 보답하지 않으려는 비생활적인 정신에서 우러나온 것이다. 감상적인 과거에의 향수나 막연한 지나간 전통에의 고집은 한 민족의 민족정신의 정체를 초래하는 것이며 시체가 된 전통 앞에 무작정 무릎 꿇고 타협하는 '소극적 휴머니즘'의 달콤한 장상곡(葬喪曲)만을 연주케 한다. (「민족문학 확립의 과제-20세기적 관점에서의 방법론」, 318면)

"감상적인 과거에의 향수나 막연한 지나간 전통", 즉 습성을 고수하는 것은 전통의 시체를 고수하는 것이고 민족정신의 정체를 초래하는 소극적 휴머니즘일 뿐이다. 습성의 고수에 대한 그의 경계는 다른 비평문들에도 나타나고 있는데, 「한국현대문학의 지향점」에서는 조선심(朝鮮心)에 대한 최남선의 글을 인용하면서, 최남선이 자기민족과 전통에 대한 추상적인 애정과 무자각, 무비판적인 태도를 보인다며 이것은 "민족적 애정" 내지는 "미학적인 신앙"에 불과하다고 비판한다.24) 이러한 민족문학과 전통, 그리고 세계문학에 관한 그의 주장은 실제 비평인 「서정주의 영향」25)에서 조금 더 명확히 들어온다. 이 글에서 김양수는 예술이라는 정신의 영역이 지향해온 과정은 전통의 토대를 확고히 가지고 있을수록 움직일 수 없는 정확한 이해력과 경험의 실체를 가지게 된다고 말하며, 전통의 중요성을 부각시킨다. 그러나 전통은 그냥 인계받는 것이 아니라 선진들이 겪은 똑같은 노력과 대결 태도를 갖추고, 그것을 절실히 소화(消化)할 수 있는 기반에서만 영향을 제대로 받을 수 있다는 것이다. 그는 서정주의 <문둥이>, <대낮>, <입마춤>등의 시가 보들레르의 강렬한 영향을 받아 "고열상태에까지 올라간 야성적인 육체의 정열"26)을 노래하며 독창성을 보였지만 보들레르가 보여준 보편성의 차원에는 이르지 못했고, 그 이후 서정주가 동양적인 미의식을 드러낸 <목화>, <노을>, <전주우거(全州隅居)> 등은 "조로성을 띄운 동양인의 안이한 적멸에의 몰입"27)인 것 같다고 평한다. 서정주는 전통의 토대 없이 받아들인 보들레르의 영향을 뛰어넘을 수 없었으며, 그것을 극복하기 위해 가져온 민족적인 정서라는 전통 역시 "민족의 평

---

24) 김양수, 「한국현대문학의 지향점-보유·민족문학 확립의 과제」, 『현대문학』37, 1958.
  1, 200면.
25) 김양수, 「서정주의 영향 (상)·(하)」, 『현대문학』10 · 11, 1955. 10~1955. 11.
26) 김양수, 「서정주의 영향 (상)」, 『현대문학』10, 1955. 10, 160면.
27) 김양수, 「서정주의 영향 (하)』『현대문학』11, 1955. 11, 145면.

면적 기류와 같은 정서와 환상적인 관념으로" 안일하게 되살렸다는 것이다. 물론 이러한 평가의 시각에 대해서는 재론의 여지가 있을 것이다. 그러나 이러한 평론을 통해 김양수는 전통의 토대 확립이 민족문학이 세계문학으로서의 보편성으로 나가기 위한 바탕임을 주장하고 있으나, 전통의 무조건적 수용이 보편성으로 이어지는 것이 아니라는 점을 재확인하고 있다. 전통을 비판적으로 받아들여야 한다는 이러한 견해는 풍속과 전통을 구분한 최일수의 논의와 유사한 듯하다. 그러나 김양수의 경우 전통을 고정된 것이 아닌 생명력을 가진 것으로 보고 있다는 점에서 차별성을 지닌다. 그에게 전통은 파괴되고 재구성되지만, 생명의 근원을 지니고 있어 새로운 것을 만들어 낼 수 있는 줄기(stem)같은 존재로 파악되고 있다고 할 수 있다.

그리고 「생명제일주의의 문학-보유·민족문학 확립의 과제」[28]에서도 전통에 관한 그의 논의는 계속 이어진다. 그는 우리 민족문학의 주체 확립을 위해 필요한 것이 상상력과 자각이라고 말하면서 현재 우리에게 상상력이 빈곤해진 원인으로 '자기체험에 의미를 부여할 줄 모르는 통찰력 부족'과 '역사적 경험에 의미의 재형성을 작업할 줄 모르는 열등감' 그리고 '자기모순에의 무비판'을 꼽고 있다. 자신의 체험에 의미를 부여하지 못하고 역사적 경험의 의미를 재형성하지 못한다는 것은 전통을 재구성하지 못하고 있는 현실에 대한 비판이라 할 수 있다.

> 먼지를 쓰고 구석에 박혔던 고자기(古磁器)의 살결도 닦아 놓으면 새로워보이고 장기간을 병실에서 지낸 중병 환자의 완쾌 후의 새로운 생에의 애착이나 희망도 이제까지 발견 못한 고귀한 가치를 볼 수 있게 한다. 거기서 오로지 지난날의 그대로의 모습을 찾으려고 해서는 안된다. 새로운 가치와 새로운 시점으로써 그를 재형성하고 재평가하게 하는 의욕과 노력과 인내가 살아 나오지 않으면 안된다. (「생명제일주의의 문학-보유·민족문

---

28) 김양수, 「생명제일주의의 문학-보유·민족문학 확립의 과제」, 『현대문학』, 1958. 4.

학 확립의 과제」, 214면)

　　과거를 재평가하려는 의지, 즉 전통을 재구성하려는 노력과 의지는 우리 문학이 서구문학과의 관계에서 갖는 열등성을 벗어나 세계문학으로 발전하기 위해 반드시 필요한 것이다. 이처럼 김양수는 민족문학의 확립을 위해 먼저 전통을 돌아볼 것을 주장한다. 전통을 돌아본다는 것은 단순히 전통을 계승하고 발전시키자는 것이 아니다. 그에게 전통을 돌아본다는 것은 과거를 돌아보는 것이자 '나'를 성찰하는 것과 같은 것이다. 전통의 토대 위에서 다시 그 전통을 평가하고, 그들 중 의미 있는 전통에 현대적 호흡을 불어넣어 재구성해 나가야 하는 것이다.

　　이러한 전통론은 다시 민족문학론을 이해하는 바탕이 된다. 김양수는 「민족문학 확립의 과제」에서 전통에 대한 서두에 뒤이어 물질문명을 이룩해 낸 20세기의 성립과정을 설명하며 그 진보의 역사는 수많은 '부정(否定)'의 역사였음을 밝힌다. 그는 우리 민족문학이 '지방인 근성'을 넘어서 주체 확립을 하기 위해서는 자기 자신과 대결하고 정리해야 한다고 말한다. 즉 자기의 위치와 자기 자신을 부정해야 하는 것이다. 이러한 '부정'의 의식은 바로 비평의 정신이고, 이것이 바로 인류 발전의 '에센스'라 주장한다.

　　　전 세계의 정신적 시력과 국제적인 시점을 토대로 오늘의 세계를 비평하고 자기의 민족을 비평하고 자기 스스로를 또한 비평하는 것이야말로 민족문학이 확립되는 길이며 정신과 실제로서 인류 및 세계의 일체화를 위하여 현재의 불합리 및 부조리와 대결하는 길인 것이다. (「민족문학 확립의 과제-20세기적 관점에서의 방법론」, 335면)

　　즉 전통을 재구성해야 한다는 그의 전통론은 비평 정신과 맞물리는 것이고, 그러한 부정의식, 비판의식은 바로 우리 문학이 민족문학을 확립하고 "정신과 실제로서 인류 및 세계의 일체화"로 나아가는 방법이라는 것이다.

그리고 「민족문학 확립의 과제」에서 제시한 민족문학론은 그 연작인 「한국현대문학의 지향점-(속)민족문학 확립의 문제」[29]와 「생명제일주의의 문학-보유·민족문학 확립의 과제」[30]에서 보완되고 있다. 「한국현대문학의 지향점-(속)민족문학 확립의 문제」에서 그는 인류가 "전세계의 일체화를 이끄는 세계사 형성"에 매진해야 한다고 해서 인간 각자의 개성이나 민족적 특징을 무시한 몰개성적인 일체화 · 일반화는 경계해야 한다고 말한다. 그리고 한국현대문학의 발전을 가로막는 맹점 두 가지를 지적하는데, 밖으로는 우리 문학이 우리의 개성과 민족적 특성을 세계적인 관점 밑에서 비판하고 창조하지 못했고, 안으로는 혼동 속에서 이루어진 한국의 근대화로 인해 민족적 자각 하에서 비판력과 행동력을 갖추지 못했다는 것이다. 즉 우리에게는 자율적 주체 확립의 자각이 부재했기에 타율적으로 진행된 근대화 속에서 혼란을 겪을 수밖에 없었다는 것이다. 그는 아시아의 근대가 반(半)봉건의 보수성을 탈피하지 못한 채 진보적 외양만을 갖춘 '왜곡된 근대'였으며, 아시아의 현재적 양상 역시 근대적인 구조를 갖지 못한 채 시작된 '형태 없는 사회'라는 서구적 열등의식을 드러낸다. 그러므로 그는 이러한 한국문학의 열등성을 극복하기 위해 자율적인 주체 확립을 주장한다. 서구를 맹종하는 한국문학의 현실이 사조와 사조에 떠밀려 다니는 "주체 없는 꼭두각시나 사생아의 제멋대로의 해석이나 자기망상"을 낳았다고 비판하며, 독창적인 개성의 창조를 이루어야 한다고 강조하는 것이다.

이러한 그의 시각은 「생명제일주의의 문학-보유·민족문학 확립의 과제」에서 지향점을 명확히 드러낸다. 현대사회의 물질문명, 사회, 법, 규율 등이 우상이 되어 인간의 생명을 몰각시키고 있다고 말하고 그렇기

---

29) 김양수, 「한국현대문학의 지향점-(속)민족문학 확립의 문제」, 『현대문학』, 1958. 1.
30) 김양수, 「생명제일주의의 문학-보유·민족문학 확립의 과제」, 『현대문학』, 1958. 4.

에 오늘날의 예술과 문학은 인간 회복의 사상, 즉 생명제일주의의 자각 밑에서 조성되어야 한다고 주장한다. 그가 밝힌 '생명제일주의'는 인간 생명과 인간의 상상력을 우위에 둔다는 점에서 이전 비평에서 언급한 '미의식 추구'와 궤를 같이 한다고 할 수 있다. 초기의 비평에서 김양수가 몰두한 '미의 추구'가 현실을 기반으로 하지 않은 유미주의에 가까웠다면, 50년대 중반을 거치며 변모한 미의식은 인간을 중심에 둠으로써 인간의 생명력에 관심을 기울인다. 그렇기에 50년대 후반에 문학의 지향점으로 밝히고 있는 '생명제일주의'는 그의 '미의 추구'의 연속선상에 놓여 있다고 할 수 있을 것이다.

그는 우리 민족문학이 세계적인 것으로 발전하기 위해서 먼저 비평정신에 의한 자율적인 주체 확립을 이루어야 하고, 또 그러한 비평정신을 바탕으로 문화 창조의 뿌리인 전통을 확립하고 재구성할 것을 촉구한다. 그리고 이러한 토대를 마련한 후 생명제일주의 사상을 가지고 독창적인 개성을 가진 문학을 창조해야 한다는 것이다. 이러한 김양수의 논의에는 구체성이 결여되어 있기에 모호한 휴머니즘론으로 귀결되고 있다는 문제를 지닌다. 그러나 그가 내세운 '회의정신'은 한국 문학에 대한 반성과 성찰을 통해 독자적인 비평문학, 나아가 한국문학의 지향점을 모색하려는 시도였다는 점에서 평가받을 수 있을 것이다.

4. 나가는 말

50년대라는 혼란스러운 시공간 속에서 발표된 김양수의 평론들에는 나름의 시각으로 한국문학과 비평의 현실을 조망하고, 한국의 민족문학과 비평이라는 장르의 정체성을 확립하려는 사색의 흔적들이 역력하다. '순문예지'인 『현대문학』의 비평가이자 사학을 전공한 김양수는 당시 범람하던 외국사조에 휩쓸리지 않고 순문학에 대한 자신의 견해를 일관성 있게 펼쳐낸 것이다. 그의 비평은 한국문학에 대한 회의와 불안에서 출발하고 있지만, 그는 그 회의와 불안을 건강한 '회의정신'으로 끌어올려 과거를 반성하고 새로운 것들을 창조할 수 있는 원동력으로 제시한다. 그에게 이러한 '회의정신'은 비평정신의 기본이 되기도 하면서 전통 혹은 서구사상 등을 비판적으로 소화할 수 있는 시각을 제공해 주고 민족문학의 자아정체성을 일깨워 주는 것이다. 이러한 '회의정신'을 바탕으로 그는 초기 현실 도피적이었던 '미의식'을 현실에 바탕을 둔 성숙한 '미의 추구'로 변모시킨다. 이러한 자기성찰은 개인을 넘어 세대에 대한 반성으로 이어졌으며, 비평이라는 장르 자체에 대한 정체성 모색으로 이어졌다 할 수 있다. 그리고 이러한 정체성 모색은 개인을 넘어 세대로, 그리고 민족과 세계문학으로 확장된다. 그의 전통과 민족문학, 세계문학에 대한 관심은 전쟁으로 인해 폐허가 된 상황 속에서도 세계문학에 발맞춰 나갈 수 있는 민족문학을 발전시키겠다는 의지가 담긴 것이라 할 수 있다.

물론 김양수의 비평은 개념들이 추상적이고 모호하게 처리돼 있어 명확하지 않으며 서구문명에 대한 열등성을 기초로 하고 있다는 비판 역시 피할 수는 없다. 그는 세계문학의 종속화를 벗어나기 위해서 민족 내부의 문제를 거론하고 있는데, 전기철도 지적했듯이[31] 민족문학의 내재적 문제성 발견이 세계 문학으로서의 후진성을 지적하는 데 그치고 있어 기존의 서구 현대 문학적 관점에서 본 민족문학관을 그대로 답습하는 듯한 인상을 주는 것이 사실이기 때문이다. 그러나 그는 세계문학에 대한 열등감 속에서도 서구 문학 사조에 대해 맹종을 경계하며, 우리의 전통이 민족문학의 뿌리임을 망각하지 않는다. 그가 내세운 민족문학론에는 그의 비평을 관통하는 정신인 '회의정신'에 있다. 그는 서구 문학의 영향에 대해서도, 민족문학의 전통에 있어서도 무조건적인 긍정

---

31) 전기철, 『한국 전후 문예비평 연구』, 서울, 1994, 205면.

혹은 부정을 하지 않는다. 그는 세계문학이나 전통의 영향을 '회의정신'이라는 여과기를 통해 거르고, 그것을 자기 식으로 소화시키고 발전시켜야 한다고 주장하는 것이다. 그리고 그는 우리 민족문학이 추구해야 할 지향점에는 반드시 인간의 생명력이 있어야 함을 강조한다. 그에게 예술이 지향해야 할 최종 목표는 '인간'이기 때문이다. 이런 점에서 본다면 폐허가 돼 버린 전후문학에서 비평이라는 도구를 통해 상실된 인간의 생명력을 꾀하고자 한 김양수의 비평은 1950년대 순수문학론의 한 특징을 보여준다 할 수 있다.

■ 참고문헌

1. 기본자료

김양수, 「서정주의 영향 (상)」, 『현대문학』10, 1955. 10.

______, 「서정주의 영향 (하)」『현대문학』11, 1955. 11.

______, 「문학에서의 미의 창조」,『현대문학』16, 1956. 4.

______, 「신세대론(新世代論)에의 부언(附言)」,『현대문학』21, 1956. 9.

______, 「비평에서의 미의 추구」,『현대문학』24, 1956. 12.

______, 「고독한 미의 편력-창조에 관한 제삼장」,『현대문학』26, 1957. 2.

______, 「민족문학 확립의 과제」, 남원진 엮음, 『1950년대 비평의 이해Ⅰ』, 역락, 2001. (『현대문학』,1957. 12.)

______, 「한국현대문학의 지향점-(속)민족문학 확립의 문제」,『현대문학』, 1958. 1.

______, 「생명제일주의의 문학-보유·민족문학 확립의 과제」,『현대문학』, 1958. 4.

2. 논문 및 단행본

가람기획 편집부 엮음,『한국현대문학 작은 사전』, 가람기획, 2000.

강경화, 「1950년대 비평의 내면 의식과 역사적 성격에 대한 일고찰」,『성균어문연구』33, 성균어문학회, 1998.

권영민, 『한국현대문인대사전』, 아세아문화사, 1990.

김세령, 『1950년대 한국 문학비평의 재조명』, 혜안, 2009.

김영민, 『한국현대문학비평사』, 소명, 2000.

김윤식, 『한국현대문학비평사』, 서울대출판부, 1982.

김혜니, 『한국 근현대비평 문학사 연구』, 월인, 2003.

남원진, 「1950년대 비평의 이해」, 남원진 엮음, 『1950년대 비평의 이해Ⅱ』, 역락, 2001.

신동욱, 『한국현대비평사』, 시인사, 1988.

유임하, 「전후소설의 재발견」,『상허학보』9집, 깊은샘, 2002.

전기철, 『한국 전후 문예비평 연구』, 서울, 1994.

정현기, 「문학비평의 충격적 휴지기」, 김윤식·김우종 엮음, 『한국현대문학사』, 현대문학, 1989.

한수영, 『한국현대비평의 이념과 성격』, 국학자료원, 2000.

■ 국문초록

본고에서는 50년대 비평사에서 주목을 받지 못한 김양수의 50년대 비평들을 재검토함으로써 그의 비평이 지닌 의의를 밝히는 것을 목적으로 한다. 김양수는 순수문학(pure Literature)과 민족문학(National Literature)에 관한 논의를 통해 비평 정신 및 전후 한국문학의 정체성에 대해 치열하게 모색한 비평가였으나 논쟁 중심으로 정리된 50년대 비평사에서 큰 조명을 받지 못한 것이 사실이다.

50년대 그의 비평은 크게 미(美)의 추구와 민족문학론으로 나누어진다. 그는 초기 비평에서 예술의 지향점인 '미'의 문제에 집중함으로써, 전후의 불안과 인간 이성에 대한 회의(懷疑)를 극복하고자 한다. 초기 그의 미의 추구는 전후 황폐한 현실을 도피하기 위한 유미주의(aestheticism)의 경향을 보이고 있다. 그러나 그의 미의식은 건강한 '회의(懷疑) 정신'을 통해 한국 문학에 대한 반성과 성찰로 이어지게 된다. 그는 비평에서 미적인 창조정신과 비평정신이 조화를 이루어야 한다고 강조함으로써, 비평이라는 독립 장르의 성격에 대해 고민하고 있다. 또한 민족문학의 확립을 위해서도 회의정신을 통한 자율적인 주체 확립이 중요하다고 주장한다. 서구 문학 사조에 대한 무비판적 수용을 경계하고, 전통 역시 비판을 통해 재구성하려는 노력이 필요하다는 것이다. 즉 그는 '회의정신'이라는 비평정신을 통해 전후 한국문학의 정체성 확립 및 발전을 모색한 비평가라 평가할 수 있을 것이다.

주제어 : 김양수, 민족문학, 미의 추구, 회의(懷疑) 정신, 전통, 50년대 비평

■ Abstract

Kim, Yang-soo's criticism study in the 1950s

Kim, Ji-hye(Gachon University)

The purpose of this study is to find out a meaning embodied in Kim, Yang-soo's criticism by reviewing the 1950s'criticisms by Kim, Yang-soo which didn't attract attention in the 1950s. Kim, Yang-soo was a critic who intensively attempted to find out an identity of post-war Korean literature as well as a spirit of criticism through Pure Literature and National Literature. However, it is true that he didn't receive huge spotlights in the history of criticism of the 1950s.

His criticisms in the 1950s could be divided into pursuit of beauty and National Literature Theory. He attempted to overcome skepticism about post-war anxiety and human reason by focusing on the problem of 'beauty', an orientation of art in the initial criticism. His initial pursuit of beauty shows the tendency toward aestheticism for escaping post-war ruined reality. However, his sense of beauty led to self-reflection and introspection on Korean literature through sound 'skepticism'. By emphasizing in his criticism that a spirit of aesthetic creation and a spirit of criticism must be harmonized, he deeply considered the characteristics of independent genre called as 'criticism'. In addition, he asserted that it would be important to establish spontaneous identity through a spirit of skepticism for establishing national literature. That is, he suggested that there must be many efforts to look to uncritical acceptance of the trend of Western literature and to reorganize traditions through criticism. In other words, he is considered as a critic who sought to establish the identity and development of Korean literature through a spirit of criticism called as 'skepticism'.

Key-words : Kim, Yang-soo, National Literature, Pursuit of beauty, skepticism, Tradition, Criticism of the 1950s

이 논문은 2012년 11월 12일에 접수되어, 2012년 11월 22일부터 2012년 12월 3일 사이에 이루어진 소정의 심사를 거쳐 2012년 12월 10일 편집회의에서 최종적으로 게재가 확정되었음.

기획 특집

'소설가 구보씨의 시간'

여덟 번째 <구보학보>다. '구보학회'라는 이름으로 학술활동을 시작한 이래로 벌써 8년이 흘렀다. 구보 박태원 선생과 그의 문학, 예술을 연구해 오는 동안 우리 학회는 새로운 자료를 발굴하거나 또는 최신의 연구방법론을 통해 그의 예술세계가 갖는 넓이와 깊이를 조금씩 더해 왔다. 그뿐인가. 그의 문학과 예술이 동시대, 또는 지금-여기와 맺는 다양한 매개들을 찾아 우리 근현대 문학과 문화 연구의 향방에 적지 않은 영향을 끼쳤다. 8년이라는 시간은 분명 돌아봄을 필요로 한다. 지금처럼 쾌속으로 질주하는 시간이라면 늦었을지도 모른다. 구보학회가 학회로 활동해 오면서, 그리고 기관지인 <구보학보>가 학술지로 분류되면서 구보학회의 모든 시간은 학술지원 기구의 시계에 맞물려 흘러왔다. 그 시계어 조금 늦거나 모자란 상태가 대부분이었던 듯하다. 지금 이를 돌아보면서 빠르고 넘치자는 제안을 하고자 함이 아니다. 이제 조금씩 다른 시계를 가져볼 필요와 그 가능성을 이야기하고자 함이다.

그래서 <구보학보> 8집은 '소설가 구보씨의 시간'이라는 제하에 몇 가지 새로운 글과 자료를 소개하는 특집을 기획했다. 첫 번째는 구보 박태원 선생의 차남인 박재영 선생과의 대담을 정리한 글이다. 권은 선생이 대담자로 참여해 문학연구자의 입장에서 궁금한 것들을 묻고 답하면서 박태원의 문학세계에 대한 이해를 도울만한 글로 정리되었다.

아울러 권은 선생이 ≪매일신보≫에 연재된 구보의 「명랑한 전망」 누락분을 재수록해주고, 박재영 선생이 아버지의 결혼식 방명록 전권을 공개해준 것이 두 번째와 세 번째의 자료이다. 그리고 마지막으로 구보와 그의 시절 문학, 예술인들의 삶과 예술을 소재로 극연출을 해오던 성기웅 선생이 최근 연출한 「소설가 구보씨의 일일」 대본을 전재했다. 이 연극은 그의 작품 중에서도 원작이 지니는 혼성 미디어적 속성을 가장 잘 살린 연출로 여러 차례 재공연 요청이 쇄도하기도 했던 수작이고 또 최근에 성황리에 공연을 마치기도 했다. 예술가 구보의 현재를 가늠해 볼 만한 작품이기에 그 자료를 <구보학보>에 옮겼다. 이 자리를 빌려 특별히 세 분 선생께 감사의 마음을 전한다.

    <구보학보>가 조금 다른 시계를 가져보고자 한 첫 시도로 새로운 자료와 다양한 글들을 소개하는 기획을 마련했다. 문학연구자들에게 좋은 자료를 제공하고 문학연구의 새로운 사건이 만들어지는 것, 구보학회의 첫 번째 돌아봄이다.

〈구보학보〉 편집위원회

박태원의 차남 박재영 선생과의 대담

대담자 : 권 은*

　박태원은 슬하에 5남매를 두었다. 설영, 소영, 일영, 재영 그리고 은영. 그의 소설과 수필에는 자식들이 종종 등장하곤 했다. 작가의 자화상 3부작으로 알려지는 「채가(債家)」, 「투도(偸盜)」, 「음우(淫雨)」는 집에서 아이들을 키우면서 벌어지는 소소한 일화들이 주를 이룬다. 이들 작품들의 실질적인 주인공들은 설영, 소영, 일영 삼남매라 할 수 있다. 작가는 「채가」에서 "나는, 오직, 우리 설영이가 어느 틈엔가, 저만큼이나 커서, 그래, 벌써 유치원에를 다니게 되었나……? 하고, 도무지 남들에게는 없는 일이나 되는 듯싶게, 마음에 신기하고, 또 기뻤다"고 했다. 「투도」에서는 "일이 없을 때면, 또 한가로운 대로, 나는 설영이, 소영이, 혹은 일영이를 상대로 철없이 노느라고 골몰"하기도 했다고 썼다. 수필에서도 이들은 종종 등장하는데, 「원단일기」에는 설을 맞으러 아이들을 데리고 큰집에 가는 대목이 나온다. "소영이는 감기기운이 있건만 설영이가 나서니 저도 가겠다고 떼를 써서 하는 수 없이 일영이만 집에 두고 안해와 더불어 네 식구가 다옥정(茶屋町)으로 갔다"고 했다.

　작품 속에서 설영은 "아빠아, 어디 가우?"라고 말을 할 때, 소영은 인쇄소를 "인쇄쑈", 신문사를 "신문샤"로 어설프게 발음하기 시작하는 꼬마였고, 일영은 아직 말문이 트이지 않았다. 넷째 재영과 막내 은영은

---

* 서강대학교

그 당시 태어나지 않았다. 재영이 태어난 것은 1942년, 막내인 은영이 태어난 것은 해방 후인 1947년이었다. 1940년대 무렵, 일제의 군국주의가 심화될 무렵부터 작가는 사회와 어느 정도의 거리를 두고 창작 대신 '중국 고전'을 번역 소개하는 작업에 매진하고 있었다. 1942년에『수호전』, 1944년에「서유기」를 번역 소개하였다. 해방 무렵부터는『임진왜란』(1949),『군상』(1949) 등 본격적으로 '역사소설'을 창작하기 시작했다. 말하자면, 1940년대 이후 박태원은 '사소설'적인 경향과는 확연히 거리를 두고 있었다. 이 시기에는 수필도 거의 남기지 않았다. 따라서 재영과 은영은 박태원의 작품 속에서는 좀처럼 등장하지 않는다.

오늘 만나서 대담을 하게 된 분은 박태원의 넷째 박재영 씨다. 그는 어느덧 70대가 되어 있었다. 아버지를 회상하는 어느 글에서 그는 "내가 아버지와 함께 한 삶이란 한국전쟁이 발발하기 전까지, 그러니까 성북초등학교 3학년까지 10년 밖에" 되지 않는다고 했다. 스스로 "문학에 대하여는 거리가 먼 외화벌이 세일즈맨"이라고 밝히기도 했는데, 그는 현재 무역회사의 이사로 근무하고 있다. 다 아는 대로, 1950년 9월 23일 경에 박태원은 이태준 등을 따라 '남조선문학가동맹 평양시찰단'의 일원으로 월북한 것으로 알려져 있다. 이후 재영 씨는 아버지를 다시 만날 수 없었다. 박태원은 '월북 작가'로 낙인 찍혀 오랜 세월 반강제적으로 문학사에서 잊혀진 존재가 되었다. 1988년 7월 해금 된 이후, 그의 문학에 대한 재평가 및 작품 정리가 요즈음 활발하게 이루어지고 있다. 박태원의 대표작『소설가 구보씨의 일일』을 '서울시 문화유산'으로 등재하기 위한 준비 작업이 진행 중이고, 그의 소설 속에 등장하는 서울 거리를 따라 함께 걷는 '구보따라 걷기'(가칭)도 연례 행사로 진행하려고 준비 중이다. <구보학회>가 창립되고, 박태원의 작품들이 새롭게 발굴되는 데에 가장 큰 역할을 담당했던 이가 바로 박재영 씨다.

대담을 본격적으로 시작하기에 앞서 몇 가지 염두에 담아둘 것이 있다. 2009년 '구보 탄생 100주년 기념행사' 이후 박재영 씨는 지난 몇 년간 여러 경로로 아버지에 대한 대담과 글을 남긴 바 있다. 따라서 다른 대담과 중복되는 부분은 가급적 배제하고자 하였지만 어느 정도의 중복은 불가피할 수도 있다. 가능한 한 문학 연구자의 관점에서 대담을 진행하고자 하였지만 그것도 그리 수월하지는 않았다. 재영 씨가 스스로 밝히고 있듯, 그는 문학에 관해서는 잘 알지 못하고, 아버지와 헤어지게 되었을 때는 불과 10살의 소년에 불과했기 때문이다. 어머니 김정애 씨가 여맹위원회에서 부역한 죄로 5년의 옥고를 치른 후, 가정 내에서 한국전쟁 이전 시기에 대해 말하는 것은 묵계적으로 금기시되었기 때문에 그는 아버지에 대한 이야기를 많이 듣고 자라지 못했다. 어쩌면 그가 알고 있는 아버지에 대한 모습은 스스로의 기억이 아니라 아버지의 작품들을 읽고 나서 재구성된 것일지도 모른다. 예를 들어, 어느 대담에서 그는 다음과 같이 말했었다. "이 무렵[1940년대 후반], 아버지는 아이들에게 감출 이야기는 일어로 하셨어요." 이 대목은 자화상 연작 중 한 편인 「투도」에서 나오는 부분과 동일하다.

> "아빠아, 누가, 들어왔수? 담을 넘어 들어왔수?"
> 하고, 눈을 동그랗게 뜬다.
> "아니야, 아무것도 아니야. 넌, 어서 소영이 데리구 마루에 나가서 소꿉질이나 허구 놀아라. 아빠가, 자아, 과자 주께."
> 어린 마음에도, 그래도 궁금하게 여기는 듯싶은 설영이를, 나는 가까스로 마루로 내어보내고,
> <u>"고토모노 마에데 손나 로쿠데모 나이 고토, 아마리 샤베루나(애 앞에서 그런 쓸데없는 소리 너무 지껄이지 마)."</u>
> 한마디 아내를 타일렀으나, 아내는 언성을 좀 낮추었을 뿐으로, 결코 화제를 고치려고는 안 하였다.

이처럼 재영 씨의 기억이 실제로 경험한 것을 바탕으로 하는지, 아니면 작품을 읽고 무의식적으로 재구성된 것인지 분명하지 않은 경우

가 있을 수 있다. 특히 박태원의 '사소설'은 거의 '수필'처럼 느껴지기도 하기 때문에, 작품 속에서 허구적으로 구성된 부분과 실제 경험을 구분하기란 연구자들에게도 쉬운 일이 아니다. 또한 아버지에 대한 아들의 기억이라는 점에서 어느 정도의 '객관적 거리'를 확보한 진술인지 아닌지 쉽게 가늠하기 어렵다. 예를 들어, 셋째 박일영 씨는 어느 글에서 "창2동에 서 있는 비문에는 15, 16, 17대 위로 3대가 모두 높은 벼슬에 올랐음을 기록하고 있으니, 앞으로는 구보가 중인 출신이란 소리는 안 했으면 한다"고 밝히기도 했었다. 그래서 여기서는 대담자가 제대로 충분히 대답하지 못하는 부분은, 질문자가 대신 질문의 취지를 밝히는 형식을 취했다. 그 때문에 때로는 자문자답의 형태로 보일 수도 있다.

이러한 여러 사항들을 고려하면서, 구보 박태원의 넷째 박재영 씨와의 대담을 진행하였다. 대담은 2013년 1월 19일 오후 2시부터 약 3시간 동안 홍익대학교 정호웅 선생님의 연구실(C동 837호)에서 이루어졌다. <구보학회> 이정숙 회장님과 정호웅 부회장님이 같이 참여하셨다.

1. 박태원의 많은 작품은 '사소설'로 분류될 수 있을 정도로 작가의 실생활 및 동시대 역사와 밀접한 관련이 있습니다. 소설이 때로는 '수필'과의 경계가 모호할 정도여서, 절친했던 이상(李箱)이나 자식들이 실명으로 종종 등장하기도 합니다. 그래서 연구자들은 박태원의 글을 통해 작가의 삶이나 이상(李箱)의 일면을 유추하기도 합니다. 그런데 혹시, 아버님의 작품을 읽고, 이 부분은 실제의 모습과는 상당히 다르다라고 느낀 부분은 없었습니까?

(글쎄요. 실제 아버님의 모습과 크게 차이가 난다고 느껴지는 부분은 보지 못한 것 같습니다.)

박태원의 작품에서 사실과 허구를 구분짓는 일은 쉽지 않다. 그의 작품 중 『소설가 구보씨의 일일』(1934)의 한 후속편처럼 간주되기도 하는 사소설 계열의 작품으로『거리』(1936)가 있다. 이 작품은 소설가인 중심인물 '나'가 할 일 없이 친구들을 만나기 위해 거리를 배회하는 이 야기로, 여러 측면에서『소설가 구보씨의 일일』의 연장선상에 있는 작 품이라 판단되는 작품이다. 그렇지만 작품 속 '나'는 현재 '스물 아홉 살' 이고 여전히 결혼을 하지 않은 것으로 되어 있지만, 실제 작가는 스물 여섯인 1934년에『소설가 구보씨의 일일』의 연재를 마치고 곧이어 결 혼을 했다. 사실과 허구가 미묘하게 엇갈리고 있는 것이다. 이처럼 박태 원의 작품들은 '사소설'적인 요소가 많지만 허구적인 설정도 여러 군데 에서 찾을 수 있다. 그의 사소설은 '구보'가 등장하는『소설가 구보씨의 일일』과『대욕』등의 작품들과 '철수'가 등장하는『반년간』,『여인성장』 등의 작품들로 구분지을 수 있는데, '철수'가 등장하는 작품들에는 허구 적 측면이 좀더 가미되어 있다.

2. 박재영 선생님께서는 'Daniel'이라는 세례명을 사용하시는 것으로 보아 '기독교' 신자이신 듯 합니다. 박태원의 작품들에도 '기독교'에 대한 언급이 종종 나옵니다. 그렇지만 작품 속에서 나타나는 기독교의 이미지 는 그리 긍정적이지만은 않습니다. 「근대적 산보법」(1930)에 보면, 산보 를 방해하는 부류 중의 하나로 기독교를 전도하는 사람들을 언급하고 있 습니다. "전도회관 앞을 지날 때 제군을 죄악의 구렁에서 구하려는 인사 가 제군에게 잠깐만 안에 들어가 좋은 이야기를 듣고 가기를 요구"한다 면 어떻게 하면 좋을지, 작가는 그 '난관'을 벗어날 수 있는 여러 가지 방 법을 제시하고 있는데요. 그 중 최상책은 "저, 신자입니다"라고 거짓말을 하는 것이라는 대목이 나옵니다. 그렇다면 박태원은 기독교 신자가 아니 었던 것 같은데, 실제로 아버님의 종교관은 어떠했습니까?

(저는 가톨릭 신자입니다만 아버님은 종교가 없으셨어요. 그렇지만 할아버지가 개신교 쪽이셨습니다. 1928년에 돌아가실 때 장례를 교회에 서 치렀습니다. 큰 어머니도 교회에 다니신 것 같고요. 가끔 교인들이

다옥정 집에 모여서 기도를 드리곤 했는데, 당시 같이 살던 아버님께서 소설 쓰는데 집중을 할 수 없어 시끄럽다고 호통을 치시기도 했다고 합니다.)

박태원의 작품 속에서 '기독교'는 그리 긍정적으로 그려지지 않는다. 초기작인 「적멸」(1930)에서 중심인물인 '레인코트 입은 사나이'는 "크리스천은 자살을 가리키어 '신(神)에게 대한 의무를 결(欠)하는 것이라' 하여 죄악시합니다"라고 말하지만, 결국 그는 자살을 한다. 『소설가 구보씨의 일일』(1934)에는 "그는 여자가 기독교 신자인 경우에는 제 자신 목사의 졸음 오는 설교를 들어도 좋다고까지 생각하고 있었다"는 대목이 나온다. 크리스마스를 배경으로 한 「성탄제」(1937)에서는 사귀던 남자에게 임신한 채 버림받은 카페 여급 영이가 "이 거룩한 밤에 주여! 바라옵건댄 길을 잃은 양들에게도 안식을 주옵소서. 아아멘...흥?"하고 냉소적으로 기도하는 장면이 나오기도 한다.

3. 「춘향전 탐독은 이미 취학 이전」(1940)에 보면, "내가 춘원 선생 문을 두드린 것은 아마 소화 이년[1927년]인가, 삼년 경의 일이었건가 싶다. 두 번짼가 세 번째 찾아 뵈웠을 때, 나는 두어 편의 소설과 백여 편의 서정시를 댁에 두고 왔다. 그 중 수 편의 시와 한 편의 소설이 동아일보 지상에 발표되었다. 이 소설이 이를테면 나의 처녀작"이라는 대목이 나옵니다. 박태원의 문학적 스승은 춘원이었고, 그를 문단에 등단시킨 것도 이광수였다고 할 수 있습니다. 박태원의 여러 작품에는 춘원에 대한 언급이 나오는데요. 춘원 이광수와 박태원 간의 관계는 어떠했습니까? 그리고 양백화로부터도 가르침을 받은 것으로 알려지는데, 양백화와의 관계는 어떠했습니까?

(솔직히 말씀드려서 저는 그런 것까지는 알지 못합니다. 저는 초등학교 3학년, 9살~10살까지밖에 아버지와 같이 있을 수 없었기 때문에

아버지의 문학적인 면에 대해서는 거의 아는 게 없습니다. 기억에 남는 것은 아버지가 1949년~1950년까지 소설 『군상』(1949), 『임진왜란』(1949) 등을 연재하는데 신문기자들이 집에 와서 연재분을 받아가기 위해서 계속 기다리던 기억이 납니다. 성북동에서는 건넌방에서 주로 집필을 하셨고, 그곳에서 쓰고 쉬셨기 때문에 자세한 모습은 알지 못합니다. 집필하는 공간에는 거의 한문, 일어, 영어가 가득해서 어린 저는 거의 읽을 수 없었어요. 그곳에서 아버님의 간단한 스케치를 본 적도 있습니다.)

이광수와 박태원의 관계는 매우 돈독했다. 박태원은 자신의 첫 작품집인 『소설가 구보씨의 일일』(1938)에서 "가르치심을 받아옵기 10년-이제 이룬 저의 첫 창작집을 세 번 절하와 삼가 춘원 스승께 바치옵니다"라며 이광수에 큰 존경심을 표했으며, 이광수는 단행본 『천변풍경』(1938)의 서문에서 이 작품이 "시간과 공간을 초월한 생명을 가진 인류의 문학적 작품들 중" 하나가 될 것이라고 화답했다. 『우맹』(1938)에는 "춘원 선생의 시조나 한 수 외워 볼까?"라는 대목과 함께 시조 한 편이 나온다. 『여인성장』(1941)과 「피로」(1933)에서도 '이광수'가 언급되고 있다. 이외에도 그는 이광수 작품들에 대한 서평을 몇 번 쓰기도 했다. 그렇지만 연구자들 사이에서 이광수와 박태원 간의 문학적 교류에 관해서는 아직 충분히 논의되지 않은 듯하다. 그는 양백화로부터 한문을 배우기도 했다. 「춘향전 탐독은 이미 취학 이전」(1940)에서 "나의 숙부와 양백화(梁白華) 선생과는 잘 아시는 사이였다. 양 선생은 이 문학소년(?)에 흥미를 느끼시고, 때때로 명하여 글을 짓게 하시였다"고 밝혔다.

4. 박태원은 결혼 후 여러 차례 이사를 다녔습니다. 그러한 과정은 여러 작품의 배경으로 등장하고 있습니다. 박태원이 결혼 후 이사한 집들에 대해서 이야기해 주시겠습니까?

　(결혼하기 전에는 다옥정 7번지 집 길가쪽 약국방 2층에 거주하셨습니다. 당시의 집은 오늘날과 달리 낮아서 2층에 창문을 두드릴 수 있었어요. 이상(李箱)이 길가에 와서 창문을 두드리고 들어와서 아버님과 만나곤 했습니다. 아버님이 1934년 10월 27일에 결혼하셨는데, 신혼 때는 다옥정 집의 뒤쪽 방에서 살림을 시작하셨습니다. 어느 수필에 '옆집 중학생'이 시끄럽게 하는 대목이 나오기도 합니다. 1936년 1월 16일에는 동대문 옆에 있는 동대문 산부인과에서 큰 누님이 태어나셨습니다. 그 당시의 이야기를 수필에 남기셨죠. 이후에 독립문 근처로 분가를 했습니다. 여기는 「모화관 잡필」에 나오는데 홍제동 화장장이 등장하는 등 동네가 썩 좋지 못했습니다. 그곳에서 둘째 딸, 소영이 태어났습니다. 그리고 그곳에선 애들을 키우는데 환경이 좋지 않다고 생각하여 처갓집 예지동 121번지로 들어가셨어요. 그곳에서 첫째 아들 일영이 태어나게 되죠. 누구나 마찬가지로 처가살이는 불편한 점이 많으셨겠죠. 그래 아버지는 문밖 돈암동에 집터를 마련해서 집을 지으셨어요. 그 새 집에서 제가 1942년 1월 추울 때 태어났고, 여기가 자화상으로 쓰신 소설 「채가」, 「음우」, 「투도」의 배경이 되었습니다. 일본인에게 직접 돈을 빌리지는 않았지만, 실질적인 전주(錢主)는 일본인이었습니다. 그 집은 도둑도 들고, 여름 장마에 담이 무너지고, 지붕이 새기와가 아직 자리를 잡지 못해서였는지 비가 세기도 했었죠. 더욱이 겨울이면 집을 대들보를 높이 지어 위풍이 세서 문에는 방장을 치고 병풍으로 바람을 막아야 했습니다. 그 돈암동 집에서 막내 은영이가 셋째딸로 태어난 후, 다음해인 1948년에 성북동 230번지로 이사를 왔습니다.

　아버지와 마지막으로 산 성북동 집은 『약산과 의열단』을 쓰고 백양당 사장인 배정국 씨에게게서 인세 대신 받으신 것이라고 합니다. 돈암동 집을 세를 주고, 성북동 집을 수리하여 온가족이 이사를 왔습니다. 거기에서 어머니와 함께 오 남매가 아버님과 함께 살 때, 아버님이 집필한 작품들이 아주 많습니다. 북으로 가시기 이전에는 주로 어린이 관련 작품들, 아이들의 한글교육에 신경을 많이 썼습니다. ≪어린이 신문≫에 「어린이 일기」, 「이순신 장군」 등의 작품을 남겼습니다. 성북동이 부모님과 5남매가 가장 단란하게 살았던 곳입니다. 배정국씨가 주었던 집이었지만, 친구지간이라 명의 이전을 하지 않고 살다가, 아버지와 배정국 씨 모두 북으로 갔기 때문에, 이후에 집값을 한 푼도 받지 못하고 배정국 씨의 친척들에게 빼앗겨 버렸습니다. 성북동 집에 아버지 관련 자료와 쓰시던 유성기 등도 있었는데 아버지가 북으로 갔다는 이유로 경찰들이 트럭을 들이대고 모두 가져가 버렸습니다.)

다옥정 시절을 다룬 「옆집 중학생」에는 "우리 옆집, 어린 여학생들이 어찌나 유난스러웁게 웃고, 울고, 재꺼리고, 노래를 하고, 그러는지" 고생이 이만 저만이 아니었다는 대목이 나온다. 이후 새로 이사온 남자 중학생들은 그보다 오히려 더 시끄러워서 "하나가 영어독본을 낭독하느라면 또 하나는 동양사를 암송하기에 바빠" 밤늦도록 시끄럽게 하였다고 기록하고 있다. 이곳은 『천변풍경』과 『금은탑』의 주요 배경이 되기도 했다. 독립문 근처로 이사한 시절을 다룬 「모화관 잡필」에는 "골목을 나서 큰 길에는 죄수를 실은 것 말고 또 시체를 담은 금빛 자동차가 하루에도 몇 번이나 무학재 고개를 넘나들었다. 대개 고개 너머 홍제원에 화장터가 있는 그 *까닭*"이라고 쓰고 있다. 이곳은 「낙조」와 「애경」의 주요 배경이 되기도 했다. 돈암동 시절은 '자화상 3부작'에 잘 묘사되어 있다. 박태원은 "몇 해 동안 처가살이를 하여 온 몸은, 남유달리 제 소유의 집이 한 채 탐이 났었"다고 밝히고 있다. 「채가」에는 "돈암정, 사백팔십칠번지의, 이십이호"라고 정확한 주소가 나오기도 한다. 성북동은 「명랑한 전망」, 『여인성장』, 「사계와 남매」 등의 주요 무대로 등장하기도 한다.

5. 박태원의 작품에는 '시력의 상실'에 대한 두려움을 드러낸 것들이 많습니다. 「순정을 짓밟은 춘자」에 보면, 어린 시절에 밤새 책을 읽어

"이 시대에 상하여 놓은 시력은 이제 와서 큰 뉘우침"을 준다고 작가는 쓰고 있습니다. 『소설가 구보 씨의 일일』에서도 "구보는, 이렇게 대낮에도 조금의 자신을 가질 수 없는 자기의 시력을 저주한다"는 대목이 나옵니다. 『여인성장』에서는 고혈압으로 일시적으로 시력을 상실하게 되는 '강선생'이 등장하기도 합니다. 「악마」에서는 "임질이 눈에 침범한 뒤, 빠르면 일이 시간, 늦어도 이삼 일간의 잠복기를 지나면, 아연, 급성 결막염으로 발육하여, 환자 자신이 자기 눈에 이상을 느꼈을 때는 이미 늦은 것으로, 그 즉시 병원으로 달려가서 의사의 진찰을 보더라도, 그 치료의 효과는 거의 기대할 수 없이, 그 임균성 결막염 환자의 구십구 퍼센트는 반드시 실명하고야 마는 것"이라는 대목이 나온다. 실제로 월북 이후 박태원은 '실명'(失明)을 하게 되는데요. 그는 젊은 시절부터 두꺼운 안경을 쓰고 있었는데, 그의 눈 상태는 어땠습니까?

(아버지는 저희와 함께 사실 때에도 실제로 시력이 좋지 못했고 야맹증도 있으셨습니다. 그래서 밥상에 생선이 오를 때는 언제나 생선의 눈깔은 아버지 차지였죠. 아버지가 눈이 나빠, 이 생선 눈에는 간유성분이 많아 눈에 좋기 때문에 아빠가 먹는다 하고 늘 잡수셨고, 매 식사 때마다 소주를 한두 잔 정도 반주로 드셨던 것이 생각납니다. 그 당시의 유명했던 소주는 '명성소주'였습니다. 또한 아버지는 상당한 미식가였기에 식탁에 아주 작은 풍로를 올려놓고 즉석 요리에 뜨거운 음식을 자주 드셨죠.)

박태원이 북에서 쓴 「당의 따사로운 손길」에 보면, 『계명산천은 밝아오느냐』 제2권을 집필하면서 "시력이 나빠져 병원에 가 보았더니, 정밀검사 결과 양안 시신경 위축증이란 진단이 나왔고, 또 색소성 망막염으로 발달된 의학기술로도 고칠 수 없는 불치의 병일 뿐 아니라, 곧 시력을 잃게 된다는 무서운 병임을 알았다"는 대목이 나온다. 그는 "실명되기 전에 한 장이라도 소설을 더 쓰기 위하여 서둘렀다. 시력 보충을 위해 새로 도수 높은 확대경을 준비했다"고도 했다. 눈의 통증이 심해지자 눈동자를 적출하지 않고 결국 전기인두로 동자를 지지는 것으로 통증을 멈출 수 있었던 것으로 알려진다.

6. 식민지 시기 대부분의 작가는 신문기자나 카페 경영 등 생계 유지를 위해 작가 이외에 직업을 가지고 있었습니다. 이광수, 염상섭, 주요한, 채만식, 이태준, 김기진, 박종화, 김기림 등 대다수의 문인들은 신문기자로 생계를 유지했고, 이상(李箱)은 <제비>, <학>, <69> 등의 다방을 연달아 경영하였습니다. 그럼에도 많은 작가들은 가난 속에서 어렵게 살아갔습니다. 그렇지만 박태원은 작가 이외에는 특별한 직업을 가지지 않았습니다. 아내가 초등학교 교사로 일하는 것도 반대했었다고 하는데, 박태원은 어떻게 '전업작가'로 5남매를 키울 수 있었을까요?

(할아버지는 다옥정 7번지에서 공애당 약국을 경영하셨고 바로 옆 5번지에서 작은 할아버지는 공애당 의원을 했었어요. 6번지는 신발가게였지만, 두 집이 뒤쪽으로는 연결되어 있었기 때문에 실질적으로는 두 분이 같이 사신 것과 같았습니다. 총각시절에는 아버님이 굉장히 부유하게 살았습니다. 총각 때는 잘 살았지만, 결혼하고 나서 분가해서 나올 때에 형님이나 어머님으로부터 재정적으로 거의 도움을 받지 못했던 것 같습니다. 할아버지께서 1928년에 이미 돌아가셨기 때문에 도움을 받지 못했습니다. 그래도 차남이니까, 분가를 결심하고, 돈을 마련해서 독립문 근처로 이사를 하셨던 것을 보면 그런 것 같아요. 그렇지 않았다면 「채가」 같은 작품을 쓰지 못했을 수도 있겠지요. 총각 때에는 직장을 가질 필요를 느끼지 않았기 때문에 직업을 갖지 않았던 것으로 보입니다. 배운 것은 글 쓰는 재주밖에 없었기 때문에 더욱 창작에 매진하신 것이 아닌가 생각됩니다. 북으로 가셔서 종군작가로 1953년 휴전이 될 때까지 군복을 입고 계셨다고 합니다. 그 후 북한 문과대학에 잠깐 교수생활을 한 것을 제외하면 전 생애를 '전업작가'로 살았습니다.)

226

박태원은 「궁항매문기」에서 "과연 딱하게도 조선 작가는 생활을 가지고 있지 못하다"라고 했다. '전업 작가'로 살면서 생활을 유지하기 쉽지 않다는 것이다. 그는 조선의 소설가가 최소한의 생활을 영위하기 위해서는 240자 원고지로 다달이 240~250매 정도의 원고를 쓰지 않으면 안 된다고 했다. 「결혼 5년의 감상」에서 그는 "5년의 시일을 두고 언제든 변치 않는 것은 나의 '가난'입니다. 나는 남들만큼은 아내와 어린 것을 사랑하는 까닭에 내가 가난하므로 하여 저들을 좀더 다행하게 하여주지 못함을 생각할 때 못내 죄스럽고 또 슬픕니다"라고 했다.

7. 박태원은 고등학교를 휴학하기도 했고 동경 유학을 떠난 후 二년만에 귀국하기도 했습니다. 대학공부를 마쳤으면 좋았을 것 같은데, 왜 학업을 중단했습니까?

(아버님이 학업에 대해 아쉬워하시거나 후회한 것은 한 번도 본 적이 없습니다. 수필에도 나오지만, 이상(李箱)과 더불어 스스로 '천재'라는 의식을 갖고 있었던 것으로 보입니다. 시대를 앞서 간다는 의식도 많았던 듯 하구요. '우리는 정규교육이 필요하지 않다' 내지는 '당대의 사람들은 나를 이해하지 못할 것이다'라는 생각을 가지고 있었던 것 같습니다. 경기고보를 다니다가 '신경쇠약'이라고 휴학을 했다가 복학을 했는데, 원래는 아버님은 고등학교를 마칠 생각도 별로 없으셨던 것 같습니다. 5학년으로 졸업했을 때에도 졸업식에도 참석하지 않았고, 큰아버지가 졸업장을 대신 받아오셨던 것으로 들었습니다.)

「순정을 짓밟은 춘자」에서 박태원은 "나는 내 자신을 남에게 뛰어난 천재라고 믿었었고 천재에게는 정규의 학교 교육이라는 것이 아랑곳할 배 아님을 잘 알고 있었던 까닭"에 고등학교를 휴학했다고 밝혔다. 이러한 '천재의식'은 박태원보다는 이상(李箱)에게서 좀더 자주 나타났다. 그의 작품 중에는 "'박제(剝製)가 되어 버린 천재'를 아시오?"라는 질문으로 시작하는 「날개」라든가, '천재'라는 표현이 자주 등장하는 「십이월 십이일」 등이 있다.

8. 박태원의 짧은 동경 유학 생활은 어떠했습니까?

(호세이 대학교(法政大学)의 학적부를 보면, 예과 1년의 기간은 1930년 4월 4일부터 1931년 3월 28일까지였습니다. 2학년 때 수업료를 납부하지 않아 제적처리 되었습니다. 수업료가 없었던 것인지 이미 충분히 배웠다고 생각하셨기 때문인지는 모르겠습니다. 그렇지만 1930년 경부터 ≪동아일보≫ 등을 통해 작품 활동을 본격적으로 시작한 것을 보면, 이제 한국으로 돌아와도 된다고 생각한 것인지도 모르겠습니다. 학적부를 보면, 영어만 '갑(甲)'이고 나머지는 성적이 그리 좋지는 못했습니다.)

1930년 9월 13일 경 동경에 도착한 박태원은 혼고(本郷) 지구에 숙소를 정하려 했지만 그러지 않았다. 「편신」에서 그는 두 가지 이유를 들고 있는데 "첫째, 법정 통학에는 시전(市電)을 이용하게 되는 까닭, 둘째, 그리고 가장 중요한 것은 제대(帝大), 일고생(一高生)에게 위압당하는 감이 있는 것"이라고 했다. 동경시전으로 통학을 해야하는 불편함이 있고, 무엇보다 동경제국대학의 학생들과 마주쳐야된다는 불편한 감정이 있었다는 것이다. 그는 '동경제대'를 가지 못하고 '호세이 대학교'에 가게 된 것에 만족하지 못했을 수도 있다.

9. 박태원은 일본 동경 유학 이후에도 여러 차례에 걸쳐서 동경을 배경으로 한 작품들을 남겼습니다. 그런 것을 보면, 동경에 대한 관심은 수 년간 지속된 것으로 보이는데요. 박태원은 동경을 다시 방문했거나 해외의 다른 곳에 체류한 경험은 없었습니까?

(동경 유학시기 이후에는 일본에 다시 가신 적은 없었던 것으로 보입니다. 아버님은 창작을 할 때 현지답사를 통해 취재를 중요시 하셨습

니다. 『우맹』(『금은탑』으로 개작)의 연재를 준비하시면서 해주지역에 오래 거주하셨던 적이 있습니다. 어느 앙케이트 자료에 보면, 아버님이 중국 봉천 등지에 다녀왔다는 내용이 나옵니다. 그렇지만 해외 등에 자주 돌아다니시지는 않았습니다. 1938년 예지동에 살 때, 단편집『소설가 구보씨의 일일』과 단행본『천변풍경』이 출간된 후, 아버지는 어머님, 큰 누님, 작은 누님을 데리고 네 식구가 금강산을 다녀오시기는 했습니다.)

식민지 시기의 작품들을 보면 동경, 상해, 하얼빈, 봉천 등의 지리적 공간이 자주 등장하고 있고, 작가들도 해외를 자주 오고 갔던 것으로 알려진다. 그렇지만 박태원은 동경을 제외하면 해외에는 거의 가지 않았고 대부분 서울에 머물러 있었다. 그래서인지 그의 작품들은 대부분 '경성'을 중심으로 펼쳐진다. 유일한 예외적 장소가 '동경'이었다. 박태원은 귀국한 이후에도 '동경'을 배경으로 한 작품들을 지속적으로 발표했다. 「사흘굶은 봄달」, 『반년간』, 「방랑장 주인」이나 「성군」 등이 대표적이다. 『우맹』의 창작을 위한 취재여행에 관한 수필 「해서기우」를 보면, "나의 원래 생각에는 나의 주인공이 나의 부주인공과 백천온천에서 만나 부주인공이 인도하는 대로 그의 고향 해주로 같이 가는 것으로부터 소설이 시작될 듯 싶었다. (…) 나는 신천 온천을 들러 그곳이 백천보다는 나의 소설을 위하여 얼마쯤 합당한 곳이라 느꼈다"고 밝히고 있다. 그는 특정 장소와 인물 간의 관계, 그리고 그것이 소설 속에서 차지하는 역할 등을 면밀히 고심한 듯 하다.

10. 박태원은 소설에서 정밀하게 공간을 재현하기 위해 지도를 펼쳐놓고 집필을 했다는 이야기가 있습니다. 실제로 그러했습니까? 혹시 지도 이외에 다른 도구를 활용한 것은 없었습니까?

(『삼국지』등을 집필할 때 지도를 펼쳐놓고 실을 가지고 측정을 하

면서 계산하고 난 후에 소설을 쓰셨습니다. 실측하는 것을 어렸을 때 본 기억이 납니다. 북에서도 전라도 지역의 5만분의 1 지도를 얻어서 실제로 거리를 가늠하면서 글을 썼다는 대목이 의붓딸 정태은의 글에 나옵니다. 북에서도 박태원은 전라도에 가보지도 않고 살지도 않았는데 어떻게 그렇게 정확하게 묘사할 수 있는지 감탄했다고 합니다. 그렇지만 아버님은 결혼한 후에는 잘 돌아다니지 않았습니다. 주로 총각시절에 경성을 자주 돌아다니셨던 것 같습니다. 『소년 탐정단』(1938)의 경우에도 지역적인 것, 지도에서 그럴 듯한 장소를 찾기 위해서 노력하셨던 것 같습니다. 공간에 대해서 해박하게 기억하셨던 것으로 기억합니다. 평소에 메모를 많이 하셨어요. 이상(李箱)을 모델로 한 경우에는, 오늘날의 '몰래카메라'처럼 뒤를 쫓아다니신 것 같습니다. 두 분이 '낙랑파라' 같은 카페에 앉아서 아버님이 이상에 대해 어떤 대목을 쓰고 나서 보여주고 반응을 살피고 다시 글을 쓰고 그러셨던 것 같습니다. 아버님은 이상, 윤태영, 정인택 등과 친하게 지냈고, 김유정도 구인회 마지막 멤버로 들어와서 친하게 지내다가 돌아가셨습니다.)

장남 박일영의 회고문에 따르면, 성북동에 살 때 박태원은 『군상』(1949)을 집필하면서 '대동여지도'를 일부 펴놓고 거리를 재곤 했다. 얼핏 '집의 마루가 좁아 돈암동 집 대청에서처럼 지도를 다 이어서 펼쳐 놓지를 못하시는구나' 생각했는데, 다시 생각해보니, 동학난이 전라도, 충청도에서 주로 일어났으니, 마루가 좁아서 그랬던 것이 아니라 조선 전도가 필요치 않으셨던 것 같다고 했다. 의붓딸 정태은의 회고문에도 비슷한 대목이 나온다. 평생을 서울에서 살아 농촌 생활을 잘 알지 못했던 박태원은 『갑오농민전쟁』을 쓰기 위해 농촌 생활을 이해하기 위해 노력하고 '대동여지도'를 연구했다고 한다.

11. 박태원은 흔히 '고현학적 방법론'을 정립했다고 알려져 있습니다.

그렇지만 '고현학적 방법론'이 구체적으로 무엇인지 명확하지 않고, 다른 소설가들과 차별화되는 점도 분명치 않습니다. 앞서 말씀하셨듯, 박태원은 '지도'를 이용해서 소설 속 공간을 재현해 왔습니다. 이밖에 카메라나 스케치 등을 활용하거나, 작품 속 '구보'처럼 '대학 노트'에 기록을 하지는 않았습니까?

(집에는 당시 카메라가 없었습니다. 그렇지만 큰어머니가 카메라를 가지고 계셨고, 집 안에 암실도 꾸며놓으셨다고 합니다. 그런 것을 보면 아버지도 총각 시절에는 카메라를 가지고 계셨을지도 모르겠습니다. '대학 노트' 같은 것도 들고 다니시는 모습을 보지는 못했습니다. 결혼하신 후에는 주로 집에서 창작을 하셨기 때문에, 밖으로 돌아다니실 일은 그리 많지 않았던 것 같아요. 대신 집에는 큰 유성기가 있었습니다. 레코드를 좋아하셨고 노래부르는 것도 좋아하셨습니다. 총각 때 바이올린을 배웠다는 것이 어느 글에도 나옵니다. 이탈리아 가곡, 한국 가곡 등을 부르셨고 종종 저희들에게 노래도 가르쳐주셨습니다. 정태은의 글에 나오듯이, 아버지는 뛰어난 작가가 되기 위해서는 미술, 음악, 영화 등 다방면에 조예가 깊어야 글을 잘 쓸 수 있다고 강조하시곤 하셨습니다.)

'고현학(考現学)'은 일본의 민속학자인 곤 와지로(今和次郎)가 주창한 학문으로 과거의 유물을 세심하게 다루는 고고학에 맞서 "동시대의 풍속이 역사가 되기 전에, 또한 그것이 폐기되거나 완성된 과거 속으로 사라지기 전에, 그것을 기록하고 분석한다"는 취지에서 붙여진 이름이다. 그는 조선의 민가를 조사하면서 '고현학적 방법'을 활용하였는데, 카메라 촬영 및 스케치를 하고 통계자료 등 계량화된 데이터를 활용하였다. 그런 것을 고려하면, 박태원의 '고현학적 방법론'이라는 것은 그리 구체적이지 않다. '고현학'이라는 용어도 박태원만 사용한 것이 아니라, 채만식의 『냉동어』나 이상의 「추등잡필」 등에서도 언급되고 있다.

다만, 박태원은 『반년간』(1935)과 「적멸」(1930) 등의 작품에서 직접 신문삽화를 그려서 자신의 소설 내용을 보완하기도 했다. 정태은의 「나의 아버지 박태원」(2004)에 보면 "나는 아버지가 바이올린을 켜는 것을 본 적이 없다. 그러나 젊어서 바이올린을 즐겨 켜군 했다는 것을 알고 있다"는 대목이 나온다. 박태원은 종종 "작가는 응당 모든 것을 알아야 한다"고 강조하곤 했다.

12. 박태원은 외국어에도 뛰어난 것으로 잘 알려져 있습니다. 본격적인 창작을 하기 앞서 헤밍웨이나 맨스필드 등의 영문학 작품들을 직역했고, 『삼국지』나 『수호전』, 『서유기』 등의 중국 작품들도 번역했습니다. 동경 유학을 통해 일본어에도 능통했을 것으로 추정됩니다. 그는 일본어로 창작을 하거나 일본어 작품을 번역하지는 않았지만, 작품 속에는 다양한 일본어 표현이 종종 등장합니다. 박태원의 일본어 실력은 어느 정도였을까요? 동시대 많은 작가들이 일본어로 창작을 했는데, 왜 그는 하지 않았을까요?

(솔직히 말해서, 그러한 이유까지는 알지 못합니다. 그렇지만 가족들을 포함허서 해방될 때까지 창씨개명을 하지 않고 버틴 것은 분명합니다. 친일작품으로 거론되는 『군국의 어머니』, 『아세아의 여명』 등을 발표하기도 했는데, 아마도 단순한 돈벌이를 위해 쓴 것이 아닌가 합니다. 영어와 한문만큼이나 일본어에도 능통하셨는데, 일본어로 창작을 하지 않은 것은 일부러 그러한 것을 피한 것인지도 모르겠습니다. 초기 시 작품 중에는 「한 길」이라는 작품이 있습니다. 이 작품은 조선총독부의 감시를 받았던 것으로, '반일적인 정서'가 은근히 담겨있다는 평가를 받았습니다. 「염천」도 결국 폭정에 대한 저항의식이 담겨져 있는 것 아니겠어요? 한문작품의 번역은 큰댁 할아버지께 한문을 배우고 양백화에게서 한믄을 포함해서 많은 것을 배웠기 때문에 가능했을 것입니다. 「

한시역초」라는 작품도 있어요. 다른 분들은 『삼국지』를 번역하면서 그 안에 등장하는 한시(漢詩)를 번역한 분이 거의 없지만, 아버님은 한문에 능통하여 전부 번역을 하셨습니다. 『삼국지』, 『수호전』 등의 번역작품도 남기셨습니다.)

박태원은 창작에 앞서 영문학 작품들을 번역하면서 근대 소설의 문법을 익혔다고 할 수 있다. 동경 유학 중에 그는 여러 번역 작품들을 ≪동아일보≫ 등을 통해 발표하였다. 오늘날에는 다소 생소한 리암 오플래허티(Liam O'Flaherty)의 「봄의 파종」(Spring Sowing)과 「조세핀(Josephine)」, 캐서린 맨스필드(Katherine Mansfield)의 「차 한 잔」(A Cup of Tea), 또는 잘 알려진 헤밍웨이의 「도살자」(屠殺者, Killers), 톨스토이의 「세 가지 문제」(Three Questions) 등도 번역했다. 박태원의 영문 번역은 오늘날의 기준으로도 상당히 세련된 수준이었다. 「도살자」의 번역 부분을 잠시 보면, 서양의 식당을 배경으로 펼쳐지는 이야기여서 당시의 기준으로는 낯설 수밖에 없는 음식 관련 용어들에서 다소 어려움을 겪고 있었음을 알 수 있다. 예를 들어, "a roast pork tenderloin with apple sauce and mashed potatoes" 부분을 "애플 소스를 부쳐서 로우스트 포크 텐더로인하고 매슈트 퍼테이토우를 주시오"로 번역한다든가, "ham and eggs, bacon and eggs, liver"를 "햄 앤드 에그이든 베이컨 앤드 에그이든 리뻐" 등으로 거의 발음 그대로 적은 부분도 있다. 그렇지만 전체적으로는 문맥에 맞게 충실히 번역했음을 알 수 있다. 박태원은 『삼국지』 등의 한문 작품의 번역에 있어서도 유려한 문체와 세련된 한시 번역으로 유명했다. 언어의 천부적 재능을 가졌던 그였기에 일본어에도 뛰어났을 것으로 추측해 볼 수 있지간, 그는 일본어로는 한 편도 창작하지 않았다. 1940년에 일본잡지 『모던일본 조선판』에 그의 작품 「길은 어둡고」가 일본어로 번역되어 실렸는케, 이때에도 다른 사람이 대신 번역을 맡았다.

박태원의 「명랑한 전망」 해제

권   은*

박태원의 「명랑한 전망」은 ≪매일신보≫에 1939년 4월 9일부터 5월 21일까지 총 35회에 걸쳐 연재된 중편소설이다. 그동안 최혜실(1995), 박진숙(2009), 류수연(2010) 등에 의해 이 작품에 대한 연구가 이루어져 왔지만 평가는 그리 호의적이지 않다. "「명랑한 전망」은 두 여인의 행복을 위하여 착한 여자가 불행에 빠져서는 안 된다는 낡은 윤리관까지 포기한, 더 저급한 의미에서의 사이비 전망을 갖고 있는 것"(최혜실)이라거나, "「명랑한 전망」의 명랑성이란 약혼녀였던 혜경과 희재를 오해와 타락에서 건져 건실한 부부가 되도록 만드는 것"(박진숙)이라거나, "「명랑한 전망」의 결말은 결코 명랑하지도 행복하지도 않다"(류수연)는 평이 지배적이었다.

이러한 평가는 「명랑한 전망」에서 두 여인 사이에서 갈등하던 중심 인물 희재가 이미 동거를 하여 딸 경자까지 낳은 카페 여급 애자를 버리고 대부호의 딸이자 절세미인인 옛 애인 혜경을 선택하고자 하는 대목 때문이었다. 문제는 「명랑한 전망」이 『한국근대단편소설대계』 9권에 재수록되면서 공교롭게도 5월 17일부터 21일까지의 총 5회분(31회~35회)의 결말부가 누락되었다는 점이다. 기존 연구들은 모두 『한국근대단편소설대계』 판본을 분석 대상으로 삼고 있다. 30회의 마지막 부

---

* 서강대학교

분에서는 희재가 애자를 버리고 혜경을 다시 만나는 장면에서 끝난다. 그렇지만 누락된 31회분은 "그러나 그렇게하여 애자와 헤어진 희재는 역시 그뒤 얼마동안 마음에 죄스러운 생각을 금할 수가 없었다"는 문장으로 시작되면서, 작품의 내용이 정반대의 방향으로 나아갈 것을 예고한다. 「명랑한 전망」은 박태원의 후기 장편 『여인성장』에서 중심인물 김철수가 완성시키려는 작품으로 소설 속에서 다시 한 번 등장한다. 두 작품이 유사한 이야기 구조를 가지고 있어, 「명랑한 전망」은 『여인성장』을 해석하는 데에도 주요 단초로 기능할 정도로 중요한 작품이다.

본 호에서는 「명랑한 전망」의 누락분을 재수록함으로써 더 이상의 혼동을 막고 이 작품에 대한 기존의 부정적 평가를 재고하는 계기를 마련하고자 한다.

박 태 원

<제31회: 제9절(2)>(1939년 5월 17일)

그러나 그렇게하여 애자와 헤어진 희재는 역시 그뒤 얼마동안 마음에 죄스러운 생각을 금할 수가 없었다.

애자를 버리고 다시 혜경이를 취한다는 것이 설혹 희재에게 행복과 광명을 의미하는 것이라 하더라도 그래도 한 번 인연을 맺어 그 사이에 귀여운 딸 경자까지 낳은 터에 하루 아침 아무 죄도 허물도 없는 처자를 한발로 차버리고 부귀를 취하여 행동하였다는 것이 아무리 생각하여도 희재 자신 천박하고 비열한 것 같이 느껴져서 견딜 수 없었다.

물론 자기가 그리 하려고 나서서 서두른 것은 아니다. 아버지가 극력 그러기를 권하였을 때 자기는 어디까지든 반대의사를 표명하였던 것을 도리어 애자편에서 자원을 하여 일이 그렇게 된 것이 아니냐? 애자가 싫어하는 것을 자기가 갈라선 것은 절대로 아니다. 희재는 그렇게 생각함으로써 조금이라도 자기 마음 속의 불안과 가책을 덜어보려고도 하였다.

그러나 그것은 부질없는 노릇이었다. 설혹 애자가 희재의 행복이라든 장래를 위하여 진정에서 그러한 것을 원하였다 하더라도 그 '호의'를 희재는 받아서는 안 되는 것이 아니었더냐? 가엾은 애자와 어린 경자의 애처러운 희생을 그대로 자기가 받아서 일신의 영달을 꾀한다는 것은 가장 파렴치한 부도덕한 비열한 행동이 아닌가?……

희재는 잠 못 이루는 가을밤 고요한 아파트 구석진 방에서 제 자신을 몇 번인가 준절하게 또 가혹하게 스스로 꾸짖으며 가슴이 아팠다. 그러나 그러할 때마다 희재는 다시 이러한 것을 생각하여 보았다.

그것은 결코 자기 일신의 행복을 위하여 한 노릇이기보다도 실로 애자와 경자의 장래를 생각한 데서 나온 일이 아니겠느냐고— 언제 다시 취직이 되고 그래 자기네들 생활의 보장을 이룰 수 있을지 알 수 없는 터에 언제까지든 가엾은 애자를 카페 같은 곳으로 내여보내어 뭇사나이들에게 웃음을 팔게 하는 것은 너무나 비참한 사실이 아니겠느냐? 그보다는 오히려 피차 생활의 안전을 꾀하여 이처럼 갈라서는 것이 얼마나 나은지 모르는 일이라고—

희재는 물론 그것이 자기잘못을 덮고 감추려는 데서 나온 실로 구차스러운 변명임을 안다. 그러나 이제 와서는 그렇게라도 생각하며 애자의 일을 잊어버리는 밖에 다른 도리가 없는 희재이었다.

'이제까지의 일은 모조리 그것들을 과거의 망각 속에다 장사지내 버리자……'

희재는 마음속에 굳세게 그렇게 한 번 외쳐보았다.

'그리고 이제부터 새로운 생활을 위하여 모든 설계를 하여보자……'

희재는 그렇게 생각하고 자기 마음 속에 우울을 덜어버리려고 하였다.

그러나 그것은 쉽지 않았다. 거의 매일같이 혜경이와 만나고 두 사람은 결혼을 앞두고 서로 사랑을 속살거리기에 바빴던 것이나 둘이 열정을 이야기하는 그러한 때에도 희재는 곧잘 애자를 생각해내고 경자를 생각해내고 마음이 괴로웠다.

'암만하여도 내가 잘못하였지. 내가 옳지 않았지.'

이제 새삼스러이 뉘우친대야 보람이 없는 노릇을 그래도 그렇게 마음 속에 되풀이하고 스스로 고민하지 않을 수 없는 희재이었다.

<제32회: 제9절(3)>(1939년 5월 18일)

희재는 이처럼하여 언제든 마음 속에 어두운 그림자를 지니고 있었으나 혜경이는 그와의 결혼을 앞두고 꿈꾸는 것은 오직 행복뿐인 듯 싶었다.

그는 매일 오후 희재가 퇴사할 임시하여 으례 회사로 전화를 걸었다. 그리고 시간과 장소를 지정하여 그를 끌어냈다.

희재에게 있어서도 물론 그것은 싫지 않은 사무이기는 하였다. 혜경이의 정열 속에 휩사여 들어 청춘의 즐거움에 취하는 것이 역시 젊은 희재에게 기쁨이 아닐 수 없다. 그러나 그렇다고 하여 매일 같이 혜경이가 그처럼 회사로 전화를 거는 것에는 꼭 질색이었다.

같이 일하는 동료들도 탁상 전화가 따르르… 울리기만 하면 누구에게 온 것인지 알아보기도 전에 먼저 희재를 향하여

"아마 초군에게 왔나보이. 어서 좀 받아보게."

그렇게들 놀렸고 그것이 사실 희재에게 온 혜경이의 전화라 알면 일제히 모멸하는 웃음을 입가에 띄우고 동료들은 그를 지켜보는 것이었다.

호옥 두어시나 되여 아직 사무가 바쁠 때 혜경이가 전화를 걸어 곤좀 나오라 명령하는 일이 있었다. 희재는 물론 바쁜 것을 이유로 한 번은 거절도 하여보는 것이나 그러면 혜경이는

"무에 그리 바쁘다구? 정말 바쁘면 또 어때? 나중에 아버지한테 잘 말해드리찌. 상관말고 나와요. 곧 좀 나와요."

그러한 말로 혜경이는 희재를 괴롭게 구는 것이다.

희재는 몇번인가 혜경이에게 참말이지 회사로 그러한 전화를 걸지말아 달라고 청하였다. 퇴사하는대로 자기가 황국다방으로 가 있기로 할 터이니 언제든 그 시간에 그리로 전화를 걸어 주었으면 좋겠다고 말하였다.

참말 남들이 무어라고들 말이 많아 회사에서는 전화받기도 거북하다고 희재는 혜경에게 자세히 사정을 설명하였다.

그러면 혜경은 그 말에는 대답을 않고

"아아니 누가 무어라고들 실례되는 말을 해요? 누가 그래요? 무슨 과(課)에 있는 누구예요?"

하고 도리어 그러한 것을 묻는다. 희재가 만약 누구라고 일러만 준다면 혜경이는 즉시 자기 아버지에게 말하여 그 사원의 진퇴문제라도 일으킬 듯싶은 어조이다. 그래 희재는 좀더 마음이 불쾌하고 우울하여지는 것이었다.

"남들이 공연한 강짜로 무어라면 대수에요? 우리만 참말 서로 사랑하면 그만 아녜요? 그것을 무어니 무어니하고 남의 이목을 시끄러워하고 그러한 것이 근본을 캐자면 내게 대한 희재씨의 사랑이 아직도 부족한 까닭이지……."

혜경이는 그러한 말을 하며 도리어 희재를 비난하기조차 하였다.

그리고 어느 때는 희재가 번연히 싫어할 것을 알면서도 일부러 퇴사시간 임시하여 회사정문 앞에다가 자동차를 대어놓고 혜경이는 희재가 나오기를 기다렸다.

희재는 그러한 것을 꿈에도 생각 못하고

'오늘은 어째 아무 소식이 없노?……'

하고 그러한 것을 의아스러이 생각하며 동료들과 함께 회사문을 나선다. 그러면 마침 대령하고 있던 자동차 안에서 혜경이가 생글생글 웃으며 그를 손짓하여 부른다.

희재는 동료들 앞에서 깨닫지 못하고 얼굴이 주홍빛이 되면서도 역시 자동차 안으로 이끌려 들어가는 수밖에 없었다.

그러면서 속으로 혜경이와같은 여자가 도저히 자기를 행복되게 하여주지는 못할 것을 분명히 느끼고 마음이 한껏 어두워가지는 것이었다.

<제33회: 제9절(4)>(1939년 5월 19일)

그날은 오후부터 싸락눈이 서울 거리에 내리었다.

이날도 역시 혜경이에게 끌리어 나간 희재는 이날 저녁을 명치좌 안에서 보냈다. 둘이 영화구경을 마치고 밖으로 나왔을 때 밤은 깊어 열시가 넘었건만 눈은 그대로 줄기차게 내리고 있었다.

"아이 눈은 무슨 눈이 이리와야?"

혜경이는 자동차 안으로 들어가며 혼잣말 같이 한마디하고 다음에 운전수에게 명하였다.

"저, 푸아―그랑."

차는 저녁거리를 미끄럼질치듯 굴러갔다. 희재는 말없이 혜경이 옆에 앉아 있었다. 두 사람이 같이 행동할 때에 혜경이는 언제든 혼자서 모든 계획을 세우고 희재는 그저 그가 하는대로 따라하는 것이 이제까지의 습관이었다. 희재는 물론 그것에 만족하지는 않았으나 은근한 불만을 느끼기는 하면서도 어찌할 수는 없는 일이라고 단념하는 것이다. 설혹 무슨 의견이 자기에게 있다하더라도 호락호락하게 들어줄 혜경이가 아닌 것을 희재는 알고 있었던 까닭이다.

'사랑하는 처자를 돈에다 팔아먹구……'

동료들이 그렇게 마구 비난하는 소리가 역력히 들려오는 듯도 싶었다. 그러나 그것에 반박을 가할 용기가 이미 없는 희재이었다. 용기보다도 아무런 이유가 그곳에 없다.

'사실 나는 나의 처자를 내 일신의 행복과 바꾼 것에 틀림이 없지 않느냐?'

그러나 처자를 버리기까지 하여 구한 것이 결국 '행복'은 아니었다. 물질적으로는 어느 정도까지 욕망이 이루어지고 있다 할 수도 있겠다. 그러나 매일 혜경이와 더불어 기름진 음식을 먹고 질탕히 놀고 돌아다니는 것이 결코 '행복'일 수는 없는 일이었다.

'일자리를 얻지 못하고 가난한 살림살이에 쪼들리고 그러더라도 오히려 애자와 더불어 장사정집에서 경영하던 그 생활이 진정한 생활이었다⋯⋯.'

그러한 것을 희재는 새삼스러이 느끼지 않으면 안 되었다.

쁘아 그랑에서 밤참을 먹고 나자 혜경이는 갑자기 희재의 아파트까지 함께 가겠다고 고집하여 마지 않았다. 희재에게 권하느라 자기도 몇잔 마신 양주로 하여 혜경이는 그 가슴에 정열을 느끼고 있는지도 몰랐다.

"내 바래다 드리께. 성북정으로 그만 돌아가시지."

희재는 아무리 약혼한 사이라도 자정 가까운 시간에 그처럼 젊은 여자를 독신자의 아파트로 이끌어드리는 것이 온당치 않음을 생각하였던 것이나 한번 말을 내놓은 이상 그것을 무를 혜경이가 아니었다. 희재는 마침내 그와 함께 자기 하숙으로 돌아가는 수밖에 없었다.

희재의 방은 이층에 있었다. 혜경이는 자기집에나 돌아온 것처럼 바로 앞장을 서서 층계를 쿵쿵거리며 올라갔다. 그리고 뒤따라온 희재가 열쇠로 방문을 열기가 무서웁게 방으로 달려들어가 스위치를 돌려 전등을 켰다.

"아이 취해!"

혜경이는 외투도 안 벗고 베드 위에 털썩 걸터 앉으며 한 마디 중얼거리다가 문득 벌떡 일어나 방문 앞으로 갔다. 희재 없는 사이에 배달이 된 것인 듯싶어 방문 안에 한 장의 봉합엽서가 떨어져 있는 것을 발견한 까닭이다.

"뉘게서 온거야?"

무심히 집어들고 겉봉을 보더니 혜경이는

"흥! 애자가 했구먼 그래."

하고 코웃음을 또한번 치고 못 본 희재의 승낙을 빌 것도 없이 뜯어 본다.

<제34회: 제9절(5)>(1939년 5월 20일)

"누구? 애자에게서?"

희재는 외투를 벗어 못에다 걸다가 고개를 돌리고 물었다.

그러나 혜경이는 대답도 않고 연해 흥!하고 코웃음을 치고 호, 호, 호, 호하고 경박하게 웃기도 하며 편지를 다 읽고나자

"자─어서 보구려."

그제서야 희재에게 내어주며

"아, 이 무슨 무식한 소리……."

비웃음이 입가에 가득하다.

희재는 그러한 혜경이에게 그지없는 반감을 느끼면서도 말없이 그것을 받아 읽었다. 애자가 보낸 봉합엽서의 내용은 다음과 같은 것이었다.

일기 매우 고르지 못하온데 귀체 일양 안녕하시나이까. 회사에도 매일 출근하시오며 혜경씨께서도 안녕하신지 궁금하옵내다. 저도 염려하여주신 덕택으로 몸성히 있사오며 경자도 탈없이 자라오니 다행하옵내다. 갑자기 이처럼 글을 올리옵기는 다름아니오라 이제 수히 혜경씨와 행복한 가정을 이루실터이오라 그러하옵신 뒤에는 그냥 문안편지 한 장이라도 제가 올리옵는 것이 죄스러울 듯 하와 이처럼 그전에 인사여쭙는 것이옵내다. 그래도 혜경씨에게 실례될 듯하와 마음이 불안하옵내다.

경자 돌날에는 동리사람들까지 모두 와서 하루 재미있게 보냈사옵내다. 돌안에 걷기 시작한 것은 물론이오며 모든 것이 참말 숙성하고 영악하다고 모두들 칭찬하여 주었삽내다. 그러나 다만 그날 경자 아버지가 안 계시어 그것을 생각하오니 저의 가슴은 메어지는 듯 하였삽내다. 공연한 말씀 올리와 죄송한 줄 아옵내다.

그저 언제까지든 혜경씨와 행복되시기만 비옵내다. 그리고 경자를 위하여 당신께서도 기도드려 주시기만 바라옵내다. 할 말씀 많사오나 실

례되올 듯하여 이만 줄이옵내다. 고르지 않은 일기에 언제든 몸 평안하시기만 두고 두고 촉수하옵내다. 총총 이만.”

희재는 편지를 읽으며 옆에 혜경이가 있는 것도 잊어버리고 자기도 모르게 두 눈에 눈물이 핑 돌았다. 비록 애자는 편지에 아무 다른 말을 쓰지 않았으나 읽는 희재는 그곳에 피눈물나는 애자의 원한을 들은 듯싶어 견딜 수 없었다. 경자의 돌날 아이 아버지가 없어 섭섭하였다는 구절은 희재의 양심을 여지없이 콕 찌르는 말이었다. 그래 희재는 편지를 다 읽고나서도 그대로 그것을 손에다 쥔채 흡사 정신을 잃은 사람같이 그곳에가 멀거니 서 있었다.

“흥!”

혜숙이는 그러한 희재의 모양을 눈쌀이 시어 못보겠다는 듯이 코웃음치고 말하였다.

“편지를 보시더니 금방 미치실 듯 싶은가 본데?”

그리고 다음은 혼잣말 같이 빈정거렸다.

“아이 시골골짜는 하는 수없어 봉합엽서가 무슨 고리탑탑하게 봉합엽서야. 그리고 편지쓴 꼴이라니……. 기도니 행복이니 모르면 숫재 그냥 언문으로나 쓸 것이지 똑똑히 쓸 줄두 모르면서 꼴 갖지 않게 한자는 무슨 한자야? 온 무식두 하지. 또 아주 행복을 빈다니 제가 빌지 않으면 불행하게 될까봐 근심인가? 온 참―”

그러나 그가 채 말을 맺기 전에 이제까지 모른 체하고 애자의 편지만 들여다보고 있던 희재는 갑자기 그에게로 몸을 돌리고 씹어뱉듯이 소리쳤다.

“웬 잔소리야? 잔소리가!”

그는 이 순간같이 혜경이가 천박하게 또 미웁게 느껴진 일이 일찍이 없었던 것이다.

<제35회: 제9절(6)>(1939년 5월 21일)

희재가 뜻밖에도 그렇게 소리치는 통에 혜경이는 잠깐 어리둥절하여 희재의 얼굴을 치어다보았으나 다음에 그는 굴욕을 느끼고 희재에게 대들었다.

"무어라구요? 잔소리를 말라구요? 그래두 그 무식하고 천한 년을 잊을 수가 없는게로군."

희재는 애자에게 부당하게 던져지는 모욕에 그지없는 분노를 느끼고 그냥 혜경이를 노려보기만 하였다.

"흥! 노려보기는 왜 노려봐요? 내가 애자 욕 좀 했다구 그게 그렇게 노여웁단 말이야? 무식한 걸 무식하다면 어때? 여급 노릇하는 여자니 천하다면 또 어때?"

"……"

"그게 그렇게 분하거든 어디 다시 서울루 데려다가 같이 좀 살지 그래. 다시 카페루 내보내구 집안에서 딩굴딩굴 구르며 팔자 좋게 어디 좀 놀고 지내보지."

"……"

"반찬가게 외상값에 쩔쩔매구, 전당포 문턱이 닳게 드나들구……. 그것두 무던히 재미있는게야? 아아니 웨 나를 자꾸 노려보는게야요? 할 말 있거든 해봐요?"

혜경이의 독설(毒舌)에는 조금 전에 먹은 술에도 탓이 있을지 모른다. 그러나 그러한 것은 어떻든 희재는 확실히 이곳에서 자기가 잘못하였다는 것을 깨달았다.

혜경이가 그처럼 애자를 가지가지로 모욕하는 것이 그것이 사실은 혜경이가 모욕하는 것이 아니라 혜경이의 입을 빌어서 자기가 모욕을 주는 것에 틀림없다고 생각하였다.

'자기가 부귀영화와 같은 것 앞에 무릎을 꿇기 때문에 가엾은 애자가 이 욕을 보는 것이 아니냐?……'

그것을 생각하면 혜경이를 꾸짖고 나무라기 전에 자기자신을 크게 책망하여야만 될 일이었다.

희재는 혜경이를 노려보기를 그치고 곧 저편 벽앞까지 걸어가서 외투와 모자를 떼어들었다. 그리고 그는 다시 혜경이 앞으로 가서 낮은 목소리로 말하였다.

"혜경이가 애자를 그처럼 욕하는 것을 볼 때 나는 곧 화가 치밀어 올랐소. 그러나 그것은 나의 잘못이라고 깨달았소. 내가 죄없는 내 아내 애자를 그렇게 버림으로써 그에게 다시 없는 모욕을 주었는데 이저 혜경이가 욕쯤 한다고 성낼 권리가 내게 어디 있겠소? 모두가 내 책익이요. 내 잘못이요. 혜경이 말마따나 다시 직업을 잃은 나는 또 전당질을 하고 애자를 여급으로 내보내고 구차한 꼴을 보일지도 모르는 일이나 그래도 그렇게 하더라도 애자와 또 정자를 위하여 함께 살아나가는 것이 옳다고 깨달았소. 혜경이에게 대하여도 이것은 분명히 내가 잘못하였다고 생각하지만 이 이상 나는 내 아내와 어린 것을 가엽게 외롭게 내버려둘 수가 없소. 혜경이는 부디 나를 용서하고 또 나를 잊어버려 주시오."

그리고 희재는 그냥 밖으로 뛰어나왔다. 혜경이가 뒤에서 무어라고 부르는 소리가 들리는듯 싶었으나 그는 그대로 거리까지 한달음에 달려나갔다.

마침 지나는 자동차를 붙들어 타고 경성역으로 향하여 눈오는 거리를 달릴 때 희재의 가슴에는 형언하지 못할 감격이 가득하였다.

'애자! 내 인제는 결코 다시 두 번 애자를 저버리지 않겠소! 간난고초가 비록 우리 앞에 있더라도 우리는 함께 손붙잡고 굳게 나갑시다. 우리의 사랑만 굳을 때 우리의 앞길에 행복과 광명은 저절로 전개될 것이 아니겠소? 내 이제 지난날의 모든 잘못을 사죄하고 애자와 정자를 위하여 힘껏 노력하리다!'

내일 낮이면 만나볼 수 있는 그리운 아내와 귀여운 딸의 얼굴을 눈앞에 그려볼 때 희재의 양볼에는 눈물이 흘러내렸으나 마음에는 비길데

없이 큰 기쁨이 샘솟듯 솟아오르는 것이었다.
　(끝)

없이 큰 기쁨이 샘솟듯 솟아오르는 것이었다.

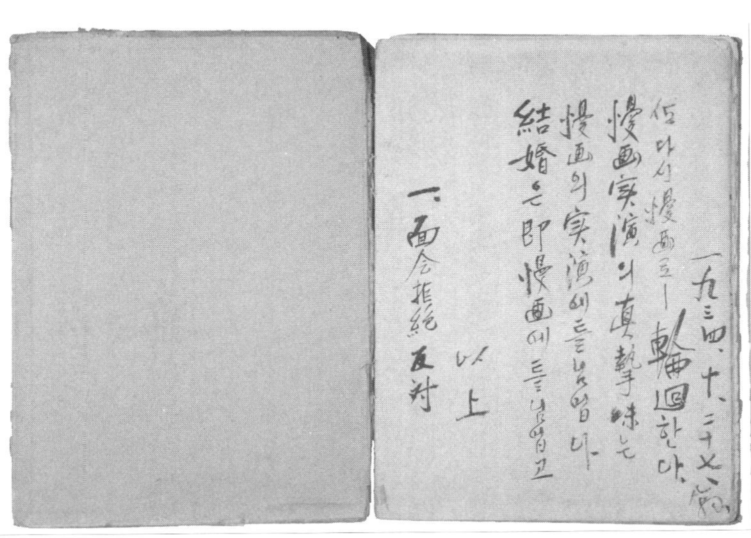
一九三四、十、二十七、
伍다시 漫畵로 一輪廻한다.
漫畵實演의 真藝味는
漫畵의 實演에 들었습니다
結婚은 即 漫畵에 들었습니다고
以上
一面会拒絶反対

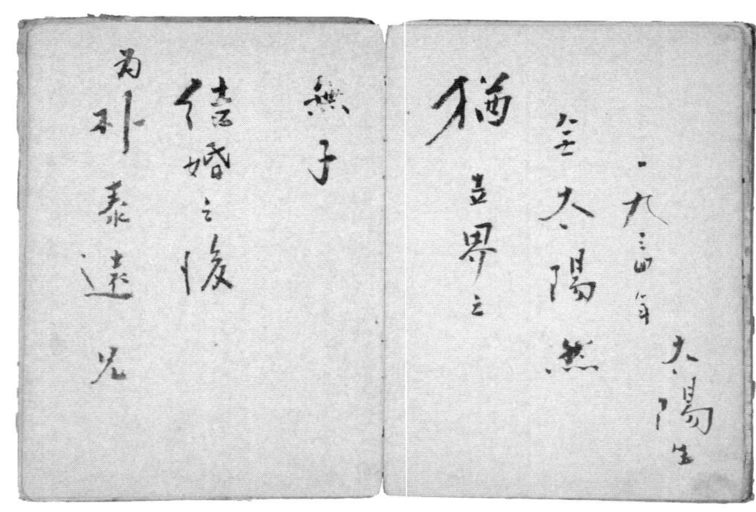
猶
生 太陽無
一九三四年 大陽生
無子
結婚之後
為
朴泰遠兄

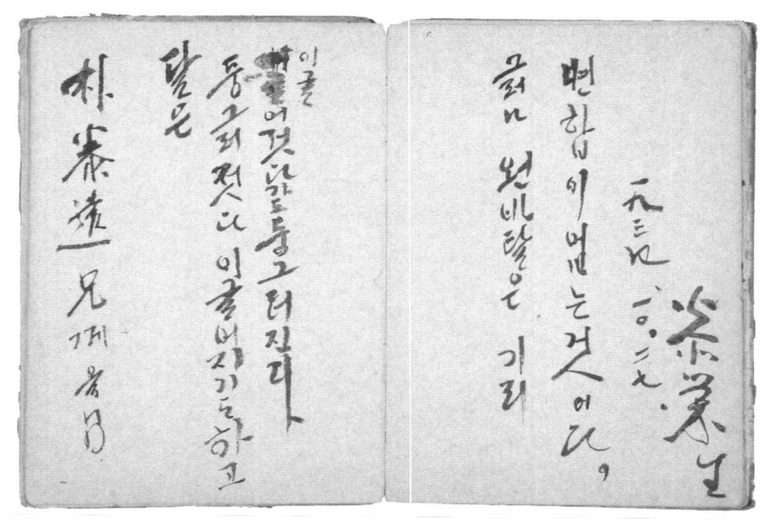
一三九. 一〇. 三九 柴菜生
이름
뜻에 것발들우고 터진다
둥글어짓는 이름에가득하고
달은
朴泰遠兄께 者
변함이없는것이니
그러나 넘베짇으로 기라

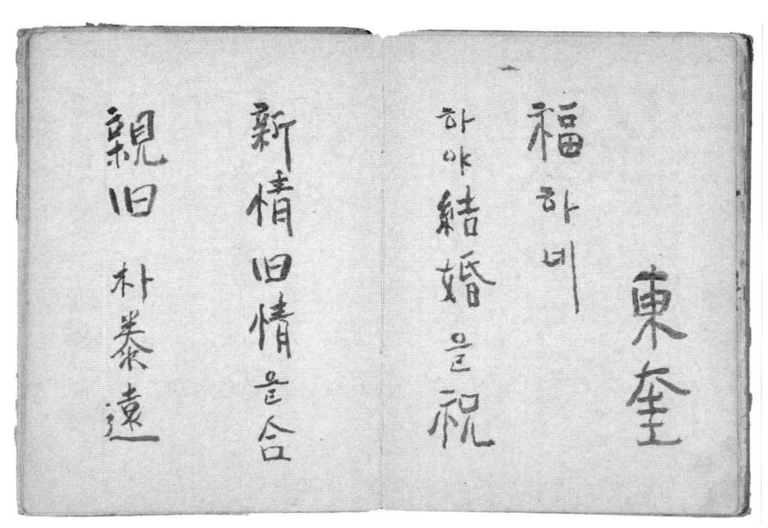

東奎
福하네
하야 結婚을 祝
新情舊情을合
親舊 朴榮遠

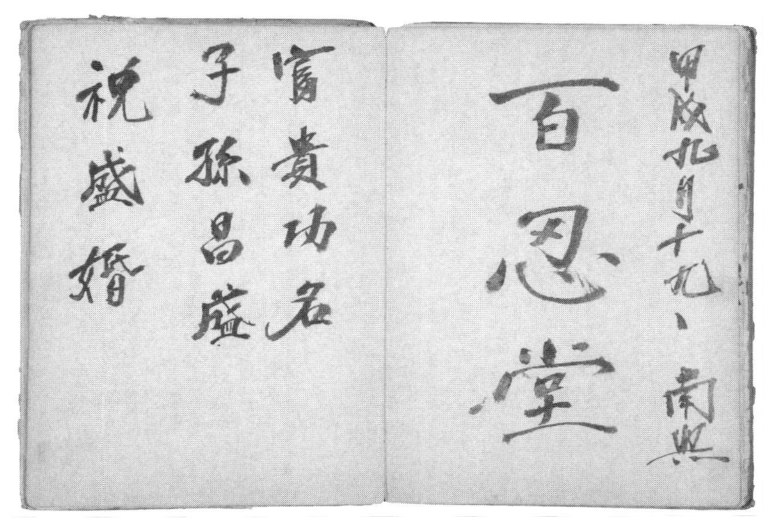

甲戌九月十九、 南熙
百忍堂
富貴功名
子孫昌盛
祝盛婚

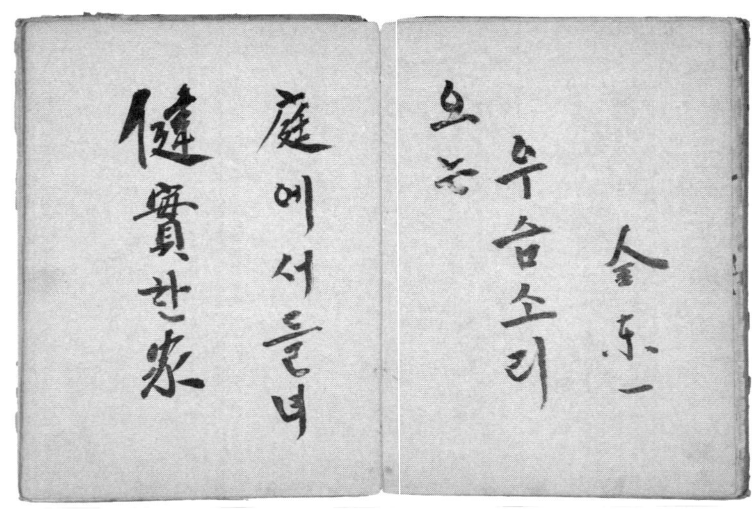
金東一
요즈
우슴소리
庭에서들며
健實世家

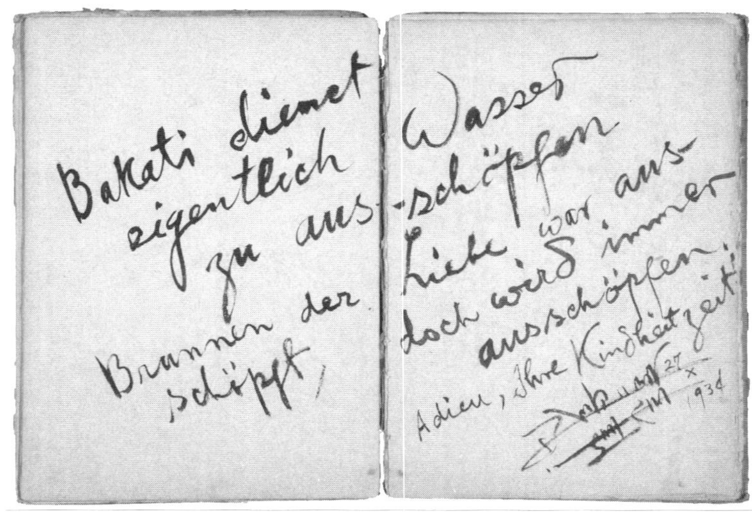
Bakati dienet eigentlich zu aus-
Brunnen der
schöpft
Wasser
-schöpfen
Liebe war aus-
doch wird immer
ausschöpfen.
Adieu, Ihre Kindheitzeit!
1934

꽃피엇으니
열매열고
뿌리는다시
깊이—! 지용
太和

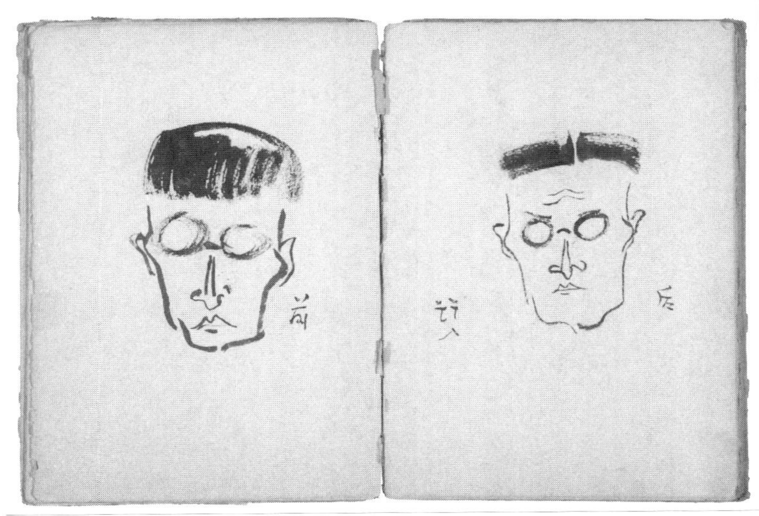

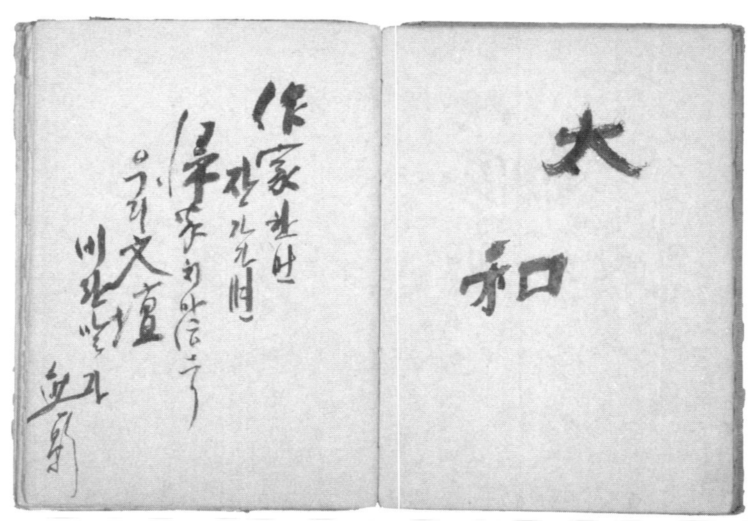

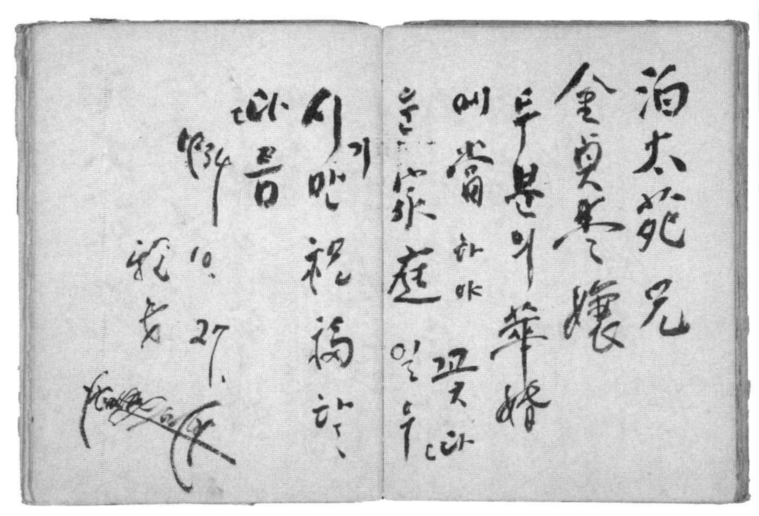

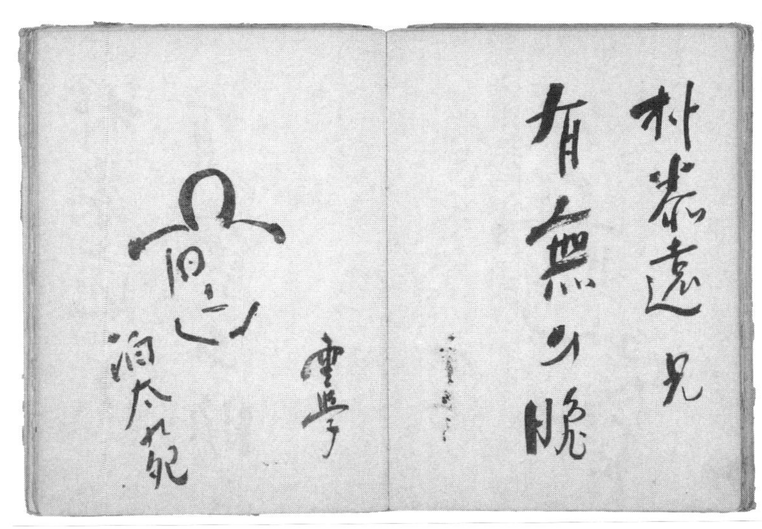

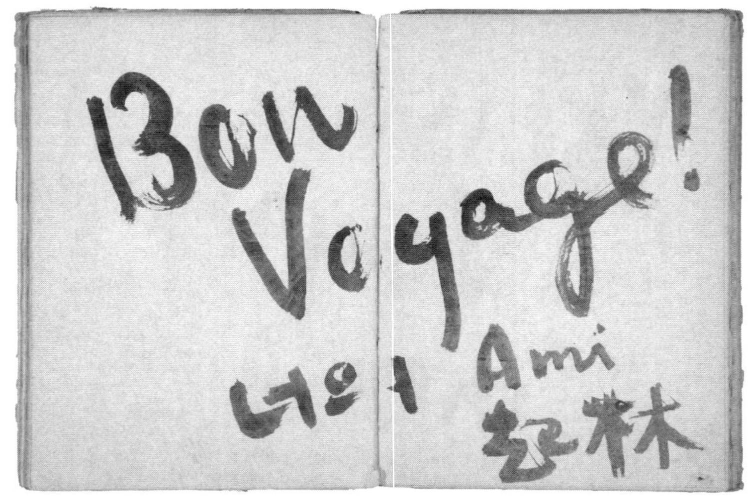
Bon
Voyage!
너의 Ami
경림

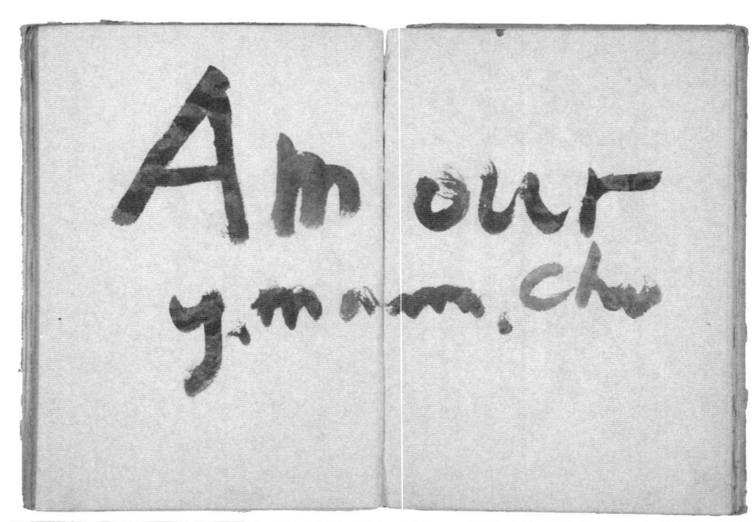
Amour
y.m.m.chu

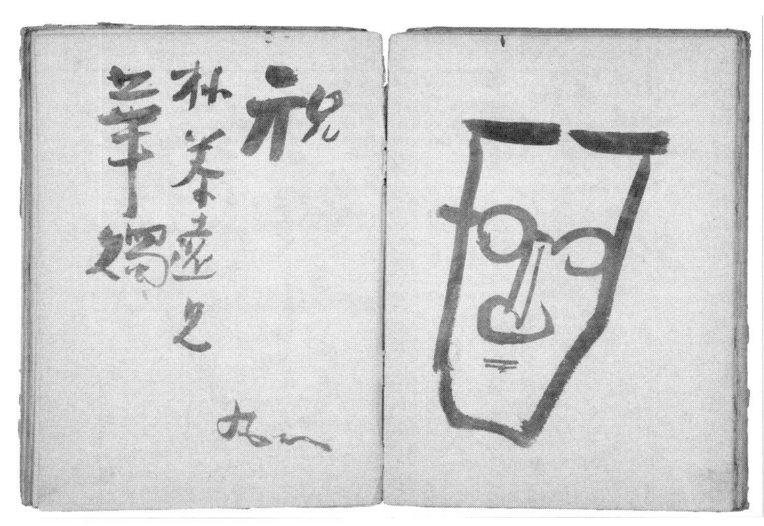

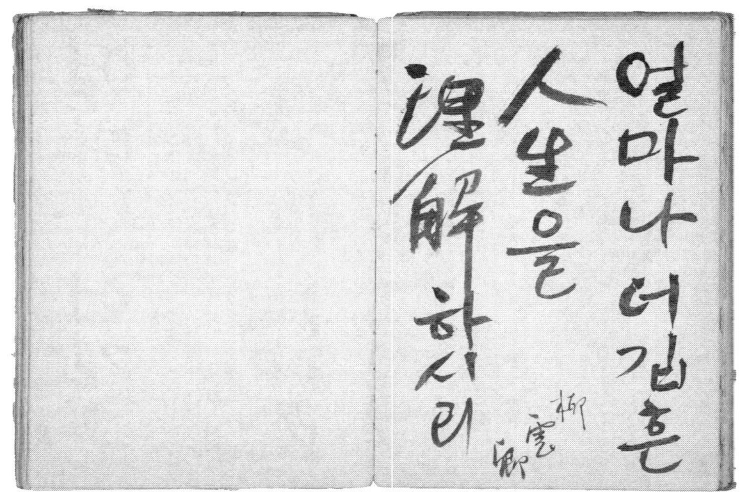
얼마나 어감흔
人生을
理解하리
柳雲卿

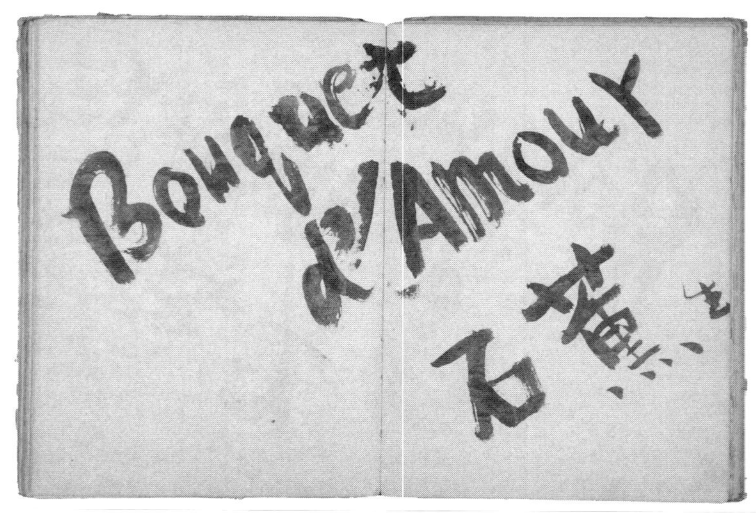
Bouquet d'Amour

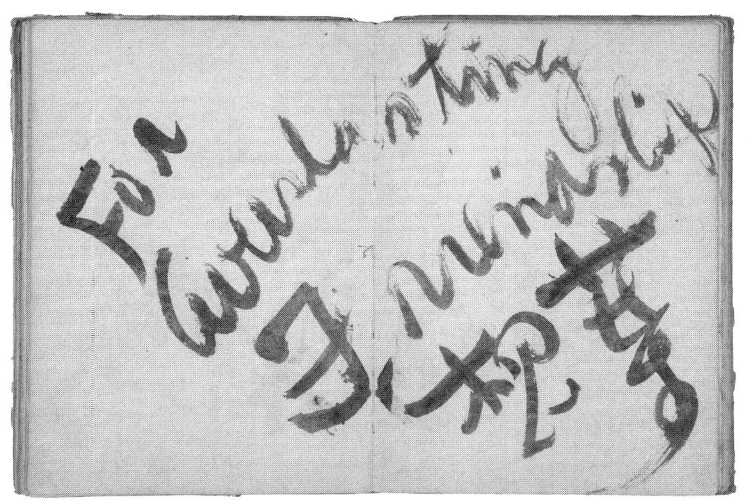

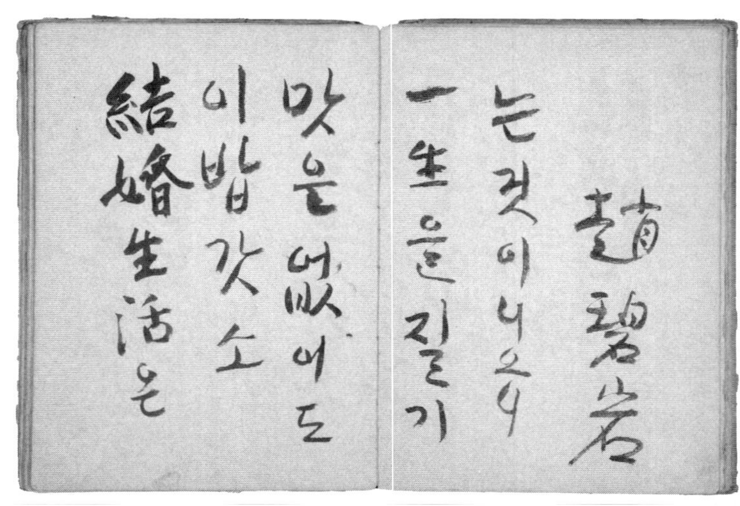

新郎께서는?
저는 이러케 생각합니다.

恋愛로 結婚의 前提가 아니오
結婚은 恋愛의 結果가 아니다。
結婚하기위하야 恋愛하는것이
아니라 사랑하는 그이르는 一生두
그 恋愛하기위하야 結婚하는
것이다。   ×

安懷南

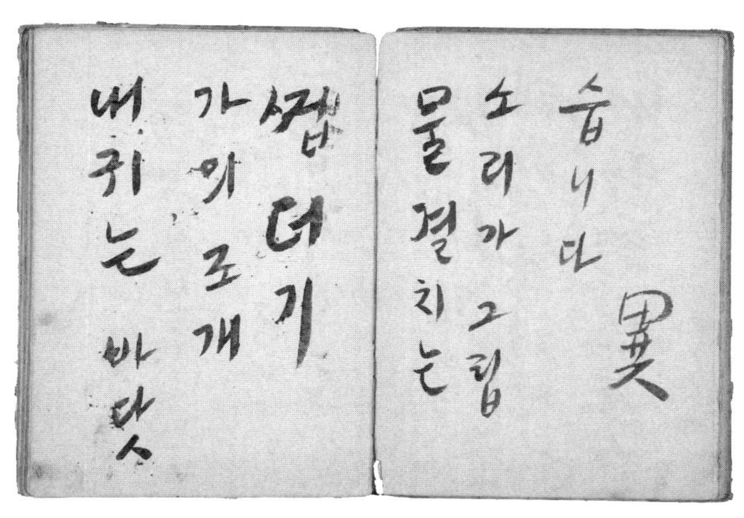

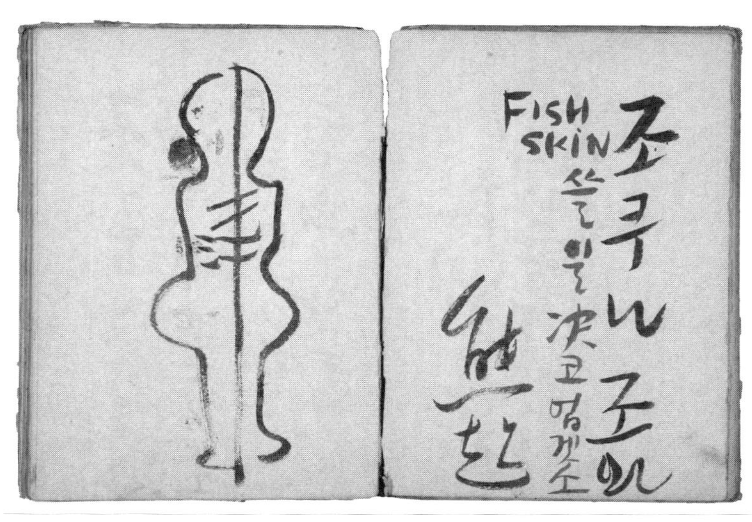
FISH
SKIN

까가오
다민이 잠
다밤골 붓
廣告

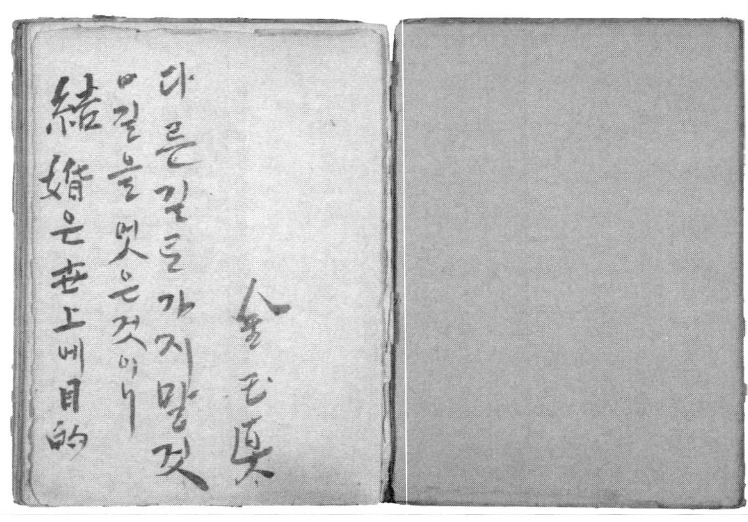
다른길를 가지말 것
四길을 엇은것이니
結婚은 老上에 目的
金 云 吴

연극 공연을 위한 대본
<소설가 구보씨의 1일>

-원작: 구보 박태원
-구성,연출: 성기웅
-드라마투르기: 김옥란
-제작: 두산아트센터

2012년 재공연 대본

2012년 11월 27일 ~ 12월 30일 / 두산아트센터 Space111

-공연을 위한 노트-

　이 대본은 구보 박태원의 1934년作 중편소설 <소설가 구보씨의 1 일>을 다원적인 연극 공연으로 무대화하기 위한 것이다.

　이 공연 <소설가 구보씨의 1일>은 기본적으로, 소설을 연극으로 각색하여 공연하는 방식이 아니라, 소설의 문장을 대사화하지 않고 문 장 그대로를 배우들이 입체적, 다성적 방식으로 전달하는 방식으로 이 루어진다. 또 거기에 소설의 화자인 구보 씨가 보고 듣고 상상하는 세 계를 표현하는 영상 이미지가 더해지기도 한다. 영상 이미지는 무대의 연기와 서로 교차되거나 중첩되어 텍스트나 이미지를 전달하기도 하고, 소설 내용에 대해 주석을 제시하기도 한다. 장면과 장면 사이 사이에는 구보 박태원과 이 소설에 대한 정보를 알려주는 해설 영상이 삽입된다.

　이런 시도를 통해 관객들은 원작소설 <소설가 구보씨의 1일>의 세계에 대해 다각적이고 입체적으로 접근할 수 있을 것이다. 원작소설에 대한 기존의 연구를 참고하면서 이 공연이 특히 초점을 맞추는 바는 여자와 연애, 결혼을 둘러싼 젊은 소설가 구보씨의 상념들, 그리고 구보씨를 둘러싸고 있던 당시 일제 식민지 지배 아래의 경성이라는 시공간이다.

그런데 이 공연은 <소설가 구보씨의 1일>에 관한 하나의 분명한 해석을 일방적으로 제시하기 위한 것은 아니다. 그보다는 단성적인 소설 문장에 대한 다성적인 해체를 시도함으로써 소설이 지닌 다양한 해석의 가능성을 관객에게 제시하고 관객들이 저마다 주관적인 판단과 인상을 가져가도록 하고 싶다.

[배우와 배역]

주인공인 구보 박태원은 '구보'와 '박태원'의 두 배우로 나뉜다. '박태원'은 현실 속의 실존 소설가이고, '구보'는 기본적으로 박태원이 만들어 낸 소설 속의 소설가이다.

그 밖의 배우들은 여러 캐릭터를 연기하면서 소설 텍스트를 전달한다.

실존인물인 이상(李箱)과 김기림은 실제로 구보 박태원의 절친한 벗이었는데, 이 연극에서는 소설 밖 현실 세계의 장면에 등장하기도 하고 소설 속 세계의 캐릭터로 나오기도 한다.

[원문]

원작 소설 <소설가 구보씨의 일일>은 1934년 8월1일에서 9월19일까지 조선중앙일보에 처음 연재되었고, 1938년 문장사에서 나온 박태원 단편소설집 <소설가 구보씨의 일일>에 표제작으로 다시 실렸다. 이 대본에서는 기본적으로 1938년 문장사 소설집의 텍스트를 원문으로 삼되, 옛 서울말 발음을 살리기 위해 어떤 어휘는 조선중앙일보 연재 때의 표기를 따랐다. 뿐만 아니라 옛 서울말 구어의 맛을 살리기 위해 원문과 달리 표기하기도 하였다.

* 이 공연은 원작 소설의 저작권자인 구보 박태원의 유족들의 원작 사용
  허락을 받아 이루어지는 것이다. 특히 구보의 차남 박재영 선생으로부터
  많은 자료와 조언을 얻었다.
* 원작소설에 대한 여러 연구와 주석을 참고했으며, 특히 조이담 씨가 펴낸
  <구보씨와 더불어 경성을 가다>(바람구두, 2005)에 실려있는 상세한 주
  석으로부터 도움을 많이 얻었다.

〔대본상의 기호〕

S_ : 음악, 음향 (m/ 음악, e/ 음향)

P_ : 영상 (text_ : 글씨, 자막, 텍스트, illus_ : 일러스트, f_ : 영화 등의 동영상)

#_ 영상 관련 / ##_ 조명 관련 / ###_ 무대장치 관련

*_ 원문 표기 등 확인을 요하는 부분 / **, ***_ 원작소설과 다르거나, 원작소설에는 없는 부분

(이 원고에서는 기술 요소의 지문을 일부 생략하였음)

〔무대 대도구에 대한 기호〕

메인커튼, 틀막, 샤막, 흑막, 배경막

a프로젝터(:메인 프런트), b프로젝터(:on배경막), c프로젝터(:리어 on틀막/샤막)

미닫이문: 틀막 양쪽에 달려있다: 하수 미닫이문, 상수 미닫이문

틀막 스크린 가,나,다(하수로부터)

파티션: 다리막으로부터 떼어지는 대도구 ;1(하수DS), 2(상수DS), 3(하수US),
4(상수US)

제1부

[제1-1장; 프롤로그] -연재 제1회분 전반

※ 제1장은 박태원이 <소설가 구보씨의 1일>의 첫장을 써가는 과정을 보여준다.

기본적으로 소설의 텍스트를 그대로 전달하되, 태원과 더불어 친구 이상과 어머니, 소설 속 캐릭터인 구보가 원작 소설의 문장을 나누어 전달한다. 누가 어떤 행위, 어떤 감정으로 주어진 말을 전달하는지에 따라 원작 소설의 문장이 다성적이고 입체적으로 무대화될 것이다. 또 소설 문장의 행간에서 새로운 의미와 감정이 생겨날 것이다.

매미소리가 요란한 무더운 7월이다.

다옥정 7번지 공애당약국 2층에 있는 구보 박태원의 방.

태원의 앉은뱅이 책상 옆에서 태원의 벗 이상(李箱)이 누워 잠들어 있다. 편한 자리옷(한복) 차림의 태원이 수건으로 얼굴이며 목께를 닦으며 등장한다.

태원은 앉은뱅이책상 앞에 자리를 잡고 앉아 펜을 든다. 원고지를 가지런히 하고 눈을 빛내며 소설의 첫머리 문장을 머리 속으로 더듬는다.

###메인커튼이 열린다.

(샤막 뒤로) 태원을 닮은 사내 하나- 구보가 나타난다.

: 구보는 여름 양복을 잘 차려 입었다.

구보, 기분이 좋아 펄쩍 뛰어오른다. 태원이 펜을 거두자 구보는 도로 들어간다.

사이.

태원, 다시 펜을 들어 무언가를 써내려가기 시작한다.

구보가 다시 나타난다. 구보는 마루를 내려서서 구두를 신고, 기둥 못에 걸린 단장을 떼어 들고, 기둥에 붙어있는 거울 조각에 자기 모습을 쓱 비춰본다. 태원, 갑자기 원고지를 북 뜯어 파지를 낸다.

그에 따라 구보는 도로 구겨지듯 사라진다.

사이.

태원, 다시 소설의 첫머리를 가다듬는다.

〔태　원〕　　어머니는

어머니가 등장하여 1층 어머니 방에 바느질감을 내려놓고 앉는다.

구보가 다시 등장한다.

〔구　보〕　　아들이 제 방에서 나와, 〈태원:"콤마"〉 마루 끝에 놓인
　　　　　　　구두를 신고, 〈태원:"콤마"〉 기둥 못에 걸린 단장을 끄
　　　　　　　내들고, 〈태원:"콤마"〉 그리고 문깐으로 향하야 나가는
　　　　　　　소리를

〔어머니〕　　들었다. 〈태원:"피리오드"〉

사이.

〔어머니〕　　"어듸, 가니."

〔태　원〕　　대답은

망설이던 구보, 조심스레 중문을 민다.

〔S＿ : e/ **중문을 여는 소리**〕

〔어머니〕　　들리지 안헛다. 〈태원:"피리오드"〉

사이.

〔태　원〕　　중문앞까지 나간 아들은, 혹은[1], 자긔의 한말을 듣지
　　　　　　　못하였는지도 모른다.

〔어머니〕　　또는, 아들의 대답소리가 자긔의 귀에까지 이르지 못

---

[1] 이 소설에서 자주 쓰이고 있는 "혹은"이란 단어는 '어쩌면', '혹시'의 뜻인 것으로 보인다. 국어사전에는 "혹은"이 북한 사투리로 '혹시'란 뜻이 있다고 되어 있다.

하였는지도 모른다.

〔태 원〕   그 둘중의 하나라고 생각한 어머니는

〔어머니〕   이번에는 중문(中門) 밖에까지 들릴 목소리를 내엿다.

어머니, 미닫이 문을 연다.

〔구 보〕   "일즉어니, 들어오늬라."2)

〔태 원〕   역시,

〔구 보〕   대답은

구보, 바깥으로부터 중문을 살그머니 닫는다.

〔S__: e/ 조심스레 중문을 닫는 소리〕 -자동Out

〔어머니〕   들리지 안헛다. 〈태원:"피리오드"〉

모두 잠시 침묵.

〔태 원〕   어머니는 얇은 실망을 느끼려는 자긔자신을 스스로 위
　　　　　　로하려 한다.

〔어머니〕   중문소리만 크게 나지안헛드면, 아들의

〔구 보〕   "네―"

〔어머니〕   소리를, 혹은, 들을수 있었을지도 모른다. ……

사이.

〔구 보〕   어머니는

〔태 원〕   다시 바누질을 하며,

어머니, 다시 바느질을 한다. 바늘 끝에 머릿기름을 바른다.

〔어머니〕   대체, 〈태원:"콤마"〉 그애는, 〈태원:"콤마"〉 매일, 〈태
　　　　　　원:"콤마"〉 어딜, 〈태원:"콤마"〉 그러케, 〈태원:"콤마"〉
　　　　　　가는 겐가, 〈태원:"콤마"〉

〔태 원〕   하고 그런것을 생각하여 본다. 〈태원:"피리오드"〉

음악이 흐르기 시작한다.

---

2) 물론 이 말은 구보의 어머니가 한 말이지만, 말한 이가 아니라 듣는 이가 대사를 말
하도록 해보았다.

〔S__ : m/ 오프닝크레딧 음악〕

　태원, 글쓰기를 이어간다.

　잠들었던 이상, 몸을 일으킨다.

##조명이 어두워진다.

〔삽입영상A: 오프닝크레딧〕

〔#P:＿/illust〕 오프닝크레딧 음악에 맞춰 오프닝 크레딧 영상이 흐르기 시작한다.

(그런 중에 크레딧 텍스트가 뜬다.)

〔#text:＿〕 **소설가 구보씨의 1일**(小說家 仇甫氏의 一日)

〔#text:＿〕 원작: 구보 박태원의 중편소설 "소설가 구보씨의 일일" (1934년作)

　경성의 풍경들 속에서 '구보'(실제배우)가 나타나 지팡이를 들고 유쾌명랑하게 거리를 산책한다.

〔#text:＿〕 배우 이름, 연출자 이름, 제작 표기 등의 크레딧 등이 흐른다.

[제1-2장] -연재 제1회분 후반

　※ 제1-2장은 앞의 1-1장과 같은 형식이되, 구보의 친구 이상이 창작에 가담하는 양상을 그린다. 이 소설이 조선중앙일보에 처음 연재될 때 박태원의 친구 이상이 삽화를 맡았었던 사실로부터 이상이 구보의 창작을 거들었을 것이라는 상상을 해보았다.

##다시 태원의 방이 다시 밝아진다.

　태원은 여전히 책상머리에서 소설을 쓰고 있고, 그 옆에는 잠에서 깨어난 이상이 있다.

　〔태　원〕　　　직업과 안해를 갖지않은, 〈태원:"콤마"〉 스물여섯살짜
　　　　　　　　　리 아들은, 〈태원:"콤마"〉 늙은 어머니에게는 왼갖 종
　　　　　　　　　류의, 〈태원:"콤마"〉 근심, 〈태원:"콤마"〉 걱정거리였

다. 〈태원:"피리오드"〉

〔이　상〕　위선, 〈이상:"콤마"〉 낮에 한번 집을 나스면, 〈이상:
"콤마"〉 아들은 밤 늦게나되여 돌아왔다. 〈이상:"피리
오드"〉

밤이 된다. 〔S＿:e/ 밤 벌레 소리〕

〔어머니〕　늙고, 쇠약한 어머니는, 자리도 깔지안코, 맨바닥에가,
팔을 괴고 누어, 아들을 기다리다,

〔이　상〕　곳잘 잠이든다.

어머니, 잠든다.

사이.

〔어머니〕　편안하지못한 잠은, 두시간씩, 세시간씩, 계속될 수 읎다.

〔태　원〕　잠깐 잠이 들었다, 깨일 때마다,

〔이　상〕　어머니는 고개를 들어 아들의 방을 바라보고, 그리고
기둥에 걸린 시계를 치어다본다.

괘종시계가 뎅 뎅 뎅 뎅 하고 열한 번 울음을 운다.

〔S＿：e/ 괘종시계 소리 11번～

〔이　상〕　자정—

괘종시계, 마저 한 번 더 울어 12번을 채운다.

～괘종시계 ＋1번(완료)〕

〔태　원〕　그리 늦지는 안엇다. 〈태원: 피리오드〉

사이.

〔태　원〕　이제 아들은 돌아올께다. 〈태원: 피리오드〉

사이.

〔어머니〕　어머니는 아들이 어서 돌아와지라 빌며,

〔이　상〕　또 어느틈엔가 꼬빡 잠이 든다

어머니, 다시 잠든다.

사이.

어머니, 곤히 코를 곤다.

〔태　원〕　　그가 두번째 잠을 깨는것은 새로 한점 (괘종시계가 한
　　　　　　번 운다) ;

〔S__ : e/ 괘종시계 소리 1번~

〔이　상〕　　…반이나 두점.(괘종시계가 한 번 더 운다)

; ~괘종시계 ＋1번(완료)〕　-자동Out

〔어머니〕　　그러한 시각이다.

어머니, 몸을 일으켜 방 밖으로 나가, 그리고는 2층 태원의 방 앞에까지
올라간다.

〔태　원〕　　아들의 방에는 그저 불이 켜있다.

〔이　상〕　　어머니는 소리 안나게 아들의 방앞에까지 걸어가 가만
　　　　　　이 안을 엿듣는다.

사이.

어머니, 방문을 열어본다.

〔S__ : e/ 장지문 여는 소리〕

방은 텅 비어있다.

사이.

〔이　상〕　　나이찬 아들의, 기름과 분냄새 없는 방이,

〔태　원〕　　늙은 어머니에게는

〔어머니〕　　애닯헛다.

방 안으로 들어온 어머니는 구보의 어질러진 책상 주변을 치우기 시작한다.

사이.

〔이　상〕　　스물여섯해를 길렀어도 종시 마음이 노히지 않는 것은
　　　　　　자식이엿다.

〔태　원〕　　설혹 스물여섯해를 스물여섯곱 하는일이 잇다드래도,
　　　　　　어머니의 마음은 늘 걱정으로 차리라.

긴 사이.

〔이　상〕　　그래도 어머니는

〔어머니〕　　그가 작은메누리를보면 이렇게 밤늦게 한가지 걱정을
　　　　　　　덜수있으리라 생각한다.

〔이　상〕　　"참, 이애는 웨 장가를 들려구 안허는겐구."

〔어머니〕　　은제나 혼인 말을 끄내면, 아들은 말하였다.

이상은 태원을 어머니 옆으로 데려다 놓는다.

〔태　원〕　　"돈한푼 없이 어떻게 기집을 멕여 살립니까."

〔어머니〕　　허지만…………

〔이　상〕　　어떻게 도리야 있느니라. 어듸 월급쟁이가 되드래두,
　　　　　　　두식구, 입에풀칠이야 못헐라구…

태원, 이상을 노려본다.

〔이　상〕　　어머니는

〔어머니〕　　어듸 월급자리라도 구할생각은 없이, 〈이상:"콤마"〉
　　　　　　　밤낫으로, 〈이상:"콤마"〉 책이나 읽고 글이나 쓰고,
　　　　　　　〈이상:"콤마"〉 혹은 공연스리 밤중까지 쏘다니고 하
　　　　　　　는 아들이, 〈이상:"콤마"〉

〔이　상〕　　보기에 딱하고, 〈어머니:"콤마"〉 또

〔이상/어머니〕 답답하였다. 〈태원:"피리오드"〉

다시 대낮이 된다.

〔S__: e/ 매미 소리〕

어머니는 도로 자기 방 쪽으로 간다.

사이.

〔어머니〕　　"그래두 장가를 들어 노면 맘이 달러지지", "제게집(계
　　　　　　　집) 귀여운줄 알면, 자연, 돈벌 궁릴 하겠지."

사이.

〔이　상〕　　작년여름에 아들은 한"색씨"를 만나본일이 있다.

〔어머니〕　　그애면, 저두 싫다구는 않겠지.

〔이 상〕   이제 이놈이 들어오거든
〔이상/어머니〕 단단히 따져보리라……
〔이 상〕   그리고 어머니는 어느틈엔가
〔어머니〕   손주자식을 눈앞에
〔이 상〕   그려보기조차 한다.〈이상:"피리오드"〉
어머니, 손주 생각에 마음이 공연히 흐뭇하다.
이상, 스케치북에 무언가 그림을 그리기 시작한다.
〔S__ : m/〕 브릿지 음악 In; "행복지대"
　　###무대가 어두워진다.

[삽입영상B- 해설]
〔#P__:〕 (image) 조선중앙일보 연재 첫 회분의 지면.
+〔#text__:〕 구보 박태원의 중편소설 "소설가 구보씨의 1일"은 1934년 8월 1일부터 9월 19일까지 조선중앙일보에 연재되었다.
-(image) 연재 지면 중 타이틀 부분으로 close-up
+〔#text__:〕 이 연재 소설의 삽화를 그린 하융(河戎)이란 곧 시인 이상(李箱)이었다.
　　이상과 박태원은 둘도 없이 절친한 친구 사이로 늘 짝패처럼 붙어다녔었다.
-(image) 연재 지면이 넓어졌다가 이상의 "오감도" 지면으로 옮겨짐.
+〔#text__:〕 한편, 당시 조선중앙일보에는 이상의 문제적인 연작 시 "오감도" 역시 연재되고 있었다.
-(image) 조선중앙일보 8월 8일 "소설가 구보씨의 1일" 연재 제6회 및 이상의 "오감도" 마지막 연재의 이미지 (혹은 "오감도" 제4호 지면 이미지)
+〔#text__:〕 그러나 이상의 "오감도"는 8월 8일 "오감도 -시 제15호"를 마지막으로 연재가 중단된다. 너무나도 전위적이고 실험적인 내용으로 인해 독자들의 항의가 빗발쳤기 때문이다.
-(image) 박태원과 이상이 함께 찍힌 사진

+〔#text__:〕 반면 박태원은 "소설가 구보씨의 1일"의 연재를 무사히 마치며 일약 주목받는 젊은 소설가로 떠오르게 된다.

-(image) 박태원의 얼굴로 close-up.

+〔#text__:〕 구보 박태원은 1910년 1월(음력 1909년 12월) 서울에서 태어나, 청계천변 다동에서 유복하게 자라났다.

-(image) 이상이 그린 박태원

+〔#text__: 캡션〕 이상이 그린 구보.

+〔#text__:〕 1930년에 멋쟁이 모던보이 소설가로 이름을 날렸던 그는, 1950년 한국전쟁 중에 월북한다.

+(image) 박태원 말년의 모습

+〔#text__:〕 말년에는 시력 상실과 반신불수 등의 불행 속에서도 소설 창작을 계속하다가 1986년 평양에서 세상을 떠났다.

-(image) 다시 박태원의 젊은 시절 얼굴 사진으로

+〔#text__:〕 구보 박태원(1909~1986)

대표작: 중편소설〈소설가 구보씨의 일일〉(1934), 장편소설〈천변풍경〉(1937), 대하역사소설〈갑오농민전쟁〉(1977~1984) 등.

[제2-1장] -연재 제3회분 및 제4회분 일부

※ 제2장에서는 소설 속 주인공 '구보'로 초점이 옮겨져 소설 속 세계가 만화 느낌의 일러스트 영상과 함께 전달된다. 구보는 신경쇠약, 시력과 청력 상실 등에 대한 공포에 시달리면서 늘 '행복'을 찾아 경성(서울)을 헤매인다. "구보의 산책" 테마음악과 산책하는 구보의 움직임 이미지는 이 공연 전체에 반복해서 나타나는 중요한 이미지가 될 것이다. 리드미컬하고 '명랑'한 장면이 되었으면 한다.

〔#P/text__: 첫머리글씨〕 (큰 글씨로) **仇甫**구보는
〔S__:m/〕 '구보의 산책' 테마음악이 흐른다.

구보가 집을 나서서 걷고 있다.

〔#P/illust_:〕 **구보의 캐리커쳐 영상이 나타난다.**

　〔구　보〕　　(구보는) 집을 나와
　　　　　　　천변 길을 광교로 향하야 걸어가며,
　　　　　　　어머니에게 단 한마디

〔#P/illus/S_〕 **캐리커쳐 구보의 입에서 "네-" 하는 소리가 만화처럼, 글씨와 함께 튀거나온다.**

　〔구　토〕　　하고 대답 못했든것을 뉘우처본다.

〔#P/illus_〕 **구보의 캐리커쳐, 입을 다물고 뉘우치는 표정.**

　사이.

　〔구　보〕　　하기야 중문을 여 / 닫으며 구보는

〔#P/illus/S_〕 **구보의 캐리커쳐가 "네-" 하는 소리를 소심하게, 작은 글씨로 낸다.**

　〔구　브〕　　소리를 목구녕까지 내어보았던 것이나, 중문과 안방과
　　　　　　　의 거리는 제법 큰 소리를 요구하였고,

　사이.

〔#P/illus_〕 **캐리커쳐 구보, 입을 다물고 있다.**

　〔구　보〕　　그리고 공교로웁게 활짝 열린 대문앞을,
세 명의 여학생이 웃고 떠들며 지나간다. (:실제배우들)　;##Ⓛ_

　〔여학생1,2,3〕"에그머니나 세상에-" / "그게 참말일까아?"
　　　　　　　　/ "참말이구말구" / "에이- 가짓부렁-"　/
　　　　　　　　"그르니까 그 오라버니가 말야" /

　〔구　보〕　　때마츰 세명의 여학생이 웃고 떠들며 지나갔다.

　〔여학생1,2,3〕"재잘재잘재잘"/ "조잘조잘조잘"/ "쫑알쫑알쫑알"/ "꺄
　　　　　　　　르르 꺄르르르-"/"호호호호호-"/"끼약 끼약 꺅-!"

　사이.

　〔구　보〕　　그렇더라도 대답은 역시 하여야만 하였었다고, 구보는

어머니의 외로워할때의 표정을 눈앞에 그려본다.

〔#P/illus__〕 어머니의 외로워할 때의 표정이 가물가물……

사이.

〔구 보〕 구보는 마츰내 다리 모통이에까지 이르렀다. 그의 일
있는듯싶게 꾸미는 걸음걸이는 그곳에서 멈추어진다.

구보는 걸음을 멈추고, 주위를 둘러본다.

;Ⓢ음악이 멈춘다 / Ⓟ일러스트 영상도 멈춘다

〔#P/illus__:〕 광교에서 보이는 동쪽 방면의 풍경; –광교 너머 동쪽으로 남
쪽 청계천변을 따라 늘어선 동네(관철동). 멀리 교회 첨탑 하나.

〔구 보〕 그는 어딜 갈까, 생각하여 본다.

구보가 몸을 오른쪽으로 돌리면,

〔#P/illu__:〕 광교에서 남쪽으로 번화한 남대문통의 풍경.

〔구 보〕 모두가 그의 갈곳이었다.

구보가 몸을 180도 돌리면,

〔#P/illu__:〕 종로네거리와 화신상회가 있는 풍경.

〔구 보〕 한군데라 그가 갈곳은 / 없었다.

〔#P/illu/S__:〕 –'땡땡땡땡땡땡' 소리를 내며 전차가 다가온다.

구보는 전차가 육박해 들어오자 놀라 몸을 피한다. 어지러워 눈을 감는다.
사방이 어두워지며, 전차가 다리를 건너가는 소리가 꼬리를 끈다.
구보, 머리가 아프다.

〔#P/illus__:〕 구보의 떠름한 얼굴과 뇌 그림, 그리고 "神經衰弱(신경쇠약)"
글씨 +Ⓟ "3B水"의 약병 그림 등.

〔구 보〕 그가 다니는 병원의 젊은 간호부가 반드시 "삼(3) 삐
–(B) 스이(水)" 라고 발음하는 이 약은 그에게는 조고
마한 효험도 없었다.

구보, 주머니에서 '3B수' 약통을 꺼내 약물을 마실까 말까 망설이는데,

〔#P/illus/S__:〕 알 수 없는 소리가 나며 자전거를 탄 사나이가 갑자기 나

타나 구보를 스친다.

구보, 깜짝 놀라 몸을 피한다.

+ⓟ 자전거를 탄 사나이, 모멸 가득한 눈으로 돌아보며 "바까야로-!"라고 외친다.

구보, 눈을 꿈뻑거리며 왼쪽 귀를 후빈다.

(+Ⓢ ;따릉따르릉 자전거 종소리)

〔구　보〕　　그는 구보의 몇칸통 뒤에서부터 요란스레 종을 울렸던 것임에 틀림없었다. 그것을 위험이 박두하였을때에야 비로소 몸을 피할수 있었던것은 ....

〔#P/illus_:〕 귀 그림과 중이질환(中耳疾患)을 나타내는 도식이 나타난다.

; "中耳加答兒(중이가답아)"가 "急性(급성)"과 "慢性(만성)"으로 나뉘고, "만성 중이가답아"는 다시 "慢性乾性(만성건성)"과 "慢性濕性(만성습성)"으로 나뉨.

〔구　보〕　　구보는, 자기의 왼편 귀 기능에 스스로 의혹을 갖는다.

+ⓟ 도식에 "만성습성의 중이가답아"가 체크된다.

〔S_ : m/〕 다시 구보의 산보 음악이 흐른다.

〔구　보〕　　구보는 갑자기 걸음을 걷기로 한다.

구보, 다시 걷는다.

〔구　보〕　　그렇게 우두머니, 다리 곁에가 서있는 것의 무의미함을 새삼스러이 깨달은 까닭이다.

구보, 오른발을 왼쪽으로 내뻗으며 몸을 왼쪽으로 틀어 산책을 이어나간다.

사이.

〔구　보〕　　그는 종로네거리를 바라고 걷는다. 구보는 종로 네거리에 아모런 사무도 갖지 않는다. 처음에 그가 아무렇게나 내여놓았든 바른발이 공교로웁게도 왼편으로 쏠렸기때문에 지나지않는다

구보, 오른발이 왼쪽으로 쏠린다. 그러기를 네 번- 구보가 다시 애초의

방향과 같은 방향을 향했을 때,

〔#P/illu/S_:〕 **자동차가 '끼익' 하며 구보 가까이에 멈춘다.**

　구보, 기겁한다.

〔구　보〕　　그리고 다음순간, 구보는,

〔#P/illu/S_:〕 **자동차가 다시 '부릉-' 하며 떠난다.**

〔구　보〕　　이렇게 대낮에도 조곰의 자신을 가질 수 없는 자긔의
　　　　　　시력을 저주한다.

〔S_ : m/〕 **'소심한 산책' 음악 In**

　구보, 손수건을 꺼내 안경을 벗어 안경알을 닦고, 얼굴의 땀을 닦고 한
다. 의사들(안과의사, 이비인후과의 젊은 의사조수, 신경정신과 의사)이 우
르르 나타나 구보 주변으로 몰려든다. 저마다 구보를 진찰하고 처방을 내리
고 한다.

　　　***〔안과의사〕 (시력검사판을 가리키며) 고레와?〔이것은?〕 아레
　　　　　　　와?〔저것은?〕 …… 코-도-킨-시〔고도근시〕. 아-루 훠,
　　　　　　　에-루 쯔리-.〔R 4, L 3〕 소레까라, 야모-쇼-.〔그리고,
　　　　　　　야맹증〕. 이야-, 단단단단 와루꾸 낫떼 이마스네. 〔이
　　　　　　　거, 점점점점 더 나빠지는데요.〕

　　　〔이비인후과의사〕 (소리막대를 구보의 귀에 울려 왼쪽 귀에 갖다대
　　　　　　　며) 들리시오? 아니 들리십니까? 어느 편에서 들리시
　　　　　　　오? 예? 뭐라구요?

　　　〔신경정신과의사〕 엣또… 상삐-스이와 짠또 논데이랏샤루 노?〔음
　　　　　　　… 3B水는 잘 마시고 계시나?〕 죳또 도오? 사 이낑
　　　　　　　와?〔음… 좀 어떤가, 요샌?〕 마-, 싱-께-스이쟈꾸 또
　　　　　　　와, 겐다이징노 겐다이테끼나 싯깐데네……〔뭐, 신경
　　　　　　　쇠약이란 건 현대인의 현대적인 질환이라서……〕 도오
　　　　　　　시요오.〔어쩌면 좋을까?〕 ***

〔#P/illus_:〕 **그러는 사이, 뒤 스크린에는 구보의 온갖 병을 드러내는 영**

상이 흐른다.

안경을 안 쓴 구보의 떠름한 얼굴 캐리커쳐

+Ⓟ 그 얼굴에 안경이 씌워진다. Ⓟ "R,4 L,3" Ⓟ "高度近視(고도근시)"

Ⓟ 구보의 옆 얼굴   +Ⓟ 그 귀 안으로 해부도가 (혹은 보청기와도 같은 그림) Ⓟ "慢性濕性(만성습성)" Ⓟ "中耳加答兒(중이가답아)" Ⓟ 구보의 뇌 그림 Ⓟ "神經衰弱(신경쇠약)"   +Ⓟ 3B水 약물이 입으로 들어간다.

Ⓟ 3B水 약병

이윽고 의사들, 물러나기 시작한다.

[제2-2장] -연재 제4회분 후반

다시 홀로 남은 구보, 주위를 둘러본다.

〔구 보〕   그래도, 구보는,

구보, 다시 조심스레 걷기 시작한다.

〔구 보〕   약간 자신이 있는듯싶은 걸음걸이로 전차선로를 두 번
               횡단하여

구보, 종로통 큰길을 건넌다.

〔구 보〕   화신상회 앞으로 간다.

〔#P/illus__ :〕 화신상회 건물이 모습을 드러낸다.

+〔#text__ : 해설자막〕 화신(和信)상회: 1931년에 본격적인 영업을 시작한 조선인 자본의 백화점

구보, 화신상회 앞에서 걸음을 멈춘다.

〔구 보〕   그리고 저도 모를 사이에 그의 발은

구보, 다시 오른발을 들어올린다.

〔구 보〕   백화점 안으로 들어서기조차 하였다.

구보는 백화점 안으로 들어간다.

〔S__ : e/〕 백화점 안의 소음이 들려온다.

〔#P__:〕 백화점 내부를 나타내는 영상.

Ⓢ 잃어버린 노인을 찾는 장내 안내방송이 들린다.

구보, 백화점 장내에서 주위를 휘휘 둘러보며 서성인다.

그러다가 노트를 펼쳐들고 무언가를 적기 시작한다.

젊은 내외와 나들이옷을 차려입은 어린 아이가 손을 잡고 나타난다.

;##Ⓛ_

〔남편/아내〕 젊은

〔아 내〕　　 내

〔남 편〕　　 외가,

〔아 이〕　　 *대여섯살 되어보이는 아이를 데리구

〔남편/아내〕 그곳에가 승강기를 기다리고 있었다.

일가족, 승강기 앞으로.

〔아 이〕　　 이제 그들은 식당으루 가서

〔남편/아내/아이〕　　　 그들의 오찬을 질길것이다.

〔구 보〕　　 흘낏 구보를 본 그들 내외의 눈에는

〔남 편〕　　 자기네들의 행복을

〔아 이〕　　 자랑하고 싶어하는 마음이

〔아 내〕　　 엿보였는지도 / 모른다.

〔구 보〕　　 승강기가 내려와 서고,

〔S__:〕 '땡' 하는 소리가 나며 승강기 문이 열린다.

일가족, 엘리베이터를 탄다.

〔남 편〕　　 그리고 젊은

〔아 내〕　　 내

〔남 편〕　　 외는

〔아 이〕　　 수남(壽男)이나 또는* 복동(福童)이와 더불어

〔구 보〕　　 구보의 시야를

〔남편/아내/아이〕   벗어났다.

〔S__:〕엘리베이터 문이 닫힌다.

〔#P/illus/S__:〕승강기(엘리베이터)가 올라간다.

+〔#P/illus/S__:〕마침내 승강기는 꼭대기층에 다다른다.

〔S/m__:〕"그들의 행복" 음악 In

〔#P/illus/m__:〕구보, 그들의 행복한 오찬을 상상한다.

　　그 "행복"이 빛난다.

〔구　보〕　　구보는 그들의 행복을 축복하여 주려 하였다.

　　행복한 일가족, 떠들며 사라진다.

　　구보는 노트를 펴고 무언가를 적기 시작한다.

##조명이 어두워진다.

[제3-1장] -연재 제5회분

　　※ 제3장에서는 달리는 전차 속 장면을 동영상과 음향으로 표현한다. 또 전차의 동선이 지도 이미지를 활용해 제시되기도 한다.

　　소심한 구보는 전차에서 작년에 선을 봤던 여인을 우연히 다시 만나지만, 아무 말도 건네지 못한다. 그리고 뒤늦게 후회한다.

　　그런 일을 겪으며 구보의 머리 속을 스쳐지나가는 수많은 생각들은 구보 자신뿐 아니라 전차의 차장, 문제의 그 여인(선본여인), 구보가 떠올리는 어머니 등의 입을 통해 서사극적으로 전달된다.

〔#P/illus__:〕　전차의 이미지가 제시된다.

+〔#P/text__: 첫머리글씨〕　(큰 글씨로) 電車전차 안에서

〔S__: e〕　전차가 발차하여 달리는 소리.

〔#P__:〕달리는 전차. 그 안의 사람들. 그 안에 구보 역시 있다. 구보는 서 있다.

　　〔구　보〕　　구보는, (차장대(車掌臺) 가까운 전차안 한구석에 가

서서,) 자기는 대체, 이 동대문행 차를 어디까지 타고 가야 할것인가를, 대체 어느곳에 幸福(행복)은 자기를 기다리고 있을것인가를 생각해본다.

〔#P/illus(지도)/S_:〕 '땡땡땡땡땡' 전차 경적 소리가 나면서, 종로 네거리로부터 종로3 정목을 향해 전차가 달려간다.

사이.

〔구　보〕　　장충단(獎忠壇)으로. 청량리(淸凉里)로. 혹은 성북동(城北洞)으로. ……그러나 요사이 구보는 교외(郊外)를 질기지않는다.

사이.

〔구　보〕　　그곳에는 하여튼 자연(自然)이 있었고, 한적(閑寂)이 있었다. 그리고 고독(孤獨)조차 그곳에는, 준비되어 있었다.

〔차장(소리)〕 **춍-노 산쵸-메, / 춍-노 산쵸-메, 오오리 구다사이. 〔종로3정목, 종로3정목 내리시오.〕 종로3정목 나리시오-.

〔구　보〕　　요사이, 仇甫는

〔#P/S_:〕 느려지던 전차가 멈추어 선다.

〔구　보〕　　고독을 두려워한다.

〔#P/S_:〕 전차 안은 타고 내리는 사람들로 북적인다.

그런 가운데 양산을 든 '선본여인'이 전차를 탄다.

그녀는 자리를 못 찾고 손잡이를 붙들고 선다.

〔차장(소리)〕 **하잇, 숍-파-츠!〔출발!〕

〔#P/S_: 전차 발차 + 운행〕 발차를 알리는 종소리와 함께 전차가 발차한다.

사이.

〔차장(소리)〕 **하나하다 스미마셍가 깁뿌오 키라나이 카타와 킷떼 구다사-이. 〔표 안 찍은 분 표 찍읍쇼-.〕

차장이 구보에게 다가온다.

〔차　　장〕　　차장이 그의 앞으로 왔다. 어디를 가십니까.

〔구　　보〕　　구보는 전차가 향하여 가는 곳을 바라보며, 문득 창경
원에라도 갈까,

〔#text_ : 해설자막〕 **창경원: 조선왕조의 왕궁이었던 '창경궁'이 격하되어
만들어진 유원지.**

〔구　　보〕　　하고 생각한다.

구보, 전차 삯을 치른다

〔구　　보〕　　갈 곳을 갖지않은 사람이, 한번, 車에 몸을 의탁3)하였
을 때,

〔차　　장〕　　(다른 쪽으로 가며) **표 안 찍은 분 표 찍읍쇼-"

〔구　　보〕　　그는 어데서든 섯불리 나릴수없다.

차장, '선본여인' 앞으로 가며,

〔차　　장〕　　**표, 찍읍쇼.

차삯을 치르던 '선본여인', 실수로 양산을 떨어뜨린다.

〔구　　보〕　　구보가 머리를 돌렸을 때, 그는 그곳에, 지금 마악 차
(車)에 오른듯싶은 한 여성을 보고,

〔차　　장〕　　그리고 신기하게 놀랬다.

〔S_ : m/〕 **"책, 졸, 겁" 음악 In ;그 음악에 맞추어 선본여인이 춤추듯 느리
게 움직이기 시작한다.**

〔#P_ :〕 **딜리는 전차 영상도 느리게 흐르기 시작한다.**

〔구　　보〕　　집에 돌아가, 어머니에게 오늘 전차에서 "그색씨를 만
났죠" 하면, 어머니는 응당 반색을 하고,

어머니가 구보의 눈 앞에 나타난다.

〔구　　보〕　　그리고,

---

3) 원문에 '依托'이라고 되어있으나, "依託"의 오자인 듯.

〔어머니〕　　“그래서 그래서”,
〔구　보〕　　뒤를 캐어물을께다.
〔차　장〕　　그가 만약, 오직 그뿐이라고** 말 한다면,
〔구　보〕　　어머니는
〔어머니〕　　실망하고,
〔구　보〕　　그리고 그를
〔어머니〕　　주변머리 없다고
〔구　보〕　　責(책)할지도 모른다.

〔#P/text__:〕 **責: 꾸짖을 책**

〔차　장〕　　그러나 누가 그일을 알고,
〔구　보〕　　그리고 아들을
〔차　장〕　　拙(졸)하다 / 고 말 한다면,

〔#P/text__:〕 **拙: 서투를 졸**

〔차　장〕　　어머니는,
〔어머니〕　　내아들은 원체 얌전해서……
〔구　보〕　　그렇게 변호할께다.
〔차　장〕　　구보는
〔구　보〕　　여자와 시선이 마조칠까 겁(怯)하야,

〔#P/text__:〕 **怯: 겁낼 겁**

〔어머니〕　　얼토 / 당토 안흔곳을 보며,
〔구　보〕　　저여자는 내가 여기 있는 것을 보았을까,
〔어머니〕　　하고
〔어머니/차장〕 생각한다.

〔#P/text__:〕 **責: 꾸짖을 책 / 拙: 서투를 졸 / 怯: 겁낼 겁** 글씨들이 차장
을 떠돌기 시작한다.

　　어머니, 사라진다.

〔S__: e/〕 ‘땡땡땡땡땡땡-’ 전차 경적 소리에 이어 전차가 느려지는 소리. –

음악은 F/O

;선본여인은 다시 보통으로 움직이기 시작한다.

〔차　　장〕　　　**춍-노 욘쵸-메, 춍-노 욘쵸-메, 오오리 구다사이.
〔종로4정목, 종로4정목 내리시오.〕종로4정목이오- 4
정목-. 나리시오-.

여인의 시선이 구보 쪽을 향하는가 싶다.

〔S__:e/〕**느려지던 전차가 멈춘다.**

〔구　　보〕　　　**차는 스고,

〔#P/S__:〕**다시 멈춰선 전차 안 풍경으로.**

;전차를 타고 내리는 사람들의 모습.

빈 자리가 나자 선본여인이 자리를 잡고 앉는다.

〔차　　장〕　　　**하이, 숩-파츠!〔출발!〕

〔구　　보〕　　　**또 움즉였다.

〔#P/S__:〕**전차가 출발한다.**

[제3-2장] -연재 제6,7회분

〔#P/text__: 첫머리글씨〕(큰 글씨로) **女子여자는**

〔선본여인〕　　(여자는) 혹은, 그를 보았을지도 ....* 모른다.

사이.

〔구　　토〕　　　전차안에, 승객은 결코 많지 않았고, 그리고 자리가 몇
군데 비어 있음에도 불구하고, 구석에가 서있는 사람
이란, 남의눈에 띄기쉽다.

〔선본여인〕　　여자는

〔구　　토〕　　　응당 자기를 보았슬께다.

〔선본여인〕　　그러나, 여자는

〔구　　보〕　　　능히 자기를 알아볼 수 있었을까.

〔선본여인/구보〕　　　　그것은 ....

〔구　보〕　　의문이다.

〔#S__:〕 **'땡땡땡땡땡'** 전차 경적 소리.

차장이 다시 ″표 안 찍은 분 표 찍읍쇼-″ 하며 모습을 드러낸다.

〔차　장〕　　그는 결코 대담하지 못한눈초리로, 비스듬이 두간통 떨어진곳에 앉아있는 여자의 옆 얼골을 곁눈질 하였다.

사이.

〔차　장〕　　그리고 다음순간, 그와 눈이 마조칠 것을 겁(怯)하야 시선을 돌리며, 여자는 혹은, 자기를 곁눈질한 남자의 꼴을, 곁눈으로 느꼈을지도 모르겠다고, 그렇게 생각하여 본다.

〔선본여인〕　여자는 남자를 그 남자라 알고, 그리고 남자가 자기를 그 여자라 안 것을 알고있을지도 모른다.

〔구　보〕　　이러한 경우에, 나는 어떠한 태도를 취하여야 마땅할까...

〔S__:〕 **'땡땡땡땡땡'** 전차 경적 소리.

차장, 구보 곁으로 다가간다.

〔차　장〕　　알은체를 하여야 옳을지도 몰랐다.

〔#P/S__:〕 **전차가 덜컹!**

〔선본여인〕　혹은 모른체 하는게 정당한 인사(人事) 일지도 몰랐다.

〔#P/S__:〕 **전차가 덜컹!**

〔구　보〕　　그 둘중에 어느편을

〔선본여인〕　여자는 바라고 있을까.

〔차　장〕　　그것을 알었으면,

〔#P/S__:〕 **전차가 크게 덜컹!**

〔구　보〕　　하였다.

구보, 괴로한 듯 눈을 감는다.

〔차　장〕　　그러나

〔선본여인〕　만약 여자가 자기를 진정으로 그리우고 있다면―

구보, 눈을 번쩍 뜬다.

〔차　장〕　　**도-다이몽(몽몽몽…), 도-다이몽 마에-.〔동대문, 동
　　　　　　　대문 앞-.〕

〔#P/S__:〕 **전차가 느려진다.**

〔차　장〕　　**세-료-리 유꾸에〔청량리 행〕노리까에〔환승〕-. 세-
　　　　　　　료-리 유꾸에와 고꼬데〔여기　에서〕노리까에-. 오오
　　　　　　　리 구다사이. 동대문 앞이요, 동대문 앞. 청량리 유꾸
　　　　　　　에는 예서 냉큼 나리시오-.

여인, 일어서서 내리는 문쪽으로 간다.

〔#P/S__:〕 **전차가 멈춘다.**

〔차　장〕　　**노리까에-. 나리시오- 갈어타시오.

여인, 전차에서 내려 사라진다.

〔구　보〕　　구보의 마음은 또한번 동요하며,

〔차　장〕　　창넘어로 여자가 청량리행 전차를 기다리느라, 그곳
　　　　　　　안전지대(安全地帶)로 가 스는 것을 보았을때,

〔구　보〕　　그는 자기도 차(車)에서 곧 나리고 싶은 충동을 느꼈다.

〔차　장〕　　그러나,

발차를 알리는 소리가 나며, 구보의 상념이 쏟아진다.

〔S__: e/〕 **전차 발차 경적에 이어 시간이 느리게 흐르는 소리**

〔#P__:〕 **전차 운행 영상 역시 느리게 흐르기 시작한다.**

〔구　보〕　　여자가 청량리행 전차속에서 자기를 또한번 발견하고,
　　　　　　　그리고 자기가 일도없건만, 오직 여자와의 사이에 어
　　　　　　　떠한 기회를 엿보기 위하야 그차를 탄것에 틀림없다는
　　　　　　　것을 눈치 챌 때, 여자는 그러한 자기를 얼마나 천박하

게 생각할까. 그래,4) 구보가 망살거리는 동안,

〔#P/S__:〕**전차가 떠난다.**

　　〔차　　장〕　　전차는 달리고, 그들의 사이는 멀어젓다.

〔#P/S__:〕**전차 경적 소리가 나는가 싶더니 전차가 급커브를 튼다. 구보는 중심을 잃고 쓰러진다.**

　　〔구　　보〕　　아차 !

〔S__ : m/〕**"행복은" 음악 In.**

〔#P/text__:첫머리글씨　(큰 글씨로) **幸福행복은**

　　〔차　　장〕　　그가 그렇게 구하여 마지 않든 행복은, 그 여자와 함께
　　　　　　　　　　영구히 가버렸는지도 모른다.

　　여인, 구보의 환상 속에 다시 모습을 드러낸다.

　　〔여　　인〕　　여자는 자기에게 던저줄 행복을 가슴에 품고서, 구보
　　　　　　　　　　가 마음의 문을 열어 가까이 와주기를

　　〔차　　장〕　　갈망하였는지도 모른다.

　　〔구　　보〕　　웨 자기는 여자에게 좀더 대담하지 못하였나. 구보는,

　　〔여　　인〕　　여자가 가지고 잇는 왼갓 아름다운 점을

　　〔차　　장〕　　하나하나 헤여보며,

　　〔구　　보〕　　혹은 이여자말고 자기에게 행복을 약속하여 주는이는
　　　　　　　　　　없지나 않을까, 하고

　　여인, 사라진다.

　　〔구　　보〕　　그렇게 생각하였다. (〈"피리오드"〉)

〔S__ : e/〕**전차 운행 소리**

〔#P__:〕**다시 달리는 전차**

　　〔차　　장〕　　방향판을 "한강교"로 갈고 전차는 훈련원을 지났다.
　　　　　　　　　　(〈"피리오드"〉)

---

4) 여기서 "그래,"란 '그렇게'라는 뜻으로 볼 수 있겠다. 때로 "그래"라는 접속사는 '그래
　서', '그러니까'란 뜻으로 쓰이기도 한다.

〔S__: 전차 경적 소리〕 경적을 울리며 전차는 잘도 달린다.

　　##조명이 어두워진다.

　　구보, 여인이 앉았던 자리에 앉는다.

〔#P/(map)__:〕 훈련원 앞을 지난 전차는,

　　황금정 4정목(黃金町4丁目) ;지금의 을지로

　　약초정(若草町) ;지금의 저동(苧洞)

　　동양척식회사(東洋拓植(株式)會社)

　　황금정 입구(黃金町入口)를 지나……

〔#text__: 해설자막〕 황금정(黃金町): 지금의 을지로

　　조선은행에 다다른다.

　　:그러면 구보는 자리에서 일어나 걸어나간다.

　　##무대가 더 어두워진다.

+〔#P/illus__:〕 다방 낙랑파라의 실내 이미지가 그려진다.

〔S__:m/〕 전차의 소음은 낙랑파라 실내 음악으로 바뀐다.

[제4-1장] -연재 제9회분

　　※ 다방 낙랑파라에서 태원은 소설을 이어 써간다. 현실의 다방 풍경에 그의 소설 속 상상 세계가 겹쳐진다.

　　야자수와 등의자가 있는 다방 낙랑파라(樂浪Parlour)의 실내

　　다방 안에는 엘만의 바이올린 연주 "발스 센티멘탈"가 흐르고 있다. 한쪽 구석 자리게는 태원이 웅크리고 앉아 원고를 쓰고 있다.

　　다른 자리에는 일본인 모던걸, 모던보이가 나른하게 앉아있다.

　　〔종업원(소리)〕 **오뎅와노 오시라세데스.〔전화가 와있습니다.〕

　　　　　　　손님 중에 연희전문 대니시는 윤복돌 상 기시면, 즌화

　　　　　　　받으셔요-.

　　〔태　원〕　　다방의 오후 두시,

290

〔종업원〕　　　**윤복돌 상-, 아니 기셔요-?

사이.

종업원은 윤복돌이란 사람을 찾아 다방의 다른 자리들 쪽으로 간다.

〔태　원〕　　일을 가지지 못한 사람들이 ……

〔종업원〕　　윤복돌 상~.

〔태　원〕　　그곳 등의자에 앉아, ……

옆자리에서 들려오는 일본인 남녀의 대화.

〔모던걸〕　　***이마 난지?〔지금 몇 시?〕

〔모던보이〕　고고 니지데스.〔오후 두 시예요.〕

〔모던걸〕　　마다?〔아직도?〕

〔모던보이〕　하이.

〔태　원〕　　차를 마시고, 담배를 태우고, 이야기를 하고, 또 레코-
　　　　　　드를 들었다.

〔모던걸〕　　아 쓰마라나이!〔아- 지루해!〕***

모던보이, 손가락을 튕겨 종업원을 부른다.

종업원이 나타난다.

〔태　원〕　　그들은 거의 다 젊은 이들이었고, 그리고 그 젊은이들
　　　　　　은 그 젊음에도 불구하고, 이미 자기네들은 인생에 피
　　　　　　로한 것 같이 느꼈다.

〔모던보이〕　(종업원에게 신청곡을 적은 쪽지를 건네며) 고레, 오
　　　　　　네가이.〔이거, 부탁해.〕**

〔종업원〕　　하-이.〔네-.〕**

종업원, 퇴장한다.

〔태　원〕　　그들의 눈은 그 광선이 부족하고 또 불균등한 속어서
　　　　　　쉴사이 없이 제각각의 우울과 고달픔을 하소연한다.

Ⓢ 음악이 갑자기 뚝 끊긴다.

〔모던보이〕　***(탁자를 내리치며) 도-시떼, 도-시떼 보꾸와 다메

　　　　　　난데스까! 〔어째서, 어째서 난 안되는겁니까!〕 낫또꾸
　　　　　　사세떼 구다사이! 〔납득시켜 주세요!〕
〔모던걸〕　　모- 이이와요. 〔이제 그만해.〕
〔모던보이〕　모- 이이와? 모- 이이왓-떼?! 〔이제 그만해? 이제 그
　　　　　　만하라구?!〕***

모던보이, 고개를 떨군다.

;〔S_:m/〕 **다시 음악이 흐른다.**

다시 다방은 현실로 돌아온다.

〔태　원〕　　어떤때, 활동사진관(活動寫眞館)으로 향하여야 맛당
　　　　　　할 발길을 돌려 ....

〔#text_: 해설자막〕 **활동사진관: 영화관**

〔군인 2〕　　(바깥으로부터 들리는 목소리) ***고꼬데 입뿌꾸, 이까
　　　　　　가데쇼-까? 〔여기서 한 숨 돌리고 가시면 어떻습니까?〕
〔군인 1〕　　마…… 소-시요-까나. 〔뭐… 그럴까?〕
〔군인 3〕　　소-데스네. 이이데스네. 〔그러게요. 좋네요.〕
〔태　원〕　　젊은 군인이 서너명 이곳을 차저와,
〔군인 2〕　　도-조, 도-조. 하잇떼 쿠다사이. 이잉쟈 아리마셍까.
　　　　　　〔그럼 들어가시죠. 좋지 않습니까?〕***

일본 군인 세 명이 다방으로 들어온다.5)

〔종업원〕　　***이랏샤이마세-. 〔어서오세요-.〕
〔군인 1〕　　이이나. 오레라모 타마-니와 고-이우 도꼬로데 윳꾸리,
　　　　　　네. 〔좋군. 우리도 가끔은 이런 데서 여유있게, 응?〕
〔군인 2/3〕　소-데스네. 이이데스네. 〔그렇죠. 좋네요.〕
〔군인 1〕　　사, 도꼬니 스와로-까나. 〔자, 어디 앉을까?〕

---

5) 일본군 군인들이 등장하는 이 부분은 1934년 조선중앙일보 연재 시에는 있었으나
　1938년 단행본 출판 때는 (아마도 당시 검열로 인해) 삭제된 부분이다. 원래 소설에서
　는 한 문단 정도로 문장으로만 기술되어 있는 것을 확대하여 장면화했다.

〔군인 2〕　　　고꼬와… 이까가데쇼-까.〔여기는 어떨까요?〕
〔군인 1〕　　　오- 요시.〔오, 좋아.〕
〔군인 2〕　　　소-데스네.〔그렇네요.〕
〔군인 2/3〕　이이데스네.〔좋네요.〕 ***
군인들, 자리를 잡고 앉는다.
〔태　원〕　　　군대에서나가티 큰목소리로 홍차를 명(命)하였다.
〔군인 2〕　　　***고꼬-! 코-챠 삼빠이-!〔#text__:해설자막〕〔여기,
　　　　　　　　홍차 세 잔!〕
〔종업원〕　　　하-이.〔네.〕
〔군인 3〕　　　아, 아노… 와따꾸시와 코-히노 호-가 좃또……
　　　　　　　　〔#text__:해설자막〕〔저… 저는 커피가 좋은데……〕
〔군인 2〕　　　고꼬-! 코-챠 후타쓰또 코-히 입빠이데. 이이까이-?
　　　　　　　　〔#text__:해설자막〕〔홍차 둘하고 커피 한 잔으로! 알
　　　　　　　　았나?〕
〔종업원〕　　　하-이.
〔군인 3〕　　　(군인1과 2에게 머리를 조아리며) 모-시와케 고자이
　　　　　　　　마셍. 시쯔레-이따시마시따. 유루시떼 쿠다사이.〔죄송
　　　　　　　　합니다. 실례했습니다. 용서해주십시오.〕
〔종업원〕　　　홋또데 요로시이 데스요네? 〔#text__:해설자막〕〔뜨거
　　　　　　　　운 거 말씀이시죠?〕
〔군인 2〕　　　소- 소-. 홋또데, 홋또.〔그래, 뜨거운 걸로.〕
〔종업원〕　　　하-이.
종업원, 물러난다.
〔S__ : m/ 찻집 유성기음악〕 **모던보이가 신청한 우울하기 짝이 없는 음악이
흘러나온다.**
사이.
〔군인 1〕　　　(목소리를 낮추어) 아노사… 고꼬, 오못따요리 시즈까

다나.〔#text__:해설자막〕〔여기 말야, 생각보다 조용
한데.〕

〔군인 3〕　좃또… 쿠라이데스네.〔#text__:해설자막〕
〔좀… 어둡네요.〕

〔군인 1〕　흠…… 쿠라… 스기루.〔#text__:해설자막〕
〔너무 많이 어두워.〕

〔군인 3〕　소-데스네.〔그렇네요.〕

종업원이 차 세 잔을 내온다.

〔군인 2〕　아, 키마시따.〔아, 나왔습니다.〕

〔태　원〕　그들은 암만을 이안에 있든, 이곳 공기에 동화되지 안
헛다.

군인들, 커피와 홍차를 무턱대고 들이킨다.

〔군인1/2/3〕 ***아쯔잇!〔앗, 뜨거!〕

군인들, 입 천장을 데고 만다.

〔군인 2〕　(군인1에게) 나까무라 쇼-사, 다이죠-부데스까?〔나카
무라 소좌님, 괜찮으십니까?〕

〔군인 1〕　(일어나서 종업원을 찾으며 화를 낸다.)오-이!〔이봐!〕
오-이!

종업원이 튀어나온다.

〔군인 2〕　(군인1에게 머리를 조아리며) 모-시와케 고자이마셍.
와따시가 와루깟따 데스. 유루시떼 쿠다사이.〔죄송합
니다. 제 잘못입니다. 용서해 주십시오.〕

〔군인 3〕　(그것과 동시에 종업원에게) 고레가 아마리니모 아쯔
깟딴다요.〔#text__:해설자막〕〔이게 너무 뜨거웠다구.〕
혼또-니 아쯔깟따. 신지라레나이.〔#text__:해설자막〕
〔정말 뜨거웠어. 믿을 수 없을 만큼.〕 ***

〔군인 1〕　모- 이이.〔그만 해둬.〕

〔태　원〕　　사람들은,

〔모던보이〕　그들이, 그 근대적 고아한 감정(感情)을 모른다고

〔모던걸〕　　비웃었다.

〔태　원〕　　또,

〔종업원〕　　가엾어 하였다. …………

〔모던보이〕　**좃또……〔좀……〕

〔모던걸,모던보이〕　　　**-네.〔…그렇지?〕

군인들, 홍차를 후후 불어 식혀 마신다.

다방 안의 사람들이 그런 그들을 곁눈으로 보고 있다.

사이.

〔태　원〕　　또 그들은 암만이든 그곳에 있도록 끈기있지 못하다.

〔군인 1〕　　***모- 소로소로 이꼬-까나.〔이제 그만 슬슬깔까?〕

〔군인 2/3〕　　하잇!〔네!〕***

군인1. 찻값을 자리에 놓고 자리에서 일어선다.

〔군인 2/3〕　　**고찌소- 사마데시따.〔잘 먹었습니다.〕

〔종업원〕　　**아리가또- 고자이마시따-.〔고맙습니다.〕

군인들, 다방을 나서다가 막 들어오는 구보와 차례로 부딪친다.

〔군인 1〕　　**난다요!〔뭐야!〕

〔군인 3〕　　**아, 시쯔레-, 시쯔레.〔아, 실례, 실례.〕

다방으로 들어온 구보, 매무새를 고치며 실내를 쓱 둘러본다.

〔종업원〕　　**이랏샤이마세-.〔어서오세요-.〕

〔군인 2〕　　**(일행을 쫓아나가며) 잇쇼니 이끼마쇼-,　나까무라

　　　　　　　　쇼-사! 〔같이 가세요-! 나카무라 소좌님!〕

〔S_:m/유성기 음악〕 **찻집의 음악이 바뀐다.**

〔태　원〕　　구보는 아이에게 한 잔의 가배차(珈琲茶)와 담배를 청

　　　　　　　　하고 ....

〔#text_:해설자막〕 **가배차**(珈琲茶): **커피**

구보, 종업원 아이에게 단장 등을 맡기고는 비어있는 자리로 간다.

〔구　보〕　　　(종업원에게) 부탁해.

〔태　원〕　　　구석진 등탁자로 갔다.

자리를 잡고 앉은 구보, 머리 뒤편 벽에 걸려있는 포스터를 본다.

〔태　원〕　　　그의 머리 위에 한 장의 포스터가 걸려있었다.

〔구　보〕　　　어느 화가의 '도구*유별전(渡歐留別展)'.

〔#text__:해설자막〕 **도구유별전(渡歐留別展): 유럽으로 유학을 떠나는 것
을 기념하는 전시회**

〔태　원〕　　　구보는 자기에게 양행비(洋行費)가 있으면, ….

〔#text__:해설자막〕 **양행비(洋行費): 서양으로 떠날 수 있는 여행 경비.**

〔태　원〕　　　적어도 지금 자기는 거의 완전히 행복일 수 있으리라
　　　　　　　생각한다.

옆자리의 모던걸, 모던보이가 나누는 일본어 대화가 들려온다.

〔모던걸〕　　　***아따시, 도-쿄-에 이끼따이와.〔#text__:해설자막〕
　　　　　　　〔나, 동경(東京)으로 가고싶어.〕

〔모던브이〕　아… 도-쿄-데스까? 〔아… 동경(東京)요?〕

〔모던걸〕　　　응 응.〔응.〕

〔모던브이〕　소랴- 다레닷떼 소-데쇼.〔#text__:해설자막〕〔그건 누
　　　　　　　구라도 그렇겠죠.〕

〔태　원〕　　　동경(東京)에라도-.

〔모던걸〕　　　***나쯔까시이나, 도-쿄-. 〔그립다, 동경(東京).〕

〔구　보〕　　　동경도 좋았다.

〔모던보이〕　***나오코 상와 도-쿄- 우마레데스요네.
　　　　　　　〔#text__:해설자막〕〔나오코 씨는 도쿄가 고향이죠?〕

〔모던걸〕　　　소-나노요. 〔맞아.〕

〔모던보이〕　아, 얍빠리.〔아, 역시.〕

〔모던걸〕　　　데모네, 호보 오보에떼나인다몽.

296

〔#text__:해설자막〕〔그런데 별 기억은 없어.〕
〔모던보이〕　마사까. 혼또데스까?〔설마. 정말인가요?〕
〔모던걸〕　모찌롱요. 닷떼 아까짱닷딴다요, 아따시, 토-지.〔믈론
　　　　　이지. 아기였으니까, 난 그때.〕
〔태　원〕　구보는
〔구　보〕　자기가 떠나온 뒤의 변한 동경이 보고싶다
〔태　원〕　생각한다.
〔S__ : e/〕**태원의 귓가에 먼 기적 소리가 들려오기 시작한다.**

태원, 눈을 감는다.

사이.

〔태　원〕　혹은 더좀 가까운데라도 조왓다.
〔구　보〕　지극히 가까운데라도 조왓다.
〔S__ : e/〕**이제 태원의 귓가에는 경성역(서울역) 플랫폼의 안내방송 같은
소음마저 들려온다.**

〔태　원〕　50리이내의 여정에 지나지 안트라도, 구보는, 조그만
　　　　　'슈트케이스'를 들고 경성역에 섰을때, 응당자기는 행
　　　　　복을 느끼리라 믿는다.

슈트케이스를 든 구보가 경성역 플랫폼에 서있다.

〔S__ : e/〕**플랫폼으로 기차가 다가온다.**

〔구　보〕　그것은 금전과 시간이주는 행복이다. 구보에게는 언제
　　　　　든 여정에 오르려면, 오를수있는 시간의 준비가 있었
　　　　　다……

Ⓢ 플랫폼에 기차가 다가와 멈춘다.

사이.

〔태　원〕　오즉, 시간의 준비만이……**

〔S__ : e/〕**기차가 떠난다.**

그러나 구보는 기차를 타지 못하고 만다.

사이.

〔태　원〕　　구보는 차를 마시며, 약간의 금전이 가져다줄 수 있는
　　　　　　온갖 행복을 손꼽아보았다.

구보는 빈 주머니를 까보인다.

〈태원: (“피리오드”)〉

〔S＿: m/유성기 음악〕 **다시 다방 실내의 음악이 흐른다.**

어떤 사내- ‘벗아닌벗’이 다방에 들어선다.

〔종업원〕　　**이랏샤이마세-.〔어서오세요-.〕

태원, 벗아닌벗을 알아보고 슬쩍 시선을 피한다. 벗아닌벗 역시 태원을
알아보지만. 알은 체 하지 않고 빈 자리로 가서 앉는다.

〔벗아닌벗〕　**여기 말야, 가배차를 아조 차게 해서 한 잔…….

〔종업원〕　　**예-.

구보, 터원과 벗아닌벗을 번갈아본다.

[제4-2장] -연재 제10회분

　　※ 제4-1장에서는 태원의 상상에 따라 구보가 움직이는 셈이었는데, 이
장면에서는 태원이 회상과 상상 속 장면을 수행하고 구보가 일종의 해설자
와 같은 역할을 하게 됨으로써, 구보가 연극적으로 조금 더 적극적인 기능
을 하게 된다.

〔구　보〕　　그 사나히와, 구보는,

〔태　원〕　　일즉이, 인사를 한일이 있었다.

〔태　원〕　　그러나, 그것은 공교로웁게 어두은 거리에서이었다.

〔S＿:m/〕 **‘회상’의 음악 In**

벗아닌벗과 태원이 서로 첫 인사를 하던 거리.

태원과 벗아닌벗이 마주선다.

그 옆에, 둘을 소개해준 ‘한 벗’ 역할을 구보가 한다.

〔구　보〕　　한벗이 그를 소개하였다.

〔벗아닌벗〕　말숨은 만히 들었습니다,

〔태　원〕　　하고 그는 말하였었다.

벗아닌벗, 태원에게 절을 하고 명함을 건넨다.

태원, 자신은 명함 같은 게 없다는 제스처.

〔태　원〕　　사실 그는 구보의이름과 또 얼골을 전부터 알고있었든
　　　　　　　것임에 틀림없었다.

〔벗아닌벗〕　**네.

〔구　보〕　　그러나 구보는,

〔태　원〕　　구보는 그를 몰랐다.

태원과 벗아닌벗, 헤어져서 각자 길을 간다.

〔태　원〕　　몰른 채 어두은곳에서 그대로 헤여져버린 구보는 되에
　　　　　　　그를 맛나도,

태원과 벗아닌벗, 다시 어디에선가 스친다.

〔태　원〕　　그를 그라고 알아내지 못하였다.

〔구　보〕　　그사나이는

〔벗아닌벗〕　구보가 자기를 보고도 알은체 안하는것에

〔구　보〕　　응당 모욕을 느꼈을께다.

〔구　보〕　　자기를 자기라 알고도 몰으는체 하는것이라 생각할때,

〔태　원〕　　그의 마음은 평온(平穩)할 수 없었을께다.

〔구　보〕　　그러나 구보는,

〔태　원〕　　구보는 몰랐고, 몰르면

〔구　보〕　　태연(泰然)할수 있다.

〔벗아닌벗〕　**흥!

태원과 벗아닌벗, 또다시 스친다.

눈을 꿈뻑이던 태원, 마침내 그를 알아본다.

〔구　보〕　　마츰내 구보가 그를 그라고 알어낼수 있었을때,

〔태　원〕　　**아!

〔S__:e?〕 슬로우 동작 음악 In

세 사람, 느린 동작으로 움직이기 시작한다.

〔구　보〕　　그것은 그의 마음에

〔태　원〕　　암영(暗影)을 주었다.

〔#text__: 해설자막〕 **암영(暗影): 어두운 그림자**

〔벗아닌벗〕　　그뒤부터 구보는

〔태　원〕　　그사나이와 시선이 마조치면,

또 어딘가에서 태원과 벗아닌벗의 시선이 마주친다.

〔태　원〕　　역시 당황하게,

〔벗아닌벗〕　　그리고 불안하게

〔태　원〕　　고개를 돌리는수밖에 없었다.

〔구　보〕　　그것은 사람의 마음을

〔일　동〕　　우울하게 하야놋는다.

사이.

〔S__:m/유성기 음악〕 **다시 아까 흐르던 다방 실내의 음악 소리가 들려온다.**

##조명_ 원래대로 돌아온다

배우들드 아까의 상태로 돌아가 있다.

〔구　보〕　　구보는 다방안의 한 구획을 그의 시야 박게 두려 노력
　　　　　　하며,

〔태　원〕　　사람과 사람 사이의 교섭의 번거로움을 새삼스러히 느
　　　　　　끼지 안흐면 안된다……

태원, 이 문장이 스스로 흡족하다.

<태원: "피리오드">6)

종업원 아이, 벗아닌벗에게 아이스커피를 갖다준다.

____

6) 원문의 이 문장 끝에는 사실 마침표가 아니라 말줄임표(……)가 붙어있다.

　태원. 아무래도 벗아닌벗의 존재가 불편하다.

　태원, 어질러진 탁자 위를 정리한다. 호주머니를 뒤져 5전짜리 동전 두 개를 꺼낸다.

　〔구　보〕　　　구보는

　〔종업원〕　　　백동화를 두 푼,

　〔모던보이〕　　탁자우(위)에 노코,

　〔모던걸〕　　　그리고 공책을 들고

　〔벗아닌벗〕　　그안을

　〔태　원〕　　　나왔다.

　태원은 이미 다방을 떠났다. 종업원 아이, 태원의 단장이 남아있는 것을 발견한다. 단장을 집어들고 태원을 쫓아나가며 "선생님, 단장이요오-" 하고 외친다. Ⓢ실내의 음악 소리가 더 커진다. 구보도 서둘러 태원 뒤를 쫓아 다방을 나간다.

##조명_ 어두워진다

　　　　[삽입영상C- 해설 영상]

〔#P__〕 조선호텔 커피숍 사진

＋〔#text__〕1930년대 서울에는 근대 도시 문화의 상징인 다방(커피숍)이 속속 생겨나 모던보이, 모던걸들의 사랑을 받았다.

＋ 이상은 1934년 당시 종로에서 '제비다방'을 직접 경영하고 있기도 했다.

−〔#(map)__〕 위치 on지도 　(with〔#text캡션:〕 다방 낙랑파라)

＋〔#text__〕 지금의 소공동 프라자호텔 부근에 있었던 '낙랑파라'(樂浪 parlour)는 구보 박태원과 이상이 즐겨찾던 다방 중 하나였다.

＋ 원작소설 속에서 '구보'는 하루 동안 세 번이나 이곳을 찾는다.

−〔#image__〕 연재 제10회분 이상의 삽화　with〔#캡션:〕 연재 제10회분 이상의 삽화

+〔#text_〕 도쿄에서 미술학교를 졸업하고 돌아온 화가 이순석이 열대수와 톱밥 등으로 인테리어를 하여 1931년에 문을 연 '낙랑파라'에는 늘 낭만적인 분위기가 감돌았다.

+〔#text_〕 때론 작은 연주회나 전람회가 열려 예술적인 분위기가 고조되기도 했었다.

〔#(map)_〕 다시 옛 지도 영상으로.

〔#(map)_〕 옛 지도가 현대 서울의 지도로 바뀐다.

-〔#(map)_〕 현대 서울의 지도 상의 낙랑파라 위치만이 별처럼 남는다.

###그러는 동안, 낙랑파라 대도구 세팅이 치워진다.

[제5-1장] -연재 제11회분

※ 태원과 구보가 산책에 나선다. 그들은 태평통을 걸어 경성역으로 걸어가며 눈에 비치는 풍경과 풍속을 관찰하고 기록한다. 태원과 구보와 더불어 영상 속에서 홍길동처럼 분열된 많은 구보들이 함께 산책하며 독특한 활동적 이미지를 만들어낸다. 거리의 풍경과 풍물, 경성 사람들의 면면이 동시다발적으로 제시되며, 거기에 구보가 가필하는 노트가 보여지기도 한다.

〔S_ : e/〕 이어지던 음악이 사라지고, 거리의 소음이 들린다.

〔#text_ : 첫머리글씨〕 (큰 글씨로) **얼마잇다,**

큰길가에 서있는 태원과 구보, 주위를 휘휘 둘러보고 안경을 닦고 한다.

사이.

〔태　원〕　　구보는 다시

〔구　브〕　　걷기로 한다.

태원과 구보, 단장을 구두 끝으로 탁 치고 한 번 휘두른다.

그러나 태원과 구보는 곧 현기증을 느낀다.

;〔S_ : m/〕 "현기증" 음악 In.

〔태　원〕　　여름 한낮의 쬐약볓이

〔구　보〕　　맨머리 바람의 그7)에게 현기증(眩氣症)을 주었다.

〔태　원〕　　신경쇠약(神經衰弱).**

사이.

〔구　보〕　　그는 그곳에 더 그러케 서있을수 없다.

태원과 구보가 단장 끝을 탁 차올리면,

〔S＿：m/〕 '현기증'의 음악이 '구보의 산책' 테마음악("태평통 산책음악")으로 바뀐다.

구보들의 산책이 시작된다.

;〔#P/illus＿:〕 태평통의 거리 영상(animation) 시작.

＋ⓟ거리A＿ 구보의 형상을 한 사내들이 여럿 생겨나 태원 및 구보와 함께 길을 걷는다.

구보들, 주변의 풍경과 지나가는 사람들을 관찰하며 걷는다.

구보들, 이동한다. :ⓟ거리B＿ 경성부청, 덕수궁 대한문, 태평통의 고물상 거리 등 구보들이 하는 노트들이 보인다-

;〔#P/text＿:〕 (노트1) 경성부청- 거대도시 京城(경성)의 City Hall. 白堊(백악)의 5층루.8)

;〔#P/text＿:〕 (노트2) 덕수궁 대한문- 貧弱(빈약)한, 넘우나 빈약한 옛 궁전.

;〔#P/text＿:〕 (노트3) 살풍경 & 어수선- 고물상 거리……

구보들, 또 이동한다.

＋ⓟ:거리C: 전차정류장 부근, :전차와 자동차, 자전거, 인력거들이 몰려와 구보들 사이를 지나간다.

---

7) 당시 어른 남자가 외출할 때 중절모 같은 모자를 쓰는 것은 거의 상식적인 일이었는데, 구보나 이상은 그러지 않았다. 구보는 특유의 갑빠머리 위에 아무 모자도 쓰지 않고 외출하는 자기의 패션(?)을 가리켜 스스로 '탈모주의'라고 부르곤 했다.

8) "백악의 5층루"라는 표현은 당시 잡지 『삼천리』제6호(1934.5.)에 나온 것으로, 『구보 씨와 더불어 경성을 가다』(조이담, 바람구두) p.182에서 재인용했다.

구보들, 이 다양한 사람들과 풍물들을 취재한다.

구보들, 길가로 이동한다.

; + Ⓟ:**거리C가 클로즈업된다.**

사이.

저 편으로부터 모시두루마기, 흰 고무신에 맥고모자를 쓴 초라한 남자 하나가 다가 온다.

〔태　원〕　　갑작이 한젊은이가 구보의 시야에 들어왔다.

##**옛동무에게 조명**

〔구　보〕　　구보는 그를 어듸서 본듯싶었다.

태원과 구보, 고개를 갸웃한다.

〔구　보〕　　마츰내 두사람의 거리가 한간통으로 단축되엿슬때,

〔태　원〕　　문득 구보는 어린시절을 회상하고,

〔구　보〕　　그리고 그곳에 옛동무를 발견한다.

〔태　원〕　　그리운 옛시절.

〔구　보〕　　그리운 옛동무.

구보들, 걸음을 멈춘다.

〔태　원〕　　그들은 보통학교를 나온채 이제도록 한번도 못맛났다.

〔구　보〕　　그래도 구보는 그동무의 이름까지 기억속에서 차저 낸다.

〔옛동무〕　　그러나 옛동무는 넘우나 영락(零落)하였다.

〔#text__:해설자막〕 영락(零落): 세력이나 살림이 줄어들어 보잘것없이 됨

〔태　원〕　　구보는

〔구　보〕　　망 / 살 거린다.

〔태　원〕　　그대로 모른체하고 지날까.

〔옛동무〕　　옛 동무는 분명히

〔구　보〕　　자기를 알아본듯 싶었다.

〔옛동두〕　　그리고,

〔태　원〕　　구보가 자기를 알아볼 것을 두려워 하는듯 싶었다.

구보는 모른 척 지나가려 하지만, 태원이 '옛동무'에게 다가간다.

〔태　원〕　　"이거 얼마만이야, 유(劉) 군."

〔옛동무〕　　그러나 벗은

〔구　보〕　　순간에 약간 얼골조차 붉히며,

〔옛동무〕　　"네, 참 오래간만입니다."

옛동무의 이런 대답에 태원은 당황한다.

〔태　원〕　　"그동안 서울에,〈구보:"콤마"〉 늘,〈구보:"콤마"〉 있었어?〈구보:"퀘스쳔마크"〉**9)"

〔옛동무〕　　(사이) "네."〈구보:"피리오드"〉

사이.

〔구　보〕　　구보는 다음에 간신히,(구보:"콤마")

〔태　원〕　　"어째서 그러케 뵈올수 업섯…세요."

〔구　보〕　　한마듸를 하고,

〔태　원〕　　그리고 서운한 감정을 맛보며, (사이) 그래도 또 무슨 말이든 하고싶다 생각할때,

〔옛동무〕　　그러나 벗은, "그만 실례합니다." 그러케 말하고, 그리고 구보의앞을 떠나,

〔구　보〕　　저 갈길을 가버린다.

구보, 태원을 돌아다 본다.

〔S__:m/〕 **"서글픔"의 음악.**

태원, 고개를 떨군다.

〔구　보〕　　구보는 잠간 그곳에 섰다가

〔태　원〕　　다시 고개숙여 걸으며

태원과 구보, 무거운 발걸음으로 걷기 시작한다.

〔구　보〕　　울것같은 감정을 스스로 억제하지 못한다.〈태원:"피

---

9) 원문은 물음표가 아니라 마침표인데, 장면의 효과를 위해 바꾸었다.

　　　　리오드"〉

'구보'의 산책은, 이렇게 우울해지고 만다.

태원과 구보가 고개를 들면, 눈 앞에 남대문이 있다.

[제5-2장] -연재 제12,13,14회분

　　※구보들(태원과 구보)이 경성역에서 만나는 인간 군상들이 펼쳐진다. 경성역 티룸 장면에서는 미리 촬영된 영상 속 구보와 실제 배우 구보가 동시에 보이도록 하여 재미를 더하고자 한다.

〔구　보〕　　조고만 한개의 기쁨을 찾아, 구보는

〔태　원〕　　남대문을 안에서 밖으로 나가보기로 한다.

태원과 구보, 스스로 기운을 북돋워 기분 좋게 남대문 아래 아치를 통과한다.

〔#P__:〕 **남대문 아래 아치를 빠져나가는 영상.**

　〔구　보〕　　구보는 고독을 느끼고,

　〔태　원〕　　사람들 있는곳으로, 약동하는 무리들의 있는 곳으로,

　　　　　　　가고싶다

　〔구　보〕　　생각한다.

태원과 구보, 단장 끝을 또다시 차올린다.

〔S__:m/〕 **"경성역으로" 음악 In**

〔#P__:〕 **남대문이 멀어져간다.**

대로를 활보하는 태원과 구보의 명랑한 산보.

발걸음이 마치 탭댄스처럼 흥겹다.

사이.

　〔구　브〕　　그는 눈앞에 경성역을 본다.

〔#P__:〕 **그러는 동안 경성역이 조금씩 가까워진다.**

　〔태　원〕　　그곳에는 마땅히 인생이 있을께다. 이 낡은 서울의 호

흡과 또 감정이 있을께다.

사이.

〔태　원〕　도회(都會)의 소설가는 모름즉이 이도회의 항구(港口)
와 친하여야한다.

〔구　보〕　그러나 물론 그러한 직업의식은 어떠튼 조홧다. 다만
구보는 고독을 3등대합실 군중 속에 피할수잇으면 그
만이다.

구보들, 경성역으로 다가간다.

〔#P＿:〕 경성역사의 근경이 떠오른다.

구보들, 경성역을 올려다본다.

구보들, 오른발을 들어올렸다가, 경성역사 안으로 들어간다.

〔S＿:〕 장바닥 같은 소음. 장내 안내방송이 시끄럽다.

구보들, 역사 안을 휘휘 둘러본다.

〔구　보〕　그러나

〔태　원〕　오히려 고독은 그곳에 있었다.

가난한 여행객들이 시간을 때우고있는 3등대합실의 벤치.

〔구　보〕　구보가 한옆에 끼어앉을 수도 없게스리 사람들은 그곳
에 빽빽하게 모여 있어도, 그들의 누구에게서도 인간
본래의 온정을 찾을 수는 없었다.

〔태　원〕　그들은 거의 옆의 사람에게 한마디 말을 건네는 일도
없이, 오직 자기네들 사무에 바빴고,

〔구　보〕　그리고 간혹 말을 건네도,

〔드난살이아낙〕 "저… 으르신……"**

시골신사, 헛기침을 하며 외면한다.

〔태　원〕　그것은 자기네가 타고 갈 열차의 시각이나 그러한 것
에 지나지 않았다.

시골신사, 화장실에 가기 위해 짐을 들고 자리를 뜨려 한다.

〔태　원〕　　남을 결코 믿지 않는 그네들의 눈은 보기에 딱하고 또
　　　　　　가엾었다.**

〔구　보〕　　그네들의 동료가 아닌 사람에게 그네들은 변소에 다녀
　　　　　　올 동안의 그네들 짐을 부탁하는 일조차 없었다.

시골신사가 자리를 뜨자 생겨난 빈 자리를 차지하려고 달려드는 40대의
꼬질꼬질한 노동자. 그러나 사람들은 그런 그를 피한다.

그러자 40대의 노동자는 절을 하고 물러난다. (젊은 학생이 그 자리를
차지하고 앉는다.)

〔태　원〕　　40여 세의 노동자.**

〔구　브〕　　전두부(前頭部)의 광범한 팽륭, 돌출한 안구. 또 손의
　　　　　　경미한 진동

〔태　원〕　　분명한 빠세도우氏 병?

사이.

〔구　보〕　　그것은 누구에게든 결코 깨끗한 느낌을 주지는 못한다.

그 노동자의 발밑으로 복숭아가 하나 굴러온다. 노동자, 복숭아를 줍는
다. 복숭아의 임자인 아이 하나가 나타난다. 그러나 아이는 노동자의 행색과
인상을 보고 감히 더 다가오지 못한다.

〔구　보〕　　그에게서 두간통 떨어진 곳에 잇든 젊은 안악네가 그
　　　　　　의 빼스킷 속에서 끄내다 잘못하야 세멘트바닥에 떨어
　　　　　　트린 한 개의 북숭아 ....

노동자, 복숭아를 아이에게 내민다. 아이가 뒤를 돌아보면, 그곳에 아이
의 엄마가 있다. 아이의 엄마는 망설이다가 아이를 데리고 가버린다. 복숭아
를 내민 채 어쩔 줄 몰라 하는 노동자.

〔태　원〕　　구보는 이 조고만 사건에 문득, 흥미를 느끼고,
　　　　　　그리고………

그때, 헌팅캡을 쓴 사나이 하나가 눈을 번득이고 있는 것이 태원의 눈에

들어온다.

〔구　보〕　　**남대문경찰서 고등계 소속?

〔태　원〕　　그 왼갓 사람에게 의혹을 갖는 두 눈.

〔구　보〕　　구보는 또다시 우울속에

노동자는 형사에게 복숭아를 내민다.

〔구　보〕　　그곳을 떠나지 않으면 안된다.

기분을 잡친 구보들, 노트를 접고 자리를 뜬다.

노동자, 형사에게 주웠던 복숭아를 도로 가져간다.

##조명이 조금 어두워졌다가, 도로 밝아진다.

경성역의 개찰구.

〔S__:〕 다시 장내 안내방송이 시끄럽고 소음이 크게 들린다.

태원과 구보, 개찰구 앞에서 관찰과 노트를 계속하고 있다.

사이.

태원의 '황금광' 친구가 태원을 발견한다.

〔황금광〕　　***이보게 구포-!10)

구보들이 뒤를 돌아보면, 양복을 빼입고 금시겟줄을 늘어뜨린 황금광 친구가 손을 내뻗으며 다가오고 있다.

태원, 그의 손을 엉성하게 잡는다.

〔황금광〕　　그래, 이게 얼마만이야그래애?

〔태　원〕　　그래, 어디.... 가나?

〔황금광〕　　응, 자네는-?***

황금광 사내, 씩 웃는다.

〔구　보〕　　둥글넙적한, 비속한 얼골.

〔태　원〕　　중학 시대의 열등생. 전당포집의 둘째 아들.

〔구　보〕　　그도 벗이라면

---

10) '구보'의 이름을 '구포'라고 잘못 알고 부르는 벗은, 원작소설에서는 이 경성역에서 만난 황금광 친구가 아니라 이후 제25회 연재분에 나오는 생명보험회사 영업사원이다.

〔태　원〕　　벗이엿다.

태원, 구보를 내세운다.

〔황금광〕　　***아니 그래, 여긴 그래, 으쩐 일인가그래?

〔구　브〕　　으응, 나야…… 그저 줌

〔황금광〕　　그저 줌?

〔구　브〕　　시간이 줌 남어서

〔황금광〕　　시간이 남어? 허! 거 팔자 좋네그려.

구보, 태원 뒤로 숨어버린다.

〔태　원〕　　아아니, 그게 아니라……

〔황금광〕　　그게 아니면?

〔태　원〕　　으응, 누굴 줌, 볼까 해서 말야.

〔황금광〕　　누굴 줌 봐? 오라, 누구 마중을 나온 길이로군 그래?

황금광 친구의 등 뒤 조금 떨어진 곳에 '양장여인'이 서있는 것이 눈에 띤다.

〔황금광〕　　엣또, 그렇담 말일세……

황금광, 주머니에서 금시계를 꺼내 보더니 등 뒤 여인을 쓱 돌아본다.

〔황금광〕　　우리, 저어기 티-루움에 가서 차라도 안 먹으려나?

〔태　원〕　　(사이) 아!***

〔구　보〕　　구보는 그러한 사나히와 자리를 같이하여 차를 마실생
　　　　　　　각은 업섯다. 그러나,

〔태　원〕　　엣또……**

〔구　보〕　　그러한 경우에 한개의 구실을 지어, 그 호의를 사절할
　　　　　　　수있도록 구보는 용감하지 못하다.

〔황금광〕　　자아 그럼 저리로 가지.

〔태　원〕　　응, 무어, 그를까?**

양장여인, 고개를 까딱하는가 싶다.

〔황금광〕　　***우리두 마침 기차 시간이 줌 남아서 말야. 아, 우린
　　　　　　　저어 월미도로 줌 놀러가는 길이었걸랑. (회중시계를

꺼내보더니) 죠-도 이이.〔마침 잘 됐네.〕하 하 하!
자, 이끼마쇼-.〔자, 가지.〕

황금광, 여인을 데리고 티룸을 향해 간다.

〔구　보〕　　어느틈엔가 이런자도 연애를 하는시대가 왔나.

〔태　원〕　　새삼스러히 그 천(賤)한 얼골이 치어다보였으나,

〔구　보〕　　그러나 서정시인조차 황금광으로 나서는때다.

〔#text__:해설자막〕**황금광(黃金狂)∶ 금광개발업자.**

〔S__∶〕**티룸에서 흐르는 음악.**

〔황금광〕　　(소리) 오-이 구포, 하야쿠 기나사이요-!〔이봐 구포,
얼른 오라구.〕**

태원, 구보를 황금광이 사라진 쪽으로 떠다밀고, 자신은 무대에 그대로
남는다.

〔#P__∶〕(미리 촬영된 영상) **경성역의 티룸.**

Ⓟ **황금광 사내와 양장여인, 구보가 테이블에 앉아 차를 마신다.**

구보는 동창생 황금광의 말에 건성으로 맞장구를 치며 양장여인을 흘끔
거린다.

〔태　원〕　　이러한 시각에 월미도로* 떠나는 그들은 적어도 오늘
하루를 그곳에서 묵을께다. 구보는, 문득, 여자의 발
가숭이를 아모 거리낌없이 애무할 남자의, 야비한 웃
음으로 하야 좀더 추악해진 얼골을 눈앞에 그려보고,
그리고 마음이 편안하지 못했다.

Ⓟ **황금광은 가루삐스(칼피스)를 빨대로 빨아마신다. 그러다가 그냥 다 들이
킨다.**

양장여인은 아이스크림을 떠먹는다.

구보는 그저 차를 마신다.

〔태　원〕　　여자는, 여자는 확실히 어여뻤다. 그는, 혹은, 구보가
이제까지 어여뿌다고 생각하여온 왼갓 여인들 보다도

　　　　　　　　좀더 어여뻤을지도 모른다. 그뿐아니다. 남자가 가치
　　　　　　　　"가루삐스"를 먹자고 권하는 것을 물리치고, 한접씨의
　　　　　　　　아이쓰크림을 지망할수 있도록 여자는 총명하였다.

구보가 등장한다. (영상 속의 구보는 여전히 그대로 있다.)

〔태　원〕　　　문득, 구보는, 그러한 여자가 웨 그자를 사랑하려드나,
　　　　　　　　또는 그자의 사랑을 용납하는 것인가하고, 그런 것을
　　　　　　　　괴이하게 여겨본다.

Ⓟ 황금광 사내, 담배를 꺼내물자, 양장여인, 성냥을 그어 담뱃불을 붙여준
다. 황금광 사내, 또다시 버릇처럼 금줄이 달린 회중시계를 꺼내본다.

〔구　보〕　　　그것은, 그것은 역시 황금까닭일께다. 여자들은 그렇
　　　　　　　　게도 쉽사리 황금에서 행복을 찾는다.

Ⓟ 사내의 농짓거리에 까르르 웃음을 터뜨리는 여자. 영상 속에서 구보 역시
마지못해 웃는다.

〔태　원〕　　　역시, 여자는 결코 총명하지 못했다. 또 생각하여보면,
　　　　　　　　어덴지 모르게 저속한맛이 있었다. 결코 기품있는 인
　　　　　　　　물은 아니다. 그저좀 예뿔뿐…………

태원은 노트를 펼치더니 무언가를 노트한다.

사이.

〔구　보〕　　　그러나 그 여자가 그 자에게 쉽사리 미소를 보여주었
　　　　　　　　다고 새삼스러이 여자의 값어치를 깎을 필요는 없었
　　　　　　　　다. 남자는 여자의 육체를 질기고, 여자는 남자의 황금
　　　　　　　　을 소비하고, 그리고 두사람은 충분히 행복일수 있을
　　　　　　　　께다. 행복이란 지극히 주관적의11) 것이다. ……

사이.

〔구　보〕　　　여자는, 여자는 확실히 어여뻤다.

---

11) 의미상으로는 '주관적인'이 되어야 자연스러울 듯하지만, 1934년 신문연재본과 1938
　　년 출판본 모두 '주관적의'로 표기되어 있다.

Ⓢ 음악, 고조된다.

   구보가 황금광과 그 애인 쪽을 가리키면,

+〔#P__:〕 티룸의 배경이 (2-2장 엘리베이터 장면에서와 같이) 푸른 하늘로 바뀌어간다.

+Ⓟ:　그리고 ▶"幸福(행복)"이란 글씨가 떠오른다.

   태원, 노트에 무언가를 다시 쓰기 시작한다.

   구보는 도로 들어간다.

   홀로 남은 태원, 노트에 무언가를 열심히 쓰고 있다.

###메인커튼, 닫히기 시작한다.

〔#P/자막__:〕 "소설가 구보씨의 1일 / 제1부 끝"

   메인커튼 앞에 홀로 있던 태원, 어딘가를 향해 무대를 떠나간다.

〔S__:〕 인터미션 음악(당대 영화음악) In.

[제1부 끝]

제2부

〔#P/해설자막__:〕 "소설가 구보씨의 1일 / 제2부"
〔S__: m/찻집 유성기음악 느낌〕 음악 "Ay Ay Ay"[12]가 흐른다.
　다방 한 구석에서 누군가(화가? 모던걸?)가 신문을 읽고 있는 것이 보인다.

[삽입영상D- 제2부 도입 영상; 당시 신문기사]

〔#P__:〕 당시 신문기사 이미지 구성
① 나체 여인 삽화가 실린 연재 제14회분(조선중앙일보 1934년 8월 21일)의 지면
〔#text__〕 "1934년 8월 21일 "소설가 구보씨의 1일" 제14회 연재분"
-② 신문 페이지가 넘어가면, 8월 22일자 석간 조선중앙일보 제1면 지면 전체
-③ 제1면 상단 우측 기사로 close-up
〔#text__〕 "1935,36년 위기 앞두고 극동문제 이해일치로 영국-미국 간 협력 확실? -동양 중대문제에 직면하여 뉴욕타임즈 소론"
-④ 동아일보 8월 22일자 석간 제1면 왼쪽 히틀러 기사
〔#text__〕 "독일, 최후의 한 사람까지 나치스 강령을 존수하라 -히틀러 총통 선언서 발표 / 나치스 식 스피드의 행동을 개시"
-⑤ 동아일보 8월 22일자 석간 제2면 왼쪽 위 기사
〔#text__〕 "조선○○군, 우편차 습격 기밀서류 탈취 -백수십 명이 습격, 200여 통 강탈"

---

12) 원작소설에 언급되는 곡이다.

314

-⑥▶ 같은 지면 중앙의 기사 2개로 옮겨감

〔#text__〕 "묘령의 유부녀가 정부(情夫) 따라 철도 자살 -지난밤 11시 왕십리역의 참극 / 본 남편은 시체 인수 거절"

"서당 세워 적색 교육 -농민, 광부를 적화"

-⑦ 동아일보 8월26일자 석간 3면 왼쪽 기사

〔#text__〕 "실직한 이발사 부부 독약 먹고 동시에 자살 -쥐잡는약 15그램씩 먹고 / 보성에 생긴 빈곤의 희생"

-⑧ 동아일보 8월 22일자 조간 제3면 왼쪽 위 삽화 기사

〔#text__〕 "공중택시" -이것이 뉴욕시에 실현될 공중택시를 그린 것으로서…

-⑨ 동아일보 8월 22일자 조간 제6면 오른쪽 위 기사

〔#text__〕 "새 가을의 유행- 스타일은 복잡, 빛깔은 자갈색"

-⑩▶ 전체 지면으로 (혹은 하단의 광고들로 옮겨감)

[제6장] -연재 제16회분 전후의 내용을 바탕으로 함

※ 원작소설에서 구보는 다시 낙랑파라로 돌아와 친구인 시인 김기림을 만나 대화를 나눈다.

이 장은 원작 소설의 내용을 참고하여 실제로 박태원이 김기림을 만나 대화했던 장면을 새로이 상상한 것이다. 박태원이 소설 연재를 어떻게 이어나가야 할지를 고민하는 시점을 사실적인 방식으로 그린다. 일본에서 파시즘의 기운이 일어나고 있던 당시 정세 등 시대의 분위기도 드러낸다.

Ⓢ 음악 "Ay Ay Ay"가 흐르는 다방 낙랑파라(樂浪Parlour)의 실내.

태원과 김기림이 마주 앉아 있다.

김기림 앞에는 조달수(소다수)가 담긴 유리컵이, 태원 앞에는 커피잔이 놓여 있다.

김기림은 탁자에 조선중앙일보를 반듯하게 내려놓고 태원의 연재소슬을

열심히 읽고 있다.

다른 탁자에는 제4장에 나왔던 모던걸(벽화녀)이 홀로 앉아 있다.

또다른 탁자에는 화가 손님이 기모노를 입은 여인을 모델로 삼아 스케치를 하고 있다.

김기림, 만년필을 꺼내어 밑줄을 그으려다가, "아" 하며 태원을 본다.

태원, "을마든지" 하며 밑줄을 그어도 좋다는 제스처.

김기림, 밑줄을 그어가며, 퍽 탐구적인 자세로 소설을 읽는다.

모던걸은 쪽지에 신청곡을 적어 종업원에게 "고레, 오네가이" 하고 건넨다.

〔#P/text__: 해설자막〕 **1934년 8월 하순의 어느날 늦은 오후. 다방 낙랑 파라.**

오랜 사이.

김기림, 이윽고 신문에서 눈을 떼며,

***〔김기림〕 흠…….

사이.

〔박태원〕　벌써 다 읽었소?

〔김기림〕　응, 무어.

〔박태원〕　거, 빨르구려.

〔김기림〕　내 좀 속독파잖어.

〔박태원〕　흠……

태원, 김기림이 보던 신문을 가져와 어디에 밑줄을 그었는지 은근히 살펴본다.

(김기림의 말투에는 함경도 출신다운 사투리가 묻어있어도 좋겠다.)

〔김기림〕　이상 군의 삽화가 오늘도 아조 그럴듯헌데 그래.

〔태　원〕　그래요?

〔김기림〕　웨, 흡족치가 아니헌가, 작가 선생께선?

〔태　원〕　아, 아뇨. 그림이야 무어, 나쁠 건 읎겠죠. 이만허면.

〔김기림〕　　헌데?

〔태　원〕　　헌데…… 툭 허면 통신 두절이라서요. 그를 적마다 신
　　　　　　　문사선 날 두구 닦달이니, 온. 전번엔요, 원골 넘겨줬
　　　　　　　드니 숫제 그 원고허구 더불어 유꾸에후메-.

〔#P/text__: 해설자막〕 **유쿠에후메-(行方不明): 행방불명**

〔김기림〕　　호, 그랬어?

〔태　원〕　　연재가 몇 번 팡꾸가 난 것두 다 그런 까닭이었에요….

〔김기림〕　　흠.

〔태　원〕　　그래 그담부턴 원골 아가리 해갖구 가서 딱고 자리서
　　　　　　　그림을 그려 내놔라, 허는 방침인데요,

〔#P/text__: 해설자막〕 **아가리(上がり): 마무리**

〔태　원〕　　그랬드니요, 글이 나빠서 그림 붙일 자미가 읎네 어쩌
　　　　　　　네……, 원골 여기 고쳐라, 저기 고쳐라, 숫제 다시 써
　　　　　　　와라……

〔김기림〕　　(사이) 그래, 줌 어뚷대나?

〔태　원〕　　예? 무에가요?

〔김기림〕　　무에긴. ″오감도″ 연재 중단의 쇼-크로부텀은 이젠 좀
　　　　　　　헤염쳐 나왔느냐, 이 말야.

〔태　원〕　　아, 또 상이 얘기로군.

〔김기림〕　　엊그제든가? 저 광화문통을 아조 이렇게 축해서 쫑쿠
　　　　　　　레구 가든데.

〔#P/text__: 해설자막〕 **축하다: '풀이 죽어 생기가 없다, 여위다'는 뜻의 함
경도 말.**

쫑쿠레다: '잔뜩 쭈그리다'는 뜻의 함경도 말.

〔태　원〕　　아, 또 상이 얘기로군.

〔김기림〕　　속 맘이야 퍽 쓰릴 터이지? 그 일을 당한 걸 무에 흔장
　　　　　　　이라도 탄 마냥 스스로 떠벌리구 다닌대지만.

〔태　원〕　암요. 그럴 테죠.

〔김기림〕　그 가정두 요사이 풍파가 많다면서?

〔태　원〕　예? 가정요?

〔김기림〕　그 처가 이에데를 했다드니, 여즉도 그 시츄에이숀?

〔#P/text＿: 해설자막〕　**이에데(家出): ′가출′의 일본말.**

〔태　원〕　아, 난 또.

〔김기림〕　응?

〔태　원〕　상이랑 금홍이가 무어 정식 부부 사이든가요, 어디?

〔김기림〕　흠……

종업원, 모던걸에게 커피를 갖다주고, 재떨이를 갈아준다.

모던걸, "오미즈모 입빠이."(물을 한 잔) 하며 물을 부탁한다.

〔태　원〕　아모튼지 형은 상일 퍽이나 애끼신단 말씀야.

종업원, 다시 주방 쪽으로 사라진다.

사이.

〔김기림〕　애니웨이(Anyway), 박 군만은 부디 무사-히 연잴
　　　　　마치기를.

〔태　원〕　아니 웨요. 나두 상이처럼 연재 중단을 당헐까 보아서?

〔김기림〕　아, 그두 그렇지만서도…

〔태　원〕　나 온 참.

〔김기림〕　저기 말야…, 아모래두 민촌이 조만간… 잡혀들어갈
　　　　　거 같어.

〔태　원〕　민촌이? (사이) 민촌이 또?

〔#text＿:해설자막〕　**민촌(民村) 이기영(1895~1984): 카프의 대표적 소
설가. 대표작으로는 장편소설《고향》(1934).**

물주전자를 들고나온 종업원, 모던걸의 테이블로 가서 물잔에 물을 따라
준다.

318

〔태　　원〕　　아니 그럼 그 연재는 어떡허구요? 민촌이 형네 신문에
　　　　　　　실든 그 장편. 제목이 "귀향"이든가?
〔김기림〕　　"고향".
〔태　　원〕　　아. "고향". 그르니까 뉘가 또 웨 그 사단을 내겠딴 거요?
〔김기림〕　　그야… (주위를 신경 쓰며) 작금의 시국이 그러하니깐.
〔태　　원〕　　허, 그 망할 놈의 파시즘이 이 조선의 예술계에두 검은
　　　　　　　그림자를?!

종업원이 태원과 김기림의 테이블르 물잔에 물을 따라주러 온다.
그러느라 대화가 끊긴다.

〔김기림〕　　(종업원에게) Thank you.

종업원, 테이블의 재떨이를 갈아주는 등 그들의 옆에서 조금 지체한다.

〔김기림〕　　(주위를 신경 쓰며 영어로 말한다) Let me give you
　　　　　　　an advice.
〔#text__:해설자막〕　**내가 충고 하나 할게.**
〔태　　원〕　　(사이) 예.
〔김기림〕　　You'd better be careful when you talk about
　　　　　　　something political from now on.
〔#text__:해설자막〕　**앞으로는 말야, 정치적인 발언을 할 때 좀 조심하는
게 좋아.**
〔태　　원〕　　Really?
〔김기림〕　　Yes.
〔태　　원〕　　Oh, no way… 〔설마……〕
〔#text__:해설자막〕　**설마…….**
〔김기림〕　　In my newspaper office, I can hear a lot of
　　　　　　　things from many channels.
〔#text__:해설자막〕　**신문사에서 일하다 보면 이런저런 경로로 많은 이야
기를 듣게 되지.**

〔태 원〕   But…… 허지만요……

〔김기림〕   내 보기엔 말야, 자네나 상이는…/

다른 쪽 자리로 갔던 종업원이 다시 나타난다.

〔김기림〕   too naive politically.

〔#text__:해설자막〕 **정치적으로 너무 순진해.**

〔태 원〕   Uhm… Oh……

〔김기림〕   Say, to write about… kind of private live's things non-politically…… is your unique individualities, though.

〔#text__:해설자막〕 **뭐, 그런 사생활 같은 것을 비정치적으로 쓰는 것도**

+ 〔#text__:해설자막〕 **자네들의 개성일 수 있겠지만 말야.**

〔태 원〕   (영어를 잘 알아듣지 못하고) Pardon me?

종업원은 이미 물러나고 없다.

사이.

〔김기림〕   그래, 내일 원고는 다 되였나?

〔태 원〕   응… 아즉.

〔김기림〕   지끔부텀 쓰려구?

〔태 원〕   예, 그래이죠(그래야죠).

〔김기림〕   치밀한 군이니만큼 아모 작정두 없이 고저 붓 가는 대로 써가는 것은 아닐 테구……

〔박태원〕   웬걸요. 그저 붓 가는 대루 쓰구 있지요.

〔김기림〕   정녕?

〔박태원〕   암요. 구보 씨 발길 닿는 대루다. 내 맘 가는 대루다. 스트림 오브 콘샤스니스!

〔#text__:해설자막〕 **stream of consciousness:** 의식의 흐름

〔김기림〕   stream of consciousness라…… 역시, 조이스?

〔박태원〕   예?

〔김기림〕　　　애란의 조이스 말야. 제임스 조이스.

〔#text__:해설자막〕

애란(愛蘭): 아일랜드

제임스 조이스(James Joyce, 1882~1941): 아일랜드의 소설가.

〔박태원〕　　　아.

사이.

〔태　원〕　　　그른데 기림 형은 혹, 조이스의 그 〈유리시-즈〉를 다 아 읽었소?

〔김기림〕　　　응.

〔태　원〕　　　끝까정?

〔김기림〕　　　응.

〔태　원〕　　　퍽 어렵다든데.

〔김기림〕　　　어렵지. 아조 고생했어.

〔태　원〕　　　그걸 혹 영어루다?

〔김기림〕　　　응.

〔태　원〕　　　대체 그 두꺼운 것까정 은제 다 읽는 거요? 기자 일에, 창작에, 평론에……

〔김기림〕　　　군은 아니 읽었나?

〔태　원〕　　　(사이) 응, 난 아직.

〔김기림〕　　　내지어로두?

〔태　원〕　　　(사이) 예.

〔#text__:해설자막〕 **내지어(內地語): 일본어. 내지(內地): 당시에 '일본'을 일컫는 말.**

〔김기림〕　　　그으래? (사이) 흠, 난 또…….

〔태　원〕　　　세간에선 요번 "구보씨" 연쟬 두구요, 〈유리시-즈〉를 본뜬 거래느니… 누군 또 그런답디다, 내지(內地)의 시쇼-세츠의 아류작입네…….

〔#text__:해설자막〕시쇼-세쓰(私小說): 작가의 실제 사생활을 거의 그대로 적어 발표하는 소설의 경향.

사이.

〔태 원〕 허나 이걸 알어야 해요. 내가 실로 참골 허는 게 있다면요, 그건 그 누구의 소설이 아니거등요.

〔김기림〕 (대답 없이 경청한다.)

〔태 원〕 아이데아를 구허는 쪽이 있다면은요, 그건 외려 다른 현대적인 예술 장르의 테끄니끄란 말씀.

〔김기림〕 다른 현대 예술 장르의 테끄닉?

〔태 원〕 현대 영화의 카메라 와-킹이라든가 오우바랩 수법. 또 현대 미술의 미래주의래든가, 꼬라-쥬기법.

〔김기림〕 흠…….

〔태 원〕 그르니까 나는 나의 이 "소설가 구보씨의 1일"을요, 이 도회지를 배경으루 한 명랑과 고독의 꼬라-쥬로써 그리어내리라, 뭐 그른 포부루다 목하 집필중인 것인데…

〔김기림〕 명랑과 고독의 꼬라-쥬라.

〔태 원〕 응.

〔김기림〕 흠…… 박 군이 금번 소설 〈소설가 구보씨의 일일〉에서 조오(저어) 아리스토텔레스 식의 고전적 프로-뜨를 지양하구 마치 꼬라- 쥬와두 같이 울트라모던한 나레티브를 탐색하구 있다는 점은 나도 십분 이핼 허겠어.

〔태 원〕 (말이 어려워 바로 알어듣지 못하고) 예?

〔김기림〕 우리의 구보씨가 곧 무엔가 사건다운 사건을 겪구 사상다운 사상에 조우허리라, 독자들의 그런 기대조차 박 군은 여보란 듯이 배반허구 말 터이지?

〔태 원〕 아, 아.

〔김기림〕 헌데 말야, 그런 지리멸렬한 일상의 꼬라-쥬가 궁극적

으루 지향하는 바가 있다면?

〔태 원〕 지리멸렬한 일상요?

〔김기림〕 문장의 기교와 테끄닉의 실험만이 유일한 목적인 예술을 위한 예술?

〔태 원〕 글쎄올시다.

〔김기림〕 내가 아는 박 군이란, 그러니까 조오 상이마냥 부러 일체의 의미를 거부하는… 예컨대 다다이즘― 그런 허무주의적 예술에는 경도 될 수가 없을 걸.

〔태 원〕 이거 난데없이 작가 인터뷰로군.

〔김기림〕 아닌가?

〔태 원〕 무어, 현대적인 예술을 창작하는 예술가에게 자기 예술의 의도를 스스루 설명해야할 의무따윈 없는 법이니깐.

〔김기림〕 흠……

〔태 원〕 게다 무어, 지향과 목적을 정해두구 글을 쓰대니, 내가 무슨 카프 작가두 아니구. 허허.

〔#text_ :해설자막〕 **카프(KAPF): '조선 프롤레타리아 예술가동맹'(1925~1935)의 약칭.**

〔#text_ :해설자막〕 **카프(KAPF): 맑스주의에 입각한 예술 활동을 펼치다 일제의 탄압을 받아 해체되었다.**

사이.

〔김기림〕 그래, 요 담 얘긴?

〔태 원〕 예?

〔김기림〕 내일 연재에서 이어갈 얘기가 무어냐구.

〔태 원〕 아, 아.

〔김기림〕 참, 그건 누군구?

〔태 원〕 응?

〔김기림〕 지끔 구보씬 누군가 벗을 기달리구 있잖어?

〔태 원〕   지끔 내가요?

〔김기림〕   고 소설 속에서 말야.

〔태 원〕   아, 난 또.

〔김기림〕   이 낙랑파라에서 홀로 강아지를 희롱하면서.

〔태 원〕   예…… 글쎄요, 널까요?

태원은 슬며시 웃는다.

김기림은 벗어두었던 자켓을 챙겨 입는다.

사이.

〔김기림〕   원고는 여기서 쓸 테지?

〔태 원〕   예?

〔김기림〕   원고료가 찻값으로 다 나가겠군.

〔태 원〕   아.

〔김기림〕   박 군두 집에 좀 오솝소리 들어앉아서 펜을 놀려보라
           우. 글이 달려져.

〔태 원〕   아, 또 그 말씀.

〔#P/text__: 해설자막〕 **오솝소리: '다소곳이'의 함경도 사투리.**

김기림 태원의 찻값까지를 탁자 위에 올려놓는다.

〔태 원〕   아, 내것까지? (사이) 상큐.

〔김기림〕   웰컴.

〔김기림〕   (사이) 정녕 용무가 있어 보자한 건 아닌 게지?

〔태 원〕   (사이) 응, 무어.

〔김기림〕   허두 간절히 보자길래 난 또 긴한 사정이 있나 했지.

〔태 원〕   그저… 형 본 지가 퍽 오랜 듯해서요… 줌, 고독해서.

〔김기림〕   고독?

김기림은 자리를 뜨려 옷과 짐들을 챙겨 일어선다.

태원도 엉거주춤 따라 일어서려는 듯하다.

[삽입영상E- 해설]

〔#P__〕 -(image) 낙랑파라 실내 이미지

+〔#P__〕(image) 김기림의 얼굴 사진

+〔#text__〕 원작소설 연재 제16회분에서 구보 씨가 다방 낙랑파라에서 만나 담소를 나누는 '벗'은 시인 김기림이다.

+〔#text__〕 편석촌(片石村) 김기림은 1908년 함경도 성진에서 태어났다. 두 차례 일본 유학을 다녀왔고, 조선일보 기자로 일하면서 시와 평론을 썼다.

〔#P__〕 -(image) 김기림 시집 〈기상도〉 장정

+〔#text__〕 (설명) 김기림 시집 〈기상도〉

+〔#text__〕 박태원과 이상은 나이가 한두 살 많았던 김기림을 믿고 따랐다. 1936년에 나온 김기림의 첫 시집 〈기상도〉는 이상이 편집과 디자인을 맡았었다.

+〔#text__〕 김기림은 도시 문명의 발달을 적극 수용하는 모더니즘 시를 발표하면서도, 시대에 대한 비판 정신을 지키려 애썼다.

〔#text__〕

편집국의 오후

한시 반

모-든 손가락이 푸른 원고지에 육박한다

돌격한다

(중략)

째록

째록

철걱

공장에서는

활자의 비명-

사회부장의 귀는 일흔 두 개다

젊은 견습기자의 손끝은

종이 위로 만주의 전쟁을 달린다

-김기림의 시 "편집국의 오후 한시 반" 중에서

〔#P__〕 김기림의 다른 얼굴 사진

〔#text__〕 김기림은 연세대 영문과 교수로 재직하던 중 1950년 한국전쟁 발발 직후에 납북되어 이후 소식을 알 수 없다.

〔#text__〕 김기림(1908~ ?) : 시인, 문학평론가, 기자, 호는 편석촌(片石村), 시집〈기상도〉(1936), 〈바다와나비〉(1946), 수필집〈바다와육체〉(1948) 등.

[제7-1장] -연재 제17,18회분

※ 태원은 이상이 경영하는 제비다방에서, 조금 전 김기림과 헤어지고 제비다방으로 오기까지의 과정을 담아 소설을 쓰고 있다. 소설을 쓰고 있는 현저 시점과 그 소설이 담고 있는 조금 전 과거 시점의 이야기가 얽혀든다. 한편 그런 가운데 태원은 고독과 애상에 젖어간다.

해진 저녁. 제비다방의 실내.

태원이 탁자 하나를 차지하고 앉아 소설의 원고를 이어나가고 있다.

〔태 원〕　그들이 밖에 나왔을때,〈"콤마"〉 그곳에 황혼이 있었다.〈"피리오드"〉

무대의 한 공간이 태원이 회상하는 막 황혼이 내려앉아가는 바깥의 거리가 된다. 태원의 회상에 의해, 그 거리로 구보와 김기림이 나온다.

〔구 보〕　구보는 이시간에, 이거리에, 맑고 깨끗함을 느끼며, 문득, 벗을 돌아보았다.

구보, 김기림을 돌아본다.

〔구 보〕　"이제 어디로 가."

〔김기림〕　　　"집으루 가지."

〔태　　원〕　　　벗은 서슴지않고 대답하였다.

〔구　　보〕　　　구보는 대체 누구와 이황혼을 지내야 할것인가 망연하
여 한다.

〔김기림〕　　　벗은 이내 집으로 돌아가고 말았다.

김기림, 사라진다.

〔S_:/e〕 '땡땡땡땡땡땡땡땡' 하고 전차가 떠나는 소리.

〔구　　보〕　　　(소리친다) "지끔부터 집엘 가서 무얼 할 생각이오-?"

〔태　　원〕　　　그러나 그것은 물론 어리석은 물음이었다.

김기림, 귀가하여 자기 방으로 들어온다.

〔김기림〕　　　"생활"을 가진사람은 마땅히 제집에서 저녁을 먹어야
할께다.

〔구　　보〕　　　벗은 구보와 비겨볼때, 분명히 생활을 가지고 있었다.

〔김기림〕　　　하루의 대부분을 속무(俗務)에 헤매지않으면 안되었
던 그는 이제 저녁후의 조용한 제 시간을 가져, 독서와
창작에서 기쁨을 찾을께다.

〔#P_:〕 제각기 집으로 향하는 사람들이 거리의 구보를, 또 제비다방의 창
가를 스친다.

황혼이 짙어진다.

사이.

〔태　　원〕　　　생활을, 생활을 가진 왼갓사람들의 발끝은 이거리 우
에서 모다 자기네들 집으로 향하야 놓여있었다. 집으
로 집으로, 그들은 그들의 만찬(晚餐)과 가족의 얼골
과 또 하루 고역(苦役)뒤의 안위(安慰)를 찾아 그렇게
도 기꺼이 걸어가고 있다. 문득, 저도모를 사이에 구보
의 입술을 새어 나오는 타쿠보쿠(啄木)의 단가(短歌)

〔#text_: 해설자막〕 이시카와 타쿠보쿠(石川啄木, 1886~1912): 일본

의 유명한 탄카(短歌) 시인.

〔구　보〕　　　히또 미나가 이에오 못쪼-, 가나시미요(人みなが家を
持つてふかなしみよ) 하카니 이루 고또쿠(墓に入るご
と く)가에리떼 네므루.(かへりて眠る)

〔태　원〕　　　(구보의 일본어 암송과 동시에)누구나 모다 집 가지고
있다는 애닲흠이여 무덤에 들어가듯 돌아와서 자옵네

사이.

〔S__:m/〕 "제비다방으로" 음악 In.

〔구　보〕　　　그러나 구보는 그러한것을 초저녁의 거리에서 느낄필
요는 없다. 아직 그는 집에 돌아 가지않아도 좋았다.
그리고 좁은 서울이었으나, 밤늦게까지 헤맬거리와,
들를 처소가 구보에게는 있었다.

구보, 황혼의 거리를 걷기 시작한다.

사이.

〔구　보〕　　　구보는 거의 자신을 가지고, 걷기 시작한다.

구보, 제비다방을 향해 간다.

〔구　브〕　　　벗이있다. 황혼을, 또 밤을 가치 지낼 벗이 구보에게
있다.

구보, 조금 더 기운을 내 걷는다.

사이.

〔구　보〕　　　종로경찰서앞을 지나 하얗고 납작한 조고만 다료(茶
療)엘 들른다.

〔#text__: 해설자막〕 다료(茶療): 찻집. 다방.

〔S__:/e〕 문에 달린 방울 소리가 딸랑딸랑딸랑-.

구보, 태원이 있는 제비다방으로 들어선다.

〔수영이〕　　　**어서옵쇼-.

구보, 찻집 안을 둘러본다.

〔수영이〕   **선생님, 오셨에요?
〔태 원〕   그러나 주인은 없었다.
실망한 구보, 수영이에게 단장을 건네고는 빈 자리를 향해간다.
＜태원: "피리오드"＞
##무대가 어두워진다.

[삽입영상F- 해설]

(음악, 음향이 없는 가운데 다음의 영상이 흐른다.)

〔#P/사진__〕〈image〉 당시 종로통 사진

+〔#text__〕 조선총독부에서 건축 기사로 일하던 이상은 1933년, 건강이 나빠져 직장을 그만두고 종로1가 부근에 "제비(燕)"란 이름의 다방을 차린다.

-〔#P/(신문image)__〕〈image〉 박태원의 글 "제비" 발표 지면

+〔#text__〕 구보 박태원은 이 제비다방을 둘러싼 이야기를 몇 편의 글로 남기고 있다.

+〔#text__〕 ("제비"의 출처....)

+Ⓟ 〈image〉 "제비" 발표 지면의 삽화 부분(1)이 확대됨

+〔#text__〕 그에 따르면 제비다방은 기묘한 인테리어에 손님이 갈수록 줄 어가는 썰렁한 찻집이었다.

+Ⓟ 〈image〉 "제비" 발표 지면의 삽화 부분 확대 (2)

+〔#text__〕 이 다방에는 이상의 연인이었던 기생 출신의 "금홍이"가 마담 역할을 하고 있었고, 어린 종업원 "수영이"가 있었다.

+〔#text__〕 그러나 "오감도"의 연재 중단 사건이 있던 이 즈음, 금홍이는 첫 가출을 한다. 또 다방의 경영도 어려움에 빠진다.

〔#P/사진__〕 〈image〉 이상

+〔#text__〕 이상(李箱)은 1910년 9월 서울에서 태어나, 경복궁 서쪽 통 인동에서 가난하게 자라났다.

+〔#text__〕 어려서부터 미술에 재능을 보였고, 경성고등공업학교 건축과

를 졸업한 후 조선총독부 건축과 기수로 일하기도 했다.
+〔#P__〕〈image〉 "오감도" 제3호 신문 연재 이미지
+〔#text__〕 건강 악화로 총독부를 그만둔 후 이상은 제비다방을 경영하며
전위적인 시와 문장을 쓰지만, 생전에는 크게 인정받지 못했다.
+〔#text__〕 이상(李箱, 1910~1937): 대표작-연작시〈오감도〉, 수필〈권
태〉, 단편소설〈날개〉 등

[제7-2장] -연재 제19회분

　 ※ 이상의 제비다방에서 태원은 이상을 기다리며 소설을 쓴다. 소설 연
재가 후반으로 넘어가던 이 즈음, 태원은 원고가 생각만큼 잘 안 써져서
괴로워했으리란 상상을 해보았다. 태원은 이곳에서 옛 도쿄 유학 시절에
대한 회상으로 빠져든다. 그런 태원의 회상은 현실과 오버랩되며 교차되기
시작한다.

밤을 맞은 제비다방의 실내.
음악 소리도 없이 조용하다.
태원이 앞에서와 같은 자리에서 글을 쓰고 있다.
다른 자리에서는 종업원 수영이가 졸고 있다.
만년필을 들고 고민하던 태원, 드디어 다음 문장을 쓴다.
〔태　원〕　　밤은 완전히 다료(茶療) 안팎에 왔다.〈"피리오드"〉
사이.
글이 막힌 태원, 만년필을 내려놓는다.
사이.
다시 태원이 만년필을 든다.
〔태　원〕　　문득 구보는〈"콤마"〉, 자기가 그동안 벗을 기다리면서
　　　　　　　도〈"콤마"〉, 벗을 **………
수영은 코를 골고 있다.

태원, 문장이 잘 안 써진다. ‘에잇’ 하고 짜증을 부리며 만년필을 집어던
진다.

수영이, 졸음을 깬다.

사이.

***〔수영이〕 저… 선생님.

〔태 원〕　　왜?

〔수영이〕　　가배차래두 한 잔 더 뭐드릴깝쇼?

〔태 원〕　　아니다, 됐다. 벌써 몇 잔째니?!

〔수영이〕　　(사이) 예.

사이.

태원, 원고를 이어나가려 애써본다.

〔태 원〕　　구보는 극히 음울할 제 표정을 깨닫고, 〈“콤마”〉 그리
　　　　　　　고 이 안에 거울이 없음을 다행하여 한다. ……

태원, 다시 글이 막힌다.

사이.

〔수영이〕　　원고가 또 딱 딱 맥히시나봐요.

〔태 원〕　　으응, 무어.

〔수영이〕　　요사인 무슨 조화일까요?

〔태 원〕　　응?

〔수영이〕　　원고가 영 아니 되시니 말예요.

〔태 원〕　　(사이) 요사이 내가 그렇디?

〔수영이〕　　그릏구말구요.

〔태 원〕　　그으래?

〔수영이〕　　헌데 이거 줌 출출헌데…….

사이.

〔수영이〕　　그르니까 선생님.

〔태 원〕　　응?

〔수영이〕   이 원고란 게 말씀입죠, 이게 그… 이얘기를 지어내서
서 팔아잡수시는 일이람서요?

〔태 원〕   허…… 딴은 그릏구나. (사이) 헌데, 누가 그릏게 알려
주디?

〔수영이〕   우리 마담요.

〔태 원〕   금홍 씨가?

〔수영이〕   예.

〔태 원〕   은제. 전번에 널 저 화신상회루 불러내였을 그쩨에?

〔수영이〕   예.

〔태 원〕   참 수영아, 너 그 새 고무신은 어뜩허구 아니 신구 있
느냐?

〔수영이〕   아유, 고건 애껴 신어이죠.

〔태 원〕   흠…….

사이.

〔태 원〕   그래 그날 이후룬 정녕 아모 소식두 읎구? 그왜, 금홍
이가 널 불러내갖구 고무신두 사주구 런치두 사주구
한 이래루 말야.

〔수영이〕   예. 시굴루 도루 내려간댔으니깐요. 서울은 인젠 아조
싫여졌다구.

〔태 원〕   이 서울이 어듸가 그릏게 싫다디?

〔수영이〕   물러요. 암튼 싫댔에요. 지긋지긋허다구요. 또 시끄럽
다구.

〔태 원〕   흠…….

사이.

〔태 원〕   헌데 늬 퀸은 감감소식이로구나.

〔수영이〕   그르게 말씀입니다…….

〔태 원〕   빈 호주머니 채루 나갔다면은, 어디 또 거얼(girl)을

　　　　　　　　만나러 나간 건 아닐 테구⋯⋯.

〔수영이〕　　그야 또 물르는 일입죠.

〔태　원〕　　흠⋯⋯ 대체 또 어딜 간 게야?

사이.

〔태　원〕　　옳지! 알었다!

〔수영이〕　　예?

〔태　원〕　　인제야 까닭을 알겠군.

〔수영이〕　　아⋯⋯ 헌데 어뜬 까닭요?

〔태　원〕　　아까부텀 예가 찻집 분위기가 아니 나드란 말이다.

〔수영이〕　　그야⋯⋯ 손님이 읎어서겠죠.

〔태　원〕　　아니.

〔수영이〕　　아니라굽쇼?

〔태　원〕　　애, 어째 찻집에 음악이 아니 흐른대니?

〔수영이〕　　아. 유성길 반드시 틀어놔야 찻집인가요?

〔태　원〕　　암.

〔수영이〕　　헌데 무어, 손님두 읎구.

〔태　원〕　　욘석아, 나는 손님이 아니면, 허깨비냐?

〔수영이〕　　(사이) 딴은 그래요.

수영, 게으르게 몸을 일으킨다. 그리고는 유성기가 있는 쪽으로 간다.

사이.

〔태　원〕　　애, 수영아. 아모 판이나 걸지 말구, 줌 존 걸루다가
　　　　　　　　자알 골라서, 응?

〔수영이〕　　(소리) 암요, 암요.

사이.

〔S_ : m/낡은 유성기 음악〕 ″旅人(나그네)″ In.

〔태　원〕　　오-.

〔수영이〕(소리) 오-케이?

태원, OK 사인을 보낸다.

수영이, 다시 나온다.

〔수영이〕   헌데 선생님, 선생님두 저녁 아직이시죠?***

그러나 태원은 무언가 생각에 빠져 수영이의 말을 듣지 못한다. 수영, 주린 배를 쥐고 (안쪽으로) 사라진다. 태원, 눈을 감고 음악에 빠져든다.

사이.

〔#P__:〕 찻집 창문이 동경의 가을 이미지로 물든다.

사이.

〔태 원〕   동경(東京)의 가을이다.

##Ⓛ 제비다방의 일부가 태원의 회상 속에서 일본 동경의 찻집이 된다.

〔S__:e/〕 문에 달린 방울 소리, 딸랑딸랑딸랑-.

〔일본종업원〕(소리)   이랏샤이마세-.**

구보(동경 유학생 시절의 구보)가 그 찻집으로 들어온다.

〔태 원〕   "간다(神田)"13) 어느 철물전에서 한개의 "네일 크립퍼"
            를 구한 구보는 "짐보오쬬오(神保町)"14)에 있는 어느
            ** 끽다점을 찾았다.

〔#text__:해설자막〕 네일 클립퍼: 손톱깎이. 끽다점(喫茶店): 찻집. 다방.

구보, 빈 자리에 앉는다.

구보, 주머니에서 손톱깎이를 꺼낸다.

일본 찻집의 종업원, "이랏샤이-" 하면서 물잔을 내온다.

***〔종업원〕 오-이, 히사시부리다나. 〔어이, 오랜만이로군.〕

〔구 브〕   하이, 곤니치와. 〔네, 안녕하세요.〕

〔종업원〕   교-모 코-히-? 〔오늘도 커피?〕

---

13) 일본 도쿄의 지역 이름. 明治大, 中央大, 日本大 등이 몰려있는 대학가의 번화가이
   며, 구보가 유학했던 法政大와도 가깝다.

14) 일본 도쿄의 지역 이름. '간다'와 가깝다. 헌책방, 찻집 등이 몰려 있었다. 이상이
   1936년 일본으로 건너가 기거했던 곳도 西神田 神保町3丁目였다.

334

〔구　보〕　　소-데스네.〔그렇죠.〕
〔종업원〕　　하잇, 코-히- 잇쵸-.〔예, 커피 하나.〕(다른 자리의
　　　　　　　손님에게) 하잇, 쇼-쇼- 오　마치-.〔예, 잠시만요.〕
일본종업원, 퇴장한다.
〔태　원〕　　그 중 구석진 테이불. 그 중 구석진 의자. 통속작가들
　　　　　　　이 질겨 취급하는 종류의 로맨스의 발단이 그곳에 있
　　　　　　　었다.
구보는 손톱을 깎고 있다. 잘려진 손톱이 튀어 어디론가 날아간다. 구보,
바닥에서 날아간 손톱을 찾는다.
〔태　원〕　　광선이 잘 안들어 오는 그곳 마룻바닥에서 구보의 발
　　　　　　　길에 채인 것.
구보, 바닥에서 노트를 주워든다.
〔태　원〕　　한권 대학 노트에는 윤리학 석자와 *조선인 유학생의
　　　　　　　이름이 기입되어 있었다.
주변을 둘러보던 구보, 노트를 펴서 그 안에 쓰인 것들을 훔쳐본다.
〔구　보〕　　그것은 일종의 죄악일께다.
〔구　보〕　　(노트의 내용을 읽는다) 제1장 서론. 제1절 윤리학의
　　　　　　　정의. 제2절** 규범과학......
조선인 유학생 임(姙)이, 그리고 그의 급우인 일본인 여학생 하나가 나
타나, 강의를 들으며 노트 필기를 한다.
〔임(姙)〕　　제2장 본론. 도덕판단의 대상. C. 동기설과 결과설
　　　　　　　예1. (교수를 향해 손을 들고 답을 말한다.) 빈-보-나
　　　　　　　이에노 시손-가 오야꼬-꼬-데 셋-또-오 스루코토.
〔#text_ : 해설자막〕 **가난한 집의 자손이 효도를 하기 위해 절도하는 경우.**
〔일본인 여학생 친구〕 "얍빠리, 네! 네?!"(역시 대단해. 안 그래?)
하며 감탄한다.
〔임(姙)〕　　2.허영심을 만족키 위한 자선사업. ....

사이.

임이, 노트 책장을 넘긴다.

〔임(姬).친구〕 ** 제2학기.〔다이 니각끼-〕

임(姬)이, 강의 내용이 지루하다. 연필로 깨작깨작 낙서하고 있다.

〔구　보〕　　그리고 여백에는, 이러한 낙서가…**

〔임(姬)〕　　그러나 수치심은 사랑의 상상작용에 조력(助力)을 준
　　　　　　다. 이것은 사랑에 생명을 주는것이다.

〔태　원〕　　"스탄달"의 "연애론"의 일절, ...

임(姬), 옆자리의 벗과 교수 몰래 필담을 나눈다.

〔임의친구〕　키노- 난노 에-가오 미떼키타노?**

〔태　원〕　　어제 무슨 영화 보고 왔니?

〔임(姬)〕　　라부파레이도.

〔구　보〕　　the Love Parade.

〔#text__: 해설자막〕〈The Love Parade〉: 미국 파라마운트 영화사의
유성 뮤지컬 영화. 1929년 제작.

사이.

〔임의친구〕　도-닷따? 도-닷따? 〔어땠어? 어땠어?〕

임이와 그 벗, 귓속말을 나누려 한다.

〔S__:e/〕 제비다방 문에 달린 방울 소리가 딸랑딸랑딸랑-.

이 소리에, 유학생 구보, 그리고 임이와 그녀의 벗은 정지동작으로 굳어
진다.

〔S__:〕 다시 아까의 음악이 흐른다.

다방 안으로 이상이 들어온다. :

〔수영ㅇ̆(소리)〕 어서옵쇼-.**

사이.

〔이　상̆〕　　아, 은제왔나.

〔태　원〕　　***아, 으응…

수영이가 본래의 모습으로 나타난다.

〔수영이〕　아, 나안 또.

사이.

〔태　원〕　그래, 어딜 대녀오는 길인가?

〔이　상〕　으응 무어……

〔수영이〕　한참을 기대리셨지 뭐예요.

사이.

〔이　상〕　원고가 벌써 다 되셨나?

〔태　원〕　아, 원고? (사이) 원곤 아즉.

〔이　상〕　그래? 그른데?

〔태　원〕　응?***

그러는 사이, 유학생 구보는 사라진다. 태원은 아직 동경의 추억에 대한 회상으로부터 빠져나오지 못하고 있다.

(〔S＿:e/〕 앞곡이 끝나면, 다음 곡으로 바뀐다)

〔이　상〕　저녁, 아즉이지?**

〔태　원〕　***으응.

사이.

〔이　상〕　먹으러 나갈까?

〔태　원〕　아, 그럴까?

〔수영이〕　나가서들 잡수시게요?

이상, 곧바로 다방을 나서려 한다.

태원, 노트 등을 챙긴다.

〔수영이〕　그냥 데마에를 해서 드셔두 졸(좋을) 텐데.

〔#text＿:해설자막〕　**데마에(出前): 음식 배달**

〔이　상〕　가게 자알 보구있거라.

이상, 곧바로 다방을 나선다.

〔S＿:e/〕 **딸랑딸랑딸랑- 문에 달린 방울 소리.**

〔수영이〕   댕겨옵-쇼.**

태원도 곧 따라나가려 한다.

〔수영이〕   (태원에게) 선생님, 가시게요?**

태원, 자기 단장을 달라는 몸짓.

수영이, 단장을 가지러 들어간다.

〔태 원〕   그리고 구보는** 속으로… 지난날의 조고만 로맨스
            를 좀더 이어 생각하려한다.

태원, 수영에게서 단장을 받아든다.

〔태 원〕   상큐.**

〔수영이〕   선생님, 찻값은요?

태원, 아랑곳없이 다방을 나간다.

〔S__:e/〕 딸랑딸랑딸랑- 문에 달린 방울 소리.

〔수영이〕   안녕히갑,쇼-.

##제비다방 안은 어두워진다.

제비다방의 창 밖으로 태원이 발길을 멈추는 것이 보인다.

태원은 자기가 임이의 노트 사이에 끼어있던 엽서에서 알아낸 주소로 임
이의 하숙집을 찾아가던 것을 회상한다.

유학생 구보가 임이의 하숙집을 찾아 퇴장한다.

사이.

[제8-1장] -연재 제20회분

※ 8-1장에서는 원작소설의 오버랩 기법을 더 적극적으로 무대화하여
표현한다. 즉, 길거리와 설렁탕집, 하숙집 마루와 택시, 영화관 등의 공간
을 자유롭게 오가며 태원의 머리 속 생각의 연쇄를 연극적 어법으로 드러
낸다.

〔#text__〕(큰 글씨로) **茶寮다료에서 나와**, 15)
〔S__:m/〕음악이 바뀐다 ;"밤의 산책" 테마

종로 부근의 길거리를 태원과 이상이 걷고 있다.

〔태 원〕   벗과 대창옥으로 향하며, 구보는 문득 대학노-트 틈에
          끼여 있었든 한 장의 엽서를 생각하여본다.

사이.

〔태 원〕   물론 처음에 그는 망살거렸었다. 그러나 여자의 숙소
          (宿所)까지를 알수 있었으면서도 그한기회에서 돋을
          피할수는 없었다. 그는 위선(爲先) 젊었고 또 그것은

〔이 상〕   **어?

태원과 이상 앞에 성장(盛裝)을 한 긔인 여급이 나타난다.

〔미인여급〕   어디 가세요?

〔태 원〕   흥미있는 일이였다.……**

미인 여급, 이상과 태원에게 인사를 하고 스쳐 지나간다.

태원과 이상, 그녀를 돌아다본다.

〔태 원〕   벗의 다료(茶療)옆,

〔미인여급〕   카훼*(카페)여급(女給).

〔#text__:해설자막〕 **카훼: 카페(cafe). 여기서는 '술집'을 뜻함.**

〔이 상〕   어때 예쁘지.

〔태 원〕   사실, 여자는, 이러한 종류의 계집으로서는 드물게

〔미인여급〕   어여뻤다.

태원과 이상, 다시 길을 간다.

〔태 원〕   그러나 그는 이 여자보다 좀더 아름다웠든 것임에 틀
          림 없었다.

〔대창옥종업원〕(소리)   **어서옵, 쇼-.

---

15) 원문에서 굵은 글씨는 "다료에서"뿐이나, 효과적 전달을 위해 "다료에서 나와,"까지
    영사함.

미인 여급, 토라진 듯 퇴장한다.

틀막이 빠지고, 사막이 절반 닫혀있는 상태가 된다.

이상과 태원, 대창옥에 들어선다.

〔이　상〕　　　설렁탕 두그릇만 주-.

〔대창옥종업원〕 **예 예, 앉으십, 쑈-.

〔태　원〕　　　구보가 노오트를 내여놓고, 자기의 실례에 가까운 심
　　　　　　　　방(尋訪)에 대한 변해(辨解)를 하얏을 때,

〔임(姙)〕　　　여자는, 순간에, 얼골이 붉어졌었다.

이상, 맞은 편의 태원을 바라보며,

〔이　상〕　　　맞은편에 앉어, 벗은　빠안히 구보를 바라보았다.

〔태　원〕　　　그 눈은,

〔이　상〕　　　무슨 생각을 하고 있느냐,

〔태　원〕　　　물었는지도 모른다.

〔이　상〕　　　구보는

〔태　원〕　　　생각의 비밀을 감초기 위하야 의미없이

〔이　상〕　　　웃어보였다.

〔임(姙)〕　　　좀 올러…** 오세요. 여자는 그렇게 말하였었다.

〔태　원〕　　　말로는 태연하게, 그러면서도 그의 볼은

〔임(姙)〕　　　역시 처녀다웁게 붉어졌다.

〔대창옥종업원(소리)〕 (누군가 다른 손님에게) **예 예, 자리 뼜
　　　　　　　　습니다. 들어옵, 쑈-. 숙으루 쑥- 들어갑, 쑈-.

〔태　원〕　　　구보는

〔임(姙)〕　　　그의 말을 쪼치려다 말고 불숙,

〔태　원〕　　　가치 산책이라도 안하시렵니까, 볼일없으시면.

〔임(姙)〕　　　그날은 일요일이었고, 여자는 ....

〔대창옥종업원〕 **자 자 자 설렁탕 두 그릇요-.

〔이　상〕　　　**빨리두 나오는군.

대창옥종업원, 바삐 설렁탕을 내온다.

〔임(姙)〕　　　마악 어듸 나가려던차(次)인지 나드리옷을 입고 있었다.16)

〔태　　원〕　　통속소설은

〔이　　상〕　　템포가 빨러야 한다.

〔대창옥종업원〕**스피-도(스피드)의 시대니깐요.

이상(과 태원), 설렁탕을 먹기 시작한다.

〔태　　원〕　　그전날, 윤리학노오트를 집어 들었을때부터 이미 구보는 한개 통속소설의 작가이엿고 동시에 주인공이였든 것임에 / 틀림없었다.

〔태　　원〕　　(준비 된) 참, 이번주일에 무장야관(武藏野舘) 구경하섯습니까.**

〔임(姙)〕　　**아, 무장야관요……

〔#text__:해설자막〕 **武藏野舘(무사시노칸): 당시 도쿄 신쥬쿠에 있던 신식 영화관.**

〔이　　상〕　　**야- 이거 땀나는데.

〔태　　원〕　　구보의 자부심으로서는 여자가 초면임에도 불구하고 자기를 족히 믿을만한 남자라 알어볼수 있도록 그렇게 총명하다고 생각하고싶었다.

〔임(姙)〕　　여자는……

임이, 사라진다.

〔대창옥종업원(소리)〕　　**아니, 으딜 가서요? 그냥 쑥 들오시지. 예? 예?

임이, 핸드백을 들고 다시 나온다.

〔임(姙)〕　　총명하였다.

---

16) 문장의 위치를 바꾸었음.

〔S__:〕 택시가 와서 멈추는 소리.

　　〔대창옥종업원(소리)〕** 어서 옵, 쇼-. 앉으십, 쇼-.

〔S__:〕 택시가 떠나는 소리. 이내 곧 멈추는 소리. 태원과 임, 택시에서 내린다.

　　〔임(姙)〕　　　그들이 무장야관 앞에서 자동차를 나렸을 때,

〔S__:〕 택시가 그들을 스쳐 떠난다.

　　〔임(姙)〕　　　그러나 구보는

　　〔태　원〕　　　잠시 그곳에 웃둑 서있을수밖에 없었다.

　　외국인 영어교사가 나타난다.

　　〔영어교사〕　구보의 영어교사는 남녀를 번갈어보고,

　　〔태　원〕　　　새로히 의미심장한 웃음을 웃고

　　〔영어교사〕　오늘 행복을 비오, *그리고 제길을 걸었다.

　　영어교사, 웃으며 제 갈 길을 간다.

　　〔태　원〕　　　구보는 소년과가티 이마와 코잔등이에 무수한 땀방울
　　　　　　　　　을 깨달었다.

　　태원, 손수건을 찾고 있으려니까 임(姙)이가 핸드백에서 제 손수건을 꺼내어 건넨다.

　　태원, 손수건을 받아 콧등을 닦으려는데, 이상이 나타나 그걸 빼앗아간다. 그러더니 함부로 제 땀을 닦는다.

　　〔이　상〕　　　여름 저녁에 먹은 한그릇의 설렁탕은 그렇게도 더웠다.

　　〔태　원〕　　　(임이에게 손수건을 돌려주며) 상큐.

　　임(姙)이, 영화관으로 들어간다.

　　이상, 태원이 대창옥에 놓고나온 태원의 노트를 건네주고, 큰길가로 나간다.

〔#P/S__: 영화〕 찰리 채플린의 영화 〈City Light〉가 영사되기 시작한다.17)

　　태원, 임이와 함께 본 영화를 떠올리며 이상을 따라간다.

태원의 기억 속 구보와 임이, 함께 영화를 본다.

[제8-2장] -연재 제21회분

※여기에서는 동경에서의 추억을 애닯아하는 태원 혹은 구보의 심정이 짙게 표현된다. 앞의 8-1장의 끝이 영화로 끝난 데 이어, 이 8-2장 전체는 흑백영화의 한 장면과도 같은 이미지로 연출되었으면 한다.

　　이 8-2장의 끝에서 태원은 자신의 회상 속으로 뛰어드는 셈이 되고, 구보는 그런 태원을 바라보고 지켜보는 관계가 되는 등, 둘의 관계에 변화(발전)가 일어난다.

길을 가던 태원과 이상이 멈춰선다.

한쪽에서는 구보가 임(姙)이와 함께 나와 선다.

〔태　　원〕　　그들은 한길 우에 우두머니 슨다.

〔이　　상〕　　역시 좁은 서울이었다.

사이.

〔태　　원〕　　동경(東京)이면, 이러한 때 구보는 우선 은좌(銀座)로라도 갈께다.

〔#text_ : 해설자막〕 **銀座(긴자): 도쿄의 근대를 상징하는 번화가.**

태원, 구보와 임이 쪽을 돌아본다.

〔태　　원〕　　사실 그는 여자를 돌아보고,

〔구　　보〕　　(돌아보며 쾌활하게) 은좌(銀座)로가서 차라도 안잡수시렵니까, 그렇게 말하고 싶었었다.

구보는 그러나 임이가 나타나자 건넬 말을 망설인다.

〔이　　상〕　　참, 내 정신좀 보아. 벗은 갑자기 소리치고 자기가 이

---

17) 찰리 채플린의 영화 "시티라이트"(街の灯, 거리의 등불)는 1931년 작 영화이지만, 사실 일본에서 이 영화가 개봉한 것은 1934년 1월, 조선에서는 1934년 6월(?)의 일이었다. 따라서 1930년 경에 도쿄에서 유학했던 구보가 당시 도쿄에서 임이와 함께 이 영화를 보았을 수는 없다.

시각에 꼭 만나야할 사람이 있음을 말하고, 그리고

〔태　원〕　　미안한 표정을 지었다.

사이.

〔이　상〕　　우리 열점쯤해서 다방에서 만나기로 **하지(합시다).

〔태　원〕　　열점.**?

〔이　상〕　　응, 늦어도 열점반. 그리고 벗은 전차 길을

〔S_:〕 ‘땡땡땡땡땡땡’ 전차 종소리.

〔이　상〕　　횡단하여 갔다.

이상. 전차 길을 건너 사라진다.

〔태　원〕　　전차길을 횡단하여 저편 포도(鋪道)위를 사람틈에 사
　　　　　　라저버리는 벗의 뒷모양을 바라보며, 어인까닭도없이,
　　　　　　이슬비 나리든 어느날저녁 히비야(日比谷)공원18)앞
　　　　　　에서의 여자를 구보는 애달프다, 생각한다.

〔#P/text_〕 (큰 글씨로) 女子여자는

〔태　원〕　　아!

구보와 임(姙)이의 모습이 마치 영화 스크린 속 인물들처럼 드러난다.

〔임(姙)〕　　여자는 그가 구보와 알기전에 이미 약혼하고 있었든
　　　　　　사나히의 문제를 가져, 구보의 결단을 빌었다.

〔구　보〕　　불행히 그 사나히를 구보는 알고있었다. 중학 시대의
　　　　　　동창생. 서로 소식모르고 지낸지 5년이 넘었어도 그의
　　　　　　얼골은 구보의 머리속에 분명하였다.

〔임(姙)〕　　그 우둔하고 또 순직한 얼골. 더욱이 그 선량한눈을 생
　　　　　　각할때

〔구　코〕　　구보의 마음은 아펐다.

〔#P/S_:〕 가는 비- 영상과 음향

---

18) 도쿄의 중심 관청가인 마루노우치(丸の內) 남서쪽에 있는 공원. 1903년에 조성된 일
　본 최초의 서양식 근대 공원이다.

344

구보, 우산을 받쳐든다.

〔임(姙)〕　　　비 나리는 공원안을 그들은 생각에 잠겨,

〔구　보〕　　　생각에 울어,

〔임(姙)〕　　　날 저무는줄도 모르고 헤매돌았다.

〔S_ : m/〕 당시 영화 음악과도 같은 느낌의 음악 "빗속의 이별" In

##Ⓛ_ 날이 더 어두워진다.

구보와 임(姙), 밤비 내리는 히비야공원을 하염없이 걷는다.

사이.

〔S_ : e/〕 먼 천둥 소리.

〔#P/S_:〕 그리고 빗줄기가 더 굵어진다.

임(姙), 구보에게 기댄다. 허나 구보는 임이를 힘껏 안아주지 못한다.

임(姙)과 구보, 무대에서 사라진다.

구보와 임이가 사라진 스크린 속으로 뛰어든다.

〔태　원〕　　　사실 나는 비겁하였을지도 모른다. 한여자의 사랑을 완
　　　　　　　전히 차지하는것에 행복을 느껴야만 옳았을지도 모른
　　　　　　　다. 의리라는 것을 생각하고, 비난을 두려워하고하는,

임(姙)이, 다시 나타난다.

〔임(姙)〕　　　그러한 모든것이 도시(都是) 남자의 사랑이, 정열이, 부
　　　　　　　족한 까닭이라, 여자가 울며 탄(憚)하였을때, 그 말은,

〔태　원〕　　　그말은, 분명히 올핫다, 올핫다.

임(姙)이, 이별을 결심한다.

〔태　원〕　　　구보가 바래다 주려도

〔임(姙)〕　　　아니에요, 이대로 내버려 두서요, 혼자 가겠어요,
　　　　　　　그리고

〔태　원〕　　　비에 젖어, 눈물에 젖어, 황혼의 거리를 전차도 타지
　　　　　　　않고 한없이 걸어 가든 그의 뒷모양.

임(姙)이, 떠나간다.

사이.

〔임(姙)〕　　　그는 약혼한 사나히에게로도 가지안헛다.

임(姙)이, 사라진다.

　　　　　　〈태원: "피리오드"〉

빗소리, 끊긴다. 음악 소리 역시 그친다.

〔태　원〕　　어느틈엔가 황토마루 네거리19)에까지 이르러, 구보는
　　　　　　그곳에 충동적으로 우뚝스며, 괴로운숨을 토(吐)하였
　　　　　　다. 아아, 그가 보구싶다. 그의 소식이 알구싶다.

〔구　보〕　　낮에, 거리에 나와 일곱시간, 그것은 오직 한개의 진정
　　　　　　(眞情)이였을지 모른다.

〔태　원〕　　아아, 그가 보구싶다. 그의 소식이 알구싶다……

태원과 구보, 서로 마주본다.

##조명이 어두워진다.

〔S__ : m/〕 삽입영상 영화음악 In

[삽입영상G- 해설]

〔#P/image__:〕 "영화시대" 잡지

+〔#text__:〕 1930년대 전반은 '영화의 시대'였다.

+〔#text__:〕 특히 무성영화에서 유성영화의 시대로 넘어가며 많은 기술적,
예술적 발전이 있었다.

〔#P/image__:〕 당시 영화관(우미관 등) 사진

+〔#text__:〕 경성(서울)에서도 최신 서양 영화를 볼 수 있었다.

+〔#text__:〕 종로 부근에는 단성사, 우미관, 조선극장 등의 영화관이 조
선인들의 발길을 끌었고, 일본인들의 상점 거리인 명동, 충무로 일대에는 일

---

19) 지금의 세종로 사거리. 원래는 고갯길을 이루고 있었는데 이후 평평하게 깎여졌다.

본인들이 드나드는 영화관이 많았다.

〔#P/image__:〕 "거리의 등불" 신문 광고 이미지 / "황금광시대" 일본어 포스터

+〔#text__:〕 박태원과 이상도 영화를 즐겨보는 영화광이었다.

+〔#text__:〕 찰리 채플린, 르네 클레르 등을 좋아했던 그들의 작품에는 영화에 관한 이야기가 자주 나온다.

+〈#image〉 박태원 시나리오 집필 기사 이미지 + 〈#한글 풀이〉"○박태원 씨(소설가)는 근일 최승일 씨와 계약하고 씨나리오를 집필중이라한다."

+〔#text__:〕 또 박태원은 영화에 대한 패러디 소설을 쓰기도 했고, 영화 시나리오 집필을 계약했다는 기사도 남아있다.

〔#P/image__:〕 "거리의 등불" 신문 기사

+〔#text__:〕 뿐만 아니라 박태원은 영화의 기법을 소설 창작에 응용하기도 했다.

+〔#text__:〕 〈소설가 구보씨의 일일〉에서는 오버랩 기법을, 장편소설 〈천변풍경〉에서는 카메라의 시점으로 대상을 묘사하는 실험을 했다.

+〈영화 동영상〉"거리의 등불" 신문 기사의 사진으로부터 영화가 살아움직이기 시작한다.(;오버랩 기법이 담긴 장면을 보여준다.) "City Light" 동영상이 흐르는 중에 다음의 text를 내보낸다.

+〔#text__:〕 영화 시나리오를 쓰러 금강산으로 들어갔다는 박태원이 실제로 시나리오를 완성했다는 기록은 없다.

+〔#text__:〕 하지만 문학뿐 아니라 미술에도 재능이 있었던 박태원의 꿈은 후대로 이어져, 그의 외손자 봉준호는 오늘날 세계적인 영화 감독이 되어 있다.

[제9-1장]

  ※ 카페(술집)를 찾은 구보와 이상의 장면이다. 나머지 남자배우들이 여급으로 분하고 나와 연극적 과장법으로 장면화한다. 구보와 이상은 다치

만담 커플처럼 이 장면을 주도해나간다.

〔S__ : m/〕카페(술집)의 음악 소리가 흥겹다. 그러면서도 왠지 남루하고 쓸쓸한 느낌이 난다.

〔#text__〕(큰 글씨로) **미츰내** 20)**

구보와 이상이 탁자에 앉아 있다.

탁자에 맥주가 두어 병 올려져 있다.

〔이　상〕　　여급이 세 명 ....**

여급 서 명이 나타난다. (여급 2,3은 남자배우들이 여장을 하고 나온다.)

〔여급 1〕　　하나**,

〔여급 2〕　　둘**,

〔여급 3〕　　셋**,

〔구　브〕　　그들의 탁자로 왔다.

〔여급들〕　　곰방와~!〔안녕하세요!〕**

여급들 "언제 오셨에요?" / "아는 손님?" / "우리 집엔 츰이시죠?" 등등의 말을 하며, 구보와 이상 사이사이에 앉는다.

〔이　상〕　　그렇게 많은 "미녀"를 그자리에 모히게한것은,

〔구　보〕　　물론 그들의 풍채도 재력도 아니다.

〔여급들〕　　그들은

〔여급 2〕　　오직 이곳에 신선한 객(客)이었고, 그리고

〔여급 1〕　　노는 계집들은 그렇게도

〔여급 3〕　　만흔 사나이들과 알은체 하기를

〔여급들〕　　조하하였다.

〔구　ㅂ〕　　벗은

〔이　상〕　　차례로 그들의 일훔을 물었다.

---

20) 장면 연결을 위해 원작소설의 문장을 변형하여 연재분 첫머리 컨셉의 문장을 만들어 낸 것이다.

348

〔여급 3〕　　　하루꼬**
〔여급 2〕　　　나츠꼬**
〔여급 1〕　　　아키꼬**
〔구　보〕　　그들의 일홈에는 어인까닭인지 모다 "꼬"가 붙어있었다.
〔이　상〕　　꼬꼬댁 꼬 꼬 꼬-**
〔구　보〕　　그것은 결코 고상한 취미가 아니였고,
〔이　상〕　　그리고 때로 구보의 마음을 애닲게 한다.
〔여급 3〕　　"웨, 호구조사 오셨에요?"21)
〔이상,태원〕 호-!**
다들 까르르 웃는다. 흰 저고리에 까만 몽당치마를 입은 어린 여급 유키
짱이 안주를 내온다. 여급3, 구보에게 맥주를 권한다.
〔이　상〕　　자 자 자, 그럼 우리 거좌적으루다 감빠일 헐까?**
모두들 잔을 들고.
〔모두함께〕　　(건배하며) 감빠-이!〔건배!〕**
저마다 맥주를 마신다.
〔여급 3〕　　유키짱! 고꼬, 비-루 모-히도-츠!〔여기, 맥주 한 병 더.〕
〔유키짱(소리)〕 하-이!
유키짱, 맥주를 한 병 더 갖다준다.
〔여급 1〕　　***저… 선생님께선 술을 별루 안 질기는 체질이세요?
〔구　보〕　　아, 그게 아니라, 이 벗은 원체 지병이 줌 있어놔서.
〔여급2,3〕　　지병이요오?
〔여급 1〕　　지병예?
〔구　보〕　　으응, 음주 불감증(飮酒不感症)이라구.
〔여급2,3〕　　음주 불감증이요오?***
이상, 쓴 웃음을 짓는다.

---

21) 원작소설에 따르자면 이 말은 여급1의 대사가 되어야 할 것이다.

〔구 보〕 계집들은** 구보에게 그것이 일종의 정신병임을 듣고,
철없이 눈을 둥그렇게 떴다.

〔여급2,3〕 (눈을 동그랗게 뜨며, 일본 사람 식으로) 헤에?**

〔이 상〕 그리고 다음에 또 철없이 / 그들은 웃었다.

〔여급2,3〕 호호호**

모두들, 요란하게 웃는다.

〔구 보〕 갑자기 구보는 왼갓사람을 모다 정신병자라 관찰하고
싶은 강렬한 충동을 느꼈다.

〔이 상〕 실로 다수의 정신병환자가 그안에 있었다.

〔구 보〕 의상분일증(意想奔逸症)22), 언어도착증(言語倒錯症),
과대망상증(誇大妄想症),   추외언어증(醜猥言語症),
여자음란증(女子淫亂症),   지리멸렬증(支離滅裂症),
질투망상증(嫉妬妄想症),   남자음란증(男子淫亂症),
병적기행증(病的寄行症), 병적허언기편증(病的虛言欺
騙症), 병적부덕증(病的不德症), 병적낭비증(病的浪
費症).……

〔이 상〕 얼마 전엔가, 구보가 흥미를 가저 읽은 현대의학대사
전 제23권은

〔구 보〕 그렇게도 유익한 서적임에 틀림없었다.**

〔여급 2〕 그러면, 무어, 세상 사람이 다 미친사람이게-?

〔구보,이상〕 호-!**

나머지 여급들의 눈길이 구보에게 쏠리며 대답을 기대한다.

〔구 보〕 실례지만, 올해 나이가….?**

〔여급 2〕 (사이) "갓 스물이에요."

〔이 상〕 (사이) 여성들의 나이란 수수꺼기다.

---

22) 주의가 산만하여 목적하였던 생각이 자꾸 달라지며 처음 생각이 끝나기도 전에 또
다른 생각으로 옮아가는 정신병 증세.

〔구　보〕　　그래도 이계집을 갓 스물이라 볼수는 없었　　　　　다.
〔여급 3〕　　(장난치듯) 스물다섯 ?**
〔여급 1〕　　(장난치듯) 아님 여섯?
〔구　보〕　　적어도
〔이　상〕　　스물넷은 됐을께다.
〔여급 2〕　　히도이와요!**

〔#text__ : 해설자막〕 **너무해요!**

〔구　보〕　　갑자기 구보는 일종의 잔인성을 가져,
〔이　상〕　　그 역시 정신병자임에 틀림없음을 일러주었다.
〔구　보〕　　당의즉답증(當意卽答症).
〔여급 2〕　　당**
〔이　상〕　　의**
〔여급 1〕　　즉**
〔여급 2〕　　답**
〔다같이〕　　증?**

〔#text__ : 해설자막〕 **당의즉답증(當意卽答症): 질문에 대해 일부러 모르는 체하거나 아무렇게나 대답하는 증상.**

구보와 이상, "하 하 하" 웃는다.

〔여급 1〕　　"그럼 이 세상에서 정신병자 아닌 사람은 선생님 한 분
　　　　　　이겠군네요."
〔구　보〕　　웨 나두…… 나는,
〔여급 1〕　　선생님 병은요?**
〔구　보〕　　내 병은, 다변증(多辯症)이라는 거라우.
〔여급 2〕　　무어요?
〔여급 3〕　　다변즈응**…………?
〔구　보〕　　응, 다변증. 쓸데업시 잔소리 만흔 것두 다아 정신병이
　　　　　　라우.

〔여급1, 2, 3〕 그게 다변증에요오?
여급들, '다변증' 하고 중얼거려 본다.
사이.
〔이 상〕   자 자 자, 우리 그럼 소설가 K 씨의 다변증을 위하야,
            민나데 곱뿌오 아게떼 감빠이오-!〔다같이 잔을 들어
            건배를!〕**
모두들 잔을 들고.
〔모두함께〕   (건배하며) 감빠-이!〔건배!〕**
모두 맥즈를 마신다.
〔여급 3〕   유키짱, 고꼬, 비-루 모- 후다-츠!〔유키짱, 여기 맥주
            두 병 더.〕
〔유키짱(소리)〕 하-이!
유키짱이 맥주를 두 병 더 갖다가 탁자 위에 얹는다.
〔S_ : m/〕 카페의 음악이 침울한 것으로 바뀐다.
##조명이 바뀌고, 시간이 얼마 간 흐른다.
〔S_ :e/〕 바깥에 내리는 빗소리가 침울한 음악소리에 섞여든다.
이상, 담배를 피워물었다가, 이내 밭은 기침을 내뱉는다.
구보, 이상에게서 담배를 빼앗는다.
여급2, 취해서 탁자에 엎어진다.

[제9-2장]

※ 9-1장에서 이어지나, 태원이 추가로 등장하여 소설 밖 현실의 존재이던
태원과 소설 안 세계의 주인공이던 구보가 뒤섞여간다.
   또 전체 배우들이 다 동원되는 가운데 흥청이는 카페(술집)의 안과 그
바깥의 비루한 현실이 대비되며 구보씨가 품는 명랑함과 우울함의 명암차
를 드러낸다.

구보와 이상, 아까의 유쾌와 명랑을 잊은 채 말 없이 있다.

구보는 비 내리는 창 밖을 보고 있다.

사이.

태원이 나타난다.

Ⓢ **빗소리가 조금 더 도드라진다.**

〔태　원〕　　어느 틈엔가 밖에 비가 나리고 있었다.

〔구　보〕　　가만한 비다. 은근한 비다. 그렇게 밤느저, 그렇게 은
　　　　　　근히 비나리면, 구보는 때로

〔태　원〕　　애닯픔을 갖는다.

〔여급 1〕　계집들도 역시 애닯픔을 가졌다.

〔여급 3〕　그들은 우산의 준비가 없이 그들의 단벌옷과, 양말과
　　　　　　구두가 비에 젖을것을 염려하였다.

취한 사람들의 웃는 소리가 왁자하게 들린다.

여급2, 갑자기 몸을 일으킨다.

〔여급 2〕　보이지 않는 구석에서 취성(醉聲)이 들려왔다.

취성에 섞여 "유끼짱-(雪ちゃーん)"을 부르는 누군가의 목소리.

유끼짱, "네-" 하며 그쪽으로 뛰어간다.

여급2, 도로 엎어진다.

〔태　원〕　　구보는 창밖 어둠을 바라보며, 문득, 한 아낙네를 눈앞
　　　　　　에 그려보았다.

〔구　보〕　　그것은 "유끼"-

〔#text__: 해설자막〕 **유키: 눈(雪)이란 뜻의 일본어.**

〔구　보〕　　눈이 그에게준 생각이엿는지도 모른다.

태원, 혹은 구보의 회상 속에 눈 내리는 어느 겨울의 밤 거리가 떠오른다.

〔#P__:〕 **겨울의 거리에 눈이 내린다.**

소복(素服)을 입은 아낙네가 나타난다.

〔아낙네〕   저….**
태원, 소리 난 쪽을 돌아본다.
〔태 원〕   광교 모통이 카훼* 앞에서, 마침 지나는 그를 적은소리
          로 불렀든 아낙네는 분명히 소복(素服)을 하고있었다.
사이.
〔아낙네〕   (들릴락 말락한 목소리로) 말씀 좀 여쭤보겠습니다.
〔태 원〕   예?
〔아낙네〕   (조금은 더 크게) 말씀 좀….**
〔태 원〕   (사이) 아 예.**
아낙네, 태원의 눈을 피하며, 카페 쪽을 가리키며,
〔아낙네〕   이집에서 모집한다는것이…. 무엇이에요?
〔태 원〕   카훼* 창(窓)옆에 붙어있는 종이에 두줄로 나누어 **
태원, 가까이 가서 들여다본다.
〔아낙네/태원〕 女 給 / 大 募 集(녀, 급, / 대, 모, 집).
〔태 원〕   아!
카페 안, 엎어져있던 여급2가 갑자기 소리내어 흐느끼기 시작한다.
〔여급 2〕   (취하여) 갓, 스물이에요-!**
다른 여급이 "나쓰코. 얘, 나쓰코!" 하며 그녀를 달랜다.
〔태 원〕   빈한(貧寒)은 하였을지도 모른다. 그러나 그는 제자신
          일거리를 차저 거리에 나오지 않아도 조핫슬께다.
〔아낙네〕   그러나 불행은 뜻하지않고 차저와, 그는 아직 새로운
          슬픔을 가슴에 품은채 거리로 나오지 않으면 안되엿든
          것일께다.
〔구 보〕   그의 핏기 없는 얼골에는 기품과 또 거의 위엄조차 있
          었다.
옆 자리의 손님 하나가 집으로 돌아간다. 유키짱이 술에 취한 그를 부축
하며 나온다. 여급 2,3이 그에게 달려들어 아양을 떤다.

〔일본인손님〕 아, 욧따, 욧따.〔아, 취했다.〕
〔여급 3〕　　　(그에게 안기며) 하세가와 상-, 모- 오카에리? 이야데
　　　　　　　스요.〔하사가와 씨, 벌써 돌아가시게? 그럼 싫어요.〕
〔일본인손님〕 좃또 우루사이나, 코이쓰라.〔좀 시끄럽군, 이 녀석들.〕
〔여급 2〕　　　하세가와 상-!
〔일본인손님〕 (여급2를 밀치며) 우루사잇!
여급2, 쓰러진다.
〔태　　원〕　　　(여급들을 가리키며) 음-...... **
〔구　　보〕　　　구보가 말을 삼가, 여급이라는것을 주석할때,
〔여급 2〕　　　히도이와요-!**
여급2, 다시 서럽게 운다.
일본인손님은 여급1에게 "오- 마이 라브(love), 아키코!" 하며 다가간다.
〔태　　원〕　　　음-......**
〔아낙네〕　　　(태원의 "음-......" 소리를 끊으며) 아!**
〔구　　보〕　　　그러나, 그 분명히 마흔이 넘었을 아낙네는
〔태　　원〕　　　그의 말을 끝까지 듣지않고,
〔아낙네〕　　　혐오와 절망을 얼골에 나타내고, / 그리고**
아낙네, 목례하고 사라진다.
〔태　　원〕　　　초연히
〔구　　보〕　　　그 앞을 떠났다·········
태원과 구보, 마주본다.
카페 안의 여급2, 갑자기 토하고 싶은지 우억거린다.
〔여급 3〕　　　**애, 나쓰코! 이러면 아니 되여. 이건 아니야, 나쓰코!
여급3, 여급2를 데리고 나간다.
〔태　　원〕　　　구보는 고개를 돌려, 그의 시야에든 윈갓여급을 보며,
취해 주저앉아 잠들었던 옆자리의 손님이 일어나 나가기 시작한다.
여급들이 그런 그를 부축한다.

〔구 보〕   대체 그 아낙네와 이 여자들과 누가 좀더 불행할까,

〔태 원〕   누가 좀더 삶의 괴로움을 맛보고 있는걸까,

〔구 보〕   생각하여보고 한숨지엇다.

태원, 구보가 앉았던 자리에 앉아, 담배를 빼어문다.

성냥갑을 집어들지만, 성냥이 비었다.

여급1, 다른 성냥갑을 집어들어 흔들어본다. 비어있다.

〔여급 1〕   애- 유끼짱-, 여기 석냥 줌- 오네가이.**

〔유키짱〕   (무대 밖에서) 하-이-.**

유키짱, 성냥을 들고 뛰어들어온다.

〔태 원〕   아, 쌍큐-.〔Thank you.〕

유키짱, 성냥을 그어 태원에게 붙여주려 하지만, 서툴러 불을 잘 켜지 못

한다.

〔구 토〕   그여급은 거의 계집아이였다. 그가

〔유키짱〕   열여섯이나 열일곱,

〔구 보〕   그렇게 말하드라도, 구보는 결코 의심하지 않었을게다.

〔태 원〕   그 맑은 두눈은, 그의 두뺨의 웃음움물은, 아직 오탁
            (汚濁)에 물들지않았다.

태원, 성냥갑을 받아 스스로 담뱃불을 붙인다.

〔구 보〕   구보가 그 소녀에게 애닯픔과,

〔유키짱〕   **스미마셍. 스미마셍, 센세-.〔죄송합니다. 죄송합니
            다, 선생님.〕 사랑과, 그것들을 한꺼번에 느낄수 있었
            든 것은 결코 취한탓만이 아니었을지도 모른다.

유키짱이 꾸벅 인사하고 돌아가려 할 때,

〔태 원〕   애!**

유키짱이 "하이!" 하며 돌아본다.

〔태 원〕   너 내일, 나제, 나하구 어디, 놀러갈련.

〔구 보〕   구보는 불숙 그러한 말조차 하며

〔태　원〕　만약 이 귀여운 소녀가 동의한다면, 어디 야외로 반일
　　　　　　（半日）을 산책에 보내도 좋다고 생각한다.
〔유키짱〕　그러나 소녀는 그 말에 가만이 미소하였을뿐이다.
〔구　보〕　역시 그 웃음웁물이
〔태원/구보〕 귀여웠다.

여급3이 돌아온다.

〔태　원〕　구보는, 문득, 노-트와**
〔구　보〕　만년필을 그에게 주고,

태원과 구보, 공책과 만년필을 유키 짱에게 건넨다.

〔유키짱〕　가（可）면 O를,（태원: "콤마"）부（否）면 X를, 〈구보:
　　　　　　"콤마"〉 그리고 O인 경우에는 내일정오에 화신백화점
　　　　　　옥상으로 오라고, 〈태원/구보: "콤마"〉 네가 무어라고
　　　　　　표를 질러놋든 내일아침까지는 그것을 펴보지않을테
　　　　　　니 안심하고 쓰라고, 〈태원: "콤마"〉 그런말을 하고,
　　　　　　〈구보: "콤마"〉
〔태　원〕　그 새로생각해내인 조고만 유희에 구보는
〔구　보〕　명랑하게
〔태　원〕　또 유쾌하게
〔유키짱〕　웃었다.

태원과 구보, "하 하 하!" 웃는다.

유키짱, 수첩과 만년필을 들고 고민한다.

여급2도 자리로 돌아온다.

〔이　상〕　**흥. 그럼 나두....

이상, 호주머니에서 휴지를 꺼내들고 태원의 만년필을 빼앗더니 여급1에
게 내민다.

〔이　상〕　***우린 화신백화점 말구 저어, 미쓰코시 데파-또 옥
　　　　　　상으루다 허지. 내일정오, 그르니깐 뚜- 뚜- 정오의 사

이렌이 울릴 적에 우리 미쓰코시 옥상에서 만나 밀회
를 질기잔 말씀. 조흐면 O를, 실커든 X를. 뉘 아나.
혹 내, 내일 저어 조선호텔 레스또랑에래두 델꾸가서
안심 스테-끄래두 썰어 멕여줄지. 울-랄라, 그러니 부
디 알홈답고 현명한 마드무와젤이여, 여기 꼭 O(오우)
표를. 응? 이 불쌍헌 만성 음주불감증 환자를 구제 하
여주는 세음 치구 말야, 응? 응?***

여급1, 휴지와 만년필을 받아든다.

〔여급 2,3〕 (단단히 토라져) 흥!**

음악소리가 고조되었다가 점차 사그러지고, 빗줄기가 조금 거세진다.

유키짱, 공책에 무어라 표를 하고 구보에게 공책과 만년필을 돌려준다.

〔S__:/m〕 삽입영상 음악(소야곡)이 cross In

[삽입영상H- 해설]

〔#P/image__:〕 박태원의 혼서지

+〔#text__:〕 "소설가 구보씨의 일일"의 연재중 박태원은 결혼 준비를 하고
있었다.

+〔#text__:〕 연재 마지막회가 실렸던 1934년 9월 19일, 박태원 집에서
는 김정애 집으로 '혼서지'를 보낸다.

〔#P/신문기사image__:〕 김정애 여사 동아일보 보도 기사 이미지

+〔#text__:〕 박태원의 아내가 된 김정애(金貞愛)는 숙명여고보를 수석으
로 졸업하고 소학교 교사로 일했던 재원이었다.

+〔#text__:〕 유족에 따르면 〈소설가 구보씨의 1일〉의 이야기 중 예전에
선 보았던 여인을 전차에서 우연히 발견하는 에피소드는 바로 두 사람의 사
이에서 실제로 있었던 일을 바탕으로 쓴 것이라 한다.

〔#P/image＿:〕 이상의 연재 삽화 중 "임이" 장면 그림
+〔#text＿:〕 한편, 일본 유학의 로맨스 등 이 소설에 나오는 다른 옛사랑의 이야기들도 박태원 자신의 실제 이야기인지는 알 수 없다.
〔#P/사진＿:〕 박태원과 김정애의 결혼식 사진
+〔#text＿:〕 연재를 마친 다음달인 10월 27일에 열린 박태원과 김정애의 결혼식에는 많은 예술가 친구들이 대거 참석하여 방명록에 메시지를 남겼다.
〔#P/image＿:〕 박태원 결혼식 방명록
〈#image〉 이상의 방명록
+〔#text＿:〕 이상의 방명록- (결혼한다고 해서) "면회 거절 반대"
〈#image〉 정지용의 방명록
+〔#text＿:〕 -시인 정지용의 방명록- "꽃 피었으니 열매 열고 뿌리는 다시 깊이!"
〈#image〉 김진섭의 방명록
+〔#text＿:〕 -수필가,독문학자 김진섭의 방명록- "사랑의 샘에서 길어질 물은 다 말라버렸다. 그러나 물은 계속 길어 질 것이다."
〈#image〉 행인 이승만의 방명록
+〔#text＿:〕 -화가 행인(杏仁) 이승만의 방명록- (결혼 전 / 결혼 후)
〈#image〉 -소설가 상허 이태준의 방명록
+〔#text＿:〕 -소설가 상허 이태준의 방명록- 1＋1＝1
〈#image〉 김기림의 방명록
+〔#text＿:〕 시인 김기림의 방명록- "좋은 여행을!" 너의 벗, 기림
〔#P/사진＿:〕 구보가 1938년에 찍은 가족사진
〔#text＿:〕 -1938년, 박태원이 직접 찍은 아내와 아이들
+〔#text＿:〕 구보 박태원은 아내 김정애와 함께 2남 3녀의 단란한 일가를 이룬다.
+〔#text＿:〕 그러나 한국전쟁 이후 그들은 남과 북으로 갈라져 이산가족이 되고 만다.

〔#P/__:〕 경성의 야경으로부터, 불빛들이 하나둘 꺼져가면…… 스산한 밤 거리의 풍경.

[제10-1장]

※ 제6장에서처럼 원작소설의 마지막 부분을 참고하여, 박태원과 이상 사이에 실제로 오갔을 만한 대화를 상상하여 만든 장면이다. 박태원이 소설의 마지막 연재분을 집필하기 직전 시점이다.

〔#text__: 해설자막〕 **1934년 9월 중순의 어느 밤. 새벽 2시, 종로.**

비 개인 후 인적 드문 새벽의 종로.

태원과 이상이 갈 곳 몰라 하고 있다.

이상, 길바닥에 오줌을 싸고 있다.

부르르 떤다.

어디선가 개 짖는 소리가 들려온다.

〔이　상〕　　***어휴. 좀 춘데.〔추운데.〕

〔태　원〕　　음, 픽… 그룿지?

사이.

이상, 참지 못하고 기침을 한다.

〔이　상〕　　벌써 갈〔가을〕인가.

〔태　원〕　　갈이지. 암, 갈이구말구. 내주면 인제 추석인걸.

이상, 더럽게 바지춤에 오줌 묻은 손가락을 닦는다.

〔이　상〕　　추석이라. 가만있자, 그럼 달님이….

〔태　원〕　　예끼 이 사람아. 비 갠 지 을마나 됐다구 달 타령인가.

〔이　상〕　　타령은 누가 했다구…. 타박은. 응. 저기 기시긴 기신데그래?

〔태　원〕　　그으래? 그래 어디?

〔이　상〕　　저어 구름 뒤에, 창백허니…. 아니 비나〔보이나〕?

〔태　원〕　　　응, 전연.

구보, 하늘을 올려다보며 눈을 꿈뻑꿈뻑 한다.

〔이　상〕　　　(혀를 차며) 자네의 야맹증은 실로 심각한 수준이 되
　　　　　　　여가는 것 같어.

〔태　원〕　　　내 요사이 비타민 에이 섭칠 소홀히 했드니. 흠…….

이상, 성냥을 그어 담배를 피우려 한다.

성냥이 젖었는지 불이 잘 안 붙는다.

〔태　원〕　　　에잇, 못난 사람.

태원, 이상이 물고 있던 담배를 빼앗는다.

사이.

〔이　상〕　　　줌 출출헌데. 안 그른가?

〔태　원〕　　　이 사람. 줌 집어먹질 않구서. 줌 전에, 낙원에서.

〔이　상〕　　　흠…. 그르게 말야.

사이.

〔태　원〕　　　상.

〔이　상〕　　　웨 그리 불러?

〔태　원〕　　　인제 고만, 가세.

〔이　상〕　　　가대니? 어딜?

〔태　원〕　　　어디긴 어디야, 집이〔집에〕 가야지.

〔이　상〕　　　집? 뉘 집엘?

〔태　원〕　　　뉘 집은 뉘 집이야. 내 집이지.

〔이　상〕　　　그럼 난?

〔태　원〕　　　아, 자넨 자네 집이 있잖어?

〔이　상〕　　　있기야 있지.

〔태　원〕　　　그른데?

〔이　상〕　　　허나…… 빈집인걸.

〔태　원〕　　아.

사이. 이상, 밭은 기침을 내뱉는다.

〔이　상〕　　참, 아까 그거 어찌 되었는지나 줌 보세.
〔태　원〕　　아까 그거?
〔이　상〕　　응. 낙원의 그 기집아이가 자네에게 어떤 판결을 내렸
　　　　　　는지 말야.
〔태　원〕　　아 참.

태원, 노트를 펴들고 확인한다. 이상, 함께 들여다본다.

〔이　상〕　　오-! 오(O)- 오(O)-!

사이.

〔태　원〕　　자넨?
〔이　상〕　　아.

이상, 제 호주머니에서 휴지 조각을 꺼내 확인하더니, 땅바닥에 집어던
져 버린다.

구보, 긍금하여 휴지 조각을 집어올리려 한다.

이상, 더 멀리 던져버린다.

사이.

〔이　상〕　　참, 원곤 아즉 들 되였댔지?
〔태　원〕　　응, 아즉 줌.
〔이　상〕　　거, 애꿎은 나만 또 쫓기게 생겼군.
〔태　원〕　　그르니까 내 고만 집이 가서 자리 잡구 펜을 내달려보
　　　　　　겠단 거 아닌가.
〔이　상〕　　허… 음주집필은 삼가라구 내 그룷게 아도바이스〔어
　　　　　　드바이스〕를 했건만. 닐 아침 되여보게. 그저 휴지 조
　　　　　　각이지.
〔태　원〕　　아니, 딱 한 잔만 더 허구 헤여지자구 그룷게 매달렸던

건 뉘구, 그른 아도바이슬 했든건 또 뉜구?

〔이　상〕　　흠…….

태원, 성냥을 찾는다.
이상, 성냥을 내어준다.
태원, 담배를 물고 성냥불을 긋는다. 불이 잘 안 붙는다.

〔이　상〕　　그래, 소설의 끝막음은 어뚷게 되는 겐구? 미리 줌 일
　　　　　　러주게. 그래야 내 그 삽화에 대한 구상을 세워놀 게
　　　　　　아닌가?

구보, 성냥을 또 긋다가 불이 안 붙자 집어던져버린다.
사이.

〔이　상〕　　온 조선문단이 은근히 귀출 모으고 있드란 말씀이야.
　　　　　　도대체 저 구보란 작자가 어뜬 솜씨로 이번 연재의 피
　　　　　　리오드를 찍을지. 그게 다 어뚷허면 자넬 깎어내릴 수
　　　　　　있을까 눈에 불을 키구 있는 걸테지만. 끌끌끌.

〔태　원〕　　흠……

〔이　상〕　　설마 자네…

〔태　원〕　　응?

〔이　상〕　　무에 그룿게 끝막음을 해버릴 참은 아니겠지?

〔태　원〕　　무에 으뚷게?

〔이　상〕　　무에 이룿게. 인젠 술, 담배, 기집을 끊구 소설만을 쓰
　　　　　　리라. 고만 장가두 들구 어디 한 번 건전한 생활인이
　　　　　　되여보리라.

〔태　원〕　　아아니!

〔이　상〕　　자네의 빈곤한 상상력과 위선적인 도덕주의 루서야 그
　　　　　　른 자미없는 휘날레밖에 더 생각허겠나? 참 딱두 허네.

〔태　원〕　　(사이) 허, 이 사람 날 무얼루 보구.

사이.

〔태 원〕 혹 말야…. 자네가 나라면… 으쩔텐가?

〔이 상〕 내가 자네라면?

〔태 원〕 자네가 소설가 구보 씨라면 이 소설의 끝막음을 어뜧
게 허겠냐, 이 말야.

〔이 상〕 나라면은…… 애시당초 그른 승건 소설은 쓰려구두
않겠지.

〔태 원〕 무에? 승건 소설?

〔이 상〕 그름, 아닌가?

사이.

〔이 상〕 이른 건 어뜰까?

〔태 원〕 으떤 거?

〔이 상〕 집에 돌아가 고이 잠들었든 우리의 소설가 구보 씨는,

〔태 원〕 응.

〔이 상〕 다음날 아침 저어 미쓰코시 백화점 옥상에서 '날자꾸나
날자꾸나' 허며 퍼드덕퍼드덕 대다가, 이내 날개가 돋
아 날아오르드라.

〔태 원〕 (사이) 미친 눔.

사이.

〔이 상〕 좋아. 그룽담, 또 이건 어뜰까. 호! 이거 아조…… 허!
이거 이거, 천지가 요동을 칠 아이데안데!

〔태 원〕 (사이) 무에길래?

〔이 상〕 그르니깐, 우리의 소설가 구보 씨는, 새벽 두시의 종로
네거리에서 벗과 헤여진 후에, 만 스물네 살하구두 여
남은 개월의 생을 스스루 마감헌다.

〔태 원〕 무에가 으째?

〔이 상〕 그룽게만 써보라구. 조선문학사에, 아니 20세기 세계

　　　　　　문학사에 길이길이 걸작으루 남을테니!

〔태　원〕　나 온 참.

〔이　상〕　나 온 참이래니?

〔태　원〕　아니, 대체 구보 씨가 자살을 택헐 까닭이 어데 있겠누?

〔이　상〕　읎나?

〔태　원〕　읎지.

〔이　상〕　정녕?

〔태　원〕　그걸 말이라구 허나? 지나간 연재 중에서 그토록 경랑
　　　　　　허게 이 경성을 돌아대녔든 구보씨인 것을.

〔이　상〕　(사이) 허나 그 발걸음이 갈수룩 무거워만 지든 걸. 하
　　　　　　룻밤 새에 급속도루 늙어지구 말야.

〔태　원〕　내가?

사이.

〔이　상〕　아모래도 자녠 조선 제일인 것 같어.

〔태　원〕　응?

〔이　상〕　아모 이얘깃거리두 읎는 단 하로에다가 장장 한 달 반
　　　　　　동안이나 돋보기를 들이대구 있대니…… 역시 조선 제
　　　　　　일의 근시안적 소설가다, 이 말씀이지.

〔태　원〕　무에?

사이.

태원, 무언가 골똘히 생각에 빠진다.

〔이　상〕　여보게 구보.

〔태　원〕　응? 왜 이리 다정히 부르시나?

〔이　상〕　(사이) 고만 가세.

〔태　원〕　가다니, 으딜?

〔이　상〕　집이 가이지.

〔태　원〕　(사이) 우리 집으루?

〔이　　상〕　　아아니. 자넨 자네 집으루 가게. 난 내 집으루다 갈테니.

〔태　　원〕　　아니 웨? 은젠 빈집이라 들어가기 싫댐서.

〔이　　상〕　　웨긴 웨야. 원골 쓴댐서.

〔태　　원〕　　그럼 자넨?

〔이　　상〕　　나야 무어…. 잠이나 줌 자구, 내일 나올 자네의 옥고
　　　　　　　　를 기대려야지.

〔태　　원〕　　응…. 그래줄텐가

〔이　　상〕　　아모렴.

사이.

이상, ○ 내 자리를 털고 일어선다.

〔이　　상〕　　조심조심 들어가게. 또 실족해서 개천에 빠치지 말구.

〔태　　원〕　　응, 자네두 부디…… 밤새 잘 자게나.

〔이　　상〕　　응, 그래이지.

사이.

〔이　　상〕　　그럼 부디… 조흔 소설을 쓰게. 굿 빠이.

〔태　　원〕　　응, 자네두…… 굿 나잇.

이상, 터원에게 손을 흔들고 사라진다.

태원, 홀로 남는다.

[제10-2장]

※ 인적 드문 새벽, 태원의 귀갓길. 음악이 흐르는 가운데 태원이 쓰는 "소
설가 구보씨의 1일" 중의 문장들이 경성의 텅 빈 밤에 떠돈다.

이상과 헤어진 태원이 홀로 서있다.

〔S__:m/〕 "마지막 산책" 음악 In

〔#P/text__:〕 태원이 쓴 소설의 문장들이 허공을 떠돌기 시작한다.

『어듸、 가니』

대답은 들리지 안헛다。

*어머니는、

대체、 그애는、 매일、 어딀、 그러케、 가는겐가、 하고직업과 안해를 갓지안흔、 스물여섯살짜리 아들은、

*仇甫구보는、

神經衰弱(신경쇠약) R、4 L、3

*電車전차안에서

*幸福행복은、 大正 12年、 11年、 11年、 8年、 12年…、

그가 그러케도 求(구)하여 마지안튼 幸福(행복)은、 그女子와 함께 망살거렷섯다。

*그 사나히와、

사람과 사람 사이의 交涉(교섭)의 번거로움을 새삼스러히 願車馬衣 輕裘 與朋友共 敝之而無憾은 子路의 뜻이요、

*조고만

都會(도회)의 小說家(소설가)는 눈아페 京城驛(경성역)을 본다。

黃金狂時代(황금광시대)—。

단장 끗으로 구두코를 탁 치고、 그리고 좀더 빠른 거름거리로『꼬좀, 곳좀, 오—』

*마츰내

明朗(명랑)한, 혹은 明朗(명랑)을 假裝(가장)한 웃음을 COME HERE! 이리 온。 こち、來い！

『유리시-즈』를 論(논)하고잇는 벗의 卓說(탁설)

*문득、

生活(생활)을、 生活을 가진 왼갓 사람들의 발끗은

*女子여자를

『이제 어듸로 가。 』

人みなか家を持つてふかなしみよ　墓に入るごとく　かへりて眠る

『집으루 가지。』

女子는 또한번 얼골을 붉히고、

*光化門通광화문통

구보는 발 아페 조각돌을 힘것 찻다。

역시 그것은「孤獨」(고독)이 비저내는 思想(사상)이엿다。

『눈깔 으-저씨―』亦是(역시) 좁은 서울이엇다。

그러케도 갑작이、腐爛(부란)된 性慾(성욕)을、구보는 이 거리 우

에서

*朝鮮조선호텔

가난한 小說家(소설가)와、가난한 詩人(시인)과………

그러케도 苟且(구차)한 내 나라를 생각하고 마음이 어두엇다。

『갓 스물이에요。』女給大募集(녀급대모집)

총총하든 별이 자최를 감추고 하날이 흐럿다。

*仇甫구보와 벗과

可면 O를、좀면 X를、

나는 이미 그토록 늙엇나

그러케 밤느저、그러케 은근히 비나리면、

『조흔 小說(소설)을 쓰시오。』

벗은 眞情(진정)으로 말하고、그리고 두사람은 헤어젓다。

무대에서 퇴장하려던 태원이 뒤를 돌아보면, 거기에 구보가 있다.

태원이 집으로 발길을 재촉하여 무대를 떠나면, 이제 제자리걸음으로 밤의 경성 거리를 쓸쓸히 산책하는 구보만이 남는다.

태원, 혹은 구보의 문장들이 점점 더 많아진다.

[제11장- 에필로그]

※ 소설의 마지막 제30회 연재분을 낭독하는 것으로 공연을 마무리한다.

〔#P/text＿:〕**1934년 9월 19일, "소설가 구보씨의 일일" 마지막 제30회 연재분**

구보, 혹은 낭독 게스트가 액자틀 앞쪽 무대로 나와 소설의 마지막 장을 낭독한다.

〔구　보〕　　오전 두시(二時)의 종로네거리- 가는 비 나리고 있어도, 사람들은 그곳에 끈힘없다. 그들은 그렇게도 밤을 사랑하여 마지않엇는 지도 모른다. 그들은 그렇게도 용이하게 이 밤에 질거움을 구(求)하야 얻을수있었는 지도 모른다. 그리고 그들은 일순(一瞬), 자기 가 가장 행복된것같이 느낄 수있었는지도 모른다. 그러나 그들의 얼골에, 그들의 걸음거리에 역시 피로가 있었다. 그들은 결코 위안받지못한 슲흠을, 고닯흠을 그대로 지닌채, 그들이 잠시 잊었든, 혹은 잊으려 노력하였든 그들의 집으로, 그들의 방으로 돌아가지 않으면 안된다. 이렇게 밤늦게 어머니는 또 잠자지않고 아들을 기다릴께다. 우산을 가지고 나가지않은 아들에게 어머니는 또 한가지의 근심을 가질께다. 구보는 어머니의 조고만, 외로운, 슲흔 얼골을 생각하였다. 그리고 제자신 외로움과 슲흠을 맛보지안흐면 안된다. 구보는 거의 외로운 어머니를 잊고 있었든 것임에 틀님없었다. 그러나 어머니는 그 아들을 응당, 왼하로, 생각하고 넘려하고, 또 걱정하였을께다. 오오, 한(限)없이 크고 또 슬픈 어머니의 사랑이여. 어버이에게서 남편에게로, 그리고 다시 자식에게로 옴겨가는 여인의사랑- 그러나 그사랑은 자식에게로 옴겨간 까닭에 그렇게도 힘있고

또 거룩한것이 아니엿을까.

낭독자, 책장을 넘긴다.

〔구 보〕　구보는, 벗이, 그럼 또 내일 맛납시다. 그렇게 말하엿
어도, 거의 그것을 알아듣지 못하엿다. 이제 나는 생활
(生活)을 가지리라. 생활을 가지리라. 내게는 한 개의
생활을, 어머니에게는 편안한 잠을-. 평안히 가 주무
시요. 벗이 또한번 말했다.

구보는 비로소 그를 돌아보고, 말없이 고개를 끄떡 하였다.

　　　내일 밤에 또 맛납시다.

그러나 구보는 잠간(暫間) 주저하고,

　　　내일, 내일부터, 나, 집에 있겠소, 창작하겠소-.

"조흔소설을 쓰시오." 벗은 진정으로 말하고, 그리고 두사람은 헤여졌다.

　　　참말 조흔소설을 쓰리라.

번(番)드는 순사가 모멸(侮蔑)을 가져 그를 훑어보았서도, 그는 거의 그것
에서 불쾌를 느끼는일도 없이, 오직 그생각에 조고만 한개의 행복을 갖는다.

메인막이 열리면, 자기의 방에서 앉은뱅이책상을 놓고 글을 쓰고 있는
태원의 모습이 보인다. (그 옆에는 이상이 누워 자고 있다.)

〔구 보〕　　"구보-"

문득, 벗이 다시 그를 찾았다.

　　　참, 그 수첩에다 무슨 표(標)를 질렀나 좀 보우.

구보는 안주머니에서 끄낸 수첩 속에서, 크고 또 정확한 X표를 찾아내
엿다.

쓰듸쓰게 웃고, 벗에게 향하야,

　　　아마 내일 정오에 화신백화점옥상으로 갈 필요는 없을
까보오.

그러나 구보는 적어도 실망을 갖지않았다.

　설혹 그것이 ○표라 하였드라도 구보는 결코 기쁨을 느낄수는 없었을께다. 구보는 지금 제自身의 행복보다도 어머니의 행복을 생각하고싶었을지도 모른다. 생각에 그렇게 바뻣을지도 모른다.

　구보는 좀더 빠른걸음 걸이로 은근이 비나리는 거리를 집으로 향한다. 어쩌면, 어머니가 이제 혼인얘기를 끄내드라도, 구보는 쉬웁게 어머니의 욕망을 물리치치는 안흘지도 모른다.

〈"피리오드"〉

一九三四년 九월 一七일

구보(혹은 낭독자), 태원 쪽을 돌아본다.

[연극 "소설가 구보씨의 1일" -끝]

박태원 연구 – 소설가 구보씨의 시간

2013년 4월 10일 인쇄
2013년 4월 15일 발행

저 자   구 보 학 회
펴낸이   박 현 숙
찍은곳   신화인쇄공사

110-320 서울시 종로구 낙원동 58-1 종로오피스텔 606호
TEL : 02-764-3018, 764-3019   FAX : 02-764-3011
E-mail : kpsm80@hanmail.net

펴낸곳 도서출판 **깊 은 샘**

등록번호/제2-69. 등록년월일/1980년 2월 6일

ISBN 978-89-7416-235-1

※ 잘못된 책은 교환해 드립니다.

값 15,000원